历代笔记小说大观

万历野获编

[明] 沈德符 撰　杨万里 校点

上

图书在版编目(CIP)数据

万历野获编／(明)沈德符撰；杨万里校点. —上海：上海古籍出版社，2012.11(2025.5 重印)
(历代笔记小说大观)
ISBN 978-7-5325-6359-3

Ⅰ. ①万… Ⅱ. ①沈… ②杨… Ⅲ. ①笔记小说－小说集－中国－明代 Ⅳ. ①I242.1

中国版本图书馆 CIP 数据核字(2012)第 044794 号

历代笔记小说大观
万历野获编
（全三册）

[明] 沈德符　撰
杨万里　校点

上海古籍出版社出版发行
（上海市闵行区号景路 159 弄 1-5 号 A 座 5F　邮政编码 201101）
(1) 网址：www.guji.com.cn
(2) E-mail：guji1@guji.com.cn
(3) 易文网网址：www.ewen.co
常熟文化印刷有限公司印刷
开本 635×965　1/16　印张 52.75　插页 6　字数 370,000
2012 年 11 月第 1 版　2025 年 5 月第 4 次印刷
印数：4,301—5,600
ISBN 978-7-5325-6359-3
Ⅰ·2513　定价：118.00 元
如有质量问题，请与承印公司联系

校点说明

《万历野获编》三十卷,《补遗》一卷,明沈德符撰。德符(1578—1642)字景倩,一字虎臣,浙江嘉兴人。万历四十六年(1618)举人。自幼随祖及父居京师,习闻朝家故事,且及见嘉靖以来名人耆老。博闻强记,于两宋以来史乘别集故家旧事,多能明其本末。中年南返,撰《万历野获编》,备述闻见,分门别类,举凡典章制度之沿革、政教礼仪之兴替,以及朝廷政事、后宫秘闻、文人交游、灾异祥瑞、仙释鬼怪、民间风俗、异族大略,等等,靡不记之,堪称有明一朝百科大全,向为治史者所倚重。此据台湾史语所傅斯年图书馆所藏钞本之影印件点校出版,原书有旁批和标记,不知何人所作,概删。该钞本向不载版本年月及源流所自,及考书前有沈德符五世孙沈振康熙癸巳年(1713)所作序,又考卷八"两给事攻时相"条有旁批曰"京官宴会不可不慎,近时演《长生殿》戏亦类此"等语。按:洪昇因《长生殿》获罪事在康熙二十七年(1688)或二十八年,距沈振作序时约25年,"近时"云云,则断此钞本出于康熙后期殆为不妄。将此钞本与中华书局句读本相较,二者编排略有不同,举其大者如《补遗》,中华书局本(以道光七年姚氏扶荔山房刻本为底本,校以康熙时其他抄本)分四卷,此则不分卷。文字内容上,二者互有优劣,读者当自知之。

目　　录

小引 / 1
续编小引 / 1
沈振附识 / 1
钱牧斋题辞 / 1

卷一
列朝一

告天即位 / 1
京师帝王庙 / 2
孝慈录 / 3
访求遗书 / 3
国初实录 / 5
避讳 / 6
园庙缺典 / 7
建文君出亡 / 8
年号 / 10
赐外国诗 / 11
赐图记 / 13
中秋无月诗 / 14
从龙诛赏迥异 / 16
广寒殿 / 17
天顺年号 / 18

奉先殿 / 1
帝王配享 / 2
御制文集 / 3
赐百官食 / 4
监修实录 / 5
玺文 / 6
陵寝之祭 / 7
龙潜旧邸 / 9
太庙功臣配享 / 10
释乐工夷妇 / 13
节假 / 14
先朝四骏 / 15
赐讲官金钱 / 17
蟒衣 / 17
英宗即位日期 / 18

复辟诛赏之滥 / 19
宪孝二庙盛德 / 20
贡鲊贡茶 / 20
重修会典 / 21
进玺 / 23
先朝藏书 / 23
武宗游幸之始 / 24
武宗再进爵号 / 25
帝后别号 / 26
白服之忌 / 27
禁杀怪事 / 27
伶官干政 / 28

景泰初赐边臣敕 / 19
君相异禀 / 20
召对 / 21
弘治中年之政 / 22
御膳 / 23
御辂 / 24
武宗托名 / 25
人主别号 / 26
御赐故相诗 / 26
禁宰猪 / 27
坝上马房 / 28

卷二

列朝二

世宗入绍礼 / 29
世室 / 30
定策拜罢迥异 / 31
帝社稷 / 33
配天配上帝 / 34
驳正大礼 / 36
邵经邦讥议礼 / 37
玉芝宫 / 39
无逸殿 / 40
代祀 / 41
世宗圣孝 / 42
进诗献谀得罪 / 43
庙议献谄不用 / 45
工匠见知 / 46
正嘉御宝之毁 / 47
嘉靖青词 / 48

引祖训 / 29
御制元夕诗 / 31
嘉靖初议大礼 / 32
景灵宫 / 34
会典失载 / 35
献帝称宗 / 36
更正殿名 / 38
斋宫 / 39
西内 / 40
圣诞忌辰同日 / 42
讲学见绌 / 42
贺喑鸟兽文字 / 44
捐俸助工 / 45
触忌 / 47
符印之式 / 48
嘉靖始终不御正宫 / 49

大行丧礼 / 49　　　　　　实录纪事 / 50
实录难据 / 50　　　　　　两朝仁厚 / 50
主上改臣下名 / 51　　　　圣主命名 / 51
朝觐官进献 / 51　　　　　今上圣孝 / 52
今上御笔 / 52　　　　　　贞观政要 / 52
冲圣日讲 / 53　　　　　　今上待冯保 / 53
壬寅岁厄 / 54　　　　　　壬寅上寿 / 54
百年四叶 / 55　　　　　　北台 / 55
章奏留中 / 55　　　　　　端阳 / 55
七夕 / 56　　　　　　　　扈从颁赐 / 57
六曹答诏称卿 / 57　　　　御座后扇 / 57
矿场 / 57　　　　　　　　矿害 / 58

卷三
宫闱
修女戒 / 59　　　　　　　母后圣制 / 59
国初纳妃 / 59　　　　　　天家生母不同 / 60
列朝贵妃姓氏 / 60　　　　帝王娶外国女 / 61
高丽女见疑 / 62　　　　　故后无讳日 / 62
母后在位久 / 63　　　　　宣宗废后 / 63
封妃异典 / 64　　　　　　帝后祔葬 / 65
废后加礼 / 65　　　　　　英宗重夫妇 / 66
英宗敬妃丧礼 / 66　　　　景帝废后 / 67
景皇后寿考 / 67　　　　　宪宗废后 / 67
孝宗生母 / 68　　　　　　万贵妃 / 70
谢韩二公论选妃 / 70　　　郑旺妖言 / 72
颁行女训 / 73　　　　　　母后谥号 / 73
世宗废后 / 74　　　　　　皇后祔庙之礼 / 74
孝烈祔庙 / 75　　　　　　母后减谥 / 76
庄肃后丧礼 / 76　　　　　嘉靖两后丧礼 / 76
母后先祔庙 / 77　　　　　亲蚕礼 / 78

李氏再贡女 / 78
两宫同在位久 / 79
恭妃进封 / 80
今上家法 / 81
王妃殉节 / 82
文臣赐官婢 / 83

圣母并尊 / 79
今上笃厚中宫 / 80
郊寺保釐 / 81
东宫妃号 / 82
宫人姓名 / 82

卷四
宗藩
论建藩府 / 84
圣功图 / 85
三王并封 / 86
皇子追封 / 87
亲王来朝 / 88
赵王监国 / 89
周定王异志 / 90
郡王谋叛贷命 / 92
淮王宗庙称号 / 93
安置二庶 / 95
庆府前后遭变 / 96
郑王直谏 / 97
景恭王 / 99
赵王缢死 / 100
辽王封真人 / 101
辽王贵焆罪恶 / 102
英耀弑逆之由 / 103
楚府行勘 / 104
蔡虚台辨疏 / 105
宗室通四民业 / 106
公主
公主追谥 / 107

元子出阁 / 85
太子册宝 / 86
立储仪注 / 87
使长侍长 / 88
亲王迎谒 / 88
杨东里议赵王 / 90
藩府再建 / 91
兄王伯王 / 93
藩国随封官 / 94
下殇追封 / 95
二郡王建白 / 96
郑世子让国 / 98
藩王献谄 / 99
徽王世封真人 / 100
辽废王 / 101
楚宗伏法 / 103
楚府前后遭变 / 103
存楚 / 105
废齐之横 / 106
宗室名 / 106

同邑尚主 / 107

公主中使司 / 108
公主封号同名 / 108
公主荫胄子 / 110
驸马受制 / 111

仪宾牙牌 / 108
驸马再选 / 109
公主下殇特恩 / 110
公主荫叙之滥 / 111

卷五
内监

内臣禁约 / 113
东厂印 / 114
赐内官宫人 / 115
内臣乞赠谥 / 116
对食 / 117
怀恩安储 / 118
何文鼎 / 119
内臣蒋琮附继晓 / 121
二中贵命相 / 123
内臣掌兵 / 124
内臣护行 / 125
冯邦宁 / 126
大珰同姓 / 127
霍文炳并功 / 128
尚衣失珠袍 / 130
箭楼 / 131
宦寺宣淫 / 132
镟匠 / 134

东厂 / 113
内臣封外国王 / 114
内臣李德 / 115
内臣妾抗疏 / 117
内臣交结 / 118
刘聚封伯 / 118

内臣何文鼎再见 / 120
内官张永志铭 / 122
内臣何泽 / 124
镇守内臣革复 / 125
内臣掌兼印厂 / 126
冯保之败 / 126
张诚之败 / 128
内官勘狱 / 129
门竖偿命 / 130
陈增之死 / 131
内廷结好 / 133
丐阉 / 134

卷六
勋戚

刘基 / 135
刘璟铁简 / 136
万通妒死 / 137
武定侯进公 / 139

李善长 / 136
左右券内外黄 / 137
惧内 / 138
郭勋冒功 / 139

大臣恣横 / 140
忠诚伯 / 141
世官 / 142
补荫 / 143
魏公徐鹏举 / 145
服色之僭 / 145
外戚封爵同邑 / 146
沈禄 / 147
中宫外家恩泽 / 149
戚里肩舆之滥 / 149

咸宁侯 / 140
陆炳扈驾功 / 141
定襄王 / 143
嗣封新建伯 / 144
爵主兵主 / 145
永乐间后宫父恩泽 / 146
孝穆后外家 / 147
曹祖 / 148
戚畹不学 / 149

卷七
内阁一

丞相 / 151
王抑庵入阁 / 152
六修国史 / 152
宰相老科第 / 154
杂学士 / 155
阁臣终丧 / 156
李南阳相业 / 157
亲臣密贽 / 159
龙子 / 160
阁部形迹 / 161
三相同气 / 162
阁部离合 / 163
桂见山霍渭崖 / 164
张方二相 / 165
内阁密揭 / 166
吉士不读书 / 167
辅臣掌都察院 / 169
发馈遗 / 170

文华殿大学士 / 151
布衣拜大学士 / 152
辅臣殿阁衔 / 153
景泰从龙二俞 / 154
阁部列衔 / 155
徐武功赖婚 / 156
词林大拜 / 157
谢文正骤用 / 159
词臣论劾首揆 / 160
首相晚途 / 161
杨新都志守制 / 162
首辅再居次 / 163
辅臣掌吏部 / 164
星相 / 166
四宰相报恩 / 167
宰相别领 / 168
宰相出山 / 169
两张文忠 / 170

卷八
内阁二

二相诗词 / 172
禁苑用舆 / 173
命名被遇 / 173
计陷 / 175
权臣籍没怪事 / 176
籍没二相之害 / 177
居官居乡不同 / 179
嫉谄 / 180
直庐 / 180
大臣用禁卒 / 181
邵芳 / 182
华亭故相被胁 / 184
保留宰相 / 185
丝纶簿 / 186
新郑富平身后 / 187
顾文康陆少白 / 188
五臣 / 189

宰相谳狱之始 / 172
金书诰命 / 173
严相处王弇州 / 174
宰相黩货 / 175
籍没古玩 / 176
严东楼 / 178
远婚 / 179
吕光 / 180
宰相世赏金吾 / 181
两给事攻时相 / 182
新郑论事矛盾 / 183
攻保公疏 / 184
大臣被论 / 185
宰相时政记 / 186
陈飞 / 187
谀墓 / 188

卷九
内阁三

阁臣进御笔 / 190
江陵家法 / 191
刘小鲁尚书 / 192
宰相对联 / 192
内阁称大人 / 193
谄附失利 / 194
相公投刺司礼 / 195
浙闽同时柄政 / 196
沈四明同乡 / 197

江陵震主 / 190
江陵二乡人 / 191
三诏亭 / 192
为李南阳建坊 / 193
貂帽腰舆 / 194
江陵始终宦官 / 195
言官论人 / 195
闽县林氏之盛 / 197
李温陵相 / 197

东西王李 / 198
亲书奏章 / 199
元旦诗 / 200
阁臣致政迥异 / 201
古道 / 202
宗伯大拜 / 203
宰相朝房体制 / 204
阁部重轻 / 205
两殿两房中书 / 207
仁智等殿官 / 208

太仓相公 / 198
王文肃密揭之发 / 199
五七九传 / 200
元老堂名相同 / 201
不愿拜相 / 202
太宰推内阁 / 203
冢宰避内阁 / 204
大老居乡之体 / 206
书办 / 208
异途中书初授 / 209

卷十

词林

翰林权重 / 210
遍历四衙门 / 211
词林中舍互改 / 212
庶吉士失载 / 214
吉士写佛经 / 214
正统戊辰庶常 / 215
检讨掌翰林院 / 216
改名被疑 / 217
翰林建言知名 / 218
庶常再读书 / 219
词林迁官 / 220
翰林一时外补 / 221
鼎甲召试文 / 221
翰林散官 / 222
交际 / 223
翰林官先奏事 / 224
吉士散馆 / 225
戊辰词林大拜 / 225

选庶吉士之始 / 210
胜国词臣出使 / 211
鼎甲同为庶常 / 212
医官再领著作 / 214
进士授史官 / 215
武弁保留词臣 / 216
词林单名 / 216
翰林升转之速 / 217
正德朝鼎甲庶常 / 219
馆选定制 / 219
庶常授州县 / 220
壬戌科罢选吉士 / 221
杨名编修 / 222
词林拜太宰 / 223
翰林应制 / 223
庶常授官 / 224
丁未闽中词林之盛 / 225
四六 / 226

黄慎轩之逐 / 226　　　　　词林前后辈 / 227
四品金扇 / 227　　　　　　翰苑设教坊 / 227
侍从官 / 228　　　　　　　宫僚超赠 / 228
从龙外迁 / 229　　　　　　坊局 / 229
宫僚兼官之异 / 230　　　　词林知制诰 / 230
王师竹宫庶 / 231

卷十一
吏部一
屡兼二品正卿 / 233　　　　借官出使 / 233
科道升州府 / 234　　　　　传奉官之滥 / 234
方伯致仕加衔 / 235　　　　堂官答属官 / 235
九卿揖司属 / 235　　　　　严恭肃 / 236
致仕官 / 236　　　　　　　监生选正官 / 237
太宰揖吏科 / 237　　　　　陆沈两公 / 237
郑蒋翁婿 / 238　　　　　　内阁中书外补 / 238
宪臣改学官 / 238　　　　　任子为郎署 / 239
吏部堂属 / 240　　　　　　吏部见客 / 240
吏部三堂俱浙人 / 241　　　司农署铨 / 241
玺丞改吏部 / 241　　　　　掣签授官 / 242
吏兵二部大选 / 242　　　　举吏部 / 243
选科道 / 243　　　　　　　科道俸满外转 / 244
台省互改 / 245　　　　　　四衙门迁客 / 245
用违其才 / 246　　　　　　异途任用 / 247
添注卫经历 / 247　　　　　张西江比部 / 248
州同降知县 / 248　　　　　老人渔色 / 249
人臣渔色无等 / 249　　　　京官避大轿 / 249
大臣屡逐屡留 / 250　　　　大计年分条款 / 250
京官考察 / 251　　　　　　外官考察 / 251
考察访单 / 252　　　　　　外察附批 / 252
大计不私至亲 / 252　　　　六年大计 / 253

考察破例 / 253

卷十二
吏部二

中书考察 / 255
辛亥两察之争 / 255
大计纠内阁 / 256
己亥大计纠拾 / 256
乙巳两察之异 / 256
铨郎索顶首 / 257
都给事升转 / 258
五贤附察 / 258
考察留用 / 258
考察留用 / 259
卑官被察仍留 / 260
大计部院互评 / 260
言官例转反诘 / 261
考察胁免 / 261
赝书 / 262
武弁王官 / 263
一时六卿眉寿 / 263
文武同时各盛 / 263
士大夫癖性 / 264
士大夫伟状 / 264
士大夫华整 / 265
二品直拜三孤 / 265

户部

海上市舶司 / 266
劝农 / 266
救荒 / 267
金荣襄夺情 / 268
陶少卿 / 268
西北水田 / 268
西北水利 / 269

河漕

先朝设海运衙门 / 270
海运 / 271
永平海运 / 272
黄河运道 / 272
宣大二镇漕河 / 273
汴河故道 / 273
关陕三边饷道 / 274
贾鲁河故道 / 274
吕梁洪 / 275
徐州 / 276
泇河胶莱河 / 276
胶莱便道 / 277
泇河之成 / 278

卷十三
礼部一

国初荫叙 / 279
礼部六尚书 / 280

尚书赠官 / 280
封谥同本人名 / 281
胡忠安 / 282
改谥 / 283
任子再荫 / 284
赠礼部尚书 / 285
辛丑二宗伯 / 285
下谥 / 287
四字谥 / 288
非例得封 / 289
大臣补荫之滥 / 290
恤赠谏官之谬 / 291
笏囊佩袋 / 292
父子得谥 / 292
先朝进马 / 293
吴仙居夺谥再见 / 294
不识方印 / 295
朝班 / 296
礼部官房 / 297
褐盖 / 298

臣下妾谥 / 280
粗婢得封 / 281
礼部三失印 / 282
提学宪臣革复 / 284
尚书久任无赠官 / 284
谥号 / 285
董伯念 / 286
南礼部恤典 / 288
羽流恩恤之滥 / 289
协理关防 / 290
宗伯执持 / 290
牙牌 / 291
三世得谥 / 292
却千里马 / 293
吴悟斋夺谥 / 294
丘侍郎献谀 / 295
恩诏冠带之滥 / 295
旧制一废难复 / 296
乡贤 / 297

卷十四
礼部二
滁阳王奉祀官 / 299
廪生追粮 / 300
北岳 / 301
园林设教坊 / 302
先圣木主 / 303
四贤从祀 / 303
解池神祠加号 / 305
比甲只孙 / 306

女神名号 / 299
五岳神庙 / 300
祀典 / 301
孔庙废塑像 / 302
吕仙封号 / 303
加前代忠臣谥号 / 305
部科 / 306
仕宦谴归服饰 / 307

教坊官 / 307
科场一
教职屡为考官 / 308　　学士两主会试 / 308
十典文衡 / 309　　　　金实 / 309
考官序次 / 310　　　　乡试取士滥额 / 310
奏讦考官 / 311　　　　减场解元 / 312
顺天解元 / 312　　　　京闱冒籍 / 313
薛文清主试 / 313　　　天顺初元会试 / 314
会试刻文 / 315　　　　京考被劾 / 315
考官争席 / 315　　　　霍渭厓不认座师 / 316
师弟相得 / 316　　　　贵后拜师 / 317
考官畸坐 / 317　　　　关节状元 / 318

卷十五
科场二
阁臣典试 / 319　　　　有司分考 / 319
乡会分房 / 321　　　　科道争为主考 / 321
太座师 / 322　　　　　李京山门生 / 322
荐主同咨 / 322　　　　乙丑会试题 / 323
甲辰科首题 / 323　　　出题有他意 / 324
读卷官取状元 / 324　　乡试借题攻击 / 325
北场口语之多 / 325　　礼官误字 / 326
榜后误失朱卷 / 326　　廷试 / 327
阁试 / 327　　　　　　御史方伯相殴 / 328
孙蕡陈遇 / 328　　　　洪武开科 / 329
开国第一科 / 330　　　乡会试并举 / 330
二张忠义 / 330　　　　吴康斋父 / 331
前甲申会元 / 331　　　现任大臣子弟登第 / 332
壬辰会元 / 334　　　　马铎李骐同母 / 334
征叛王废乡试 / 335　　典史再举乡试 / 335
举人充吏会试 / 335　　驿丞进士 / 336

乡试遇水火灾 / 336　　内官子弟登第 / 336
进士给假 / 337　　　进士百户 / 337
异姓 / 338　　　　　早达 / 338
纳粟民生高第 / 339　外戚科目 / 339
魁元再甲子 / 340

卷十六
科场三

三试分占三名 / 341　三试三名内 / 341
五魁俱词林 / 342　　会场遇火 / 342
覆试 / 343　　　　　癸未二首相长子 / 343
土舍科目 / 343　　　嘉靖三丑状元 / 344
一榜词林之盛 / 344　两中乡试 / 345
会场搜检 / 346　　　子先父举进士 / 347
年伯 / 347　　　　　戊辰公卿之盛 / 347
同科同时宗伯 / 348　刘进士晚达 / 348
进士房稿 / 348　　　癸未丙戌会元 / 349
指摘科场 / 349　　　乙酉京试冒籍 / 350
上榜士子三木 / 351　登科录父祖官 / 351
宰相子应举 / 352　　王国昌 / 352
己丑词林 / 353　　　国师阅文偶误 / 353
陈祖皋 / 354　　　　举人再覆试 / 354
宗室应试之始 / 355　举人勒停会试 / 355
录旧文 / 356　　　　王李晚成 / 356
畿元取乡人 / 356　　乙卯应天闱中之异 / 357
丙辰两大老 / 357　　观政进士体不同 / 358
旗竿 / 358

卷十七
兵部

铁册军 / 359　　　　恩军 / 359
文臣改武 / 359　　　边材 / 360

南京贡船 / 361
火药 / 363
项襄毅占寇 / 364
文士知兵 / 365
石司马 / 366
日本和亲 / 367
暹罗 / 368
沈惟敬 / 369
征安南 / 371
仇鸾谈兵之舛 / 372
奇兵不可再 / 373
款议有所本 / 374
京营操军 / 375
克复松山 / 376
梅客生司马 / 377
进银立兵营 / 378
武臣自称 / 379
叉手横杖 / 380

河套 / 362
武弁杀邑令父子 / 363
武臣好文 / 364
兵部郎叙功 / 365
日本 / 366
程鹏起 / 368
金丹说客 / 369
斩蛟记 / 370
安南纳款 / 371
杀降 / 373
武弁报恩 / 374
蔡见庵宪使 / 375
兵事骤迁 / 375
西南诸捷 / 376
福将 / 378
名器之滥 / 379
都督将军 / 379

卷十八
刑部

国初用法严 / 381
热审之始 / 382
国学儒臣荷校 / 383
朝审主笔 / 384
遣使审恤之始 / 385
吏役参东厂法司 / 386
梁文康子杀人 / 387
赵麟阳司寇 / 388
刘东山 / 389
嘉靖丁亥大狱 / 391

籍没奸党 / 381
罪臣家口异法 / 382
法外用刑 / 383
三杨子孙 / 384
恤刑 / 385
曜仇人目 / 387
叛臣妻女没官 / 388
告讦 / 389
嘉靖大狱张本 / 390
再证李福达事 / 392

权臣述史 / 392　　　　　罪臣孥戮 / 393
宫婢肆逆 / 394　　　　　冯益枉死 / 396
剧贼遁免 / 396　　　　　岭南论囚 / 397
王大臣 / 397　　　　　　忧危竑议 / 398
乙卯闯宫 / 398　　　　　廷杖 / 399
立枷 / 400　　　　　　　江南讹传 / 401
冤狱 / 401　　　　　　　冤亲 / 402
大侠遁免 / 403　　　　　逸囚正法 / 403
手刃逆奴 / 404　　　　　齐韶冤死 / 404
弟子酖师 / 405　　　　　崔鉴孝烈 / 405

卷十九

工部

裴侍郎履历 / 406　　　　工匠卿贰 / 406
赵尚书荐贤 / 407　　　　朱震川司空 / 407
刘晋川司空 / 407　　　　邵上葵工部 / 408
京师营造 / 408　　　　　两京街道 / 409
工部管库 / 409　　　　　工部差 / 410

台省

汤刘二御史再谴 / 410　　嘉靖诸御史 / 411
御史大夫被论 / 412　　　南北台员 / 412
南御史改北 / 412　　　　刘畏所侍御 / 413
山西乔御史 / 413　　　　房心宇侍御 / 414
私书 / 414　　　　　　　御史与边功 / 415
按臣笞将领 / 416　　　　行酌 / 416
言官劾父 / 417　　　　　台省之玷 / 417
科道被三木 / 419　　　　六科廊章奏 / 420
吏垣都谏被弹 / 420　　　王聚洲给事 / 421
乔给事 / 422　　　　　　罗给事 / 422
虾蟆给事 / 423　　　　　科道对偶 / 423
言官回避父兄 / 423

卷二十
言事
章枫山封事 / 425
王虎谷封事 / 425
王思再谏 / 426
抗疏中辍 / 426
一人先忠后佞 / 426
又先佞后忠 / 427
佞幸建言可采 / 427
陆澄六辨 / 428
疏语不伦 / 429
郭希颜论庙制 / 429
武弁建言太黩 / 430
詹李二谏官 / 431
三御史争寿宫 / 431
张寰应工部 / 432
言官一言之失 / 432
禁嫖赌饮酒 / 433
京职
通政司官 / 433
章奏异名 / 434
门下省 / 434
见朝辞朝 / 435
小九卿 / 435
周宁宇少卿 / 436
中书行人 / 437
京官肩舆 / 437
杨学录孝行 / 438
钦天太医官 / 438
历法
俗忌 / 439
华夷百刻之异 / 439
历学 / 440
颁历 / 440
浑天仪 / 441
改造漏刻 / 441
厘正历法 / 442
日圭同异 / 442
郑世子论岁差 / 443
日食讹谬 / 443
一岁节候 / 444
居第吉凶 / 444

卷二十一
禁卫
锦衣卫 / 446
锦衣卫镇抚司 / 446
马顺范广 / 447
驾帖之伪 / 447
陆刘二缇帅 / 448
昼夜用刑 / 448
世锦衣掌卫印 / 449
锦衣帅见首辅礼 / 450
锦衣官考军政 / 450
史金吾 / 450

镇抚司刑具 / 451　　儒臣校尉 / 452
舍人校尉 / 452　　礼仪房 / 453
佞幸
士人无赖 / 453　　乳母异恩 / 454
诈称佞幸 / 454　　武宗诸嬖 / 455
主上外嬖 / 456　　伶人称字 / 456
教坊官一品服 / 457　　秘方见幸 / 457
进药 / 458　　同邑二役 / 459
十俊 / 459　　佞人涕泣 / 459
滇南异产 / 460

卷二十二
督抚
总督军务 / 462　　巡抚之始 / 463
参赞军务之始 / 463　　抚按重轻辽绝 / 464
提督军务 / 464　　张半洲总督 / 465
阮中丞被围 / 465　　海忠介抚江南 / 466
海忠介被纠 / 467　　李尚书中丞父子 / 468
郧变 / 468　　李见罗中丞 / 469
许中丞 / 469　　二李中丞 / 470
李斗野中丞 / 470　　秦中丞 / 471
经略大臣设罢 / 471　　任丘大僚 / 472
巡抚久任 / 472　　列营举炮 / 473
司道
方印分司 / 473　　宪臣笞属吏 / 474
藩臣笞属吏 / 475　　方面官淫纵 / 475
藩臣被笞 / 475　　王吉死廉 / 476
藩臬官兼两省 / 476　　整饬兵备之始 / 476
尹宪使 / 477　　徐方伯死事 / 477
王大参諴倭 / 478　　布按二司官 / 478
畿辅分道 / 478　　宪臣罪谪 / 479

龙君扬少参 / 479　　　　　冯仰芹大参 / 480
盐运使 / 480　　　　　　　乡绅见监司礼 / 481
府县
知府赐敕 / 481　　　　　　一邑二令 / 482
一府二推官 / 483　　　　　郡守被笞 / 483
金元焕 / 483　　　　　　　刘际明太守 / 484
县令处分人命 / 484　　　　邑令轻重 / 485
立碑 / 485　　　　　　　　嫌名 / 485

卷二十三

士人
唐伯虎 / 487　　　　　　　徐文长 / 487
张幼于 / 488　　　　　　　金华二名士 / 488
山人
恩诏逐山人 / 489　　　　　别号有所本 / 490
山人名号 / 490　　　　　　山人歌 / 491
王百谷诗 / 491　　　　　　山人对联 / 491
山人愚妄 / 492
妇女
命妇朝贺 / 493　　　　　　二妇全边城 / 493
窦氏全印 / 494　　　　　　宰相寿母 / 494
三太宰寿母 / 495　　　　　寿母祸福不同 / 495
江陵太夫人 / 496　　　　　阁老夫人旌表 / 497
假昙阳 / 497　　　　　　　娄江四王 / 498
黄取吾兵部 / 498　　　　　妇人能时艺 / 499
女郎吟咏 / 499　　　　　　妒妇不绝嗣 / 500
沈归德身后 / 500　　　　　燕姬 / 500
广陵姬 / 501　　　　　　　女医贷命 / 501
徐安生 / 502　　　　　　　妇人弓足 / 502
胡元瑞论缠足 / 503

妓女
妓鞋行酒 / 503　　　杜韦 / 503
刘凤台 / 504　　　侠娼 / 505
钓囥 / 506
卷二十四
畿辅
煤山梳妆台 / 507　　　京师旧城 / 507
四辅城 / 508　　　西苑豢畜 / 509
南内 / 509　　　射所 / 509
书院 / 510　　　会馆 / 510
周宣王石鼓 / 511　　　京师园亭 / 511
房山县石经 / 512　　　京师名实相违 / 512
白石 / 513　　　畿南三大 / 513
口外四绝 / 513　　　内市日期 / 514
庙市日期 / 514　　　京师俗对 / 515
拣花扫雪 / 515　　　帐房 / 515
外郡
南宋陵寝 / 516　　　雪山 / 517
郑州 / 517　　　入滇三路 / 518
贵定县 / 519　　　灵岩山 / 519
风俗
六月六日 / 520　　　傅粉 / 521
小唱 / 521　　　男色之靡 / 522
火把节 / 522　　　种羊 / 523
同川浴 / 523　　　丐户 / 524
技艺
斗物 / 524　　　李近楼琵琶 / 525
宋时诨语 / 525　　　戏物 / 526
缙绅余技 / 526

卷二十五

评论

评议大礼诸臣 / 529
弇州评议礼 / 529
靖康景泰二论 / 530
汪南溟文 / 530
评论前辈 / 531
私史 / 531
林居漫录 / 532
袁中郎论诗 / 532
评书 / 533

著述

献书被斥 / 533
大学衍义 / 534
诗祸 / 535
吕焦二书 / 536
国学刻书 / 536
类隽类函 / 537
焚通纪 / 537

词曲

蔡中郎 / 538
西厢 / 538
南北散套 / 539
丘文庄填词 / 539
弦索入曲 / 540
填词名手 / 541
太和记 / 541
填词有他意 / 542
张伯起传奇 / 542
梁伯龙传奇 / 543
昙花记 / 543
拜月亭 / 544
北词传授 / 544
时尚小令 / 545
杂剧 / 545
杂剧院本 / 546
戏旦 / 547
笛曲 / 547
俗乐有所本 / 547
俚语 / 548
舞名 / 549
金瓶梅 / 549

卷二十六

玩具

名臣通画学 / 551
时玩 / 551
瓷器 / 551
好事家 / 552
假骨董 / 552
定武兰亭 / 553
淳化阁帖 / 554
晋唐小楷真迹 / 554

小楷墨刻 / 555
春画 / 556
高丽贡纸 / 557
端州砚材 / 558
四川贡扇 / 559
物带人号 / 560

旧画款识 / 555
汉玉印 / 556
新安制墨 / 557
云南雕漆 / 558
折扇 / 559

谐谑
借蟹讥权贵 / 560
谑语 / 561
康吴二尚书 / 562
松江谑语 / 563
嘉兴谑语 / 564
无锡谑语 / 565
四喜诗 / 566
王弱生续句 / 566
太函云杜二谑诗 / 567

优人讽时事 / 561
贾实斋宪使 / 562
术艺 / 563
苏州谑语 / 564
吴江谑语 / 564
认族谑诗 / 565
咏头二谑诗 / 566
司马温公 / 567

嗤鄙
窝婿 / 567
私印嗤鄙 / 569
名刺自称之异 / 569
太学不文 / 570
项四郎 / 571
非类效仕宦 / 571

衍圣公 / 568
颜面 / 569
窃旧句 / 570
王上舍刻木 / 570
白练裙 / 571
诗厄 / 572

卷二十七
释道
释教盛衰 / 574
感通寺 / 575
酒帘得子 / 576
夷僧行法 / 577
僧道异恩 / 578

僧道异法 / 575
女僧投水 / 576
番僧赐印 / 576
主上崇异教 / 577
毁皇姑寺 / 579

衣钵 / 580
僧家考课 / 581
紫柏拈偈 / 582
紫柏祸本 / 583
憨山之谴 / 584
禅林诸名宿 / 586
僧彗秀 / 587
塔影 / 588
羽流不列清班 / 588
道士娶妻 / 589
段朝用 / 590
道士入直内廷 / 591
真人诸印俱备 / 592

京师敕建寺 / 580
吴江异人 / 581
紫柏评晦庵 / 583
二大教主 / 584
雪浪被逐 / 585
西僧 / 586
塔异 / 587
真人封号之异 / 588
月中仙人 / 589
二瘸子 / 590
方士亡两国 / 591
乐工道士之横 / 592

卷二十八
神仙
谈相徐爵遇神人 / 594
记前生 / 595
仙女保荐 / 596
王子龙 / 597
果报
胜国之女致祸 / 598
尹昌隆 / 600
景泰间逆党 / 601
得子失子 / 602
守土吏狎妓 / 603
现报 / 604
仇鬼下隶 / 606
义马 / 607
征梦
甲戌状元 / 607

神佛佑人再生 / 595
张三丰 / 596
仙姑避迹 / 597
尸解 / 598

亡国后妃流落 / 599
仇鬼责人 / 601
赵少保祭六大臣 / 602
戮子 / 603
耶律楚材 / 604
冤报 / 605
毁经谪为冥官 / 606

仪铭袁中皋 / 608

妖梦 / 609
梦宗汝霖 / 609
董旷庵尚书 / 609

卷二十九

礽祥

黄河清 / 611
甘露瑞雪 / 612
岁朝牡丹 / 613
死麟 / 614
元旦日食免贺 / 614
山裂 / 615
郊坛大风 / 616
弘治异变 / 617
赤眚黑眚 / 620
地震 / 621
万寿宫灾 / 622
讹言火庙 / 623
雨血 / 624
花石之祸 / 624

先知 / 611
献芝 / 612
白鹿 / 613
孪生子之异 / 614
鳌山致火灾 / 615
土木之祸咎征 / 616
朝参讹传 / 617
正德龙异 / 620
雷震陵碑 / 621
又 / 622
己亥山水大灾 / 623
玉芝非瑞 / 623
妖言进士 / 624
衣内出火 / 625

鬼怪

太山主者 / 625
术士使鬼 / 626
奇鬼 / 627
献县盗鬼 / 628
食人 / 629
邓子龙香木 / 630
周公瑕 / 631
奇疾 / 632
人痾 / 633

穆象玄冥判 / 626
三孝廉作鬼 / 627
马仲良户部 / 627
大风吹人 / 628
小棺 / 629
草木之妖 / 631
沈司马庄怪 / 631
京师狐媚 / 632

卷三十

叛贼

再僭龙凤年号 / 634
四僭罗平国号 / 634
妖妇人 / 635
李白洲 / 635
马祖师 / 635
武定府初叛 / 636
武定府改流 / 637
武定三叛 / 638
武定四叛 / 638
妖人王子龙再见 / 639
妖人赵古元 / 639
妖人刘天绪 / 640
随金事 / 641
盗贼赋形之异 / 641
妇人行劫 / 642
发冢 / 642

土司

土官职名 / 643
夷姓 / 643
夷酋好佛致祸 / 644
夷妇宣淫叛弑 / 644
流官属土府 / 646
土官之异 / 646
永顺彭宣慰 / 646
樊哙祠 / 647
岳凤投缅 / 648
叛酋岳凤 / 649
大候洲 / 649
土酋名号 / 651
滇南宝井 / 651

外国

西天功德国 / 652
琉球女人学 / 652
西域记 / 653
使西域之赏 / 656
瓦剌厚赏 / 657
夷王名之异 / 658
两使外国不赏 / 658
赐四夷宴 / 659
活佛 / 659
顺义王 / 660
夷人市瓷器 / 660
册封琉球 / 661
出使琉球得罪 / 661
乌思藏 / 661
红毛夷 / 662
大西洋 / 663
利西泰 / 664
香山嶴 / 664
朝鲜国诗文 / 665
外国王仪仗 / 665

补遗

列朝

重修国史 / 666
义惠侯 / 666
里士社士 / 666
禁殿更名 / 667
圣谕门工 / 667
圣学心法 / 668
宣宗击射 / 668
穆宗仁俭 / 669
文华殿 / 669
总裁永乐大典 / 670
禁革斋醮 / 671
世庙改称 / 671
建吴二庶人 / 672
圣祖兼三教 / 672
天顺初元盛德 / 672
大峪山用舍 / 673
大峪山再用 / 675
禁中演戏 / 675
供御茶 / 675
年号别称 / 676
承天大志 / 676
今上史学 / 677
直谏奇刑 / 677
宣宗御笔 / 678

宫闱

妃谥 / 678
仁庙殉葬诸妃 / 680
万妃晚幸 / 680
宫词 / 681
选江南女子 / 681
女官 / 681
采女官 / 681
女秀才 / 682

宗藩

亲王娶夷女 / 682
谷王反覆 / 683

公主

主婿遭辱 / 684
公主下嫁贵族 / 684
尚主见斥 / 685

内监

封朝鲜 / 685
内府诸司 / 686
孔庙内臣降香 / 686
内廷豢猫 / 686
劾大珰子弟 / 687
内官定制 / 687
内臣罪谴 / 689
禁自宫 / 689
中官荫胄子 / 690
考察内官 / 691

镇滇二内臣 / 691　　　　　请内官体访考察 / 692
老儿当 / 692　　　　　　　阉幼童 / 693
内臣辱朝士 / 693　　　　　内臣被劾重谴 / 694
内臣赐私印 / 694　　　　　纪述内臣 / 694
王振恩恤 / 695　　　　　　陪臣飞鱼服 / 695
勋戚
武定异封 / 696　　　　　　国公文臣 / 696
朱勇恤典 / 696　　　　　　陆炳恤典 / 697
内阁
阁臣事寄 / 697　　　　　　阁臣丧子赐赙 / 698
内阁密封之体 / 698　　　　儒生保辅臣 / 699
伪画致祸 / 699　　　　　　弘治召对 / 700
桂文襄受赂 / 700　　　　　阁臣奉使 / 701
阁臣夺情奉差 / 701　　　　成化三相之去 / 701
正德三相之去 / 702　　　　隆庆七相之去 / 702
阁臣赐蟒之始 / 703　　　　阁臣横恩之始 / 703
赠上柱国 / 703　　　　　　内阁失印 / 704
阁臣久任 / 704　　　　　　宰相前世僧 / 705
辅臣掌都察院 / 705　　　　参高新郑疏反覆 / 706
江陵议分祀天地 / 707　　　辱宰相使者 / 707
朱成国张真人 / 708　　　　天启圣聪 / 708
归德去国 / 708　　　　　　致堂胡氏 / 708
荫玺丞 / 709　　　　　　　两州同 / 709
宰相下狱 / 709
词林
考吉士变体 / 710　　　　　吉士阁试诗 / 710
乡绅异法 / 711
吏部
大计添浮躁 / 711　　　　　外计及大京兆 / 712
士绅怪癖 / 712　　　　　　二胡暴贵不终 / 712

后辈侮前辈 / 713
朝士匿丧 / 714
考察科道 / 715
辰巳考察 / 716
徐晞三代遭际 / 717
户部
安南户口 / 718
贡害 / 719
茶式 / 719
礼部
郭宗伯论谥 / 720
议革张浚祀 / 721
孔庙尊称 / 723
命名禁字 / 724
科场
永乐补试再试 / 725
科目别举 / 726
场题成谶 / 728
预传考官 / 729
赠进士 / 730
勋戚司文衡 / 731
兵部
武庙 / 732
请武举殿试 / 734
戚帅惧内 / 735
倭患 / 735
武弁僭服 / 736
家丁 / 737
解军 / 738

汪徐相仇 / 714
不跪部院 / 715
星变考察 / 716
宫臣词臣兼吏科 / 717
施丐 / 717

江南白粮 / 718
岁入 / 719

文庙不祀周公 / 720
孔庙礼乐 / 723
考察官议礼不纳 / 724
尚书被嘲 / 725

乡试怪事 / 726
不求闻达科 / 728
场题犯讳 / 729
士子谤讪 / 730
建文庚辰榜 / 731
陈尚书陪所 / 732

武臣刺背 / 733
刺军 / 734
武弁之横 / 735
军令 / 736
武职比试 / 736
土兵 / 737

刑部
山人飞语 / 738
戊戌谤书附重刊闺范序
　　　　　　　　　　　闺鉴图说跋 / 739
癸卯妖书附续忧危竑议 / 742　　奴婢逆弑 / 744
辱及父兄 / 745　　　　　　　　赌博厉禁 / 745
天顺议罚之异 / 745
台省
御史墨败 / 746　　　　　　　　科道互纠 / 747
苛求姓名 / 748　　　　　　　　御史阿内侍 / 748
台疏讥谑 / 748
言事
疏论夺情 / 750
京职
刘文泰 / 750　　　　　　　　　马从谦 / 751
光禄官窃物 / 751
历法
算学 / 752
佞幸
太极 / 753　　　　　　　　　　两六卿之进 / 753
正德二歌者 / 753　　　　　　　名臣一事之失 / 754
论芝 / 754
督抚
周文襄 / 755　　　　　　　　　白兔 / 755
罗汝敬 / 756
司道
监司创势家 / 757
士人
周解元淳朴 / 757　　　　　　　沈祖量 / 758
妇女
命妇以妒受杖 / 758　　　　　　南和伯妾 / 759

畿辅
元夕放灯 / 759　　　　　内府畜豹 / 760
建酒楼 / 761　　　　　　禁歌妓 / 761
安乐堂 / 762　　　　　　门宫不避讳 / 762
淹九 / 762
风俗
契兄弟 / 763
著述
经传佚书 / 764　　　　　祝唐二赋 / 764
忠义录 / 765　　　　　　季汉书 / 765
献异书 / 766
玩具
玛瑙 / 766　　　　　　　书画学 / 767
秦玺始末 / 767　　　　　印章 / 771
谐谑
兵法用烟 / 771
嗤鄙
大臣异服 / 771　　　　　侮人自侮 / 772
释道
道家两府 / 772　　　　　道官封爵 / 772
番僧封爵 / 773　　　　　真君进爵 / 773
废佛氏 / 773　　　　　　札巴坚参 / 774
二徐真君之始 / 775　　　萨王二真君之始 / 775
张天师之始 / 776　　　　真人张元吉 / 776
神仙
神名误称 / 777
机祥
黄衣人歌 / 777　　　　　宫殿被灾 / 778
清明日天变 / 778　　　　圣主征应 / 779
妇人髭 / 779　　　　　　不男 / 779

牡猿化牝 / 780　　　　　并蒂瓜 / 780
致大鸟 / 781
鬼怪
凶宅 / 781
土司
人化异类 / 782　　　　夷兵 / 783
土司文职 / 783　　　　缅甸盛衰始末 / 783
六慰 / 786　　　　　　大古喇 / 787
老挝之始 / 787　　　　老挝反覆 / 787
夷酋三公 / 788　　　　土教官 / 788
土官承袭 / 789
外国
华人夷官 / 789　　　　外夷夸诞 / 790
也先夸国宝 / 790　　　奉使伏节 / 791
奉使被议 / 792　　　　奉使不行 / 792

小 引

　　余生长京邸,孩时即闻朝家事,家庭间又窃聆父祖绪言,因喜诵说之。比成童,先人弃养,复从乡邦先达剽窃一二雅谈,或与垅亩老农谈说前辈典刑及琐言剩语,娓娓不倦,久而渐忘之矣。困厄名场,梦寐京国。今年鼓箧游成均,不胜令威化鹤归来之感。即文武衣冠,亦几作杜陵夔府想矣。垂翅南还,舟车多暇,年将及壮,遭回无成,又无能著述以自见,因稍䌷绎故所记忆,间及戏笑不急之事,如欧阳《归田录》例,并录置败簏中,所得仅往日百之一耳。其闻见偶新者亦附及焉,若郢书燕说,则不敢存也。夫小说家盛于唐而滥于宋,溯其初,则萧梁殷芸始有《小说》行世。芸,字灌蔬,盖有取于退耕之义,谅非朝市人所能参也。以退耕而谈朝市,非僭则迂。然谋野则获,古人已有之,因以署吾录。若比于野人之献,则《美芹十论》当时已置高阁,非吾所甘矣。编中强半述近事,故以"万历"冠之。万历三十四年丙午仲冬日自题于瓮汲轩。

续编小引

今上御极已垂五十年,德符幸生尧舜之世,虽困处菰芦,然咏歌太平,无非圣朝佳话。间有稍关时事者,其泾渭自明,藿食者但能粗忆梗概而已。至于风气之转移,俗尚之改革,又渐与往年稍不同。盖自丙午、丁未间有《万历野获编》共廿卷,弃置簏中,且辍笔已十余年而往矣。壮岁已去,记性日颓,诸所见闻又有出往事外者。胸臆旧贮,遗忘未尽,恐久而并未尽者失之,遂不问新旧,辄随意录写,亦复成帙。绪成前稿,名曰《续编》,仍冠以"万历",其事亦有不尽属今上时者。然耳剽目击,皆德符有生来所亲得也。昔吾家存中,身处北扉,淹该绝世,故《笔谈》一书传诵。至吾家石田,虽高逸出存中上,终以布衣老死吴下,故所著《客座新闻》,时有牴牾。德符少生京国,长游辟雍,较存中甚贱,而所交士大夫及四方名流聚辇下者,或稍过石田。因妄为泚笔。总之,书生话言,疵误不少,姑存之以待后人之斥正,或比于《玄怪》、《潇湘》诸录,差为不妄。今圣人在宥,当如纪年所称万数,与天罔极,野之所获,正不胜书也。万历四十七年己未新秋题于敝帚阁。

沈振附识

先高祖孝廉公撰《万历野获编》二十卷，又《续编》十卷，精核该博，凡朝常国典、山川人物，巨细毕举，惜未及梓。至崇祯末，长溪为蓷苻之薮，流离播迁，累世琬琰俱已澌灭，是编所存仅十之四五。振自束发受书以来，抚卷寻绎，辄为扼腕痛悼，叹遗编之失守也。犹幸天假之缘，原目具在，得以知其残缺，借以搜订。辛卯壬辰间馆禾城，旁征博询，所见不下数十余册，无如钞传互异，讫无全编，惟桐川钱氏所藏得自梅里朱氏，较多于他本，而质之原目，亦止十之六七耳。尔载先生更为列门分部，事以类序，虽次第非复本来，然颇便于展览，因以钱本为主而汇集诸家所藏，视钱本之所缺者而抄附之，又共得二百三十余条，覆校原目，一无所遗。振窃大幸是书之得全，不敢谓余小子搜缉之力，而丰城剑合，先高祖之灵实式凭之也。康熙癸巳闰五月五世孙振谨识。

钱牧斋题辞

　　钱牧斋云：自王李之学盛行吴越间，学者拾其残渖，相戒不读唐以后书，而景倩独近搜博览，其于两宋以来史乘别集、故家旧事，往往能敷陈其本末，疏通其端绪。家世仕宦，习闻国家故事，且及见嘉靖以来名人献老讲求掌故，网罗放失，勒成一家之言，以上史馆，惜其有志而未逮也。朱竹垞《诗综》亦全录此文，但于"勒成一家之言"下节去"以上史馆"四字，并易下句为"惜其未就也"。

　　谨按：牧斋先生"有志未逮"之语，谓上史馆也，今《诗综》所易，则直视此编为未就之书矣。恨振生也晚，哲人已逝，不获以此全帙奉正，而受之先生之言，不我欺也。

卷一

列　朝　一

告　天　即　位

高皇帝将登宝位,先于前一年之十二月百官劝进。时上御新宫,拜词于天,其略曰:"惟我中国,自宋运告终,帝命真人于沙漠入中国为天下主,百有余年,今运亦终。其于天下人民土地,豪杰分争,惟臣帝,赐英贤李善长、徐达等为臣之辅,戡定群雄,息民于田野。臣下皆曰:'恐民无主,必欲推尊。'臣不敢辞。是用明年正月四日,于钟山之阳设坛备仪,昭告上帝皇祇。如臣可为民主,告祭之日,伏望帝祇来临,天朗气清,惠风和畅;如臣不可,至日当烈风异景,使臣知之。"是时连阴,入明年元旦,即晴。至日,日光皎洁,合祭天地。上即位于南郊。按是词,先告上帝,以见未敢遽登至尊,且请烈风异景以示不可,是以天下为公,未尝矫饰符命,涂世耳目,真合尧舜汤武为心也。超千古而延万世,宜哉。

奉　先　殿

奉先殿者,太祖所建以奉先灵。凡节候、朔望、荐新以及忌日,俱于大内瞻拜祭告。百官皆不得预列。循至列圣,追祔先朝,帝后行礼如仪。又崇先殿则世宗初建,以奉兴献帝,效奉先为之。其后进称宗亦祔于奉先殿,而崇先废。奉慈殿者,孝宗所建,以奉生母孝穆纪后,其后以祖母孝肃周后奉安其中。嘉靖中,又安祖母孝惠邵后于中,此天子所以报诞育之恩,若私祭然,至嘉靖二十九年而罢之。又穆宗登极,迁世宗元配孝洁陈后祔庙,而徙孝烈方后于弘孝殿(故景云殿也),又奉生母孝恪杜后于神霄殿,而以上元配孝懿皇后祔享。其后,今上又迁三后主于奉先，而此二殿之祭亦辍不举。今岁时及忌日，祭告如初者，惟奉先一殿耳，内廷因目之为"小太庙"。闻主上每遇升殿受大朝，必先谒奉先殿，次及两宫母后，然后出御外殿。盖甲夜即起盥沐，非如常朝御门之简便云。张太岳相公《纪事》又云："奉先殿为洪武三十五年十月所作，以祀五庙太皇太后。"则又属之革除末年，文皇帝鼎建，非太祖矣。此公或别有据。

京师帝王庙

太祖洪武六年建帝王庙于金陵，七年始设塑像，未几遇火，又建于鸡鸣山之阳。及文皇都燕，未遑设帝王庙，仅于郊坛附祭。至嘉靖十年，始为位于文华殿而祭之。其年，中允廖道南请撤灵济宫二徐真君，改设历代帝王神位及历代名臣。上下其议于礼部。时李任丘为春卿，谓徐知证、知谔得罪名教，固宜撤去，但所在窄隘，不足改设寝庙，宜择善地。上以为然，令工部相地。以阜城门内保安寺故址整洁，且通西坛，可于此置庙。上从其言。次年夏竣役。上亲临祭，今帝王庙是也。是年修撰姚涞即议黜元世祖祀，李任丘亦执奏以为不可而止。至二十四年，竟斥去，识者非之，则费文通迎合也。廖中允疏以大慈恩寺与灵济并称，欲废慈恩改辟雍，行养老之礼。礼臣以既有国学为至尊临幸之地，似不必更葺别所。惟寺内欢喜佛为故元丑俗，相应毁弃。上是之，谓夷鬼淫象，可便弃之。不数年而此寺铲为鞠场矣。邵、陶两方士以提督灵济等宫领天下道教入衔矣。任丘先已测上意，故存此宫，智哉！

帝王配享

太祖仿古祀，历代帝王俱以功臣配，惟宋太祖之侧，以赵普虽开国功臣，然不忠于太祖，摈不得预。词严义正，似预知他日蹇、夏诸臣背故主投义师者，真圣人也。若元世祖之侑食，则罢安童、阿术二人，而进木华黎与伯颜，尤太祖独见。至世宗并元君臣俱去之，时恨虏寇入犯，用汉武帝诅匈奴故事也。

孝　慈　录

世以父母忧制中举子为讳，士大夫尤不欲彰闻，虑涉不孝。然太祖作《孝慈录》，序中已为嗣续大事，曲赐矜贷矣。穆宗在裕邸生长子，是为宪怀太子，时去母妃杜氏丧方期，世宗不悦。得少詹事尹台引《孝慈录序》为解，上始释然。南朝宋文帝谅阴中生子，秘之至三年始下诏，其来久矣。

御　制　文　集

帝王御集，莫尊崇于赵宋。每一朝则建一阁庋之，如龙图、天章而下，俱为收贮秘阁，置学士、直学士、待制、直阁诸官。若此朝无集则阙之，即徽宗播迁裔土，南渡尚能博访遗文，以建敷文阁是矣。本朝惟太祖高皇帝、宣宗章皇帝御集袞刻，尊藏禁中。窃谓亦宜特设一阁以奉云汉之章，令词臣久待次者充之，以寓后圣宪章遗意，亦圣朝盛举也。至若累朝列圣，俱留神翰墨，以至世宗之制礼乐、更祀典，其时高文大册，在布人间。即下而诗余小技，如世传武宗诸帝圣制，莫不天纵多能，即有散佚，亦可多方搜辑，各成一集，建阁备官，以待文学近臣寓直其中。庶乎礼乐明备之朝，无缺典之恨耳。按：宋最重龙图，呼学士为老龙，直学为大龙，待制为小龙，直阁为假龙。今世惟礼部仪制一司，亦有大仪、中仪、小仪之称，盖昉于此。然唐人又呼谏议大夫为大坡，拾遗为小坡，散骑常侍为大貂，补阙为小貂，又以吏部尚书为大天，郎中为小天，尤奇。

访　求　遗　书

国初克故元时，太祖命大将军徐达收其秘阁所藏图书典籍，尽解金陵，又诏求民间遗书。时宋刻板本，有一书至十余部者。太宗移都燕山，始命取南京所贮书，每本以一部入北，时永乐十九年也。初贮左顺门北廊，至正统六年而移入文渊阁中，则地邃禁严，事同前代矣。至正统十四年，英宗北狩，而南京所存内署诸书悉遭大火，凡宋元以来秘本，一朝俱尽矣。自后，北京所收，虽置高阁饱蠹鱼，卷帙尚如是也。自弘、正以后，阁臣、词臣俱无人问及，渐以散佚。至嘉靖中叶，御史徐九皋上议欲查历代艺文志书目参对，凡经籍不备者，行士民之家，借本送官誊写，原本给还，且加优赉；又乞上御便殿，省阅章奏，处分政事，赐见讲读诸臣，辨析经旨。时夏贵溪为礼卿，议覆谓御史建白良是，宜如所言备开书目收采藏贮，所请召见侍从讲官，亦仰体皇上圣学备顾问之意。上曰："书籍充栋，学者不用心，亦徒虚名耳，苟能以经书躬行实践，为治有余裕矣，此心不养以正，召见亦虚应也。"因命俱已之。盖上已一心玄教，朝讲渐稀，乃欲不时赐见侍臣，已咈圣意，故求访遗书一并寝罢。惜哉！按：古来求书者无过赵宋之殷切，所献多者至赐进士出身；即故元起沙漠，尚立经籍所，又设兴文署，以遍集经史，收贮板刻。当此全盛之世，反视为迂缓不急之事。自嘉靖至今又七八十年，其腐败者十二，盗窃者十五，杨文贞正统间所存文渊书目，徒存其名耳。即使徐九皋之说得行，亦只供攘攫耳。

赐百官食

太祖时，百官朝退必赐食于廷，盖用法虽严而驭臣有礼，且其时每日赐对，无间寒暑，即恤劳亦宜然。至末年赐亦渐疏，惟每月朔望日，各衙门大小堂上官俱有支待酒馔，历文、昭、章三朝皆然。直至正统七年，光禄卿李亨始奏罢之，惟元旦、冬至两大节筵宴，礼部奏请举行，其他如立春则吃春饼，正月元夕吃元宵圆子，四月初八吃不落荚，五月端午吃粽子，九月重阳吃糕，腊月八日吃腊面，俱光禄寺先期上闻，凡朝参官例得餍饫恩，亦太平宴衍景象也。至若万寿圣节、郊祀庆成，则有大宴；太后圣诞、皇后令诞、太子千秋，俱赐寿面，又不在此例。近年主上御朝既稀，筵宴顿减，每遇令节，辄奉旨免办，虽稍省浮费而祖制渐湮矣。

四月八日为释迦生日，所赐亦面食，名不落荚者，从释氏名也。世宗辟佛，改赐期于四月五日，其食亦改新麦面。盖凡属释氏必尽废为快，如大慈恩寺，先朝最盛梵刹，宪、孝、武历朝法王国师居停者万人，皆仰给天庖，嘉靖初尽革去，驱众番僧于他所，至二十二年遂命毁之，寸椽片瓦亦不存，今射所是也。

国初实录

实录不甚经见，惟唐顺宗则韩昌黎所草，故至今传世，然亦不甚详，至宋则备甚矣。《神宗实录》初为黄鲁直、张文潜辈所修，至绍圣而章、蔡辈改之，尽收原稿入内以灭其迹，世间遂无旧本，后赖梁师成从秘府传出，始行人间，所谓朱墨本者是也；至南渡后以章、蔡本为诬罔，命再修，则《神宗实录》凡三开局矣。本朝《太祖实录》修于建文中，王景等为总裁；后文皇靖难，再命曹国公李景隆监修，而总裁则解缙，尽焚旧草；其后永乐九年复以为未善，更命姚广孝监修，总裁则杨士奇，今所传本是也。然前两番所修，则不及见矣。国初时事变革，与宋神宗绝不同，然三更其史，则古来惟两朝为然。李景隆等进录表，予偶从他书得之，今录附《太祖实录》之后。初修、再修时杨文贞俱为纂修官，则前后三史皆曾握管，是非何所取裁，真是厚颜。

监修实录

实录监修官累朝俱以勋臣充之，惟洪武三十一年八月建文君新即位，征江西处士杨士奇充实录纂修官，至建文元年正月始大开局修《太祖实录》，时总裁为礼部侍郎董伦、王景彰，副总裁为太常少卿廖升、侍讲学士高巽志，纂修官为国子博士王仲汉、中府教授胡子昭、齐府理审副杨士奇、崇仁县训导罗恢、马龙他郎甸长官司吏目程本立，而监修者则未之闻。至洪武三十五年七月（实建文四年也）文皇新即位，以前任知府叶仲惠等修《太祖录》指斥靖难君臣为逆党，论死籍没，本年十二月始命重修。其时监修者为曹国公李景隆、忠诚伯茹瑺，虽文武各一人，皆勋臣也。永乐九年，又以景隆、瑺等心术不正，编辑不精，改命姚广孝、夏原吉为监修，其纂修则属之胡广等，又命杨士奇、金幼孜佐之，而总裁则属祭酒胡俨，学士黄淮、杨荣，此国初未定例也。洪熙元年五月，修《太宗实录》，以英国公张辅、吏部尚书蹇义、户部尚书夏原吉为监修，则武臣一人，文臣二人矣，而总裁则杨士奇等。本年闰七月又修《仁宗实录》，仍以英国公张辅、通山侯王道及蹇、夏共四人为监修，盖文武各二人，而纂修亦仍士奇等。至宣德十年修《宣宗实录》，始命以英国公张辅一人充监修官，其总裁仍属辅臣杨士奇等，自此累朝以来遂为定制，无复文臣监修事矣。惟嘉靖间修《兴献录》以定国公徐光祚、吏部尚书廖纪、礼部尚书席书为监修官，盖用祖宗初年故事，以重其典。书成，各受上赏。然实录已属僭拟，即欲加隆于列圣之上，徒为识者所哂，无足为轻重也。

避　　讳

古来帝王避讳甚严，如唐玄宗讳隆基，则刘知幾改名；宋钦宗讳桓，则并嫌名丸字避之，科场韵脚用丸字者皆黜落；高宗讳构，则并勾字讳之，至改句龙氏为缑氏，盖同音宜避，亦臣子至情宜然。惟本朝则此禁稍宽，然有极异者，如懿文太子既有谥号矣，何以少帝仍名允炆，盖当时已改尊称为兴宗康皇帝，犹为有说；而建文年号音同御名，举朝称之凡四年，何以不少讳也？至建文二子，长名文奎，次曰文圭，其音又与炆字无少异，又何也？岂拘于太祖所定帝系相传之二十字耶？似亦宜变而通之。当时方、黄诸大儒在事，纷纷偃武修文，何以不议及此，至后章谥号又犯太祖御讳，抑更异矣。

玺　　文

自秦玺以"受命于天、既寿永昌"八字为文，后世祖之。然其八字甚少，本朝诸宝皆四字，若敬宗庙则以"皇帝尊亲之宝"，赐亲藩则用"皇帝亲亲之宝"，赐守令则用"敬天勤民之宝"，求经籍则用"表章经史之宝"，又有"丹符出验四方"，另为一玺。以上俱六字为异。惟建文三年正月朔所受"凝命神宝"，则大异矣。先是，建文皇帝为太孙时，梦神人致上帝命，授以重宝；甫即位，有使者还自西方，得青玉雪山，方逾二尺，质理温栗；二年宿斋宫，又梦若有所睹，惊寤，遂命匠琢此玉为大玺，至是功成，赐今名，告天地祖宗，宣示远迩，百官毕贺，大宴文武四夷于奉天门。玺文曰"天命明德，表正万方，精一执中，宇宙永昌"，凡十六字。古来印玺未有此繁称。惟宋徽宗政和八年，于所用八宝之外，又作一玺，其文曰"范围天地，幽赞神明，保合太和，万寿无疆"，亦十六字，命名"定命宝"，与此正吻合。靖康之祸，诸宝俱为金所取，惟此独留，高宗携以渡江，抑为十一宝之第十，盖以蔡京所书，故诎之也。今建文之"凝命宝"亦为文皇所斥不用矣。而两重器俱为不祥物也。但宣和间，京甫用事，宜有此夸诞之举；革除时方、黄诸正人在事，又燕兵日南，国如累卵，乃亦粉饰虚文如此，何耶？按自古印章无大至径尺者，似此笨物，未知建文朝施用于何所？且宋"定命宝"号最大，亦不及九寸；又前此元魏文成帝和平三年，河内人张超得玉印于坏楼（故佛图），其文曰："富乐日昌，永保无疆，福禄日臻，长享万年。"其玉光润，其刻精巧，时以为神明所授，诏天下大酺三日。古今十六字印凡三见，然元魏所得只方三寸，形模最小，仅建文所作十之一耳，尚存古式。

园 庙 缺 典

懿文太子寝园在南京，每年忌辰、四孟、清明、中元、冬至、岁暮，俱遣使往祭，其祭文亦填御名，但例遣南太常寺属道官为奉祀者行礼，乃哀冲、庄敬二太子之在北京者，则遣都督亲臣往祀，向来人心颇不惬，而无敢言及者。至万历十八年五月，太常少卿谢杰始抗章议其非礼，上下部详议，始改遣南京五府佥书官行礼，似于祀典稍加隆重，而礼之未备者尚多可商。按弘治中，台州人缪恭走京师上书言六事，其一请封建庶人之后为王，以奉懿文祀。通政司大怒，谓为讨死，囚之兵马司，以其疏上，上不罪也。列圣相承，善体文皇意中之事，无奈臣下溺于习闻，无能将顺，惜哉。

陵 寝 之 祭

列圣陵寝俱在京师天寿山，其在金陵惟太祖孝陵以及懿文太子寝园耳。太祖一岁大祭者凡三，而懿文园则九大祭，不知何故。意者建文追谥兴宗时加隆祢庙，有此缛礼，其后因循不及改正，而南中大老视为寻常故事，亦无一语及之。按，懿文园在孝陵之东，至今称为东陵，想当日追崇尊号，必追上陵名，既经革除，遂不可考，而人之称陵如故，则建文之泽，犹在人心也。

建文君出亡

建文君出亡再归，其说不一。陆文裕谓从云南到阙，有故臣太监吴诚识之，遂留之内廷以寿终，葬金山。郑端简之说亦如之。独薛方山《宪章录》云："正统十二年，广西思恩州获异僧杨应能，升州为府，以土知州岑瑛为知府，异僧即建文也。"亦以吴诚为证，初不言其伪。《实录》则云正统五年，有僧年九十余，自云南至广西，语人曰我建文帝也，张天师言我四十年苦，今数满，宜返国。诣思恩自言，岑瑛送之京师，会官鞫之，其姓名为杨应祥，钧州人，洪武十七年度为僧，游两京云贵以至广西。上命锢锦衣狱而死，同谋僧十二人俱戍边。凡三说俱不同。弇州独以《实录》为真，而薛所纪相近，又云思恩故府，未闻某年升州为府，则大不然。按，思恩本元邕州，属田州府路，本朝洪武间土官岑永昌归附，授思恩知州，仍属田州府，永乐初改属布政司。永昌死，子瑛袭，至正统四年瑛以杀贼功，升田州府知府，仍管思恩州。（升府事见正统四年十月，《实录》内可查。）瑛欲并有田州，与知府岑绍交恶。总兵官柳溥议升思恩为府，益以诸峒，诏从之。寻改称军民府，瑛累升参政，改都指挥使。传至孙濬，又与田州知府岑猛交兵，逐之。濬后败，其妾入官为婢（即故相焦泌阳所嬖者）。至正德七年，始改流官以至于今。然则思恩本以州改府甚明。薛仲常谓为获僧而改，固误；弇州以为无改府事，则又误之误矣。大抵少帝之出，存亡不可知，其来归也，为真为伪亦未可臆断，但建文帝以洪武丁巳年生，至正统初不过六旬，而杨应祥自称九十余，则假托立见，不待鞫已明矣。史官撰实录自宜用隽不疑缚成遂故事，以正国体，即真如陆文裕、郑端简所言，亦不过令终其天年。英宗圣主，薛文清、李文达辈贤相，处分似亦宜然。但懿文太子之祀不废，而少帝犹然，若敖之鬼，是在圣子神孙，用故主事杨循吉及近年庶子王祖嫡、通政司沈子木等之议，续其烝尝，若子产所谓有以归之，斯可矣。至唐隐太子巢剌王立后故事，未敢轻议也。近年陈南充议开局修史，言官因请复建文纪年，上命建文朝事俱附太祖本纪之末，而不没其年号。会修史中辍，不果行。

少帝自地道出也，踪迹甚秘，以故文皇帝遣胡濙托访张三丰为名，实疑其匿他方起事，至遣太监郑和浮海遍历诸国，而终不得影响，则天位虽不终而自全之智有足多者。当时倘令故臣随行，必立见败露。近日此中乃有刻《致身录》者，谓其先世曾为建文功臣，因侍从潜遁为僧，假称师徒，遍历海内，且幸其家数度。此时苏、嘉二府逼近金陵，何以往来自由，又赓和篇什、徜徉山水无一讥察者？况胡忠安公之出使也，自丁亥至丙申，遍行天下，凡十年而始报命。观忠安传中云，穷乡下邑无不毕至。胡为常州人，去此地仅三舍，且往来孔道也，岂建文君臣能罗公远隐身法耶？所幸伪撰之人不晓本朝典制，所称官秩皆国初所无，且妄创俚谈，自呈败缺，一时不读书不谙事之人，间为所惑，即名士辈亦有明知其伪，而哀其乞怜，为之序论，真可骇恨。盖此段大谎，又从老僧杨应祥假托之事敷演而成，若流传于世，误后学不小。又《传信录》云：宣宗皇帝乃建文君之子，传至世宗皆建文之后。此语尤可恨。盖祖宋太祖留柴世宗二子及元末所传顺帝为宋端王合尊幼子二事而附会之耳，乃不自揆，僭称"传信"，此与近日造《二陵信史》者何异。庸妄人自名为信，他人何尝信之，此皆因本朝史氏失职，以至于此。

甲戌年，今上御日讲，问辅臣以建文君出亡事，张居正对曰："此事国史无考。但相传正统间，于云南邮壁题诗有'流落江湖数十秋'之句，一御史异而询之，自言建文帝，欲归骨故土。遂驿召入宫养之，时年已七八十，后不知所终。"盖江陵亦不曾记忆《英录》中有此事也。

龙 潜 旧 邸

宋时人主龙潜时封国，登极后例升为府，如吾秀州之升嘉兴府亦其一也。文皇帝从燕起，已改北平布政司为北京，肃皇帝从兴邸入缵，已升安陆州为承天府，最合古义。惟宪宗以沂王再正储宫，穆宗以裕王肇登宸极，二地一在山东，一在河南，俱名邦要郡，似亦宜升州为府，以表两朝潜藩故地。天下有视之若迂而于国体有关者，此类是也。今宇内大州，在中原无如徐州，当四战之地，须改为府，他则如山西之蒲、泽二州，地险而固，其属邑俱不奉约束，宜亦改为府治，从本省汾、潞二州事例。又如四川之潼川州，在宋为利州路，列四蜀之一，以镇帅开阃最为雄盛，且所领十县俱上腴善地，尤宜急升为府，以资弹压。今建议者非抵掌卫、霍即抗颜桑、孔，于此等事俱置不问，一旦有急，始议更张，晚矣。

又四川眉、邛、嘉、雅四州，列上川南道，各统大县而无府治，此在唐中叶别建一镇为节度使，今亦宜并为一大府，而以诸州属之，其中嘉定州最为上腴，且统六县，即设两府治亦可。

年　　号

古来纪年多有犯重复者，即本朝亦有之，如永乐、天顺、正德皆是也。文皇靖难，诸降附解、杨诸公扶服乞哀，圣意独断，料无献替。英宗复辟，石亨辈俱武人，第取美名以彰天眷，岂能谛考。若孝宗上宾，曾无暴遽，何不详审乃尔。惟今上所纪，最新而确，即今御历久长，如川方至，业已应之。盖时高、张二相学问自胜前人也。至若先帝纪年，虽前代所无，然兴邸已有隆庆殿，改名庆源；宣府又有隆庆卫，改名延庆；襄府隆庆郡王载墭改封郧城，不免多一番纷更；而宪宗第六女（下嫁驸马游泰者）亦号隆庆公主，则不及追改矣。又今四川剑州，曾以宋孝宗潜邸升为隆庆府，金章宗徒单后宫亦名隆庆，皆灼然耳目，岂一时未遑审订耶？前此若宣宗宣德之号，虽前所无，但梁武起兵用齐宣德太后命令，隋官有宣德郎四十人，五代钱氏曾号湖州为宣德军，宋正朝为宣德门，宋元丰官制有宣德郎，本朝洪武间有宣德侯，金朝兴元有宣德府，即今宣府是也，似亦未能精考。世宗入缵，初拟绍治为号，而上不用，此未必薄弘治为不足绍，而继统不继嗣之意已蓄于隐微，特辅臣不及窥其端耳。况"嘉靖"二字，王守仁已示于所勒文矣，谶应之说，良不可诬。又"嘉"字古以纪年者不少，惟宋理宗之嘉泰当时离合之为"有力者喜"，世宗甫即位，张、桂辈以庙议骤得柄政，尽逐故老，非有力而何？

太庙功臣配享

古来帝王皆有功臣侑食，本朝惟中山王徐达以下十二人配享太祖。至洪熙元年，又加清河王张玉、东平王朱能、宁国公王真、荣国公姚广孝陪祀太宗。此后列圣祔庙，俱无臣子侑食于旁，此圣朝祀典第一缺事，而建白无及之者。惟夏文愍言为礼卿时，曾建论谓二祖所配皆武臣未确，请如宋世，易以文臣，而世宗不从，然亦未暇以列帝左右为请也。世宗订定祀典，进刘基于太祖之侧，而斥姚广孝不使得侍太宗，此不特圣主独见，亦海内公论。惟滥入武定侯郭英，则以玄孙佞幸得之，户部左侍郎唐胄曾力争以为不可，而上不从，惟此未惬人心耳。愚谓二祖陪祀大臣宜进宜退，事关宗庙，非今日所敢擅议，惟自仁宗以至穆宗，凡八庙矣，岂少疏附后先如丙、魏、姚、宋其人者，乃旷典至今不举，真不得其解。窃尝考宋十三帝，惟钦宗无配享，其他帝皆有侍臣：太祖则赵普、曹彬，太宗则薛居正、潘美、石熙载，真宗则李沆、王旦、李继隆，仁宗则王旦、吕夷简、曹玮，英宗则韩琦、曾公亮，神宗则富弼（后斥弼而用王安石，最后又斥安石仍用弼），哲宗则蔡确（其后斥确改司马光），徽宗则韩忠彦，以上惟彬、美、继隆、玮武臣，余皆文臣也。南渡高宗用赵鼎、吕颐浩二文臣，韩世忠、张浚二武臣，盖以再造与开国同也。孝宗则陈康伯、史浩，光宗则葛邲，宁宗则赵汝愚，俱纯为文臣矣。然则夏贵溪之议固未可非也。尝妄臆之：仁宗朝如黄淮、蹇义等，宣宗朝如金幼孜、杨士奇等，英宗朝如杨溥、李贤等，景帝虽不入庙，其时亦有于谦、王直诸人，宪宗朝如商辂、彭时等，孝宗朝如刘健、刘大夏等，武宗朝如李东阳、杨廷和等，世宗朝如张孚敬、徐阶等，穆宗朝如高拱、杨溥等，皆其选也，草野之见，不知可备采择否。唐胄之驳郭英也，谓太祖手定配享功臣之后又十六年，郭英始以偏裨从大将傅友德平云南，始封武定，则英之得侯乃云南之功而非开国之功也。其他说更辨，而世宗终不听。

赐外国诗

永乐三年，满剌加国王遣使入京，求封其山为一国之镇，上嘉之，命封其国之西山为镇国山。上御制碑文，赐以铭诗曰："西山巨海中国通，输天灌地亿载同。洗日浴月光景融，两崖露日草木浓。金花宝钿生青红，有国于兹乐雍容。王好善义思朝宗，愿比内郡依华风。出入导从张盖重,仪文裼袭礼虔恭。天书贞石表尔忠,尔国西山永镇封。山君海伯翕扈从,皇考陟降在彼穹。后天监视久益隆,尔众子孙万福崇。"四年,又以日本国王源道义捕海寇有功,赐白金千两,织金彩色币二百,绮绣衣六十件,银茶壶三,银盆四,及绮绣纱帐衾褥枕席诸物,海船二只,封其国山曰"寿安镇国之山"。上亲制碑文,赐以铭诗曰:"日本有国巨海东,舟航密迩华夏通。衣冠礼乐昭华风,服御绮绣考鼓钟。食有鼎俎居有宫,语言文字皆顺从。善俗诛异羯与戎,万年景运当时雍。皇考在天灵感通,监观海宇罔不恭。迩源道义能迪功,远岛微寇敢鞫凶。鼠窃蝇嘬潜其踪,尔奉朕命搜捕穷。如雷如电飞蒙冲,绝港余孽以火攻。焦流水上横复纵,什什伍伍禽奸凶。荷校屈肘卫以从,献俘来庭口喁喁。彤庭左右夸精忠,顾咨太史畴勋庸。有国镇山宜锡封,惟尔善与山增崇。宠以铭诗贞石砻,万世照耀扶桑红。"六年,嗣浡泥国王遐旺还国,赐金镶玉带一,金带一,金百两,银三千两,钱钞锦绮纱罗衾褥帐幔器皿,及王母王叔以下有差。先遐旺父言蒙恩赐爵,国之境土皆属职方,而国有后山,封为一国镇,至是其子又请,上命封"长宁镇国之山"。御制碑文,其铭诗曰:"炎海之墟,浡泥所处。煦仁渐义,有顺无迕。偻偻贤主,惟化之慕。道以象胥,遹来奔赴。同其妇子,兄弟陪臣。稽颡阙下,有言以陈。谓君犹天,遗其礼乐。一视同仁,匪厚偏薄。顾兹鲜德,弗称所云。浪舶风樯,实劳恳勤。稽古远臣,顺来怒逆。以躬或难,矧曰家室。王心亶诚,金石其坚。西南番长,畴与王贤。直直高山,以镇王国。镵文于石,懋昭王德。王德克昭,王国攸宁。于万斯年,仰我大明。"先是浡泥国王麻那惹加耶乃率其妃弟妹男女陪臣来朝,上遣中官宴劳,所过诸郡设宴;比至,上亲享之,宴其妃于三公府,未几卒于会同馆,上致祭以礼,葬安德门外,赐谥曰"恭顺",命其子遐旺袭封,因有是请,又遣官行人送归其国。至九年,满剌加国王拜里迷苏剌率其妻子陪臣五百四十余人入朝,上遣官往劳,有司供帐会同馆,上御门宴劳王妃陪臣如浡泥国王,赐与亦如之,而妃赐加厚,盖又封山赐碑以后事也。十四年,封柯枝国王可赤里为国并王,封其国中之山为镇国山,上亲制碑文,内系以铭曰:"截彼高山,作镇海邦。吐烟出云,为下国洪庞。

时其雨旸,肃其烦燸。作彼丰穰,祛彼妖氛。庇于斯民,靡灾靡疹。室家胥庆,优游卒岁。山之崭矣,海之深矣。勒此铭诗,相为终始。"盖封外国山者凡四见,皆出睿制诗文以炳耀夷裔,且词旨隽蔚,断非视草解、杨诸公所能办。因思唐文皇兵力,仅伸于漠北,而屈于辽水一海夷,如文皇帝威德直被东南古所未宾之国,赑屃宏文,昭回云汉,其盛德万祀所未有也。

释乐工夷妇

宣德十年英宗即位,谕礼部曰:教坊乐工数多,其择堪用者量留,余悉发为民。凡释教坊乐工三千八百余人。又朝鲜国妇女,自宣德初年取来,上悯其有乡土父母之思,命中官送回,金黑等五十三人还其国,令国王遣还家,勿令失所。以宣宗励精为治而不免声色之奉如此,英宗初政,仁浃华夷矣。

是时各寺法王、国师、剌麻等六百九十余名,亦减数存留,余者令回原寺居住。又放添财库夫役二千六百四十余人,又省猪羊鸡鹅二万七千余,子鹅二千,羊三千,牛三千,又减厨役六千四百余名,至牲口料粮亦减粟四万石。盖宣德正值全盛之极,然去开创未远,尚冗滥冒破至此,况成、正以后乎?

赐图记

人主赐臣下印记,始于文皇帝赐井泉、张泌诸臣,至仁宗朝,蹇、夏、三杨、金、黄诸公皆得之,继而宣宗赐蹇、夏、三杨以及胡濙、吴中,此后则景帝赐胡濙、王文、孔弘绪,若宪庙之赐李孜省等,佞幸耳,至世庙赐杨丹徒、张永嘉、桂安仁、李任丘、费铅山、夏贵溪、顾昆山、翟诸城、方南海、严分宜诸公,乃至郭勋、仇鸾之属亦俱得之。后方西樵辞相位归南海,其年仅五十,于议礼诸公去位最早,临行缴上上所赐银记所谓"忠诚直谅"者。刘铉适见之,云先朝三杨相公俱带回不缴,因口诵三公疏,方从之,遂携之归,铉且嘱曰:"林下有所见,可即用印记上闻。"方叹曰:"使桂见山闻此语,亦不缴上矣。"盖当时揆地诸公无有不缴还者,仅西樵留之家耳。今上惟赐张江陵一银记曰"帝赍忠良",其事在戊寅张归葬之年,令其在途、在家俱得用以入奏,然还朝以后不闻奏缴,后遭籍没,亦不闻此记仍还内帑,想张氏诸嗣君至今犹宝藏也。按井泉、张泌俱官止光禄卿,泉又厨役出身,二人俱被免死诏,尤奇。

节　　假

永乐间文皇帝赐灯节假十日,盖以上元游乐为太平盛事,故假期反优于元旦,至今循以为例。惟遇外吏考察之年,则吏部、都察院及吏科当事者不得休暇,盖外僚过堂正值放灯之时,不可妨公务耳。近年建白,遂有为灯事嬉娱、为臣子堕职业、士民溺声酒张本,议禁绝之。其不知体制甚矣。又京师百寮出外,夜还必传呼红铺以灯传送,此起于弘治间。孝宗一日夜坐甚寒,问左右:"此时百官亦有宴集而归者否?"左右曰有之。上又问曰:"如此凛冽且昏黑,倘廉贫之吏,归途无灯火为导,奈何?"左右曰亦有之。上因传旨:此后遇京官夜还,无问崇卑,令铺军执灯传送。孝宗之曲体臣下如此。近日言官上奏,欲裁省宴会,至于僚采亲属,并禁其酒食过从,至此不近人情,乃吴元济所以防淮、蔡三州民者,曾是全盛之世所宜见也?又乙酉丙戌间,沈归德为大宗伯,立议禁奢崇俭,其议甚正,其说甚详,奉旨颁示天下,至欲并禁娼优,则以议者不同而止。无论两京教坊为祖宗所设,即藩邸分封,亦必设一乐院以供侑食享庙之用,安得尽废之?至于中宫王妃合卺及内庭庆贺,俱用乐妇供事,一革则此诸庆典将奈何?又如外夷朝贡赐宴、大廷元会及诸大礼俱伶官俳长承应,岂可尽废?此俱不必言,即四方优人集都下者,亦为勋贵缙绅自公之暇借以宴衍,即遇大比之岁,宴大小座师、新进郎君,亦情礼之不可缺者,何以并欲禁之!隆庆间,山东葛端肃长西台,曾建此议,穆宗允行,而终不能革,沈则以众咻而阻,两公俱清正名臣,而建明及此,似未为知体。

中 秋 无 月 诗

世传中秋无月词,如永乐中,上开宴,月为云掩,命学士解缙赋诗,因口占《落梅风》以进云:"嫦娥面,今夜圆,下云帘不着臣见。拚今宵倚阑不去眠,看谁过广寒宫殿。"上大喜,复命以此意赋长歌。半夜月复明,上大喜曰:"才子可谓夺天手段也。"按此虽佳,不如金海陵炀王在汴京作《鹊桥仙》词云:"停杯不举,停歌不发,等候银蟾出海。是谁遮定水晶宫,作许大通天障碍。　　虬髭捻断,星眸睁裂,犹恨剑锋不快。一挥挥断彩云根,要看嫦娥体态。"似更雄快可喜。又先大父曾云:"弘治癸丑,庶吉士薛格阁试《中秋不见月》诗,考第一,中一联云'关山有恨空闻笛,乌鹊无声倦倚楼',当时争传诵之,惜其全首不称耳。"

解所进歌行远不及词之俊,不知文皇何以赏之。

先朝四骏

今上丙子,出内府旧藏文皇靖难时所乘四骏图,命辅臣张居正等恭题。其一曰龙驹:郑村坝大战,胸膛着一箭,都指挥丑丑拔箭;其二曰赤兔:白沟河大战,胸膛着一箭,都指挥亚夫帖木拔箭;三曰枣骝:小河大战,胸膛一箭,后两曲池一箭,安顺侯脱火赤拔箭;四曰黄马:灵璧县大战,后曲池着一箭,指挥鸡儿拔箭。以上拔箭四人俱夷名,文皇所收房中骁卒,用以冲锋者,宜非盛庸、平安辈所敌,况李景隆乎?郑村坝距北平止五十里,自是马首日南一日,至灵璧而渐逼京畿矣。时阁臣所上诗章,俱不足发挥神功圣烈,亦才限之也。古来以干戈手定宇内、堪匹我文皇者,惟唐太宗一人,当时亦有六马。其一曰拳毛𬴃,黄马黑喙,平刘黑闼时所乘,前中六箭,背三箭;其二曰什伐赤,纯赤色,平王世充、窦建德时所乘,前中四箭,背中一箭;其三曰白蹄乌,纯黑色,四蹄俱白,平薛仁杲时所乘;其四曰特勒骠,黄白色,喙微黑,平宋金刚时所乘;其五曰飒路紫,紫燕骝,平东都时所乘,前中一箭;其六曰青骓,苍白杂色,平窦建德时所乘,前中五箭。时殷仲容为赞,欧阳询书之;赞文亦不甚称,而书法则佳甚矣。二太宗俱从百战之余,享有太平。唐太宗用兵七年,然在邸之日居多;我太宗虽仅四年,然无日不在师中,濒危而后济者数次,以故入金川门之后,恸哭于孝陵,始登大位,其艰苦可知矣。此四骏六马者,载负真龙,出入矛戟,图形翰墨,与登麟阁凌烟何异。然昭陵晏驾后,琢石为六马，列置柏城，如生前天厩之状，后来天宝兵乱，遍体沾湿，杜甫所云"玉衣晨自举，石马汗常趋"，盖纪实也。靖难四骏，非神孙表彰，几泯无传。盖祖宗缔构，与倒戈壶浆者大不同，后世勿徒赏其神骏权奇可也。

按成化间，刘文安（定之）所咏文皇战马本有八骏，自郑村坝、白河沟之后，又有马曰乌兔，东昌府大战中箭，都督童信拔箭；曰飞兔，夹河大战中箭，都指挥猫儿拔箭；曰飞黄，栾城县大战中箭，都督麻子帖木儿拔箭；曰银褐，宿州大战中箭，都督亦赖冷蛮拔箭；此后遂战于灵璧县矣。盖文皇靖难，每战必身先士卒，御马皆伤，当时既有此图，不知今上何以仅出其半？内府所珍，断无遗失之理，或中有别故亦未可知，如唐太宗六马而杜甫仅举一拳毛䯄，即其例也。

从龙诛赏迥异

潜邸从龙之赏，宣宗之后即接景帝，凡旧臣俱沾恩命，而其一时之厚薄，后日之荣枯，竟成两截，则莫如宣德一朝。如两庶子陈瑛、张山，即大拜入阁，可云厚矣；而洗马戴纶以兵部侍郎出镇交趾，中允林长懋为郁林州知州，一守夷方，一斥瘴乡，此际之疏薄已极矣。其后纶死于狱，长懋久锢，至英宗朝赦出，仅得仍守郁林。曾闻长懋因侍上，上还北京，取道水路，致触圣怒；而纶之得罪则未详。今观《立斋闲录》所述，则长懋及纶为宫僚时，多苦口犯颜，遇宣宗稍有衍违即以闻于文皇，衔之已非一日；长懋之出守，复多怨望语，遂下锦衣狱，并其弟刑部主事遵即亦出为庆远通判；又勒懋扳指纶罪，遂逮至京，纶叔河南守贤太仆寺卿希文百口俱籍没，希文幼子怀恩腐刑，至成化间为司礼太监，皆非常处分也。宣宗仁圣，不宜修故郤至此，意者以戴纶规切，将如内臣江保、黄俨辈之危仁宗耶？若景帝之长史仪铭至兵部尚书，审理俞纲、伴读俞山，俱至太子少保，且保全于天顺鼎革之际，恩礼不替，较宣德戴、林抑何霄壤也。

怀恩在成化间，执大权，立大功，为本朝贵珰巨擘，然恩自云吴人，而戴纶则山东高密人，岂当时有所讳避耶？抑别一怀恩耶？

赐讲官金钱

御前八局中，有所谓银作局者，专司制造金银豆叶以及金银钱，轻重不等，累朝以供宫娃及内侍赏赐。今上冲年，每将钱豆乱撒于地，任此辈拾取，观其倾跌攘夺以为笑乐。然有可异者，李古廉为侍讲学士，宣宗至史馆，袖金钱赐诸词臣，俱争从地上拾取，李独立不动，上呼至前，以袖中钱赍之。盖宠异儒臣，偶一戏剧耳。景帝初年开经筵，以宁阳侯陈懋、阁臣陈循、高穀知经筵，阁臣商辂等为讲官，每值讲毕，辄布金钱于地，令诸臣竞拾，独高文义以老不能俯仰，遂无所得，同列代拾以贻之。窃意讲筵非争财之所，宰相非攫金之人，景帝亦英主也，似未必有此。

广寒殿

大内北苑中有广寒殿者，旧闻为耶律后梳妆楼，我朝成祖命留之，为后世鉴戒。宣宗曾为之记，盖当时上及群臣，尚用为游览之所，以后日就倾圮，无人复登。然故老相传及贵臣大珰以至隶人，则众口云辽后妆台，想文、章二圣亦未必知其误也。此殿虽久颓废，直至今上己卯岁端阳前一日，遗材尽倒，梁上得金钱百二十文，盖厌胜之物，其文曰"至元通宝"，此号为元世祖纪元，可见非契丹所建明甚。是时阁臣张江陵首叨金钱之赐，备记其事，张集晚出，人不及睹，且事涉宫掖，世尤喜谈也。则今吴越间灵岩之西施脚迹，吾邑之苏小小墓，皆此类耳。

又传金章宗同李妃坐此台，出一对云"二人土上座"，妃对以"一月日边明"，一时诧为绝奇，不知乃本朝国号之谶。

蟒衣

今搢地诸公多赐蟒衣，而最贵蒙恩者，多得坐蟒，则正面全身居然上所御衮龙。往时惟司礼首珰常得之，今华亭、江陵诸公而后，不胜纪矣。按，正统十二年，上御奉天门，命工部官曰：官民服式，俱有定制，今有织绣蟒龙、飞鱼、斗牛违禁花样者，工匠处斩，家口发边卫充军，服用之人重罪不宥。弘治元年，都御史边镛奏禁蟒衣云："品官未闻蟒衣之制，读韵书皆云蟒者大蛇，非龙类，蟒无足无角，龙则角足皆具。今蟒衣皆龙形，宜令内外官有赐者俱缴进，内外机房不许织，违者坐以法。"孝宗是之，著为令。盖上禁之固严，但赐赉屡加，全与诏旨矛盾，亦安能禁绝也。

天顺年号

景泰七年秋，妖贼李珍者，浙之钱塘人也，为火居道士，闻苗贼作乱，往投之。遇武当山道士魏玄冲于途，与言：我有异相，汝随我当富贵。因同往苗贼，执银寨中，谓曰：我唐太宗之后，生时有紫气三昼夜。今闻空中人言，命我率兵征讨天下，遂与玄冲同至此。苗贼俱顺之，筑台伪称皇帝，书天顺年号，封苗首等为侯及都司等官，率兵二万至天柱，为都指挥湛清擒获，解京磔之。不数月而上皇复辟，正用此纪年。崔苻小寇，乃与圣主同号，盖机兆亦非偶然。但天顺二字，在辽穆宗已自称为徽号；金宣宗时，益都杨安儿者亦僭号天顺；至故元泰定帝崩，其太子阿速吉八即位于上都，亦以天顺为年号，俱著之史册。时武人石亨辈不足责，徐武功亦不学之甚矣。

英宗即位日期

英宗在位，前十四年后八年，先以正统十四年八月十五日壬戌，车驾北狩，至次年八月十五日丙戌还京，凡蒙尘恰一年，不差一日，自是居南宫者七年，以天顺元年正月十七日壬午复辟登极，至天顺八年正月十七日己巳晏驾，前后不差一日，岂运会偶尔相值，抑果如术家所云星命必然之数耶？

按，吴越国钱俶，以八月念四日之四更生，寿止满六旬，即以其年八月念四之四更卒，又与其父元瓘同一讳日。南唐国李煜以七夕生，亦以七夕卒，二人皆偏霸降王，非可比拟真主，然亦异矣。至南齐王奂妻殷氏，孪生二子，曰融、曰琛，以四月二日生，同以四月二日刑死于市；又唐宰相乔琳亦生于七夕，后以降伏朱泚伏诛，亦七月七日也，其年已七十余矣；宋蔡京父祖与身俱以七月念一日卒，三世同一忌辰，尤奇。

复辟诛赏之滥

天顺元年正月,南内夺门之功,升赏过滥不必言矣,乃至无目人刘智亦拜漏刻博士,以至教坊司乐工高鉴升司乐,俱见之明旨,不亦重辱此盛举哉。以故朝天宫道士朱可名、大兴隆寺僧本金,皆以诵经祈祝乞官,而山西按察司俞本,亦以曾祷关羽庙,佑上还京,且录告神诗文以献矣。若于谦、王文诸大臣,即云得罪主上,僇其身,永戍其子孙,足矣,何至籍没其家?祖宗来非叛逆不用此法,此时已过于惨烈。至如阁臣岳正,仅以漏泄圣语(罪止戍边),亦以其室庐及所有家具尽赐通事达官李铎,无乃更甚耶?乃至都督范广,战功与石亨相亚,特以于谦爱将,为曹、石辈所恶,既抵极法,且以其第宅并妻孥赐降虏皮儿马黑麻,则尤国朝怪事。一时诛赏,不遵祖制,不厌人情,一至于此。成化二年,广妻宿氏诉冤,宪宗恻然哀之曰:范广骁勇为一时诸将冠,中外奸臣以计杀之。命其子昇仍袭世职,仍还所没家赀。则广之妻小辱于匈奴者十年矣。后来忠义报国者,能无丧气自沮耶?

景泰初赐边臣敕

正统己巳八月十五日,上北狩不返,十七日报至京师,十八日景帝以太后命监国,至二十八日,令旨谕镇守居庸关内臣潘成、都指挥孙斌、员外郎罗通:"今得镇守大同等官报,虏寇围拥一人到彼城下,称是至尊,都出朝见及与银两缎匹赏众等,因此等无谋无知之人,听其诈诱,已令人去责他,不许再蹈前失。谕至,尔等只依前谕,不可如彼轻信。中国惟知社稷为重,尔守将等只知为国守关为重,今后若有此等,不分真伪,切不可听虏诱诈,慎之,慎之。故谕。"上钤"郕王之宝"。此时监国才十许日,而有"只依前谕"之语,则所遣示意非一次矣;又云"不许再蹈前失",又云"不分真伪",明示以睿皇再临边必当拒回,明矣;而"社稷为重"一语,早已布告边将,则监国登极已后自然全以此言折虏谋,乃其后独归罪于肃愍、王毅愍,不亦冤哉!罗通寻升右副都御史、总督军务,赐敕遂居内官潘成之前矣。通篆仕为交趾清化知府,后谪广西河泊所官,路遇异人,授以兵书,曰己巳之难,需公大用。其言果验,亦异矣。

宪孝二庙盛德

宪宗在东朝,景帝废之为沂王,及登极,而训导高瑶者建言请追复郕王尊号,黎文僖僖游时为庶子,疏劾之,谓瑶有死罪二。上批曰:"景泰已往过失,朕不介意。显是献谄希恩,俱不必行。"数年而景皇帝得追崇矣,黎既被此旨,自宜引退,乃此后在侍从历成化二十余年,至孝宗弘治四年始以南大宗伯休致,抑何厚颜耶?孝庙初元,臣下欲治故锦衣都指挥使万喜等罪,且籍其家,上不许,然万妃当日若果进鸩于纪妃,揆之天理人情,即追雪怨毒,亦未为过,而孝宗以事状未明,且恐伤先帝在天之心,迄不见从。此虽圣孝超越古昔,亦揆地刘博野诸公调护之力也。孝宗注意外家,思富贵之而不能得,仅追爵孝穆之父福斌为都督而已,后有自言为元舅者二人,又太监陆恺者亦附会为皇亲,俱官金吾,受厚赉,并于孝穆原籍祖茔设一巡检司,以司守护。后诈冒事败,俱置之法,上仍命遣官往粤西寻访真外家,究不能得,因命革所设巡检司,访求事亦遂罢。盖初时讹报纪为李,故假托者纷纷起,孝穆之崩逝既不显明,而宗族又不及承恩泽,何薄命也。按,孝穆相传为广西桂林人,实平乐府贺县人;又《双槐岁抄》云:孝宗曾赠后父李公为庆元伯。既讹其姓,又无其名,似未确;又陆恺自云孝穆亲兄,其籍乃无为州巢县人。又与广西远万里,不知何据。

君相异禀

宪宗皇帝玉音微吃,而临朝宣旨,则琅琅如贯珠。近年新安许文穆公头岑岑摇,遇进讲承旨,则屹然不动,出即复然。乃知君相天赋,本非常人可比,常理可测。又有丙戌进士浙人罗隐年者,素强壮无疾,但每坐堂皇辄眩晕欲死,初起部郎升郡守,谢事归,后再起,病如前,甫抵任即去,此盖福薄使然。

贡鲊贡茶

楚中鱼鲊之贡,始自成化初年,盖镇守内臣私献耳,为数不过千斤，后渐增至数万，改属布政司，贡船至十二号，孝宗仁恕，仍命属中使，减去船十只，累朝因之。今上壬辰，以楚贡粗恶，至褫左右方伯官为编氓，盖又属藩司，但不知改于何年耳。此等事皆职贡成例，敝规既立，贻累无穷至此。因见宣德六年常州知府莫愚奏：本府宜兴县旧贡茶额止一百斤，渐增至五百斤，近年乃至二十九万斤，除纳过尚少九万，乞恩贷之。上曰：不意茶害乃至此，令逋者免进，仍于廿九万斤中止贡其半。时去二祖朝未远，且宣宗圣德，尚不免加旧额至数十倍，即去减半，为数亦不少矣，况后世但知增不知减耶！

召　　对

孝宗留心政事，优礼大臣，每赐召对，几如古之昼日三接，此本朝极盛际也。先是，宪宗以天语微吃，以故赐对甚稀，一日召阁臣万眉州、刘博野、刘寿光等入，访及时政俱不能置对，但叩头呼万岁，当时有"万岁相公"之谑。今上渊默岁久，自庚寅元旦召吴门、新安、太仓、山阴入对；以后又廿五年而为乙卯之四月，以张差闯宫一事召方德清、吴崇仁二相入内商榷，方惟叩首惟惟，不能措他语，吴则口噤不复出声，及上怒，御史刘光复越次进言，厉声命拿下，群阉哄聚殴之。事出仓卒，崇仁惊怖，宛转僵卧，乃至便液并下，上回宫，数隶扶之出，如一土木偶，数日而视听始复，真所谓"天威在颜，使温峤不容得谢"者。况崇仁自登第后，尚未觐穆若之容，一旦备位政本，不觉失措至此，以视宪宗朝万眉州诸公，又不逮矣。

重 修 会 典

《会典》一书，盖昉《唐六典》而加详焉。太祖初著《诸司职掌》，至英宗复辟，复命词臣纂修条格，以续《职掌》之后，盖《会典》已权舆于此，但未及成帙耳。至弘治十年丁巳始创立此书，成于弘治十五年，赐名《大明会典》。进呈之日，上御奉天殿受之，宴总裁刘健等于礼部，命英国公张辅侍宴，典极隆重，即日孝宗御制序序之，但未及刊行。至正德四年，删润而登之板；又至嘉靖八年，世宗再命诸词臣重修之，已有绪矣。念四年春，阁臣严嵩等又请续添新例以成全书，上允之,至嘉靖二十八年而始成。初则张永嘉、桂安仁、夏贵溪等为政,以故如宗献王、如分郊、如四禘、如改制冠服俱详载新制,而旧仪反略焉;又礼部仪司所列大行皇太后丧礼一款,则兴献王之章圣蒋后反居太祖孝慈马后之前。至其后,又皆严分宜总裁,徒知取媚主上,而奈礼逾法则极矣。进呈御览之后,世宗留之禁中,不制序不发刊,圣意深矣。至今上四年又命辅臣张江陵等偕史臣重修,至十五年始竣事,今刊行者是也。盖此书虽四修,而人间传行板本,止正德与万历二部而已。

弘治中年之政

番僧尚师剳巴坚参封"万行庄严功德最胜智慧圆明能仁感应显国光教弘妙大护法王西天至善金刚普济大智慧佛",此成化间事也,至孝宗登极,已革去矣。弘治九年,又下诏升灌顶大国师剳巴坚参为西天佛子,而道录司左正一王应椅等三人,亦复真人高士原职;至十年,复赐真人王应椅、陈应循等真人印并诰命,而言官无能救正之者。先是,成化间僧继晓、李孜省以左道进,后俱伏法;至是,太监李广又以烧炼服食蛊惑孝宗。观弘治十年大学士徐溥所上谏疏云:所成何丹,所炼何药。而给事中叶绅之劾李广也,谓一班陛下以烧炼之名而进不经之药,二为皇太子立寄坛之名而有缓疏之说,盖其左道欺诞,亦不下继晓等矣。十一年清宁宫灾,吏部员外张綵又疏谏谓太监汪直、梁芳挠乱国典,脱万死之诛幸矣,陛下何以复召还之。盖李广虽死,而直、芳再进矣。十二年五月,五府六部奏彗星见,云近年传升乞升文职至八百四十余员,武职至二百六十余员,比成化末年增一倍,又进入内库银两俱有定数,近者额外三次取入太仓官银至一百三十万两。十四年,命御用太监王端赍玄武神像至武当山,用黄栀快船至八十余,科道及吏书倪岳、兵书马文升俱力谏,不听;又太监孙振侄汉,乞恩送国子监读书,允之,更累朝仅有之事;又尚膳监奉御赵瑄献雄县等处间地为东宫官庄,上命官踏勘,户部力言其不可,上云业已差官,姑俟之。其时霸州等处有仁寿宫皇庄,仁寿孝肃后所居,时称太皇太后,上祖母也,为给事中周旋等所纠,上命退出牧马矣,独东宫之献地得请，何耶？异日武宗登极后，皇庄遍于畿甸，将无权舆于此欤？以上数者，皆内珰辈媚上为之，虽于孝宗圣德无纤介之玷，较之弘治初政，则似稍不侔矣。宦官之系治道如此。

按，张綵以曹郎抗疏，不可谓非直臣，其后至列逆党。嘉靖间赵文华亦然。

进　　玺

秦玺始末，予因也先嫚书辨之矣。本朝初无心于秦物，而弘治十三年，巡抚陕西都御史熊翀奏鄠县民毛志学得一玺，广一尺四寸，厚二寸，其文曰："受命于天，既寿永昌。"上下之礼部。时傅文穆瀚为尚书，以后世摹仿秦玺所刻，断非真物，姑宜藏之内府，上是之，仅赏志学银五两，抚臣等别无加赍。按，秦玺止四寸，即雍州玺所谓蓝田玉者止六寸，若元阳桓所上，亦止四寸耳，今乃大至一尺四寸，其伪不待辨。圣主之明察，礼臣之持正，胜宋元符君臣万万矣。

御　　膳

人主御膳用素，惟孝宗朝为甚，每月必有十余日斋，然皆光禄寺节省旧例以进，而内庖自行供给；又因给事中徐昂言，仍发膳银与光禄，以补上供之缺乏。至世宗久居西内，事玄设醮，不茹荤之日居多，光禄大烹之门既远，且所具不精，以故烹饪悉委之大珰辈。闻茹蔬之中，皆以荤血清汁和剂以进，上始甘之，所费不赀，行之凡三十年。而至先帝以逮今上，俱仍为故事，且奉斋日少，玉食加丰，自司礼掌印大珰以下，轮日派直。常见一中贵卖一大第，止供上饔飧一日之需，往往攒眉陨泣而不敢言，盖先朝横赐无纪，奉赐所得又多，以余力办此不难，而今上驭下最严，凡岁时例赏亦行裁减，赞御辈平居无策，惟以吏、兵二部为外府，居间之所得半充牙盘进献。乃大臣之执法不能尽从，大珰恚怒，遂往往借中旨诘责，或至龃龉不安其位，真可慨也夫。

先 朝 藏 书

祖宗以来藏书在文渊阁，大抵宋版居大半，其地既居邃密，又制度卑隘,窗牖昏暗,虽白昼亦须列炬,故抽阅甚难;但掌管俱属之典籍,此辈皆赀郎幸进,虽不知书,而盗取以市利者实繁有徒,历朝所去已强半。至正德十年乙亥,亦有讼言当料理者,乃命中书胡熙、典籍刘祎、原管主事李继先查对校理,繇是为继先窃取其精者,所亡益多。向来传闻,俱云杨升庵因乃父为相,潜入攘取,人皆信之,然乙亥年则新都公方忧居在蜀,升庵安得阑入禁地?至于今日,则失其八。更数十年,文渊阁当化为结绳之世矣。

御辂

大驾卤簿为大朝会丹陛所设者,大凉步辇一、步辇一、大马辇一、小马辇一、玉辂一、大辂一、板轿一,至于上郊祀及巡幸近地,但乘步辇,其他用备观美而已。按古有五辂,曰金、曰革、曰象、曰玉、曰木,今玉辇大辂以象负之,而革木之名不显,意者木辂即板舆,惟革辂则征伐用之。武宗以正德十四年亲征宸濠,曾乘革辂,最合古礼。玉辂则耕籍田用之,其他辂不知先朝亦曾御否。予儿时值乙酉之五月,今上以卑躬祷南郊,自宫中即徒步入天坛,亲见穆若之容,衣青苎布袍,系黑角带,天行矫健,群臣莫及,四阁臣俱侍从。时山阴王家屏为末相,中喝于途,扶曳以归,潞王亦扈从上左右,直至午后,上始乘马回宫,并步辇却勿御也。至主上禁中游幸,惟用棕轿,其制轻捷又减步辇数倍。若古五时副车、金根车、豹尾车、云母辇以至踏猪车、阘虎车之属,其制盖不传久矣。

武宗游幸之始

武宗八骏之游,始于宣府,事在正德十二年之八月,而先一年丙子之元旦以及仲冬之朔,已先不成礼矣。元会罢后,御史程起充谏曰:"近者正旦令节,文武百官四夷百蛮待漏入贺,迨酉而礼始成,比散已漏下久矣,枵腹之众,奔趋赴家,前仆后踬,互相蹂践。有将军赵朗者,竟死禁门,而他臣僚失簪笏毁冠冕,以得生相慰。午门左右,吏觅其官,子呼其父,仆求其主,喧如市衢,闻者寒心。若仓卒变起,何以御之?"上不省也。是年仲冬,上视牲,入夜始归,边兵争门,填塞闉内，践踏多死。是时杨新都忧去，梁南海代为首揆，当以死生力诤，竟不闻伏阙苦口也。次年丁丑正月郊天大礼，遂出猎于外，又以夜半还；而三月传胪，状元舒芬等，待命直至夜分，殿上灯火传呼，始克竣事，盖以宵易昼，习为故事，自是期门微行，遂不可问。至秋而出居庸巡上谷，以至太原榆林，皆发轫于此。当元旦时，政地即能碎首玉阶，亦未必至此，而套疏一二，不蒙俊改，遂持禄默默矣，焉用彼相哉！今人误信《鸿猷》诸录，动称梁文康为社稷臣，误矣。其后吴廷举以不谏止责蒋全州，蒋在正德为三揆，至嘉靖初始当国也。

武宗托名

武宗南征，托名威武大将军、太师、镇国公、后军都督府，带俸，出有敕书之赐，归有旗帐之贺，此人所尽知；至于崇奉佛教，自称大庆法王，而番僧因之奏讨田百顷为大庆法王下院，时礼部尚书傅珪佯为不知，疏驳之曰："法王何人，至与上尊号并列，当大不道，宜诛。"有诏不问，而下院之说亦止。按，此即嘉靖间奉玄累加真人帝君之权舆矣。正德五年，上自号大庆法王西天觉道圆明自在大定慧佛，给金印玉轴诰命，此弇州已纪之异典者。又，《实录》云："以大庆法王印为天字第一号，且镇国公爵号亦命刻牙牌，与朝参官无异。"尤为奇事。又宸濠反时，檄文指斥上云"自佩都太监牙牌"，则似未可信。

武宗再进爵号

武宗初出，以威武大将军总兵官为衔，提兵以行，其后亲征应州凯旋，则又加官号焉。其敕谕兵部曰："总督军务威武大将军朱寿，亲统六师，剿除虏寇，汛扫腥膻，安民保众，雄威远播，边境肃清，神功圣武，宜加显爵以报其劳。今特加威远大将军，公爵俸禄，仍谕吏、户二部知之。"盖至是又易"威武"为"威远"之号。至本年九月，遂进为镇国公，后府带俸，支禄五千石，造镇国公牙牌，并赐诰券；又以自称总督，因改天下总督官俱为总制。明年春，又加太师，未几南讨宁王，复以前衔仍称威武大将军统兵而南，安边伯许泰为前锋，挂威武副将军印，泰因敢对人称上为僚友矣。比十五年十二月班师至京师，提督赞画军务平虏伯朱彬疏称："奉总督军务威武大将军镇国公朱寿指授方略，擒获宸濠逆党申宗远等十五人。"上优诏答之。前此题奏，虽有称镇国公者，尚无敢称名，至彬乃斥名直奏，遂直为同列云。威武之称，古无其官，虽宋将曲端曾拜威武大将军泾州防御使，后死狱中，非佳名也。

人 主 别 号

古来帝王，不闻别号，惟高宗署其室曰损斋，想即别号矣。本朝惟武宗自号锦堂老人，但升遐圣寿甫逾三旬，何以遽称老？世宗自号天池钓叟，在直词臣各赋诗，惟兴化李文定一诗最当圣意，即今所传"拱极众星为玉饵，悬空新月作银钩"者是也。又嘉靖念三年，内廷施药于外，其药有"凝道雷轩子"印，传闻雷轩，上道号也。又云世宗号尧斋，其后穆宗号舜斋，今上因之亦号禹斋，以故己卯"应天命禹"一题，乃暗颂两朝，非谄江陵也，未知信否。

帝 后 别 号

武宗南征，自号总兵官镇国公，是以至尊而下夷于兜鍪将帅，然犹寓名朱寿也；至于奉竺乾教，自称大庆法王，则同西番入贡僧所封，斯已怪矣。以至世宗事玄，所加道家名号，大抵与宣和帝略同，乃于孝烈皇后亦追封妙化元君。夫龙虎山张真人母妻，例得元君封号，其后欲改封一品夫人，严旨不允。乃天下之母，下拟异端伉俪，何以示后世？二教之惑人，虽英主不免也。嘉靖间真人邵元节、陶仲文妻俱封一品夫人，不称元君。

御 赐 故 相 诗

杨文襄在正德末年，以次揆少傅居丹阳，适武宗南巡，以征宁庶为名，幸其第，留车驾，前后凡三至焉。上赋绝句十二首赐之，杨以绝句贺上圣武，数亦如之；又有应制律诗诸篇，刻为二编，名《车驾幸第录》。吴中王文恪为诗四章侈其事，其最后一律云："漫衍鱼龙看未了，梨园新部出西厢。"想其时，文襄上南山之觞，以崔张传奇命伶人侑玉食，王诗盖纪其实也。杨是时特荷殊眷，徒以邀致六飞为荣，而不能力劝旋轸，仅以《册府元龟》等书为献，似乖旧弼之谊，然能止苏浙之行，则功亦足称。今世宗登极，召起再相，尚用词臣润色故事，而格心无闻焉。盖此公杂用权术，逢迎与救正各居其半，宜为张、桂辈所轻。

白服之忌

白为凶服，古来已然。汉高三军缟素是矣；晋世妇人一时俱簪白柰花，相传天女死为之服孝，俄太后崩，疑为咎征；但南朝天子燕居皆戴白，如宋明帝着乌纱帽、刘体仁邃易白纱是也。武宗征宸濠凯旋入京，旗帜尚素，凡江西从逆藩臬大小诸臣以至前吏部尚书陆完、左都督朱宁，皆裸体反接，首插白旗，其逆徒已伏法者，则枭首于竿，亦以白帜标其姓名，自东安门贯大内而出，数十里间弥亘如雪，识者以为不祥。时已逼除夕矣，次年壬午之春，上即晏驾于豹房。然则国容军容即屏除白色亦可，况俘囚廷献，例顶绯巾、披红衣乎？

禁宰猪

宋徽宗崇宁间，范致虚为谏官，谓上为壬戌生，于生肖属犬，人间不宜杀犬，徽宗允其议，命屠狗者有厉禁。此古今最可笑事，而正德十四年十二月亦有之。时武宗南幸至扬州行在，兵部左侍郎王□抄奉"钦差总督军务威武大将军总兵官后军都督府太师镇国朱"钧帖："照得养豕宰猪，固寻常通事，但当爵本命，又姓字异音同，况食之随生疮疾，深为未便。为此省谕地方，除牛羊等不禁外，即将豕不许喂养及易卖宰杀，如若故违，本犯并当房家小发极边永远充军。"然则范致虚之说，又行于本朝矣。今古怪事堪作对者，何所不有。王侍郎为王宪时，扈上亲征逆濠，后见知世宗，仕至太子太保、兵部尚书，谥康毅；范致虚从宋高宗南渡，亦拜宰相。

禁杀怪事

古今杀牛，自郊祀外有厉禁，惟边塞则不尽遵，此亦理势宜然，内地则两京俱日日享饫太牢，虽明旨不能遏也。乃禁杀更有可笑者，如正德己卯，武宗南巡禁宰猪，则民间将所蓄无大小俱杀以腌藏，至庚辰春祀孔庙，当用豕牲，仪真县学竟以羊代矣。近年因天旱断屠，给事中胡汝宁遂请并禁捕蛙。按《周礼》，蝈氏供御食，即今所谓蛙也；汉霍光亦奏丞相擅减宗庙蝇羞，则人主存亡俱用之，何给事好生，并及此水族耶？此与则天后时狼咬杀鱼何异耶？较之成化间御史请禁驴骡同车，弘治间给事请防马鬃被偷者，尚可恕也。

坝上马房

内外大小祀典，俱领之祠部及太常，惟有坝上马房无所隶属，不列祀典。若值祀期，光禄备牲羞，遣中官往祭，不知何所起，意必后世添设，非祖宗旧耳。今本房刍粟至烦，户部一郎官司之，所费不赀。先是成化十八年，内官梁方进白水牛一只，每岁支费千余金，历孝宗至武宗已二十余年，至是言官疏言："坝上八处所豢，惟牛最浪费无算。先帝朝，给事许文锡建白，谓宜送之牺牲所及光禄寺，已得旨，以内臣黎春言而沮。今宜如议，以省冒滥。"武宗允之。然坝上马房，至今刍牧供应如故也，国家不经之费，往往如此。

伶官干政

武宗之宠优伶，几同高齐及朱耶之季，至赐飞鱼等禁服，然官秩犹为有节，惟臧贤以教坊司右司乐请告疏，云病不能侍左右，上优诏勉留，仍升本司奉銮供职，其礼视朝士有加焉，已为异矣；至中书官光禄卿周惠畴，既以聚劾允其去矣，复托贤恳于上，以家远难归，乞暂留京师，诏仍复职，犹曰异途也；编修孙清者，登弘治壬戌一甲第二，以士论不齿去官，复用贤荐起为山西提学副使。时丹徒杨文襄为太宰，谓人曰：如清者，不以一官羁之，将何所不为？冀以弭一时之谤议也。伶人恣横，至操文学词臣进退之权，不待与钱宁通逆濠，已当寸磔矣，乃仅赐杖遣戍凶终，世谓尚未蔽辜云。

先是，贤奉命祀碧霞元君，所过州邑，倨坐受谒，肩舆呼殿，官吏望风迎拜，至济南，三司出城郊劳，俱具宾主。及贤戍广西驯象卫，因狱词连钱宁，宁惧谋泄密，使人杀之于张家湾。

卷二

列朝二

世宗入绍礼

世宗从兴邸入缵，初至京城外，驻跸行殿，礼部具仪如皇太子即位礼，上谓长史袁宗皋曰："遗诏以吾嗣皇帝位，非皇子也。"辅臣杨廷和等请由东安门入居文华殿，以待劝进，上不许，辅臣辈不得已，乃以慈寿皇太后令旨，内外臣民即于行殿上行三劝进礼。盖上继统不继嗣之说早已定于圣心，张、桂等建白，不过默窥其机耳。是年九月，章圣太后自安陆至京，礼部具仪从崇文门进东华门，上不允，命再议；由正阳左门进大明东门，上又不从，令再议；而诸臣又执前说，上乃亲定其仪，从正阳中门直入，以至他门及大内皆然。此旨既下，大臣等不敢复违，乃礼部具奉迎圣母凤轿仪仗，请用王妃礼如故事，中旨批出，竟命治母后驾仪以往。此时仪注已俱云圣母，又何待嘉靖三年之称本生皇太后，与夫七年之直称圣母皇太后而始定耶？诸臣纷纷哭谏，伏阙者徒自取僇谴耳，然事君则当如此矣。

引祖训

世宗之入绍也，用武宗遗诏曰："皇考孝宗亲弟兴献王长子，聪明仁孝，伦序当立，遵奉祖训兄终弟及之文，即日遣官迎取来京嗣皇帝位。"按兄终弟及祖训，盖指同父弟兄，如孝宗之于献王是也，若世宗之于武宗，乃同堂伯仲，安得援为亲兄弟。时草此诏者，为杨文忠廷和，既妄引祖训，后张、桂议起，复改口援宋濮安懿王故事以拒之。持论不坚，遂终不能胜。今上之二十一年，建储事久不定，上忽出御札有待嫡之议，时王太仓新从里中起当国，拟两旨以进，一为册立定期，一则云中宫年少,且待数年后,有嫡立嫡,无嫡立长,以遵祖训,今且并封三王以俟之。上竟出待嫡之旨,于是举朝哗然,谓祖训所云"有嫡立嫡,无嫡立长"乃藩王嗣爵之例,非天家也。上虽震怒,王自认条旨偶误之罪,上曰:"卿既认罪,置朕何地?"未几而并封事亦寝矣。待嫡之说,沈商丘鲤为宗伯时亦曾私建此议,但以祖训为证则误矣。王出一时仓卒,姑以臆对,亦理势所有。杨文忠时,上不豫已久,筹度推敲,当无剩义,犹不免舛谬如此,何耶?二公俱一代名臣,初不以此贬望,然授后生以话端,致其弹舌相讥,可见通今之难胜于博古。

世　　室

世宗登极后,张、桂议更兴献王尊号,是时附和者尚少,且兴献王亦已安祀于观德殿矣。嘉靖元年九月,听选监生何渊继璁上言,力请进考兴献王,且加帝号,立世室于京师,不宜远在安陆。上是其言,命会议,无一人应者。时廷臣憎之,选陕西平凉县主簿以去,屡为上官答挞,自诉乞改京职,乃拜光禄珍羞署丞,时嘉靖四年之春,则献皇帝称考久矣。渊至京,又上疏请立世室,祀献考于太庙。下礼部议,时席书为尚书,正大礼贵人也,力言其不可,上不允,令会多官详议以闻。时张、桂并为学士,各抗章力阻,乞罢会议,亦不见从。至礼部再议,廷臣俱有异词,上又命复议,张、桂等又争之,疏仅报闻。命席书又会文武大臣科道议,无一人以为可者。上命内臣传示,必欲祔庙而后已。席书上密疏劝止,乃令止议世室。于是何渊复上称庙正议,上亦下之礼部,礼臣乃会议立庙京师,别为祭享,亦无不可,且引汉宋故事为证。上亲定其名为世庙,命于太庙左右择日兴工。时礼臣疏中有云:待献王服尽之日,与孝宗一同。上乃又遣内臣谕旨更议,部覆以为此宜俟百年圣君贤相自定之,上又不悦,令别议,部乃议请于世庙另建一室为祧庙,上不从,云既别立庙,则与太庙不同,以后子孙世世奉祀不迁。事遂定。而议礼诸臣如黄宗明、黄绾皆疏乞速正何渊缪议之罪,止报闻而已。比庙工兴,何渊又疏以新庙神路迂远,宜别开路,与太庙同门。于是群议谓改别路,当坏垣伐木,震惊宗庙。上大怒,责对状,于是张、桂等又疏诤之,宜如初议。上乃命拆神宫监对房通路。盖渊之横恣求荣如此,张、桂等亦厌恨之矣。渊以《大礼集议》书成,升上林右监丞。其年十二月,渊又上疏,奏以席书格其世室诸疏,请将已前后疏增入,重修续编。上又下之礼部,时席书目疾不能出,乃上疏乞召王守臣及议礼臣方献夫等增修,其何渊章奏,纰谬不可采。上又谕席书将续修事理直对以闻,书不得已,奏请将世庙事编次为上下一卷,上允之,命张、桂诸人为纂修官。六年,渊又进《大礼续奏》一部,并疏已倡议立庙之功数千万言,上命付史官;既而《明伦大典》成,渊已升太仆寺丞,又上疏谓《大典》中寿安皇太后,今进为太皇太后矣,请改在昔之误称,庶为全礼。全书上,已经进呈,不许,且云毋得再扰,上亦厌恶之矣。渊犹不悟,于八年二月,上言璁等没其太庙世室之说,私汇其疏为五卷进之,且评璁引汉哀别庙之谬,上怒甚,谪为湖广永州卫经历。盖哓哓狂渎者凡八年而始逐,天下快之。

御制元夕诗

世宗初政,每于万几之暇喜为诗,时命大学士费宏、杨一清更定,或御制成诗,令二辅臣属和以进,一时传为盛事。而张璁等用自愧不能诗,遂露章攻宏,诮其以小技希恩,上虽不诘责而所出圣制渐希矣。上常命一清拟赋上元诗进呈,有"爱看冰轮清似镜"之句,上以为似中秋,改云"爱看金莲明似月",一清疏谢,以为曲尽情景,不问而知为元宵矣。圣资超悟,殆非臣下所及,信乎非一清所及也,惜为璁辈所挠,使天纵多能,不遑穷神知化耳。

定策拜罢迥异

世宗自兴邸入绍,诸宰辅翌戴之功良不可没,如杨新都、蒋全州、毛东莱,世封伯爵,固其宜也。费铅山时在林下,至上御极后,召还入阁,亦得世袭锦衣指挥使,而梁南海时为次揆,位在蒋上,竟无寸赏,已为可异。至如驸马崔元,以亲奉金符迎立于邸中,遂进封金山侯,世袭,而梁以辅臣偕奉符以往,独无涓滴及之,又何说耶?若云梁储扈武宗南征,不能力谏,以是为罪,则蒋冕固同侍六飞往还,何得独求多于梁也？盖是时新都受遗，为物情皈向，而梁素不为杨所重，以故世宗以四月念二日登极，梁即以五月五日见逐，盖相新朝仅十余日耳。其后议礼贵人方献夫、霍韬、彭泽辈，俱南海人也，蓄不平久矣，乘机而发，至指新都为元恶，为逆臣，必削其籍，戍其子，著之丹书而后快，亦新都有以取之。最后高岱著《鸿猷录》，遂谓镇国朱寿之出，梁以死捍诏，而薛氏《宪章录》又以草敕属之新都，皆方、霍余唾也。杨廷和去位次年，上念梁储定策迎驾功，荫一子世锦衣指挥同知，特命太监戴永往谕意，储力辞，上嘉其让，特允所请，加荫其子中书为玺丞。时大礼已定，杨以议礼失上意，而毛、蒋亦以傅会廷和，相继谢事，上始追录梁旧劳，梁谢疏中自陈无功，词旨抑扬，微露去国之由，且引蒋、毛二辅不受荫为比，而无一语及廷和，其不慊可知矣。又一年梁殁，上眷之不衰，饰终之典大备。又一年而《明伦大典》成，新都奉"本当僇市，姑宥为民"之旨，蒋、毛亦闲住，而梁不及也。乃知祸福吉凶，倚伏无常，非人力可争矣。

嘉靖初议大礼

世宗欲考兴献帝，其议合得大用者七人，以称大礼用者五人，言大礼用而不终者四人，此王弇州纪之张孚敬传后者也。然用而不终者其人尚多，今略记于后。正德十六年十一月，山东历城县堰头巡检方潘，建言欲考献王，其说与张璁同，此宜兴、张、桂偕受赏，竟不见登进；继之者为致仕训导陈云章、革退儒士张少连、教谕王价，亦不闻优擢，后惟云章为霍韬所荐起，升国子博士转太仆寺丞而已，此皆进议最先者。稍后有南京通政司经历金述者，以官生入仕，与黄绾同，亦疏称张璁之言为是，吏部升为随州知州，致仕去后得起为武昌府同知，至工部员外而止，其位去黄绾远矣。嘉靖三年，原任给事升金事陈洸，以议大礼复职，寻以他事递解原籍为民，七年霍韬荐起，升一级，十二年南京考察以贪斥，则韬以忧去，不及救矣。三年九月锦衣卫革职百户随全、光禄寺革职事钱予勋上言，献皇帝当改葬北京之天寿山，以会议不同而止，二人废罢如故。五年大礼书成，王价、钱予勋复职，给事中解一贯谓二人皆考察斥官，不可坏典制，从之。四年，有致仕县丞欧阳钦荐席书及张、桂等,宜另给诰命,上允之,而钦无所加赏。五年十一月,南宁伯毛良及百户陈纪,以议礼求升,旨升纪一级,良不至。嘉靖十年,光禄寺厨役王福、锦衣千户陈昇,又祖随全之说,力请迁献王梓宫葬于此,上又命会议,礼部尚书李时、工部尚书赵璜等,极论其不可,得寝。未几而缘事监生詹啓、温州武举杜承美为民、兵马周密、湖广生员萧时用、致仕佥事甯河,又剿前说,托名地理,请迁显陵,尚书汪铉驳之,上不允,令礼部会议,宗伯夏言乃言此事前礼部尚书席书、今大学士李时皆极言于昔,又尚书赵璜言尤切至,望圣明独断,勿为群议所惑。上大悟,下旨曰:"卿言良是,朕奉圣母慈训,谓陵不可轻动。奏扰诸人,本当拿究,姑宥之,再犯者必置重典。"继而湖广壁山县听选官黄维臣等,又数奏迁陵寝,上廉知其妄有希冀,命锦衣卫逮下狱治罪,于是迁陵一说无复及之者矣。是年归州南逻口巡检徐震,请于安陆州建立京师,上下礼部议,云京师之建于典礼无据,当以太祖龙兴濠州改州为凤阳府故事,安陆升州为府。诏从之,命改建府,赐名承天,而徐震无寸赏也。至十一年,而广平府教授张时亨上言,皇考当有天下,请更定庙号称宗,自皇上诞生之年,追改钟祥年号,不用正德纪年,以昭皇考受命之符;皇上当效古人刻木为皇考圣像,朝夕侍立以决万几;仍请圣母改衣帝服,正位内庭,上执太子礼关决政事。于是礼部参奏其罪,上责以大礼久定,时亨假建言希进,又潜住京师,着法司讯问,后以时亨有心疾,姑褫其职。十二年,山西蒲州诸生秦钟,伏阙上言孝宗之统,已讫于正德,则献皇于孝宗实为兄终弟及,陛下承献皇之统,当奉之太庙,今张孚敬乃别创世庙,永不得与昭穆之次,是幽之也。上大怒,谓其毁上讪君,大肆不道,下锦衣考讯主使之人。钟服妄议希恩,实无主者,乃命比妖言律坐死系狱。自是言礼者知献谀无赏,亦稍稍息矣。至何渊之建世室,丰坊之宗献王,虽其说得伸,要俱无赖之尤,别纪详之。

帝 社 稷

嘉靖十年,上于西苑隙地立帝社帝稷之坛,用仲春仲秋次戊日,上躬行祈报礼。盖以上戊为祖制社稷祭期,故抑为次戊,内设豳风亭、无逸殿，其后添设户部尚书或侍郎，专督西苑农务。又立恒裕仓，收其所获，以备内殿及世庙荐新先蚕等祀，盖又天子私社稷也，此亘古文册所未有。自西苑肇兴，寻营永寿宫于其地，未几而玄极、高玄等宝殿继起，以玄极为拜天之所，当正朝之奉天殿；以大高玄为内朝之所，当正朝之文华殿；又建清馥殿为行香之所，每建金箓大醮坛，则上必日躬至焉。凡入直撰玄诸幸臣，皆附丽其旁，即阁臣亦昼夜供事，不复至文渊阁。盖君臣上下，朝真醮斗几三十年，与帝社稷相终始。至穆宗绍位，不特永寿宫夷为牧场，并西苑督农大臣，亦立裁去矣。西苑农务，凡占地五顷有余，役农五十人，老人四人，骡夫八人，每人日支太仓米三升，仍复其身，耕畜则从御马监支粮草。先是，工部盖农舍、筑牛宫、造仓廒，顺天府岁进谷种，比其获也，户部以本年所入之数上闻，盖自夏言皇后亲蚕之说行，于是农桑并举，以复还古神农之政，未几亲蚕礼即废，而农务则终世宗之世焉。今西苑宫殿久撤，惟无逸、豳风尚存，仍为至尊亲稼之所。

景灵宫

宋世建景灵宫于汴京，凡祖宗帝后御容俱陈设其中，以表羹墙，虽非古制，亦后主孝思也。本朝事先典制极备，此礼未讲，直至嘉靖十五年，造献皇帝庙于太庙之巽隅，其旧时营建名世庙者，遂空寂无所用，始移列帝列后神像于其中，改名曰景神殿，其后殿则曰永孝，以示尊崇。盖此前虽藏之禁廷，未有专地专名也。至十八年，又命帝后忌辰，俱列祭于景神、永孝二殿，最合宋世所行旧典，至廿四年而罢，还其祭于奉先殿，此宫神御虽存，而昭告骏奔绝迹矣。按，景灵宫在宋不特人主四时瞻礼，即大臣遇有除拜，俱行谒谢。圣朝缺事，幸世宗修举，而礼数简略，识者犹有遗恨云。

配天配上帝

世宗既分祀天地于南北郊矣，其后以太祖太宗并配天为非礼，遂省去太宗之祀，盖阴为献皇地也。至嘉靖十七年，谀臣丰坊言请仿古明堂之制，加献皇宗号以配上帝，上意甚惬。遂以其年九月举明堂大享礼于大内，尊献皇称睿宗，更上昊天上帝为皇天上帝，而以睿宗配享，盖用周礼故事。按，上帝即天，岂有分祀为二之礼？此举在古人已属支离，至于昊天皇天，更易名号，尤为赘词。盖世宗熟揣献皇之不可配天，故抑而从明堂之说。至穆宗登极，并大享礼罢之，真千古卓见。宋徽宗政和间，上玉帝尊号曰"太上开天执符御历含真体道昊天玉皇上帝"，盖循真宗旧称，而益以昊天字也，其事与嘉靖相似。

会典失载

嘉靖八年，开局重修《会典》，时副总裁詹事霍韬等上疏，其略云：臣等将旧典翻阅，见洪武初年天下田额以至弘治十五年，如湖广田额二百二十万，今存二十三万，失额一百九十六万；河南田额一百四十四万，今存四十一万，失额一百三万。自洪武至今百四十年耳，天下田额已减如此，再数百年减失不知如何，乞敕户部考订。又天下户口，洪武初年一千六十五万，弘治四年，承平已久，户仅九百一十一万，乞敕户部覆实。天下藩府，洪武初年山西晋王府岁支禄一万石，今增郡爵而下共支八十七万石有奇，则加八十七倍矣，乞敕礼部稽纂，俾司计者计之处之。天下武职，洪武初年二万八千余员，成化五年增至八万一千余员；锦衣官洪武初年二百一十一员，今增一千七百余员，此成化已前耳，若弘治已后尚未之及也，乞敕兵部稽纂，俾司计者何以处之。再按内臣监局官，祖训置职甚详，惟弘治年间儒臣失考，不及纂述，致皇祖圣制不得而知，乞敕礼部行司礼监备查洪武年职掌员数，列圣来钦差事例，及今日员数，送馆修纂。臣等观《周礼》内监统天官，今监局事例多由礼部，若遵祖训，添修内臣职掌，亦圣朝礼以制治之意。至刑、工二部、都察院累年匠役之制，宫府供应之式，四方物料之准，律令异同之宜，太祖俱有定典在，惟弘治间庸臣舞智，更为新例，尽坏成宪，乞敕廷臣削斥，订积年之陋。得旨，令各衙门备覆沿革定数，送付史馆。按，霍疏最切时弊，至查考内官冗滥，尤为吃紧，世宗虽俞允严稽，迄至书成，仍循弘正之旧。至今上再修时，则江陵公为政，交欢珰寺，惟恐稍失其欢，欲如霍渭厓昌言刊补，难矣，惜哉！

驳正大礼

大礼定后，举朝缄口，而远外下吏及昌言以纠其非者又二人。嘉靖九年，福建和平知县王禄者，疏请建献帝庙于安陆，封崇仁王以主其祀，不当考献帝伯孝宗，以涉二本之嫌；宗藩之子有幼而岐嶷者，当预养宫中以备储贰之位。上斥其言，下巡按御史逮治，比疏下，则禄已先解印归矣，御史坐以避难在逃律，诏罢职不叙。按，禄前封崇仁之说，即上初元杨廷和议也；次预养宗子之说，即他日薛侃所建白也，杨、薛俱蒙重谴，而禄以小臣擅兴此议，且其《明伦大典》已颁行逾年，璁正位首揆，萼为次辅，不闻起而嚣谇昌言，使禄仅以微罪行，其人亦幸矣。至十一年，原任山西霍州知州陈采者，又上言祖训兄终弟及，指同父而言耳，武宗遗诏，谓陛下乃孝宗亲弟兴献王之长子，伦序当立，非与武宗为兄终弟及也。杨廷和误主濮议，与初诏自相矛盾。张孚敬谓陛下不当继嗣孝宗，止继统于武宗，因以为兄终弟及事，皆无稽，难以施诸宗庙。既明知其非，又诱成薛侃之谋，以阴坏祖宗成法，杨廷和虽蒙斥罚，而心迹不明；张孚敬首开议礼之端，而乃挪移祖训，诬罔先帝，疑误圣躬，当先正典刑，乞将《明伦大典》所载事情轻重各论如律。疏上，上大怒，谓大典朕所裁定，行天下久矣，乃辄敢妄议，命锦衣卫逮送法司拷讯。陈采此论，又并新都、永嘉议论一概掀翻，其词辨而谲，乃亦无驳之者。时永嘉以陷薛侃甫去国，桂安仁又病死，内阁辅臣惟方南海为议礼贵人，然而新入，又性和易，不愿与人竞也。盖大礼虽定，不旋踵而即纷纷若此，况后世乎？

献帝称宗

献皇帝之称宗也，非张、桂意也，始于何渊之世室。至四年，渊复申前说，上惑之，下其事礼部会议。时席书新以议礼得上眷，拜宗伯，力止，且曰："昔者献考观德殿成，医士刘惠欲更殿名，已蒙圣断发戍边卫。臣上议曰：'假使张璁、桂萼谓献帝可以入太庙，非独诸臣欲诛，臣当先攘臂诛之。'今何渊欲以御定殿名，改同文武世室，臣昧死以为不可。"上不允，至学士璁、萼及太宰廖纪咸力言其非，且共请重治渊罪，犹不许。至兵部尚书金献民乃调停为别庙京师之说，上始允行。至十五年，又命改世庙为献皇帝庙，与九庙并列，其称宗祔庙，上心知其不可，亦不复再议；继而犹有请者，上严治论死，事寝久矣。直至十七年四月，原任通州同知丰坊，遂请加尊皇考献皇帝称宗，祀明堂以配上帝。礼部尚书严嵩覆奏，谓配帝当如所奏，称宗则未妥。上必欲行坊言，户部臣侍郎唐胄力持以为不可，上震怒，下胄狱讯治，于是严嵩等改口，奉命进献皇为宗，一如坊议。坊父丰熙以翰林学士率修撰杨慎等诸词臣，于嘉靖二年痛哭阙下，撼门长跪，力辨考兴献之非，廷杖濒死，下狱远戍。至嘉靖十六年恩诏大霈，部议赦还，上许尽还诸臣，独丰熙、杨慎等不宥，是年，熙即卒于戍所。坊之入都献谀，距其父殁时，尚未小祥也，不忠不孝，勇于为恶一至于此。上既以献皇明堂配上帝，称宗入庙，居武宗之上，圣意始大惬无遗恨，而坊仍罢归田里，老死不收。坊素有文无行，以故世皇用其言，薄其人，圣哉，神哉。坊归，至十八年又上《庆云》雅诗一章，命付史馆，而坊终不召。坊，字存礼，浙之鄞人，举解元高第，初为南考功郎，谪是官，旋以察罢。既两献谄不售，居家益狼戾，不为乡里所容。出游吴越间，以善书知名，稍用自给，而与人交多不终，偶有不谐，辄为文诅之于九幽，晚年尤甚，人皆厌憎之，困阨以死。隆庆元年，礼科给事中王治建议，欲奉还睿宗于世室，上不允；至今上登极，礼科都给事陆树德又疏言穆宗祔庙，则宣宗当祧，不如仍以世庙祀睿宗，而免祧宣宗。事虽不行，识者韪之。

邵经邦讯议礼

《明伦大典》行后，张璁被劾遣归，寻即召还，刑部员外邵经邦者，以阳月日食，上言议礼贵当，用人贵公，陛下私议礼之臣，是不以所议者为公礼也。夫礼惟当，乃可万世不易，使所议非公礼，则固可守也，亦可变也；可成也，亦可毁也。陛下果以礼为至当，欲子孙世守，莫若厚其赍与，全其终始，以答议礼之功，然后转选硕德，置诸左右，使万年之后，庙号世宗，不亦美乎？上大怒，谓朕私议礼诸臣，自比茅焦之谏，讪上无礼，逮下诏狱讯治。已请付法司拟罪，上以非尝犯不必拟，竟发边卫充军。经邦之疏，语简而核，即张、桂闻之，亦无辞置辨，但人主生前未有臣下辄拟谥号者，惟曹魏大臣预尊明帝为烈祖，贻千古笑端。经邦敢于英主初年肆言至此，即茅焦所不道也，而仅以戍行，岂"世宗"二字，已默契圣衷，遂从末减欤？其后上升遐，庙号竟符二字，若经邦者，固得气之先耶？

更正殿名

太祖初定大朝会正殿曰奉天殿，门名亦如之。其后文皇营北京，遂仍其名，毁于火，世宗更其名曰皇极，而华盖殿则曰中极，谨身殿曰建极，盖取《洪范》之义，而议者以为《洪范》中更有六极，字面相同，意义不美。然上方亲定礼乐，薄视百王，少忤即立靡，无救正者。至隆庆初元，而御史张槚请改仍太祖旧号，时高仪为大宗伯，以为皇考所定，且遗诏中多所厘正，独不及殿名，乞存之以表三年无改之义，遂不果易。按太祖"奉天"二字，实千古独见，万世不可易，以故祖训中云：皇帝所执大圭，上镂"奉天法祖"四字，遇亲王导行者，必手秉此圭，始受其拜，以至臣下诰敕命中，必首云"奉天承运皇帝"。太宗继之，一切封拜诸功臣，必曰"奉天靖难"，其次曰"奉天翊卫"，"奉天翊运"。至列圣所封者，无论为功勋，为恩泽，为文武，亦必奉天为号，至今不改。若皇极、建极，本属一义，而中极尤为无出，穆宗初元，未忍遽改，于圣孝宜然。今殿与门再罹祝融，鼎建在迩，仍用太祖初号，亦是机会使然，有识大臣必有起而建明者。完颜氏上京宫殿，其正寝取名乾元殿，盖袭唐世旧号，至天眷元年，改名皇极殿，则虏奴先已称之，尤为不典。张侍御疏后，原任山东副使王世贞，亦有复殿名疏，不允行。其与张侍御同时，则有太监李芳，请改南北郊合祀天地，如国初典制，礼臣亦执不许，盖以议出中官。其后，今上甲申议崇祀陈献章于孔庙，礼臣为沈鲤，亦疑大珰张宏主之，不肯行，而内阁竟票发多官会议允祀，由是与政府不叶，其事与隆庆中李芳正相类。李芳者，能读书，喜谏诤。穆宗于裕邸，代滕祥柄事，益发舒，屡指上过举，积久不能平，乃杖之百，下法司论斩，刑官毛恺等力争之，不能得。其人亦金英、覃昌之流亚也。张宏继冯保柄事，亦有称于时。

玉芝宫

初，世宗之建世庙也，先名世室，以奉皇考献皇之祀，既以世字碍后世称宗，改建献皇帝庙，既而献皇祔庙称宗，遂闭世庙不复祀。至嘉靖四十四年，旧庙柱产芝，上大悦，更名玉芝宫，钦定祀仪，日供膳如内殿，四时岁暮大小节辰，牲帛诸品如庙祀。穆宗即位，礼臣以献皇已同列圣临享，则玉芝之祀可罢，况宗庙常礼，如四孟大祫止行于太庙，节辰忌辰止行于内殿，国有大事止告太庙或内殿，未有并告者，今无所不祭告，则列圣先帝将何以处之？至于日供之膳，宜仿南京奉先殿太祖例，如旧奉设，以存有举莫废之义。上命如所拟，而议者犹以日膳为渎云。按，玉芝之祀，去世宗上仙仅匝岁，说者谓上春秋高，欲仿汉原庙衣冠故事，存此旧庙，肇举典制，默示意后人，俾尊奉祢庙，传之子孙，为中兴元祀，如汉光武、晋武帝，万世烝尝张本。即改太宗为成祖，亦圣意虑及此耳，未知然否？

斋宫

西苑宫殿，自十年辛卯渐兴，以至壬戌，凡三十余年，其间创造不辍，名号已不胜书。至壬戌万寿宫再建之后，其间可纪者，如四十三年甲子重建惠熙、承华等殿，宝月等亭，既成，改惠熙为玄熙延年殿。四十四年正月，建金箓大典于玄都殿，又谢天赐丸药于太极殿及紫星殿，此三殿又先期创者。至四十四年重建万法宝殿，名其中曰寿憩，左曰福舍，右曰禄舍，则工程甚大，各臣俱沾赏。至四十五年正月，又建真庆殿；四月，紫极殿之寿清宫成，在事者俱受赏，则上已不豫矣；九月，又建乾光殿；闰十月，紫宸宫成，百官上表称贺，时上疾已亟，虽贺而未必能御矣。自世宗升遐未匝月，先撤各宫殿及门所悬扁额，以次渐拆材木，穆宗欲以紫极宫材重建翔凤楼，因工科都给事中冯成能力谏而止。未历数年，惟存坏垣断础而已。盖兹地为文皇帝潜邸旧宫，因而入绍大位，且自永乐以来，无论升遐，即嫔御无一告殒于此者，故上意为吉地而安之。禁籞初起，命名为仁寿殿。他如洪应雷坛，上有祷必至，如凝道雷轩，上昼日恒御，皆无迹可问，惟清馥殿则整丽如故，外门曰仙芳、曰丹馨，内亭曰锦芳、曰翠芬，流泉石梁，颇甚幽致，且松柏列植，蒙密蔽空，又百卉罗植于庭，闻花时则今上亦时一游幸，盖其地又与万寿宫稍隔，故得免焉。读《连昌宫词》，数世后舞榭犹存，转眼已成蔓草，悲夫。今西苑斋宫独存高玄殿，以有三清像，至今崇奉尊严，内官宫婢习道教者，俱于其中演唱科仪，且往岁世宗修玄御容在焉，亦不废，至万历庚子五月，忽下旨令见新，凡费物料银二十万，工匠银十万，不过油漆一番而已。然则修葺更当费几何，乃知当时徐文贞力主尽毁，未为无见。

无逸殿

世宗初建无逸殿于西苑，翼以豳风亭，盖取诗书中义以重农务，而时率大臣游晏其中，又命阁臣李时、翟銮辈坐讲《豳风·七月》之诗，赏赉加等，添设户部堂官专领稯事。其后日事玄修，即于其地营永寿宫，虽设官如故，而主上所创春祈秋报大典悉遣官代行，撰青词诸臣虽僇直于无逸之傍庐，而属车则绝迹不复至，其殿惟内直工匠寓居，彩画神像并装潢渲染诸猥事而已。至上甲辰年，翟銮坐二子中式被议，銮辨疏以"日直无逸殿"为辞，时上奉道已虔，惟称上玄、高玄及玄威玄功，而銮椎朴，尚举故事，上大怒，褫逐之，此后并殿亭旧名无齿及者矣。世宗上宾未期月，西苑宫殿悉毁，惟无逸则至今存，至尊于西成时间亦御幸，内臣各率其曹作打稻之戏，凡播种收获以及野馌、农歌、征粮诸事，无不入御览，盖较上耕籍田时尤详云。今上甲申乙酉间，无逸烬于火，辅臣申吴县等奏：皇祖作此殿，欲后世知稼穑艰难，其虑甚远，非他游玩比，宜以时修复。上深然之，今轮奂尚如新也。

西内

世宗自己亥幸承天后，以至壬寅遭宫婢之变，盖厌大内，不欲居。或云逆婢杨金英辈正法后不无冤死者，因而为厉，以故上益决计他徙。宫掖事秘，莫知果否。上既迁西苑，号永寿宫，不复视朝，惟日夕事斋醮。辛酉岁，永寿火后，暂徙玉熙殿，又徙玄都殿，俱湫隘不能容万乘。时分宜首揆请移驻南城，盖故英庙为上皇时所居也，天顺间修饰完整，实远胜永寿。上以当时逊位受锢之所，意甚恶之，闻分宜言，大不怿。然是时方兴三殿大工，县官匮乏，无暇他营，分宜建议甚善，但仓卒不及避忌讳耳。时华亭公为次揆，即对云：今征到建殿余材尚多，顷刻可办，且荐司空雷礼才谞足任此役。上大悦，立命华亭子璠以尚宝司丞兼营缮主事督其役，不三月宫成，上大悦，即日徙居，赐名曰万寿，华亭进少师，荫子，璠亦躐迁太常少卿，雷司空礼加太子太保，大匠徐杲者亦拜工部尚书，分宜仅拜加禄银币之赐。其年七月，即有御史邹应龙之疏，分宜逐而世蕃戍矣。分宜一生以逢迎称上旨，独晚途片言稍逆，顿失权宠，岂天夺其魄耶。

雷司空古和，素名博洽，居官亦以勤劳著绩，初以分宜同里厚善，得官六卿，时窥知上意已向华亭，复去严事徐。其营万寿一事，俱先有成谋，因分宜失旨，愈得间之以固宠。分宜恨甚，面詈之，雷答语甚谇，几至攘臂，徐以此益厚之。世宗上宾，未几万寿宫殿悉已撤去，仅存阶础，若诸臣直庐，更榛莽不可问矣，而南内之完整，则至今如故也。识者谓华亭此举，于三年无改一段，稍未谐解云。雷在世宗末年，又进少保，再加少傅，隆庆二年，以上修祭乐器縻费劾太监滕祥，词旨甚激，上不悦，令致仕，人议其迎合于先帝，而触忤于新朝，借题卖直云。（雷，江西丰城人。）

代　　祀

嘉靖十一年二月惊蛰节，当祈谷于圜丘，上命武定侯郭勋代行。时张永嘉新召还，居首揆，夏贵溪新简命拜宗伯，不闻一言匡正，独刑部主事赵文华上言，切责而宥之。时文华登第甫三年，其辞严而确，使其末路稍修洁，固俨然一直臣矣。次年十一月，大祀天于南郊，又命郭勋代之，大小臣遂无一臣敢谏者。时上四郊礼甫成，且亲定分祭新制，遂已倦勤如此，至中叶而高拱法宫，臣下不得望清光，又何足异。盖代祀天地，自癸巳始，至甲午后，遂不视朝。己亥幸承天还，途中火灾，上仅以身免，因归功神佑；壬寅宫婢之变，益以为事玄之效，陶仲文日重矣。然邵元节实以嘉靖三年召入，五年遂封清微妙济守静修真凝玄衍范志默秉诚至一真人，给玉金银牙印章各一，得密封言事，是时铅山费文宪为首揆，已不能有所谏止矣；至其后进礼部尚书，赠其父守义为太常寺丞，犹之可也；又封其师范文泰为清微崇玄守道凝神湛默履素养和衍法辅教真人，则滥极矣。至陶仲文更劝以退居为祈天永命秘术，何论郊祀哉。

圣诞忌辰同日

八月初十日为孝慈高皇后忌辰，而世宗皇帝以是日诞生，及即位，礼臣毛文简澄请先一日称贺，但并习仪及山呼之礼俱杀之。行之二年矣，至嘉靖二年，又遇圣诞，时礼部为汪文庄俊，请即以是日先行孝慈奉祭礼，然后嵩呼大庆，一切如先朝故事，上允之，四十余年不复辍，则以孝慈虽开天圣母，而上则藩王入嗣，又中兴圣主，自不相妨也。其时议者又云：正月初三日为宣庄忌辰，然孝、武二庙凡遇祭祀得衣大红吉服为比。是又不然。均为在天之灵，自不宜轩此轾彼，若嗣君必当自尽其诚，但普天臣子又欲申祝厘之敬，则先凶后吉亦无不可。使其事在宋朝，又有洛、蜀"哭则不歌"之争，成一大党论矣。

世宗圣孝

嘉靖丙午外计，言官拾遗疏：有贵州寻甸知府汪登不谨，当斥；吏部尚书廖纪覆疏，谓登以母老赴官偶迟，宜镌秩示罚。上命降职三级，特改京官以便其母就禄。盖上圣性至孝，以登为母被议，故左其官，实优之也。其后陕西参议于湛者，直隶金坛人，以母老求改南方，言官纠其诡避，宜重惩，上又命改江西，便其迎养。吏部侍郎董玘，以闻母丧久不奔赴，褫职。盖锡类之孝如此。

嘉靖间，京师人张福欲图赖邻人张柱，自弑其母，谓柱杀之，既鞫得情，且有福姊为证。上谓必不然，再三研审。刑官执如初谳，上终不信，竟坐柱辟，盖上谓世间无弑母之人也。

讲学见绌

世宗所任用者，皆锐意功名之士，而高自标榜互树声援者，即疑其人主争衡。如嘉靖壬辰年，御史冯恩论彗星而及吏部侍郎湛若水，谓素行不合人心，乃无用道学。恩虽用他语得罪，而此言则不以为非。至丁酉年，御史游居敬又论南太宰湛若水学术偏陂，志行邪伪，乞斥之，并毁所创书院。上虽留若水，而于书院则立命拆去矣。比湛没请恤，上怒叱其伪学盗名，不许，因以逐太宰欧阳必进，其憎之如此。至辛未年九庙焚，给事戚贤等因灾陈言，且荐郎中王畿当亟用，上曰：畿伪学小人，乃擅荐植党。命谪之外。湛、王俱当世名流，乃皆以伪学见斥。至于聂双江豹，道学重望，徐文贞力荐居本兵，上以巽懦偾事逐之，徐不敢救。比世宗上宾，文贞柄国，湛、聂俱得恩赠加等，湛补谥文简，聂补谥贞襄，盖二公俱徐受业师，在沉瀴一脉宜然，而识者以为溢美，非世宗意矣。若王文成之殁，在嘉靖初年，既靳其恤典，复夺其世爵，亦文贞力主续封，备极优异，而物论翕然推服，盖人情不甚相远也。王龙溪位止郎署，且坐考察斥，不得复官，故文贞不能为之地，即隆庆初元起废，亦不敢及之，第为广扬其光价耳。

湛文简之学，以随处体认天理为宗，而不免失之迂腐，如劝世宗求嗣必收敛精神，上曰：既欲朕收敛，则不必如此烦渎。其时即已厌之矣。聂贞襄任本兵，曲庇分宜孙严鹄冒功，为时所薄，及罢官南还，偶倭乱，暂留吴门，人问何以御倭，则曰：壮者以暇日修其孝悌忠信。闻者窃笑。如此经济，何以支俺答哉！惟王龙溪聪明机警，辨才无碍，闻其说者解颐心折，即王文成当时亦叹服，以为门墙第一人。至徐华亭又为同心至友，推奖赞叹，如司马公之与邵尧夫。又龙溪性好游，以故安乐行窝所至，四方共重，逾于王公。同时同乡钱绪山、唐一庵诸公，俱不尔也。

进诗献谀得罪

古今献诗文颂圣者，史不胜纪，然惟世宗朝最为繁夥，乃遭际亦自不同。如嘉靖四年，天台知县潘渊进《嘉靖龙飞颂》，内外六十四图，凡五百段，一万二千章，效苏蕙织锦回文体以献，其用心亦勤矣，上以其文字纵横，不可辨识，命开写正文再上之，然其时不闻有赏，尚不闻被罚也。至嘉靖十三年，朝天宫道士张振通奏：臣祝釐之暇，作

《中兴颂诗》二十一首、《金台八景》、《武夷九曲》、《皇陵八咏》，以及瑞露、白鹊、白兔俱有诗上进，乞赐宸翰序文。下部议，以猥鄙陈渎，僭逾狂悖，希图进用，诏下法司逮系讯问，则进谀希恩，反得谴矣，然犹黄冠也。嘉靖二十六年，朝觐竣事，上敕谕天下入觐官员，此不过旧例套语耳，而给事中陈棐者，将敕谕衍作箴诗十章上之。上大怒，谓棐舞弄文墨，辄欲将此上同天语，风示在外臣工，甚为狂僭，令自陈状。棐伏罪，乃降调外任。棐即议帝王庙斥去元世祖者，素善逢君，不谓求荣得辱。然前此乙未年春正月朔大雪，上谕大臣曰，今日欲与卿等一见，但蒙天赐时玉耳。礼卿夏言即进《天赐时玉赋》以献，上大悦，以忠爱褒之，甫逾年而入相矣。此非上同圣语乎？乃知富贵前定，圣主喜怒偶然值之，容悦无益也。

贺唁鸟兽文字

世宗朝凡呈祥瑞者，必命侍直玄诸臣及礼卿为贺表，如白龟、白鹿之类，往往以此称旨，蒙异眷取卿相。然在先朝固亦有故事。如永乐间，北京得白鹊，时仁宗监国，命宫臣撰表为贺，杨士奇以为不着题，即贺白龟、白鹿亦可，仁宗即命士奇改作，云"望金门而送喜，驯丹陛以有仪"，又云："与凤同类，跄跄于帝舜之庭；如玉其翚，嚣嚣在文王之囿。"仁宗大喜，云方是帝王白鹊。命撤内膳赐之。士奇之见知，此亦一也。其后世宗朝，胡宗宪进白鹿，诸生徐渭作表，一时传诵而上不及知；及礼卿吴山贺表，实祠部郎徐学谟所作，为上特赏，未几，山以不贺日食闲住，未尝得表文力也。最后西苑永寿宫有狮猫死，上痛惜之，为制金棺葬之万岁山之麓，又命在直诸老为文荐度超升，俱以题窘不能发挥，惟礼侍学士袁炜文中有"化狮成龙"等语，最惬圣意，未几即改少宰，升宗伯，加一品，入内阁，只半年内事耳。同一禽畜，同一谀词，而遇不遇如此。

按白鹊为瑞，仅见于曹子建《魏德论》。嘉靖十年，郑王厚烷贡二白鹊，上大喜，命献宗庙及两宫，颁示百官，廷臣为《鹊颂》、《鹊赋》、《鹊论》者盈廷，遂为献瑞作俑。癸亥年八月，湖广巡抚徐南金献白鹊，云出自景陵，群臣表贺。昔杨椒山喜鸦恶鹊，谓鸦忠鹊佞也。鹊身为佞,又导人以佞,然杨文贞已先学鹊矣,何论嘉靖诸人。至若厚烷晚年,又极谏世宗事玄,上大怒,革爵锢之高墙,至穆宗即位,以忠正见褒,还爵复国,是又始鹊而终鸦矣,极堪捧腹。

先是弘治十七年,大名府元城县民家乌巢中生一白雏,因收养之,及长,莹洁如雪。时孝肃太皇太后上仙未久,咸以为上孝感所致,遂表献之朝,上不受,却还,甫逾年而孝宗亦鼎成矣。白乌较鹊,不知孰佳,然为灾不为祥如此,使在嘉靖朝,骤贵者不知几人矣。

庙议献谄不用

嘉靖中太庙被灾,寻即鼎建,时尚宝司丞桂舆首上议请增建庙制伦次,绘图上之,其意在尊睿宗也。上不悦,下法司鞫之,拟以纳赎还职,上特命冠带闲住。舆即谀臣萼之子,将窃父故智取宠,不意其遭斥也。又数月,国子监司业江汝璧请备亲庙,谓上享祀宗宫,考庙不可独缺,宜奉皇考入居昭庙,又请预立世室以待皇考。其言无非尊兴献以媚上,而上不省。其冬上自下谕,仍复旧制,太祖正南面之位,成祖以下及睿考俱同堂而序,享毕各归于寝,已如敕奉行矣。次年甲辰又会议同堂异室之制,时江汝璧已迁为左庶子矣,又上言皇考入庙宜迁于穆庙之首,与成祖对峙,三昭三穆列于前,成庙、睿庙翌于左右,盖欲以兴献为百世不祧之主也。又赞善郭希颜则请如太祖立四亲庙,以明未有无父之国,无非为睿考计久远,而上皆报寝。不逾岁汝璧已进少詹事,坐科场事革职为民;希颜升中允,谪运副罢归矣。盖上入绍之初,大礼未定,人心方摇,故贵张、桂诸臣以招徕天下;至是且二十年矣,称宗入庙,礼无可加,而此辈憸邪,犹仍佞习为横飞直拜之地,甫出口而上已洞悉其奸,斥逐不已,而郭希颜遂以吊奇至杀身,岂非下愚之尤哉。就江、郭两疏细详之,则汝璧之议,尤为狂恣蔑礼。

捐俸助工

嘉靖二十年辛丑,九庙被毁更建,时边饷亦告匮,太宰许赞议借百官之俸,上以非盛世事已之,真得治朝大体。今上甲申,大峪寿陵兴工,阁臣亦议令百官捐俸,上不许。盖养廉为重,亦体群臣之一也。

顷三殿之灾，群僚又欲捐俸助工，会议于中府，一御史奋笔书曰：主上好货，诸公捐俸是矣；倘主上好色，诸公何以处之？皆赧然退散。其后各衙门公疏，或各官私疏，以捐俸为请，主上亦欣然俯从。自此以后，为开矿、为抽税，遍大地皆以大工为名，不复能遏止矣。

工匠见知

世宗既以创改大礼得愉快于志，故委毗春曹特重，如言、如嵩、如阶为宗伯时，其寄托已埒辅相；又以掀翻大狱，疑刑官皆比周挠法，立意摧抑之，即贤者多不以善去。至末年，土木繁兴，冬卿尤难称职，一切优游养高及迟钝不趋事者，最所切齿，诛谴不逾时刻。最后赵文华为分宜义子、欧阳必进为分宜妻弟，特以贪戾与阘茸相继见逐，权臣毫不能庇，而雷丰城礼以勤敏独为上所眷倚，即帝尧则哲之明，何以过之。终上之世，雷长冬曹，无事不倚办，即永寿宫再建，雷总其成，而木匠徐杲以一人拮据经营，操斤指示。闻其相度时，第四顾筹算，俄顷即出而斫材，长短大小，不爽锱铢。上暂居玉熙，并不闻有斧凿声，不三月而新宫告成，上大喜，以故尚书之峻加、金吾之世荫，上犹以为慊也。杲亦谦退，不敢以士大夫自居，然其才自加人数等，以视文华、必进，直朴樕下材耳。

按奉天等三殿并奉天门灾，在嘉靖三十六年四月，时上迫欲先成门工，以便朝谒，而文华不能鸠僝，屡疏迁延，上大怒，命罢其官，而用必进。甫匝岁门成，必进得一品，则督工侍郎雷礼有劳，而躬自操作，则徐杲一人力也。又三年而殿工无完期，必进以司空为苦海，营改左都，而上怒矣；甫一月，分宜又勒上必改吏部，而圣怒遂不可解，先革孤卿并兼官，未几并尚书夺之，其去工部半岁耳。明年而三殿告成矣，然先一年，永寿宫已灾，旋奏工完，不特礼得一品，杲得正卿，而华亭亦因以进少师，乃子尚宝丞璠躐拜太常少卿，识者不无代为恧焉。时分宜以子世蕃官工部侍郎，反不得监工，求与璠同事，而上峻却不许，退而父子相泣，不两月祸起矣。比三殿落成时，徐杲已称尚书，上欲以太子太保宠之，而徐华亭力沮，谓无故事，得中止，仅支正一品俸，雷亦仅以宫保转宫傅，其他在事诸臣升赏亦止不行，仅拜银币之赐,以较永寿宫加恩,百不及一矣。时上爱念杲不已,倘再有营建,杲必峻加,即华亭亦不能尼也。

触　　忌

古来人主多拘避忌,而我朝世宗更甚。当辛巳登极,御袍偶长,上屡俯而视之,意殊不惬,首揆杨新都进曰:"此陛下垂衣裳而天下治。"天颜顿怡。晚年在西苑,召太医院使徐伟察脉,上坐小榻,衮衣曳地,伟避不前,上问故,伟答曰:"皇上龙袍在地上,臣不敢进。"上始引衣出腕。诊毕,手诏在直阁臣曰:"伟顷呼地上,具见忠爱。地上,人也;地下,鬼也。"伟至是始悟,喜惧若再生。又乙丑会试,第一题为"绥之斯来"二句,下文则"其死也哀",上已恶之矣;第三题《孟子》又有两"夷"字,时上苦虏之扰,最厌见"夷"、"狄"字面,至是大怒,欲置重典。时主文为高新郑,赖徐华亭诡辞解之而止。然初年讲章,有进"曾子有疾"章,去却"人之将死"一节,上谓死生常理,有何嫌疑,促令补进,又似豁然无所讳者。盖进讲时,讲官为学士徐瑶,上方富于春秋,嗣位未久,乐闻启沃,恐臣下有所避匿,故亦优容;至乙丑之春,上年已六旬,不豫且久,宜其倦勤多疑也。

按,世庙晚年,每写"夷"、"狄"字必极小,凡诏旨及章疏皆然,盖欲尊中国卑外夷也,而新郑出题犯之;又有前一题,益疑其诅咒矣,高之得免,谓非全出华亭不可。新郑晚途与徐讲和书,亦引"先帝见疑,赖公调解"为言,亦是天理难泯处。

宋南渡后,人主书"金"字俱作"今",盖与完颜世仇,不欲称其国号也;至高宗之刘贵人,宁宗之杨后,所写金字亦然,则宫闱亦改用矣。然则世宗之细书,亦不为过。

正嘉御宝之毁

御宝凡十七,正德九年甲戌,大内遭火,宝玺散佚,至嘉靖四十五年之冬,则世宗已不豫久矣,乃下诏曰:"先朝甲戌遇灾,御宝凡六,其五已遭毁,命所司觅美玉补造。"想十七宝者,大半范金为之,而此六玺乃玉制耶？然嘉靖十八年,上又添制七颗,合之世守者为廿四矣。

辛酉西苑之灾，则历代所传尽付煨烬，所少奚止五宝，意者圣主讳言而托之甲戌耶？

符印之式

秦天子六玺，唐始有八宝，宋世尚循其制，至徽宗而加九，南渡至十一，皆非制也。本朝初有十七宝，至世宗加制其七，今掌在符台者共二十四宝，盖金玉兼有之。若中宫之玺，自属女官收掌，更有太祖所作白玉印，曰"厚载之纪"以赐孝慈后者，至今相传宝藏。若历朝太后，则每进徽号一次，辄另铸新称一次，皆用纯金，此故事皆然。其臣下印信，则文武一品、二品衙门得用银造，三品以下俱用铜，惟以式之大小分高卑。两京兆虽三品，印亦银铸，则以天府重也。以上俱用九叠篆文，不知取义谓何，唐宋以来并无此篆法，盖创自本朝，意者乾元用九之意乎？巡按御史用方印，其式最小，比之从九品巡检、僧道衙门尚杀四之一；又百官印止一颗，惟巡按则有循环二印，以故拜命即佩印绶，且其文八叠，与大小文武特异，岂以斧绣雄剧，特变其制耶？此外则各镇挂印总兵官如征南、征西、镇西、平羌、镇朔、征蛮、平蛮、征虏诸将军俱银印，视一品稍杀，二品稍丰，独以虎为鼻钮，且篆文为柳叶，则百僚中所未睹。其他添设大帅，虽事体不殊，而另给关防，与督抚文臣无异矣。明兴，无正任大将军，国初徐武宁达曾一领之，其他则必带军号，如徐达、蓝玉、冯胜、丘福、盛庸领征虏，杨洪、朱永领镇朔，仇鸾领平虏，俱得称大将军，而印之制无可考据矣。内阁大学士位不过五品，而所用文渊阁印仅一寸七分，略似御史巡方印，乃亦用银，视一二品，其重可知，且玉箸篆文，与主上御宝书法相埒，宜其权超百辟也。丘福北征失律，并印亦亡，屡购不得，后于沙漠夜吐光怪，始踪迹得之；仇鸾病笃，藏印内寝，忽跃出于地有声，寻夺印暴死戮尸；而文渊阁印，自今上丙戌失后再铸，则阁权渐削，凌夷以至今日。盖将相二大柄，关于印章如此。

嘉靖青词

世庙居西内事斋醮，一时词臣以青词得宠眷者甚众，而最工巧、最称上意者，无如袁文荣炜、董尚书份，然皆谀妄不典之言，如世所传对联云："洛水玄龟初献瑞，阴数九，阳数九，九九八十一，数数通乎道，道合元始天尊一诚有感；岐山丹凤两呈祥，雄鸣六，雌鸣六，六六三十六，声声闻于天，天生嘉靖皇帝万寿无疆。"此袁所撰，最为时所脍炙，他文可知矣。时每一举醮，无论他费，即赤金亦至数千两，盖门坛扁对，皆以金书，屑金为泥，凡数十碗，其操笔中书官预备大管，泚笔令满，故为不堪波画状，则袖之，又出一管，凡讫一对，或易数十管，则袖中金亦不下数十铢矣。吾邑谈相辈，既以此得贰卿，且致富云。

嘉靖始终不御正宫

大内乾清宫，以正德九年遇灾，旋鸠工创建，役尚未竣，比肃皇以正德十六年四月自郢中入奉大统，暂居于文华殿，亟促冬官昼夜缮治，至十月而落成，上始移跸临御。垂二十年至己亥南巡，则永寿宫已成，至壬寅宫婢之变，上因谓乾清非善地，凡先朝重宝法物，尽徙实其中，后宫妃嫔俱从行，乾清遂虚。直至丙寅上宾，始返龙蜕于大内。盖自践阼之初及弥留之际，皆于别宫行吉凶礼。说者谓世宗以禁中为列圣升遐之所，意颇疑惧，而永寿则文皇旧宫，兴龙吉壤，故圣意属之，古云先天而天弗违，世宗有焉。

大 行 丧 礼

本朝大行皇帝皇后初丧，每寺各声钟三万杵，盖佛家谓地狱受诸苦者闻钟声即苏，故设此代亡亲造福于冥中，非云化者有罪为之解禳也。声钟一事，累朝皆见之诏旨，盖自唐宋以来相沿已久。惟冥镪最属无谓，今贵贱通用之。如周世宗发引，以楮为金银锞，黄者名泉台上宝，白者名冥游亚宝，已为可笑。至宋高梓宫就道，百官奠用纸钱差小，孝宗不悦。谏官云：纸钱乃释氏使人以超度其亲者，本非圣主所宜。孝宗曰：邵尧夫何如人，祭先必用纸钱，岂生人处世如汝辈能一日不用钱乎？则此相传故事，本朝虽用而不以此相高，贤于前代多矣。

实 录 纪 事

世、穆两朝《实录》皆江陵故相笔也,于诸史中最称严核,其纪新郑将去,为南北科道及大小臣工所聚劾,以为皆迎合时情,而参高保徐,尤属谄媚,况上未尝有意弃徐,纷纷保之何为?其言可谓至公。及至夺情恋位,一切保留遍大小南北,倍于谄徐之时,而杖谴忤意者以快睚眦,又有华亭所不为者。其于新郑幕客吏科都给事韩元川楫等亦极笔丑诋,目为无忌惮小人,岂非真正《实录》?及吏科都陈锦江三谟等入幕,后献谀画策,与韩蒲州诸公无异,顾一一任为腹心,资其角距,恬不为异,则笑人适以自笑也。顷见屠纬真《昙花记》,其填词皆无足取,惟内卢杞说白云:我做秀才时,也曾骂过李林甫来。此一语也,亦后来黄扉药石矣。

实 录 难 据

本朝无国史,以列帝《实录》为史,已属纰漏,乃太祖录凡经三修,当时开国功臣,壮猷伟略,稍不为靖难归伏诸公所喜者,俱被划削。建文帝一朝四年,荡灭无遗,后人搜刮捃拾,百千之一二耳。景帝事虽附英宗录中,其政令尚可考见,但曲笔为多。至于兴献帝,以藩邸追崇,亦修《实录》,何为者哉!其时总裁费文宪等苦无措手,至假借承奉长史等所撰《实录》为张本,后书成俱被酿赏,至太监张佐辈滥受世锦衣,可哂,亦可叹矣!今学士大夫有肯于秘阁中借录其册、一展其书者乎?止与无只字同。其修承天大志亦然,但开局太迟,词林诸公各具事希宠,纷纷不定,比成,未几则世宗已升遐矣。总之,皆不经之举也。

两 朝 仁 厚

世宗末年,一更严明之政,如海忠介狂戆,尚能容之,贻谋穆庙以迨今上,礼遇士大夫,绝无往年论报见法之事。惟初政逮讯廷杖数君子,皆出权相意,后皆不次登用,仅临江钱知府若赓,以滥刑被劾坐辟,亦意在重惩酷吏,终以辅臣请贷,至今长系。李见罗中丞以滇事下狱七年而从戎，近年矿税忤旨者或致逮系，非久即释，惟曹心洛侍御学程以争东封，在狱稍久。顷得旨编戍，出狱之日，京师拥曹欢呼者数万人，且颂圣主如天之量云。

主上改臣下名

世宗时喜改臣下姓名，如改张相国璁为孚敬、改袁中丞贞吉姓为袠、又改指挥佥事琴大鸣为大声是也。穆宗朝，掖县赵宦为御史，因巡方题差，上见名不雅，改为焕，今历大司空，以侍养归；弟名耀，亦拜御史，后以中丞抚辽左，亦请告归养。其父名孟，以明经官教授得封吏部左侍郎，二子俱为大九卿，在膝下娱侍，尤不易得云。

赵长公巡方，为陕西巡茶，任满而乃弟代之，兄弟交承，亦一时佳话，事在今上初元。

圣 主 命 名

今上以癸亥八月生于裕邸，时世宗惑于二龙不相见之说，凡裕邸喜庆一切不得上闻。是年四月，西苑玉兔生子，七月又有白龟卵育之瑞，廷臣俱上表贺。而今上弥月，不敢请行剪发礼。至穆宗即位，大臣以立太子请，上命先命名，徐议册立，始以元年正月赐今御名。故事命名在百日，至是睿龄已五岁矣，从来朱邸皇孙未有愆期至此者。然而次年即主震方，又四年龙飞，开亿万年盛治，又千古未有也。

朝觐官进献

近以国用匮乏，议加田赋加关税，以至搜索赎锾，且有无碍官银之说。夫既曰官银，那有无碍之理？真掩耳盗铃也。当穆宗戊辰外计，时陕西副使姜子羔者，上言朝觐官各有路费及馈遗私帑，宜令进献羡余以佐国计，且限为定制：布政司三百两，按察司二百两，苑马行太仆一百两，运司府正二百五十两，府佐一百两，州县正官二百两，州县佐五十两。上曰：进献非事体，且国用亦不藉此，其勿许，且并禁入朝官员不得借觐名科派。大哉王言，与岁进月进者天壤矣。姜未几即转行太仆，稍示裁抑，犹有太平气象云。

今上圣孝

今上初登极,尊礼两宫,嫡母陈皇后上号神圣皇太后,生母李皇贵妃上号慈圣皇太后,每遇大庆,辄增二字,至丙申年则仁圣上仙,慈圣独享天下之养,庆典频举。丙午之春,以皇太子玄孙诞生,加上徽号曰慈圣宣文明肃贞寿端献恭喜皇太后,则圣寿仅六十有二。

按,本朝母后得亲见曾孙者,惟孝肃周后一人,今慈圣福履正同,但孝庄后先崩,时孝肃为邪说所惑,虑他日不得与英宗同穴,欲改葬孝庄于他所,赖大臣力诤而止。今慈圣在位,事仁圣最恭,岁时尚执嫡庶之礼,仁圣上仙,悲慕逾礼,宜其备享荣哀。今上圣孝又千古所无。白玉栏观牡丹,正偕先帝游赏,无意人间,信有之矣。

今上御笔

今上自髫年即工八法,如赐江陵、吴门诸公堂扁,已极伟丽,其后渐入神化。幼时曾见中贵手中所捧御书金扇,龙翔凤翥,令人惊羡。嗣后又从太仓相公家尽得拜观批答诸诏旨,其中亦间有改窜,运笔之妙有颜、柳所不逮者,真可谓天纵多能矣。

贞观政要

今上圣学高邃,远非臣下所及。如戊子二月,以春和初起讲筵,上御文华,讲毕,复传谕阁臣申时行等曰:"唐魏徵为何如人?"对以徵能强谏亦是贤臣。上驳云:"徵先事李密,再事建成,后事太宗,忘君事仇,固非贤者。"其时阁臣以伊尹就汤就桀为比,已非其伦,又引太祖时佐命刘基等皆元旧臣,顾其人可用否耳。此语尤为失当,刘基辈用夏变夷,岂魏徵处角逐时可拟。上遂置问,又传圣谕云:"唐太宗胁父弑兄,家法不正。"阁臣对曰:"伦理果亏,闺门亦多惭德,但纳谏一事可取耳。"此语稍为得之。上意终不释,命罢《贞观政要》而讲《礼记》。阁臣又言宋儒云读经则师其意,读史则师其迹,宜令《通鉴》与《礼经》参讲,上允之。乃命先讲《尚书》,徐及《通鉴》,以至《大学衍义》。上之于经史后先,权宜审矣,至评论魏徵、太宗,真千古斧钺,惜乎对飏诸语，稍未能助高深耳。

《通鉴》一书，今上元年冬抄，张居正当国，将本年讲章进呈，已首列此书，上命镂板印行矣，今阁臣何又以《通鉴》为讲，似乎未经览者。意或卷帙浩汗，启沃未竟耶？然《贞观政要》亦上初御讲幄，辅臣即以劝讲，至是乃厌薄中辍，或以张居正所进终未审当圣意耶？然自《政要》罢后，次年四月遂不复御文华，广厦细旃迄成尘坌，辅臣屡请不允，其年冬即有评事雒于仁"酒色财气"四箴之疏；庚寅元旦召对以后，阁臣亦不得复望天颜矣。唐太宗贞观之治，季年亦少逊焉，盖古今同一慨矣。

冲圣日讲

列圣经筵每月用初二、十二、廿二，凡三日，而日讲则不拘期，一切礼仪视经筵俱减杀，仅得侍班阁部大臣与词林讲官及侍书等官供事，然圣体稍劳，则不御之日居多，值日词臣依例进讲章，以备乙览而已。今上初登大宝，江陵相建议，上每日于日初出时，驾幸文华，听儒臣讲读经书，少憩片时，复御讲筵再读书，至午膳而后还大内，惟每月三、六、九常朝之日始暂免，此外即隆冬盛暑无间焉。以故十年之中，圣学日新，坐致太平之治。昔英宗御极，亦在幼冲，初不闻三杨诸公有此朝夕纳诲，遂使王振得盗国柄，几危宗社，则主上早岁励精，真可抵千古矣。

今上待冯保

上初以慈宁及江陵故，待冯珰厚，而不堪其钤束，屡有以折之。一日，上御日讲毕，书大字赐辅臣等，冯珰侍侧，立稍倾敧，上遽以巨笔濡墨渖过饱，掷其所衣大红衫上，漓漓几满，冯珰震惧辟易，江陵亦变色失措。上徐书毕起还内，时戊寅己卯间事。故相申吴门已从讲筵入阁，是日正得上所赐大字，其长公职方为予言。此时上意已作李辅国、鱼朝恩之想，而冯珰尚以少主视之，了不悟也。后惟癸巳年，王太仓为首揆，兰溪新建为次，因自请得御笔大字，是后遂不复赐。

壬寅岁厄

世宗中年静摄斋居,不御朝已久,至壬寅冬十月而有宫婢之变,主上已濒危,至丙夜始能言,医官用去血剂稍苏,犹数日始能复故。后此圣体愈康,又二十五年丙寅而龙驭始上升,真古来奇事,载籍所未睹。今上御极之三十年壬寅二月,上不豫数日,至十六日己卯,遂大渐,上急召辅臣及部院大臣入至启祥宫,时内阁止沈一贯一人耳,至则中宫及郑贵妃俱避不侍,上命太子及诸王跪听,上呼沈近前听谕云:享国已久,亦无所憾,佳儿佳妇,今以付先生,辅之为好皇帝,劝其讲学勤政。且命向来矿税悉罢,并诸无稽之征停止,释诏狱及法司系囚,还职起用建言得罪诸臣,此后遂当舍诸臣而去矣。按此即玉几末命,比及二更而上稍苏,至次日庚辰则圣躬顿安,寝膳复旧,盖垂殆者仅一昼半夜耳。时东宫成婚甫三日,故有佳儿妇之语,如唐太宗故事。是时垂拱内廷不视朝者亦十年矣。今上神明威断,动法皇祖,而罹灾之岁亦属壬寅,恰恰六十年,岂非上天仁爱,同一示警哉!上所颁圣谕,旋即取回,虽普天有反汗之疑,又三年为乙巳冬,命税务归并有司,封闭矿门,撤回内臣,出子遗于水火,圣德远被,共祝圣寿,较之世宗再御二十五年,行且什伯倍之矣。

壬寅上寿

壬寅之岁,上圣龄甫满四旬而御极已三十年。至秋八月,值上万寿圣节,内廷赘御辈思别效嵩祝,以博天颜一启者,乃以上诞生及在宥合之为七十岁,上南山之觞,大小监局竞奢斗侈,罄其力以备进奉。时矿税甫罢而旋兴,诸采榷使方忧喜交并间,得此消息,争市瑰异未名之宝,名孝顺钱粮,充金帛之媵,左藏为之充牣。圣情果大怡,嗣后乾德、寿皇、小南内诸工及造龙凤船亭之属,一切惟群下所请,而榷税纵横,愈不可谏止矣。然但行之禁掖,惟阉尹宫娃辈共献谀词而已,不以闻之大廷,故谏官无敢以其事显诤者。盖长生久视,固圣主所乐闻,况春间启祥,召臣下,惊魂甫定,此举虽似不经,亦古所谓此非恶心也。

百年四叶

邵康节谓其本朝建隆受命以后,百年而仅止四叶,诧以为近古所未睹。昭代历年之久,前此不必言,即如世宗以辛巳入缵,在位四十六年,中更穆宗之隆庆;而为今上之壬申御极,今年己未,恰已九十九年,又只三叶耳,而圣躬强豫,方共日升月恒。三皇御宇俱百年以外,兹且将四之,使康节生今日,其庆幸又何如也。

北 台

今上仁俭,至土木事尤为减省,惟辛丑年于禁城内乾方筑一高台,台名曰乾德台,阁名乾祐阁,其钜丽不待言,而高入云表,望之真如五城十二楼。顷驸马万仲晦招同戚里诸公入游西苑,因试登之,如旋螺然,殊不觉足力之疲。每一层即有一小殿,几榻什物毕具,凡数转,未至其巅,已平视兔儿山矣。时天曙未久,万瓦映日,大内楼台约略在目,悚然心悸,急促同行诸公趋下。闻落成时,主上以软舆升陟,则宫城外巷陌阶迤如灵济宫前后一带,皆近在眉睫。圣心亦以下瞰为非体,嗣后仅以月夜再登,今宸游不至已数年矣。

章奏留中

先朝章奏亦有不报闻者,然多是奏本,若题本用印,则系衙门公事,例不留中,即不当上意,再三更改亦可。自今上厌臣下之屡聒,一切庋之禁中,屡催不下,初亦甚以为苦,久而稍习,遇大小兴革,主者自行其意,第具本题知,不复取上意可否,而大权反下移矣。台省建白,间有当取旨者,则建言之人,上疏以后即请谒政府,云此本当条旨云云,政府即惟惟如命,一同属吏之禀承于长官,其名曰讲旨。此亘古未有之事,福清在事尚未然。

端 阳

京师及边镇最重午节。至今各边,是日俱射柳较胜,士卒命中者,将帅次第赏赉。京师惟天坛游人最盛,连钱障泥,联镳飞鞚,豪门大傩之外，则中官辈竞以骑射为娱，盖皆赐沐请假而出者。内廷自龙舟之外，则修射柳故事，其名曰走骠骑，盖沿金元之俗，命御马监勇士驰马走解，不过御前一逞迅捷而已。惟阁部大老及经筵日讲词臣，得拜川扇、香药诸赐，视他令节独优。今上初年犹然，自内操事兴，至甲申岁之午日，预选少年强壮内侍三千名，俱先娴习骑射，至期弯弧骋辔，云锦成群，有京营所不逮者。上大悦，赏赉二万余金。然是日酷热，常直候操诸珰，擐甲操兵，伺命令于赤日中，因而喝死者数人。按，禁中本非观兵之所，其事起于正德初年，盖不特八虎辈各有偏裨列校，仿效外廷，而本兵王恭襄亦顶罳刺、飘靛缨，杂处于中贵之中矣。今上因癸未谒陵，始选内臣具军容扈从，旋跸，后益广其伍，俱江陵败后事也。近年来则内教场已鞠为茂草，想武事置不讲矣。

闻之先辈云，孝宗在御日，遇午节曾于便殿手书一桃符云：彩线结成长命缕，丹砂书就辟兵符。盖圣上好文，宴衎自娱，又与后圣不同如此。其后午节，惟世宗初元曾奉两宫圣母游娱，最后十五年，又同李时、夏言、郭勋泛舟西苑，赋诗唱和。

按，介子推以五月五日自焚，而古来以冬至后一百五日禁火。太原之地峭冷未解，因禁烟寒食，人多有死者。何不考订改正，既令楚、晋二忠臣各享极啍，民间馂角黍之余，即寒食不至伤生也。附以解颐。

七　夕

七夕暑退凉至，自是一年佳候，至于曝衣穿针、鹊桥牛女所不论也。宋世禁中以金银摩睺罗为玩具分赐大臣，今内廷虽尚设乞巧山子，兵仗局进乞巧针，至宫嫔辈则皆衣鹊桥补服，而外廷侍从不及拜赐矣。惟大珰辈以瓜果相饷遗。民间则闺阁儿女尚修乞巧故事，而朝家独无闻。意者盂兰会近，道俗共趋，且中元遣祭陵寝尤国家重典，无暇他及耳。江南李煜以七夕生，至期，其弟从益自润州赴贺，乃先一日乞巧，江浙间俱化之，遂以成俗。直至宋淳化间始诏更定，仍为七夕，亦奇事也。

扈从颁赐

至尊初登极,行郊祀大礼,其四品以上及禁近陪祀官,俱赐大红织金纻袍。若恭谒诸陵及行大阅,则内阁辅臣俱赐蟒衣或超等赐服,至鸾带金银瓢绣袋等物,以壮扈从,其次即及日讲官以至文武勋戚部府大臣,俱沾绣带彩币之赐,皆主上肇行大礼,特恩殊典一次耳。惟阁臣未及受赐者,则于嗣举补给,他官不尔也。又锦衣卫官登大堂者,拜命日,即赐绣春刀鸾带大红蟒衣飞鱼服,以便扈大驾行大祀诸礼,其常朝亦衣吉服侍立于御座之西,以备宣唤。其亲近非他武臣得比,以故右列艳之,名为武翰林。

六曹答诏称卿

从来六尚书与左右都御史,一切谢恩乞休之类,旨下皆称卿以示重,不论南北也。嘉靖之末以至今上初年,凡南六卿一切叱名,识者以为非体。万历己亥大计,南六卿自陈,旨下有得称卿者,一时以为荣遇,自后渐复旧制,可谓厘正陋规矣。王给事元翰忽于建白疏内攻辅臣条旨之失,谓其献媚大僚,为植党地,盖未谙典故耳。

御座后扇

今主上御门尝朝黼扆之后,内臣执一有柄之物,若擎扇然,用黄帕裹之,自上升座拥蔽于后,降座则撤去,从来不曾展开。或疑为雉尾之属,终莫知其真。后闻其名曰卓影,乃先朝外夷所贡瑞物,最能被除不祥,以故临朝辄举以卫御座,未知果否。

矿场

今开矿遍天下,生民罹其毒,说者以始祸归罪张新建相公。因考永乐十三年,太监王房等督夫六千人,于辽东黑山淘金,凡九十日得金八两。又永乐十五年,有言广西南丹州矿发者,命内臣开采,岁余得九十六两金,旋变为锡,乃止。时胡文穆当国,江西之吉水人。成化十年,湖广宝庆府金矿岁役夫五十五万,湖南民为水淹死及虎豹所食无算，仅得金三十五两，始报罢。时彭文宪当国，彭亦江西之安福人。

矿　害

今开矿遍天下为世乱阶，然权属内珰与无赖奸宄，故致纷纭耳。按宋金冶有二十一处，银冶则登、虢等二十三州，又三军一监，共冶场八十有四，皇祐中得金万五千余两，银二十一万余两，其后银又增九十余万两，盖所入止此。堂堂天朝，安用此刀锥之利？然皆守令为政，间闾受害犹浅，今日则敲扑善良，必足其数、发冢夷山，以为胁取之术矣。

宋仁宗皇祐中，金脉大发于登莱州，其民掘地采取，至有一块重二十斤金者，取之不竭。是时宋盛世，岂真地不爱宝耶。

卷三

宫　闱

修　女　戒

洪武元年三月朔，命翰林儒臣修女戒，谓学士朱升等曰："后妃虽母仪天下，然不可使预政事，至于嫔嫱之属，不过备职事侍巾栉，若宠之太过，必骄恣犯分，观历代宫阃，政由内出，鲜有不为祸乱者。卿等为我纂述女戒及古贤妃事可为法者，便子孙所知持守。"上之立法，直追三代，故列圣以来，不第后妃专司阴教，即以英庙及今上冲圣御宇，长乐居尊，惟保护皇躬，未曾预闻一政，贻谋远矣。使宋祖以此示戒，则元祐时宣仁后之谤，何至而兴。

母　后　圣　制

本朝仁孝皇后著《内训》，又有《女诫》，至章圣皇太后，又有《女训》，今俱刻之内府，颁在于宇内。今上圣母慈圣皇太后所撰述《女鉴》一书，尤详明典要，主上亲洒宸翰序之，真宫阃中盛事也。然慈圣圣制又不止此。今文华殿后殿所悬扁凡十二字，每行二字，共分六行，其文曰"学二帝三王治天下大经大法"乃慈圣御笔，臣下但见龙翔凤翥，结构波磔之妙，以为今上御书，而实非也。古来惟宋宣仁后善飞白大书，然不过一二字，岂如慈圣备得八法精蕴哉！真天人也。

国　初　纳　妃

高皇帝提一剑芟群雄，于所平诸国妃主无选入侍者，惟伪汉违命最久，上心恨之，曾纳其妾，旋即遣出，深以为悔。野史讹传为曾生潭王梓，复叛诛，不知潭王与齐王榑，同为达定妃所生，自坐犯家事自焚，初不叛，亦不受诛也。惟第十四女含山公主，母妃韩氏，系高丽人。考辽简王母妃亦韩氏，但不知与含山同产否？无所证据，不敢臆断。公主以洪武十三年生，二十二年下降驸马尹清，永乐间进长公主，洪武初进大长公主，至天顺六年方薨，年八十三，于太祖位下二十五子十六女中，最为寿考。然则高丽贡女，不始于文皇时光禄权永均等诸女也。

天顺五年七月，上致书含山大长公主云：高皇祖所生，惟祖姑享高寿，诚为难得。近者承谕用度有缺，朕心恻然，特遣太监蓝忠赍送珠翠九翟博鬓冠一顶，白金三百两，钞一万贯，纻纱罗各十匹，生熟绢三十匹，以表亲亲之义。按，博鬓惟皇后得用之，国初王妃亦许用，永乐间革之，亲藩曾有请而不许，今特以赐含山，盖异数也。

天家生母不同

高皇帝贵妃孙氏，以洪武七年薨，上以妃无子主丧，命吴王橚认为慈母，治后事，服斩衰三年，一如《孝慈录》中生母之例。橚后改封周王，高后嫡出也。嘉靖三十四年，肃皇帝第三女宁安公主将下降驸马李和，以母妃先薨，命拜皇贵妃沈氏为慈母，出阁醮戒谢辞诸仪一同生母。及和与公主成婚后，入谒皇贵妃，赐宴宫中，尤多异数。一则无子而子，一则无女而女，孰非圣主异恩哉。至有不幸而反是者，如嘉靖三十三年康妃杜氏薨，则穆宗生母也，礼官请服三年丧，上不许；又引孙贵妃故事，亦不从，且以应避至尊、不宜重服下谕大臣，遂不敢争，且自穆宗就裕邸后，生不得见，没不得诀，亦可悲矣。又如孝宗为淑妃纪氏出，自离母腹，即为万贵妃所妒，妃出居内安乐堂，迨孝宗六龄，始得见父皇，而淑妃旋以暴薨报，宪宗亦不敢诘。孝宗龙飞，遍觅母家宗族，几十年终不可得。两妃为两朝圣主所托体，他日虽备享尊崇，祔葬山陵，而所遭屯剥乃尔，天耶？人耶？意者运数宜然，特假手至尊耶？

列朝贵妃姓氏

内廷嫔御尊称，至贵妃而极，先朝拜此秩者，历历可数。高皇帝朝有贵妃孙氏，谥成穆；文皇帝朝有贵妃张氏，谥昭懿；贵妃王氏，谥昭献；昭皇帝朝有贵妃郭氏，谥恭肃；章皇帝朝则孝恭后亦曾先拜，且特加皇字，旋位中宫，不敢并纪；嗣后则有贤妃何氏赠贵妃，谥端靖，然而不得皇字矣；睿皇帝朝则孝肃后亦曾拜，不敢并纪；纯皇帝朝则有皇贵妃万氏，谥恭肃端顺荣靖，为宫妃六字谥之始；而宸妃邵氏进封贵妃，是生兴献帝后称孝惠后，不敢并纪；肃皇帝朝则有皇贵妃王氏，谥端和恭顺温僖；皇贵妃阎氏谥荣和惠顺端僖；皇贵妃沈氏谥庄顺安荣贞静，其谥号皆用宪宗万妃例也；庄皇帝朝则有皇贵妃李氏，即今慈圣皇太后，不敢并纪；今上则有今东宫母妃及敬妃（追封皇贵妃李氏、谥恭顺荣庄端靖）及今翊坤宫郑氏。盖列帝十二朝，历年二百五十而得此号者仅十六位，内二位犹非生拜，然二祖及仁宗朝尚未有皇字，故有册而无宝。世宗时阎、王两妃未闻殊宠，特以储宫之重，骤得峻加，而贤妃柏氏，在宪宗朝曾育悼恭太子，竟不得封，盖轩龙副贰，不轻授如此。然柏妃至嘉靖六年薨，距生恭悼时已五十九年，虽啬于遇而丰于寿矣。

孝惠邵后封贵妃时，有册又有宝焉，而不加皇字，意者同封者共十人，不欲太轩轾耶？是不可晓。嘉靖四十五年八月甲子，进封敬文氏为贵妃，时去上六十圣诞仅三日耳，然封号内无皇字，故止用金册无宝，此则近代未有，姑附纪之。

帝王娶外国女

太祖第二子秦愍王，以洪武四年娶故元太傅中书右丞相河南王扩廓帖木儿女王氏为正妃，至二十八年愍王薨，王妃以死殉，遂得合葬，而次妃邓氏则功臣清河王愈女，反屈居其下。同时洪武十八年戊辰科状元为襄阳人任亨泰，其妻本蒙古人，赐国姓朱氏，而亨泰母为乌古论氏，亦色目人也。又文皇帝纳高丽所献女数人，其中一人为贤妃权氏，侍上北征，回师薨于峄县，遂藁葬焉，贤妃父拜光禄卿，仍居高丽。是时尚仍元俗，未禁属国进女口也，此后遂不闻此事矣。后正德间，回回人于永上言高丽女白皙而美，大胜中国，因并取色目侯伯及达官女入内，盖亦有所本。

古来中国娶虏妇者，如魏文帝悼后郁久闾氏，为蠕蠕主阿那环长女，文帝至废元配乙弗后纳之，复以悼后妒，赐乙弗死。阿那环次女又为齐神武后，神武每因事跪拜，盖皆仰其鼻息以为盛衰。及突厥灭蠕蠕，其强盛倍于往时，宇文与高氏争衡，倚以为援，共求其女，终为周所得，藉以灭齐，则唐诗所云"安危托妇人"者，又不在和亲之公主矣。我朝英宗北狩，也先欲进其妹，上坚拒之，迄不能强，圣主英概，处困不挠，奚止雪耻酬百王也。

高丽女见疑

洪武十三年，高丽愆贡期，上赐诏诘责之，既而彼国遣使周谊来计事，上敕辽东都指使司曰："高丽朝贡违约，朕拘其使，后纵之归，乃复怀诈令谊作行人，非有谋而何？前元庚申君曾纳谊女于宫中，庚申君出奔，内臣得此女以归。今高丽数遣谊来使，殊有意焉，卿不可不备。敕至，当遣谊来京，别有以处之。"及周谊至京，署本国衔为礼曹判书，上赐以袭衣，遣通事先归，留谊于京师，仍命边将，自今入境者皆止于边，不许入见，虽有贡赋亦不许入献，盖终以女在宫为疑。圣主之严防女戎如此，又安得褒女、骊姬之祸乎？

故后无讳日

太后吕氏，故懿文太子追崇兴宗康皇帝之继配也。太子娶开平王常遇春女为妃，先薨，以太常卿吕本女为继。建文帝即位，追尊常氏为懿敬孝康皇后，吕为皇太后；及文皇兵入，召后至，告以不得已举兵之意，后出宫，复故号为太子妃。寻命懿文长子吴王为广泽王，居漳州；衡王为怀恩王，居建昌，是年俱召还锢之凤阳高墙。惟少子允熙先封徐王，改封敷惠王，随母吕太妃居懿文陵园，永乐四年火起于邸中，暴卒，追谥哀简，盖以吕后生，不欲显诛之也，自此吕后遂不知所终。今纪述中有云与建文同日自焚者，妄也。今懿文园近附孝陵，岁时尚能沾祭，常、吕二后想亦并袝不废，然吕氏竟无讳日可考，亦无谥号追赠，虽大义灭亲，然于文皇为长嫂，于仁宗为伯妣，恩礼缺然，可为叹息。今志士仁人徒致意于建文尊号，屡形章奏，尚未循其本也。嘉靖间孝宗张后崩，追谥孝康，与懿文帝后号同，此大臣不讨论之过，时贵溪首揆，分宜掌礼部。

母后在位久

本朝母后，如仁宗诚孝后张氏，以中宫拥立宣、英两朝，进称皇太后、太皇太后，而在位止十八年。宣宗孝恭后孙氏稍久，正位中宫及太后三十一年。英宗之孝肃周后称太后、太皇太后共四十一年，为更久。然在成化初，以宪宗生母从贵妃崇进者，惟宪宗之孝贞王后，以中宫拥立孝、武两朝，称太后、太皇太后共五十五年，最尊且寿，所微恨者，圣主非所出耳。至若孝宗之孝康张后，专宠椒宫，古今无匹，且诞育毅皇，爰立肃皇，享天下眷前后亦五十五年，可称备福。然在正德间已拥虚位，嘉靖间以章圣之故开罪主上，祸延二弟，忧挠憔悴，不复可堪，何如早从敬皇上仙之乐。人有以寿为戚者，帝后且然，况下此者乎？

宣宗废后

初，宣宗为皇太孙时，纳胡氏为妃，及居东宫，称皇太子妃，宣宗登极为皇后，至三年十一月，以无子多病，表请闲居，而孝恭孙后代其位。盖孝恭既诞英宗，甫三月即已正位储宫矣。胡氏以正统八年薨于别宫，尊为静慈仙师，又至天顺七年，上复下敕所司，追复皇后尊称，谥曰恭让诚顺康穆静慈，加葺金山寝园，但不立陵名，不庙祔祀耳。盖英宗之达孝如此。其时诏中有云：于情于礼，两皆无憾。真不诬也。此与天顺四年赦出建庶人文圭，同一盛德。

成化四年六月，慈懿皇太后钱氏崩，是为孝庄太后，时孝肃周后正位并尊，恐他日不得祔葬裕陵，乃胁上欲别择地以葬慈懿，赖辅臣彭时、商辂、礼臣姚夔等争之，始许钱后祔葬，而虚其右以待周后。按，姚夔之疏云："或曰慈懿无子，宜与恭让同，此又不然，恭让在宣宗时已逊位而立孝恭矣，慈懿当时未尝退处而别立一后，况宣宗晚年悔恨莫及，曰此朕幼年事，盖可知矣。"盖其时诋孝肃者，有引胡后以比钱后，故夔有是言。然则圣主举动为子孙取法，不可不慎如此。

弘治十七年，圣慈仁寿太皇太后崩，即孝肃后也，上召辅臣刘健、李东阳、谢迁赐对，出裕陵图以示，则英宗隧道，右圹相通，而左为孝庄钱氏玄宫，相去数丈，中隔不通。辅臣谢不知。上曰："先生辈如何得知，都是内官做的勾当。"又曰："内官有几个识道理的。昨见成化间彭时、姚夔等章奏，先朝大臣忠厚为国如此。"健等曰："英宗遗命钱后合葬，大学士李贤记在阁下。"上曰："遗命奈何违之？"东阳曰："闻当时尚有别议，委曲至此，非先帝意，今日断自圣衷，勿惮改作，则天下臣民痛快。"上曰："钦天监言恐动风水，朕以为不然。"迁对曰："阴阳拘忌不足信。"上曰："朕已折之矣。今开圹合葬，非动风水乎？皇堂不通则天地否隔，惟一点诚心为之，料亦无害。"东阳、健等力赞，上曰："此事不难。"后事竟不行，钦天监既以为岁煞在此，内官又谓事干英庙陵寝，难以轻动也。以孝庙仁圣，尚不能改已成之说，当时内臣曲媚孝肃，致英宗在天之灵终于不安，是时去孝庄祔葬已三十七年矣。此事详李文正《庙对录》中，而孝宗《实录》反不详，其祔庙事更出孝宗独断，文正辈不过将顺而已。

封妃异典

皇贵妃始于宣庙朝，是固然矣，然亦有异者。如高皇帝洪武十七年甲子，册李氏为皇淑妃，又进封郭氏为皇宁妃，而贵妃反不得皇字，此其异也。至文皇帝嫔御，自贵妃而下凡二十余人，无一得皇字者。至宣宗孝恭后后，而皇字始专属贵妃矣。又如后宫姬侍列在鱼贯者，一承天眷，次日报名谢恩，内廷即以异礼待之，主上亦命铺宫以待册拜，列圣后前皆然。惟世宗晚年两宫奉玄，掖庭体例与大内稍异，兼饵热剂过多，稍有属意，间或非时御幸，不能尽行册拜，于是有"未封妃嫔"之呼。如追封荣妃杨氏，乃以宫人随上遭火灾而得追赍，且谥以恭淑安僖四字，且祔葬于孝洁皇后之侧，此殊特之典，又前此未有者。此后殆难尽纪。然承恩夭殁者，必加封内爵，以是外廷得闻，逮龙驭上宾，其现存未封者，概不得矣。闻之老内侍云：世宗一日诵经，运手击磬，偶误槌他处，诸侍女皆俯首不敢仰，惟一幼者失声大笑，上注目顾之，咸谓命在顷刻矣，经辍后，遂承更衣之宠，即世所称尚美人是也。从此贵宠震天下，时年仅十三，世宗已将耳顺矣。其后册拜为寿妃，拜后百余日而上大渐，说者归罪寿妃，微似汉成帝之赵昭仪云。寿妃之薨在万历三十八年庚戌，宫嫔承恩早而下世晚者，近代少其比。

帝后祔葬

本朝先帝大行山陵，止一后祔葬，直至英宗元配孝庄钱后崩，时宪宗压于生母孝肃周后，几不得祔葬裕陵，大臣力诤之，始虚孝肃玄宫以待，而二后并祔自此始矣。宪宗初选吴氏，旋废，则元配为孝贞后王氏，而孝宗生母为孝穆后纪氏，二后同祔茂陵，盖循用裕陵新例。至嘉靖入缵，则宪宗贵妃邵氏已称寿安皇太后，寻崩，初葬金山，后亦迁祔茂陵，于是三后并祔又从此始。世宗元配为孝洁后陈氏，继曰孝烈后方氏，上以方氏有定爱卫护功，其崩也，梓宫先入永陵玄宫，又特祧仁宗，以孝烈神主入太庙；比穆宗登极，迁孝洁梓宫与孝烈并祔，而上生母为孝恪后杜氏，亦迁祔焉，永陵亦有三后同穴，一如茂陵故事矣。今上孝祀两宫，他年千秋万岁，其并祔昭陵不待言，惟太庙配享，列朝以来止一帝一后，嗣圣俱遵行旧礼，不敢更也。

废后加礼

本朝废后，如恭让胡后，在天顺间英宗已复位号矣，惟宪宗吴后立匝月而废，后以抚育孝宗，稍得加礼。至正德四年薨于别宫，辅臣李东阳等疏称吴氏虽先朝所斥，而诏止云退居闲住，无废为庶人之文，宜稍加恩礼。上命如英庙惠妃王氏例，岁时以素羞祭别所，然惠妃得谥端静安和，而吴竟缺谥号，盖以追称窒碍也。又后兄瑛为羽林卫指挥使，于弘治间自陈臣职乃先世军功所遗，不沾外戚恩泽，乞升职改职卫，孝宗命升都指挥佥事，改注锦衣卫而已。当昭德贵妃谋蛰储皇，吴氏保护功实多，而酬报之恩止此，于义俭矣。至嘉靖张后之薨，上命一依成化吴氏故事，寻得旨改称继后，视吴氏稍优焉。盖吴之得罪，以谴万妃；张之得罪，以救张延龄，皆一时微眚，遂干天怒，真不幸也。

英宗重夫妇

周璟者，先为云南左布政，居妻丧，未几即继一室，为巡抚侍郎郑辰所指摘，问杖罪，革职闲住矣。至正统五年，缘恩赦诏书自辨，云律所载，但有居父母及夫丧而私嫁娶者杖一百，无妻丧嫁娶坐罪之条，乞命廷议是非，昭示天下。上怒甚，勒回不叙。次年陕西参议戴弁任满候代，以妻丧及女亡辄归，都御史曹翼劾其奸惰不职，弁乃自陈其故，上曰："此亦至情可矜，姑贳其罪。"时大婚未举，已重人伦之始如此。又有都督同知马良者，少以姿见幸于上，与同卧起，比自南城返正，益厚遇之，驯至极品，行必随如韩嫣、张放故事。一日以妻亡在告，久未入直，上出至内苑，忽闻鼓乐之声，问之，知良续妇，又知为阳武侯之妹，上怒曰："奴薄心肠乃尔。"自此不复召。盖圣德仁厚，加以中宫钱后同忧患者积年，伉俪情更加笃挚，因推及于臣妾，真帝王盛节也。

闻英宗为太上时，钱后至手作女红，卖以供玉食。今安昌侯钱氏宅在城东，英宗同孝庄后曾两幸其第，今正寝尚设有御座。钱后为浙江钱塘人，与孝惠后邵氏同邑。

英宗敬妃丧礼

英宗敬妃刘氏之薨，距上升遐数月耳，其丧礼皆上手定，恩礼独厚，辍朝五日，赠惠妃，册谥贞顺懿恭，一切祭葬之礼，视文庙昭献王贵妃有加焉，他妃所不论也。时刘氏虽久承恩，然未有所出，则上钟情独至矣。次年正月，上弥留之际召太子及太监牛玉等至御榻前，口谕命太子百日后即成婚，次即及皇后钱氏，他日寿终须合葬，惠妃亦须迁来。盖亦必欲祔葬山陵也。少顷而上宾天矣，盖始终眷念刘氏如此。其后成化四年，孝庄太后崩，时孝肃周后恐身后不得同穴，至欲别葬孝庄于他所，赖阁臣彭时等及礼臣姚夔等力诤，且述英宗遗命，当时李贤曾纪于阁下，宪宗始婉达孝肃，得并入玄宫，而惠妃之得祔与否，则未详考。但今祀典载裕陵十八妃，一葬绵山，余皆金山，意者绵山为刘妃乎？

按，太祖孝陵，凡妃嫔四十人，俱身殉从葬，仅二人葬陵之东西，盖洪武中先殁者。至太宗长陵,则十六妃俱殉矣。英宗独见,罢免此举,遂破千古迷谬,视唐宗命孟才人先效死于生前者,圣愚奚啻千里。

嘉靖三十一年,康妃杜氏薨逝,礼臣奏循成化纪妃丧礼,盖杜为穆宗生母,而纪则孝宗所自出,故引用之。上不悦,仅辍朝三日,加二字谥,并无褒赠,益见英宗之厚敬妃至矣。

景帝废后

成化十一年十二月,上追复郕戾王仍旧帝号,寻上谥曰恭仁康定景皇帝,且致书于周王等各府,诏告天下,云请之圣母皇太后,亦云出自先帝遗意,不幸上宾,未及举行,兹奉慈训,诞告在廷,用成先志,仍令有司修葺陵寝。盖是年十一月,已立孝宗为皇太子,大赦海内,上意欲追崇郕邸而难于赦书发之,故特下诏以示崇奉,亦首揆商文毅等苦心也。但景帝继后杭氏,已于天顺元年废死,而王妃汪氏,故景帝元配,正位中宫者四年而后被废,睿皇复辟,即追复为郕王妃,现居郕邸,何以不并其位号复之耶?况天顺初,廷臣以无罪废汪后为王文、于谦之罪,见之弹章,今王、于既雪,而母后又不返正,亦事理之未惬者。汪妃至正德元年始薨,乃上谥曰贞惠安和景皇后云。

景皇后寿考

本朝母后在位最久者,宪宗孝贞后王氏五十五年。孝宗孝康后张氏亦五十五年。王则皇后称皇太后,又称太皇太后;张则皇后称皇太后,改称伯母皇太后,初无贬降也。惟景帝汪后以正统十年乙丑册为郕王妃,十四年景帝即位,立为皇后,景泰三年被废,天顺元年复为郕王妃,至正德元年丙寅始薨。后以丁未年生,春秋恰八十,追崇为贞惠安和景皇后,凡为王妃者二次,为皇后者一次,为庶人者一次,为追赠母后者又一次,凡历五帝六朝,前后六十二年,升沉兴废更叠为之,终得与景皇同穴,实前古未之闻。

宪宗废后

宪宗登极,以天顺八年七月廿一日,册立吴氏为皇后,已诏告天下矣，至本年八月廿二日，复下诏曰："太监牛玉，偏徇己私，矇眬将先帝在时选退吴氏，于圣母前奏请立为皇后。吴氏言动轻浮，礼度粗率，略无敬慎之意。今废斥吴氏，退居别宫门住。"盖中宫正位甫满一月耳。又下诏云："牛玉论罪，本当处决，念先帝时曾效微劳，与吴熹都饶死，押发南京孝陵种菜。"后父都督同知后成登州，子雄随之。至本年十月十二日，又立王氏为皇后，诏中谓先帝临御之日，尝为朕简贤淑，已定王氏育于别宫以待期，不意内臣牛玉云云。盖吴氏之得罪，实由万妃受挞而谮之，其祸遂不可解，而王氏即孝贞皇后，能委曲下之，故得安于位，在孝宗朝称皇太后，武宗朝称太皇太后，加尊号曰慈圣康寿，母仪两朝，寿过八十，夫岂偶然。废后吴氏，至成化末年尚在西宫，孝宗为万贵妃所忌，赖吴氏保护以全。至弘治初，孝宗以吴氏抚育恩，命供给俱如后礼，至正德四年正月十六日薨逝。

按天顺八年三月初八日，皇太后圣谕，皇帝婚期在迩，必得贤淑为配，先时已尝选择，尚虑有司遗忽，礼部具榜晓谕京城内外大小官民之家，素有家法、女子年十五至十八者，令其父母送来亲阅。时去睿皇升遐才五旬，而遽下此诏，盖宗祧之计重也。此事在谢文正公弘治元年抗疏之前，当时不以为非，至正德元年八月武宗大婚，纳孝静皇后夏氏，遂已备设六宫，时去先帝升遐亦甫逾年耳，且圣龄止十六岁，少于孝宗三年，则谢已为少傅次揆，正受遗当轴，却不闻一语救正，岂謇谔于宫僚而循默于宰辅耶？不可得而知矣。

英宗大婚时年亦止十六。

孝宗生母

东阿于穀峰慎行宗伯《笔麈》纪孝宗生母孝穆皇后纪氏，孕孝宗时，为万贵妃所妒，潜育西宫，上不及知，一日上见百官奏，咄嗟叹愤。太监怀恩奏万岁有子在西宫，已三岁，上惊喜，敕百官语状，召皇子。纪妃泣曰：儿去我不活矣。皇子至，遂贺颁诏天下，移纪居东朝，后寻赐死，或云自缢。后万妃曾召皇子食，以有毒辞，妃因忿不能语，以致成疾。此言似是而实不然。按，尹文和直《琐录》云：纪后有娠，万妃恚而苦之，上令托病处安乐堂，以痞报而属门官照管。既诞皇子，密令内侍谨护。则宪宗设计潜养他所，初非不知也。又云甲午春，悼恭太子亡后，与彭先生谈及，请赐名付玉牒，及冬，乃托太监黄赐达之上，上云果有一子在西宫，俟再打听。按，孝宗庚寅生，至是已五岁矣，不止三岁也。又云太监张敏结万妃主宫太监段英，乘间说贵妃，妃惊曰何不令我知。遂具服进贺，厚赐纪氏母子，次日下敕，徙纪居西内永寿宫，礼数一视贵妃。是时内臣乃黄赐等三人之功，怀恩惟奉上命传谕内阁耳。而纪后迁西宫亦成礼，未有邃称不活之语，亦不曾有进毒一事。至次年乙未，孝宗正位东宫，至二十三年春，则孝宗已年十八，万妃方薨，距立太子时又十三年，安得有忿不能语成疾之说也。独纪氏有病，万妃虽请以黄袍赐之，俾得生见，未几而卒，则此中暧昧暴薨，事必有之，所以孝宗登极后，县丞徐瑨建言，请追报母仇也，惟此说为稍实耳。尹謇斋虽非贤者，然此时正长禁林，亲履其事，岂有谬误。于公起北方，早贵，并本朝纪载不尽寓目，自谓得其说于今上初年老中官，不知宦寺传言讹舛，更甚于齐东，予每闻此辈谈朝家故事，十无一实者，最可笑也。

尹录所云彭先生，盖彭文宪时也，时甲子年，彭正当国，而尹以读学掌院，与彭最厚，故得进言。尹所纪未免居功，而情景则不谬云。

商文毅公于成化十一年，因悼恭太子薨，上忧念甚，知西宫有子六岁，乃上疏略曰：皇子聪明，国本攸系，重以昭德贵妃抚育，恩逾己出，百官万民皆谓贵妃贤哲，近代所无，但外议皇子生母因病别居，久不得见，人情事体未便，伏望敕令就近居住，皇子仍烦贵妃抚育，庶朝夕便于接见。按，此疏孝宗之在西宫，商公已颂言于朝，且归美万氏以颂寓规，可谓苦心。今《麈史》乃云出自怀恩密奏，想于公并文毅疏未之见耳。

成化五年，柏贤妃生长子，即悼恭也，大臣请告之天下，上不许，盖虑伤万妃之心也。至孝宗之生，臣下不敢请命名，无怪其然。先，宪宗大婚时，初选吴氏为中宫，柏氏与王氏为东西二宫，迨吴氏废退，王氏代为后，止存柏妃一人，为初婚三宫之一，若孝穆本万妃宫中人，而万妃又孝肃侍女，先以赐上者，初未有位号，故吴氏得而笞之，后以此废。

万妃之始，先入孝恭太后宫。

万贵妃

宪庙时，万贵妃专房异宠，首揆万文康至通谱称从子，而孝宗生母孝穆皇后纪氏，噤不敢自明。至六岁而左右言之，始得见父皇，命养于仁寿皇太后宫，万贵人恚甚，孝穆旋以暴薨报，未逾年而孝皇亦旋正东宫之位矣。以万氏之专妒，遂令孝穆不全，而终不能有加于孝庙，则宗社之灵凭之也。万氏丰艳有肌，每上出游，必戎服佩刀侍立左右，上每顾之，辄为色飞。其后成化二十三年挞一宫婢，怒极气咽，痰涌不复苏，急以讣闻。上不语久之，但长叹曰：万侍长去了，我亦将去矣。于是悒悒无聊，日以不豫，至于上宾，情之所钟，遂甘弃臣民不复顾。然妇人以纤柔为主，今万氏反是而获异眷，亦犹玉环之受宠于明皇也。晋傅咸云：妹喜冠男子之冠，桀亡天下。《晋书·五行志》谓男子屐方头，女屐圆头，至惠帝时女屐亦如男子，以为贾南风专妒之应。今万氏女而男服，亦身应之矣。又武周垂拱二年，雍州新丰县有山涌出，初仅六七尺，渐高至三百尺，因命改新丰为庆山县。俞文俊上书，谓太后女居男位，反易刚柔所致。成化十六年，福建长乐县地中突起一阜，高三四尺，人畜践之辄陷，寻又涌出一山，广袤五丈，此见《双槐岁抄》，以为男女易位之象，盖亦以属万氏之服妖云。

万氏以成化二年丙戌封贵妃，生皇长子，将百日而薨，未及命名。至妃之薨，则二十三年丁未，想其年必非少艾矣，而恩宠不衰，亦犹今上之专眷郑贵妃几三十年也。然万氏戚里之封，仅得锦衣，秩虽渐进，不离本卫；今郑氏亦然，并不敢援永乐之例以请文职，盖两朝之恩厚而有节如此。

谢韩二公论选妃

弘治元年，太监郭镛请选女子于宫中或诸王馆，以待上服阕，册封二妃，广衍储嗣。左庶子谢迁谏止，谓六宫当备而三年未终，山陵未毕，谅阴犹痛，不宜遽及此事。焦泌阳秉史笔谓谢进此谀词献谄，以误孝宗继嗣之不广；王弇州《考误》中驳焦云：此泌阳忿笔。盖阴刺中宫之擅夕，而讥谢公之从臾。时上圣龄甫十九，中宫何以有擅夕之声，即谢疏议甚正，焦乃小人无忌惮耳。此说固不谬。然次年礼科右给事韩鼎又以皇嗣未广为忧，上言古者天子一娶十二女，以广储嗣，重大本也，今舍是弗图乃信邪说，徒建设斋醮以徼福，不亦惑乎？上感其言，优诏答之。至次月，鼎又上言："臣有立大本之言，仰承温诏，今几五十日而圣断杳然，伏望慎选良家女以充六宫为宗庙长久计。"上曰："立大本之言诚有理，但未宜遽行耳。"按，韩之疏，正与谢抵牾，但据韩疏细味之，则是时中宫已擅宠，专以祈祷为求嗣法，上虽是鼎言，终不别广恩泽，盖为后所制也，以故后自再举蔚悼王后，孝宗更无他子，泌阳之讥谢文正，诚属无稽，然而谢之为圣孝计，韩之为宗祧虑，俱忧国谠言，未可偏废也。至弘治三年，荆王见潚，亦请上博选良家女以广胤嗣，而上终不从。盖中宫之擅夕，已著闻于宗藩矣。至弘治四年，吏部听选监生丁巘者，又疏言：内廷妃嫔之选，上用谕德谢迁言而止，所以保护圣躬者至矣，今恐左右逸巧之人，或以皇储未建为言，移上初意，乞慎终如始云云。是时去谢疏时已阅四岁，且上亦从无采择之诏，其意不过迎合中宫，结欢张氏，为进用地也，然时武宗已在孕矣。

历朝大行山陵后，凡生时嫔御已逝者，及他日亡者，俱得陪葬陵寝或近陵之金山，岁时侑食于本陵之享殿，俱得标名沾祭。孝宗以前，孝陵在南京，高皇帝之葬，帝后以下祔葬者妃嫔共四十人；其在北葬天寿山者，如太宗长陵，则帝后以下有十六妃祔，仁宗献陵则帝后以下有七妃祔，宣宗景陵帝后以下有八妃祔，以上三陵俱主上升遐时殉节从葬者。英宗裕陵帝后下有十八妃祔祭，宪宗茂陵帝后下有十四妃祔祭，其后武宗康陵则二妃祔祭，世宗永陵则妃三十人嫔二十六人祔祭，以上四朝，则先后薨逝，不祔先帝山陵，俱葬金山，惟孝宗止有孝康皇后宝山双峙，即泰陵祭祀，更无一妃旁侍侑食，盖上自青宫婚后，未几登大位，无论鱼贯承恩，即寻常三宫亦不曾备，以至于上仙，真千古所无之事。

郑旺妖言

当弘治末年，孝康皇后张氏擅宠，六宫俱不得进御，且自武宗生后，正位东宫，再举蔚悼王，薨后更无支子，京师遂有浮言太子非真中宫出者。时有武城尉军余郑旺，有女入高通政家进内，固结内侍刘山，宣言其女今名郑金莲，现在圣慈仁寿太皇太后周氏宫中，实东宫生母也。孝宗闻之大怒，即殛刘山并郑旺论斩，后遇赦得免。至正德二年十月，又布前言，同居人王玺擅入东安门，且云欲奏国母见幽之状，武宗下之刑部，再谳再不服，久之始成狱正法。此案倡议甚怪，往年郭江夏行勘楚府时，冯开之先生为予言楚事，因及武宗亦曾被谤如楚宗所言，以此世宗尤追恨张太后并及鹤龄、延龄兄弟，决欲族之。余谓不然，此谤实始于郑旺，一时皆信之，传入各藩。正德十四年宁王宸濠反逆，移檄远近，中有"上以莒灭郜、太祖皇帝不血食"之语，盖又因郑旺之言而傅会之，以实昭圣太后之罪耳。

《治世余闻》云：郑旺招系坝上人，有女选入内，近闻生有皇子，见在太后宫，每来东西华门内臣刘林家探问往来，送时新瓜果入本宫，使人黄女儿递进，回有衣服等物。旺因夸耀乡人，称为郑皇亲。已二三年，被缉事衙门访获，说者以为有所受。奉旨：刘林便决了，黄女儿送浣衣局，郑氏已发落了，郑旺且监著。时谓旨云"发落"意自可见，若果妖言，旺乃罪魁，不即加刑，何也？其案在刑部福建司，至弘治十八年五月，武宗登极大赦，闵尚书珪放出，盖意亦有在。此当时目击其事者所纪，较国史更确，其所谓有所受者，指孝康皇后也；旺罪魁不加刑者，指孝宗知旺之冤也；闵珪意有在者，谓孝宗为中宫所制，其意实不欲杀旺也。然则武宗果为郑金莲所出，而孝康攘为嫡子耶？抑更有他皇子乎？至正德二年，则珪已罢去，屠勋代为司寇矣，旺犹不平，复理前说，时孝康与武宗母子恩深，岂有更改之理？旺不死更何待哉？若金莲者，则编修王赞教内侍书，于司礼监亲见其红毡裹送浣衣局，内臣皆起立迎入，待之异常，则旨中云发落者，止与黄女儿同耳，其后日处分，则不可考矣。

颁行女训

世宗以章圣太后所著《女训》一卷示辅臣，其首即献帝为之序，次即太后自序，为目十有二，已复以慈孝高皇后传及仁文皇后内训同示，欲与《女训》并刊行。辅臣张璁赞美，请上御制跋语于后，已奉旨允行矣，次辅桂萼复献谀，谓《女训》一书臣拜观详味，知天启中兴，圣贤继出，胚胎于此矣，宜仿古胎教，妊子及月，将二南诗、古诗编成简明说词，选瞽妇十余人以备轮直；凡中宫图画、花鸟寓目之物，尤当一拣择；又令两京布政司、府、州、县各修官女学，设庙奉先代女师之神，傍有廊，为习女工之所，中一堂为听教之堂，选行义父老掌其事，每年十月开学，十二月止，其教矇瞀之人，以《女训》一书教令讲解背诵，量与俸给，提学官岁考阅之；又欲选大家有家法之人为媒氏，凡女七岁以上入学习《女训》者，书其年月名籍，令之收掌，国有大嘉礼，按籍而取之，则太子必得圣女，诸王及士大夫家亦有士行之女配矣。次年之春，萼即以病去位，寻卒于家。

近年重刊吕氏《闺范》，翊坤宫郑妃作序，拟其书仁孝后之《女诫》，章圣后之《女训》，说者遂有僭逼之疑，致启大狱，贻祸迄今未解，是时不知何人视草，不识忌讳乃尔。

母后谥号

历朝皇后谥号，例用十二字，谥中必有天圣二字，而以虚字别之，如高后之承天顺圣是也。盖以匹耦至尊，没后仍存伉俪之礼，后世皆仿此。至世宗朝，追谥章圣太后，乃曰安天诞圣献皇后，是直以笃生嗣皇见之徽称，而没其敌体先帝之实矣，至同时加上高后谥，改承天顺圣为成天育圣，则又但以生文皇见重，而助赞开天圣人，置不论矣。盖其时世宗自谓应运中兴，功同文皇之靖难，为万世不祧张本，以故一时在事大臣，政府则李文康、夏文愍、顾文康，礼卿则严分宜，但知逢迎上意，容悦固位而已，宗庙大体，彼岂暇顾哉。

世宗废后

世宗自孝洁崩逝,甫逾月即册立顺妃张氏为后,事在嘉靖七年,至十二年之正月初六日,忽下诏废为庶人。时首揆张永嘉新从居里起,再位首揆,亦不能力净,而夏文愍为宗伯,最得上眷,寂不闻一言,即台谏亦无一人出疏谏止,亦不以废后罪状告宗庙示天下,但云"不敬不逊侮肆不悛"而已,至今后学不解其故。王弇州于本朝事极博,独于此事略之,前辈如郑端简、雷丰城,时俱已立朝,负史才,所著书并不记涯略。说者谓建昌侯张延龄坐罪当死,昭圣太后乞哀于废后,后乘新正侍上宴,微及其事,上震怒,立褫冠服鞭挞之,斥遣以去。本月初八日,即下诏册封德妃方氏为皇后,盖圣心先定久矣。废后事属之建昌侯者,其说似为近之。延龄横于孝宗朝,至杀无辜,污官眷,如文臣李梦阳、内臣何文鼎辈所奏,真死有余戮,至是大臣力请宽延龄,盖恐昭圣因此不豫,致有他故,以故延龄在狱十余年而后弃市,时昭圣已升遐不及见矣,此张永嘉、方南海诸公力也。然十七年章圣服药,上疑昭圣为巫蛊欲行大事,非李文康以死捍诏旨,几如唐宣宗之于郭太后矣。昭圣崩之次年,即有宫婢杨金英等谋弑大变,使昭圣尚在,难乎免矣。孝宗优假外戚,反贻后殃,所谓爱之适以害之。

张后以嘉靖十五年闰十二月初三日薨,诏丧礼视宪宗废后吴氏例。

皇后祔庙之礼

宗庙大事,有以忠愤太过激成莫解之祸者,无如嘉靖初之议大礼,若微言至理,导人以不得不从者;无如成化初孝宗太后之议祔葬,夫葬嫡后于他所,诚为悖谬,当时彭时、商辂、姚夔诸大臣回天之力固伟矣,然礼卿姚文敏疏中云:慈懿葬于左,皇太后万年后葬于右,慈懿今日祔于庙,皇太后他日亦祔于庙同尊并列,毫无低昂。其词甚婉,故孝肃曲意勉从。又三十七年而为孝宗弘治之甲子,孝肃始崩,则洛阳、长沙、余姚在阁矣,孝宗以本朝虽未有此事,然二后合葬为非礼,因玄宫先就,无可奈何,遂仍旧贯然,此后孝贞王后得与宪宗同穴,而孝穆纪后先亡,仅得祔葬,则孝宗恪遵古礼,嫡庶昭然,不敢逾尺寸,何其仁而断耶。至于祔庙一事,刘健等尚祖姚夔旧说,引唐宋二后三后并尊旧事,以待上之自裁,而上乃曰:"祖宗以来惟一帝一后,今若并祔,乃从朕坏起,况孝穆为朕生母,尚祀于奉慈殿。"又有事须师古,末世鄙亵不足学之语,健等始称诵赞决,而祔庙之议遂定,果止孝贞合葬茂陵,且与宪宗同入太庙,而孝穆祔葬别祀,于是一帝一后永为后世法矣。其后世宗议大礼,非有孝宗故事在前,则孝惠邵后亦必入祔太庙,与宪宗同享烝尝而孝穆纪后见摈于外矣,孝宗之为孝,岂非千古一人哉。最后世宗先祔孝烈后,宁可祧仁宗而不恤者,亦以一帝一后成规已定,恐他日身所并食者,不为孝烈而为元配之孝洁,故预为之谋,其心苦矣,孰知圣子神孙,他日定当救补匡正,安肯违礼拂经、以成先帝之过举耶?

孝烈祔庙

孝烈既以拥护圣躬,大获殊眷,其父安平伯方锐亦进封侯,二十六年孝烈崩,上欲升祔太庙,久之廷议不决,上自出睿断,竟祧仁宗,祔孝烈神主于庙。时分宜当国,固不足言,而华亭新拜宗伯,亦仅一执奏,继奉严旨,即惟诺从事矣。此事关宗庙最大,而廷臣无有以死诤者,此时去议大礼时已二十余年,当时批鳞诸臣,死者无算,即幸存亦流落荒裔,朝士但羡张、桂诸人之骤贵,其贬窜者无一收召,遂不复能执古谊力争,使圣主有此过举,良可惋叹。至于孝烈梓宫,亦开上寿宫隧道纳之玄宫,尤不惬人情。盖先世贤主如南宋文帝之于袁后,唐太宗之于长孙后,亦以先亡归陵寝,他日帝反祔葬焉。本朝惟孝陵、长陵母后先葬,此后累朝皆别葬他所,及上升遐始迁后祔葬,于典礼甚合,况孝洁为上元配,尚瘗袄儿峪,而孝烈为第三后,乃先居上寿宫,更觉失序。至隆庆初年,孝洁仍祔世宗室而孝烈神主迁置于奉先殿,补救折衷咸归穆宗达孝云。

按,隆庆初元加孝烈谥号,有祇天畏圣字面,盖亦著当时弭变之功也,然嘉靖三十五年,已从玄门法加孝烈为九天金阙玉堂辅圣天后掌仙妙化元君,则先有辅圣之语矣。

母后减谥

嘉靖十四年二月，武庙后庄肃夏氏崩，时张孚敬为首揆，议以夏后与他后不同，其谥号只可二字，多亦不过四字，盖用景帝废后汪氏贞惠安和四字故事也。时汪铉亦助孚敬，谓只可二字，李后时谓可八字，惟礼卿夏言谓宜如故事，仍为十二字，都御史王廷相、吏部侍郎霍韬亦同夏言所议。上命定为八字。次年四月，上幸天寿山，坐行宫，召大臣曰：庄肃之谥未安，仍宜循旧。至九月乃进今谥，时孚敬已去位矣。世宗圣意，何曾菲薄夏后，乃永嘉素工揣摩，创为异议，其罪岂止逢君之恶！而汪铉则又逢相之恶，时贵溪、南海皆以议礼骤贵，犹能持正不阿如此。今谀永嘉相业者，大抵多溢美，则江陵公秉史笔时，以声气相附，每追颂其功也。

庄肃后丧礼

嘉靖十四年正月，武宗庄肃夏后崩，礼臣上仪注，拟上素冠服举哀，及群臣行奉慰礼，上曰："朕于皇兄后无服制，又迫圣母寿诞，朕当青服视事。"于是礼臣改请皇上服制既绝不必举哀，臣下亦不必奉慰。越七日，即为章圣太后寿诞，上命百官不必赴衙门，但于私第尽制，盖视群情也。辅臣孚敬等言圣母圣诞吉礼重大，宜吉服终日，上始悦而许之，然数日前元旦，以宪庙恭妃初丧免文武百官庆贺矣，且庄肃于世宗为同堂从嫂，祖宗亦服缌麻，乃上曰无服，礼臣所曰服绝，不得其解。时贵溪长礼部。

嘉靖两后丧礼

世宗初年，以议大礼得伸志于兴邸两亲，其后尊礼靡所不及，从此遂亲定典制，厚薄任情，其于丧礼最减杀者，则昭圣太后，最隆重者则孝烈皇后而极矣。嘉靖二十年，昭圣崩，上谕礼部，昭圣虽称伯母，朕事之敬慎，自十七年秋事，不得不自防爱以爱宗社，朕故不敢躬诣问安；今崩，朝夕奠祭令内侍官代行。盖上意犹谓戊戌章圣之逝，皆昭圣肆毒，不止如始所疑潜行巫蛊已也。至二十七年，孝烈后崩，上以壬寅内变，后有大功，命丧以元配礼，未逾月，即定陵名曰永陵，命先葬玄宫，则二祖以后所未有也。且元配孝洁尚别厝，而第三后先入陵寝，尤亘古所无。至大祥遂欲祔庙，辅臣嵩请祔于皇妣之次，上怒，以为是争考争皇之故智，不许，至再期，竟祧仁宗而以孝烈先入庙，则古今创见。时上恚初议未即许祧，乃于忌日请祭疏中批旨云：孝烈所配者入继之君，又非大礼之始，忌日即不祭亦可。部臣益惶惧将顺恐后，至引本朝宣宗庙舍恭让后而祔孝恭、宪庙舍吴后而祔孝真为比，以媚圣意，上始悦许之。时宗伯为徐华亭，岂不知恭让后以病退别居，尽谢位号，吴后立甫一月废斥还宫，久不母仪天下，岂孝洁可比，乃曲笔诡词至此，即得世宗愉快，宠眷一时，其如后世议者何！

先是，嘉靖七年孝洁陈后崩，灵舆赴山陵时，上命出左门，言官及礼臣再三请谓宜出正门，终不许。至孝烈梓宫当葬期，礼部仪注竟拟正门中道出，盖已预揣上意矣。

景泰七年肃孝后崩，亦先入太庙，然而不祧祖宗，盖庙室未满也。

母后先祔庙

世宗既进崇献皇帝矣，至中叶，又纳谀臣言祔献皇于太庙称宗，臣下畏祸，自侍郎唐胄之外，无复敢继起者。上追忿往事，谓近代为不足法。及孝烈皇后崩，已先纳梓宫于上所营寿宫矣，及小祥，遂下诏欲奉神主入太庙。时宗伯费文通，依违未果，比释服，则有徐文贞为礼部卿，仅婉辞以为此圣子神孙之事，上遂大怒，而礼科都给事颜思忠复执部议以谏，内旨因他事杖一百为民，而孝烈入庙，仁宗祧矣。按，洪武十五年孝慈皇后崩，次月葬钟山之阳，定其名曰孝陵，至太祖升遐合葬焉，盖用唐太宗昭陵故事，是亦国初未定之制也。至永乐五年，仁孝皇后崩，文皇圣意已不欲立封域于南方，故迟迟未葬，至七年幸北京，始得地于昌平县，用江西术士廖均卿议，改封黄土山为天寿山，十年迁仁孝后梓宫北行安葬，因定陵名曰长陵，盖三千里辒车远涉，无暂定他所之理，已非太祖时比矣。此后累朝不复遵此制，惟景泰七年废后杭氏薨（即怀献太子母也），帝谥为肃孝皇后，先归山陵，回祔太庙，此为古来仅见之事。盖自未入庙，乃令宫闱先侍祖宗，于典制甚悖,而陈、王诸辅臣不能救正,识者非之。比英宗复辟,礼臣胡濙始以为言,上命迁后主于别室,时景帝违豫未大渐也。未几襄王瞻墡入朝,谒陵回奏称:景陵明楼未建,而杭氏所葬明楼高耸,与长、献二陵相等,乞毁之。上命如议,然而陵名固尚未立。又未几,帝与后俱废矣。世宗薄视累朝,动以二祖为法,以故臣下所建白无一转圜,然祔庙一事肇自景帝,何足遵守,且寻遭废斥,不祥之甚,惜当时无有以此密讽于上者。又孝烈之葬,先定名曰永陵,亦用二祖故事。方孝烈初崩逾月,顺天府进春,例当并进,而中宫已虚,上命仍进几筵,府官用吉服从事,亦上所亲定也。

葬孝烈时,上命居玄宫之左,而虚其右,以待元配孝洁合葬,未几又命孝烈复葬右云。

世宗之命追眷故后,盖用宋仁宗温成后故事。后薨未久,会立春后阁已虚,词臣不复进帖子词,帝命仍进禹玉代欧阳公口占为词,即所谓"花似玉容长不老,只应春色胜人间"者是也。

亲蚕礼

世宗更定祀典,遂行皇后亲蚕礼。当时俱咎夏贵溪逢迎上意,御史冯恩至谓后亲蚕于郊,不可示后世。然夏说未可非也。《周礼》:天官内宰中春,诏后率内外命妇始祭蚕于北郊;汉《礼仪志》:皇后祠先蚕以中牢,文帝、景帝、元帝俱诏皇后亲蚕;魏黄初中依《周礼》置坛于北郊;晋与高齐俱置高坛,皇后亲祭俱躬蚕,后周因之;隋置坛宫北三里,皇后以太牢祭;唐置坛在长安宫西苑中,贞观、显庆、先天、乾元间,皇后亲蚕,皆先有事于先蚕坛,仪具《开元礼》;宋用高齐制,后亲享先蚕,贵妃亚献,昭仪终献,其神则祠天驷星,次则黄帝元妃西陵氏、汉加菀窳妇人寓氏公主,后又益以蚕女马头娘之属,皆有所本;嘉靖之制虽未尽合古,然农桑并举,固帝王所重。

李氏再贡女

嘉靖十四年十一月,诏选淑女,有河南延津人李拱宸献其女,上以长至在迩,而女适至,大喜之。是月十九日庆成宴毕,即令东华门入,不必择日,赐拱宸锦币,宴于光禄寺,次年二月即拜其女为敬嫔,拱宸为锦衣正千户。至二十四年九月,拱宸之子应时,又以拱宸次女为献,礼部请日未报,至十一月始得旨,以冬至庆成宴自东华门入,赏赐供宴如其父。其事俱同昭阳二赵,但相距十年为异耳。

圣母并尊

唐宋人主为妃嫔所出者,御极以后,尊后为太后而进所生母为皇太妃,虽恩礼无异而嫡庶尚分也,至后唐庄宗以嫡母为太妃,而以生母为太后,冠履倒置,盖胡虏不学使然,真贻笑千古。我朝列帝非后出者,比临御时多不并存,惟景帝初登极,尊皇太后孙氏为上圣太后,生母贤妃吴氏为太皇后;宪宗初元则孝庄与孝肃并以天下养,于是尊皇后钱氏为慈懿皇太后,贵妃周氏亦为皇太后,而无尊号以稍别等威,识者尚尤其过。直至隆庆六年,今上六月即位,甫六日而高新郑见逐,江陵奉上面谕欲并尊两宫,且于生母皇贵妃更加二字徽号,盖故反其词以遏止阁臣,使不得执奏也。于是江陵与礼臣议两宫并进为皇太后,而于嫡母陈加仁圣,生母李加慈圣,各二字徽号,而体貌俱无少别矣。时江陵公方欲内诏慈圣以为固权地,苟可异礼,何所不至,而议者责以不力谏,误矣!历朝以来,臣下嫡母在堂者,生母不得封,即生母没亦不得丁忧,其自爱者不过给假治丧。今三母并封,登之令甲,而所生即媵婢亦得尽三年之哀,此固君父旷荡之恩锡类所及,顾欲使人主自靳于所生,当亦非人臣所安也。

按新郑逐时,内臣捧诏旨出,其首云皇后懿旨、皇贵妃令旨、皇帝圣旨云云,是时已三宫并列矣。逾月始举并尊圣母之典,又安能止勿行也。

两宫同在位久

今上嫡母曰仁圣皇太后,生母曰慈圣皇太后,当上御极之初即已并尊,如成化初年故事。但当时中宫钱后进称之慈懿皇太后,而孝肃止崇为皇太后,尚有等差,不如今上同加尊号情礼并申之为愉快。又钱后称太后止五年,而仁圣享孝养者二十五年,且初登长乐时,与慈圣父母俱存，两宫圣母尚修家人之敬，俾得通籍禁中，尤为亘古未有之福。今慈圣遐龄正未可量，恐又非孝肃周后所能企耳。

今上笃厚中宫

自丙申两宫灾后，上移居毓德宫，既而又移启祥宫。其宫本未央宫，兴献帝诞生此中，世庙以美名冠之，后改今名。自今上移跸后，惟翊坤郑贵妃及他宠嫔侍左右，中宫不复得时奉燕间。至庚子之冬，京师盛传中宫久病，侍卫不过数人，其膳羞服御俱为主上裁减大半，抑郁成病，渐濒危殆，都下贵贱长幼皆信之，盖其时已传旨修东宫次第册立，未几遂有此谤，疑上且顿抑中宫，使之不全，以为次子夺嫡之地。大小臣工俱忧骇莫敢发，时工科都给事中王德完新自家居补官至都，始露章力谏，其辞哀婉而危切。上大怒，下诏狱拷讯究问主使之人。九卿台省俱力救，不从，时首揆久谢病，次辅沈一贯以密揭婉解，次日忽下圣谕云：中宫乃圣母选择元配，见今同居一宫，少有过失岂不优容，迩年稍稍悍戾不慈，朕每事教训，务全妇道，中宫亦知改悟，何尝有疾云云。辅臣回奏不报，一贯又上奏，谓今日之谤，十年前已鼎沸，故上前谕惟示首臣，不使一人得见，若以此谕外传，外人必谓上果不利于中宫，则数年之谤本虚，而反以为实；上数年之旨本实，而反以为虚。天下藩府以至万国四夷岁进表笺称贺中宫，倘闻此语，尤为未便，其他语尤过激难堪。上稍为霁威，且示以皇长子册立稍迟之故，并寝所传圣谕不下，德完虽廷杖削籍，亦得免于死。上重彝伦畏名义，即简礼中宫，或亦一时咈意致然，忽闻中外浮言，谏臣伏阙，遂不胜愧悔。此后伉俪弥笃，恩礼有加，次年即特旨建储，人心大定，去冬弥天疑谤，一旦永释。给事虞渊取日功真不世，而阁臣犯颜苦口甘犯天威，其善亦未可没也。

恭妃进封

本朝贵妃之加皇字也，自孝恭始。孝恭既以诞元子进封，未几，元良正位，即代让后居尊，此虽先朝故事，非可为训。迨今上连举圣嗣，今东宫生母，初止封恭妃，而德妃郑氏，乃特加皇贵妃，且皇第二子年亚四岁，以故孙如法、姜应麟辈曾起力谏，亦惧他日有包藏祸心妄援孝恭以希横恩者。为虑虽远，不知圣主乾衷，非臣下所能蠡测。其时姑假名号以慰翊坤，而长幼之序久已定矣，皇贵妃之体，邻于正嫡。凡禁中大庆，奉请两宫，则中宫奉侍仁圣，而翊坤奉侍慈圣，得并讲姑媳之体，他贵嫔皆退避不敢望见，即今太子册立以后，恭妃执礼犹谦，亦掖廷旧制使然。时臣下虽懑忿而不敢请，直至元孙诞生，上大沛中外，恭加慈圣徽号至十二字，而恭妃进封为皇贵妃，锡以金册金宝，自此礼仪体貌一视翊坤，并列左右，天下始快然无遗憾，而圣心至是大白，盖主上于定名正分，究竟无爽云。

郊寺保厘

今上专宠郑贵妃，固累朝所少，因有疑福王怀夺宗之计者，不知上神断素定，非昔庸主溺衽席者比，但侍婢左貂之徒未免妄测以冀非常，即称谓间不无逾僭。犹记向游郊外一寺，亦敕建者，壮丽特甚，登殿礼佛，见供几上并列三位，中曰当今皇帝万岁景命，左曰坤宁宫万岁景命，右曰翊坤宫万岁景命。翊坤则郑妃所处宫也。余为吐舌骇汗，讽主僧易之，不知能从与否。此盖彼宫位下大珰所为。时福邸之国已久，然不免并嫡之嫌矣，因思昔年王都谏德完一疏有功社稷不细。

今上家法

今上眷郑贵妃，几于宪庙之万贵妃矣，然礼遇虽隆，而防维则甚峻。有内臣史宾者，以善书能诗文知名于内廷，其人已贵显，蟒玉侍御前久矣。一日文书房缺员，上偶指宾以为可补此缺。贵妃从旁力赞助之，上震怒笞宾，逐之南京，贵妃战栗待罪，久而始释。史居南十余年，始再召入。即外廷大臣如宁陵吕司寇撰《闺范》一书，贵妃作序重刻，其后吕为言官所纠，直指此事为交结宫闱，上下旨谓此书本系御赐，非出私献，众疑始稍解。盖此书未必曾入御览，即入览亦必不命重发梓。闻上初见弹吕疏，圣意甚不怿，特以贵妃故，有投鼠之忌，姑云御赐以杜众口、塞浮谤耳。吕未几即去位，累荐未召，盖圣明英察，每多意外之防如此。

东宫妃号

万历丙午春三月，上以皇太子第一子生，其生母为钦命选侍王氏，未有封号，命内阁及礼部拟议进呈。初拟皇太子嫔，不允，又拟皇太子夫人，亦不当圣意，乃下圣谕，进封为才人，且赐阁、部《皇明典礼》各一部，书内皇太子正妃封妃，次皆拜才人，开载甚明，上命存留备考。时揆地为四明、归德、山阴，而署部则侍郎李晋江也。诸公皆大儒，不宜疏陋至此，然《典礼》亦非僻书，馆阁名公亦宜家置一帙，而待钦赐耶？按，汉太子宫中，自妃而下有良娣、有孺子，凡三等，晋惠帝在东宫，谢才人生子，适进拜淑媛，俱载在史，而此后盖不胜纪。诸公何不详考具奏，而以臆对，知不满圣主一哂耳。

王妃殉节

壬辰年宁夏兵变，庆王新立，为贼所胁，屈节驯服不得言。宪王之正妃方氏者，继册甫一年即嫠居矣，逆贼哱承恩逼之欲行非礼，妃乃抱世子匿于土窖，哱贼怒，搜捕苛急，惊悸薨逝。管理府事镇原王仲雒以其事上闻，上恻然伤之，差官慰问。未几又报妃实以本年四月初一日守节自缢，上曰："妃贞烈可嘉，宜加褒恤以风示天下，命礼部从厚议恤来言。"盖妃之义不受污事状必非伪，而死于穴处与死于帷经，终莫能明，朝议亦不深核，第遵明旨锡殊典而已。其后事平亦更无实录，倘彼中将吏功罪亦贸贸如此，何以定诛赏耶？

宫人姓名

本朝宫女，命名最不典雅，如世宗壬寅宫婢逆案，其名俱莲、菊、兰、荷之属，与外间粗婢命名无异；然而出外则不然，只如遣出监公主驸马府者，则联其父之姓名，如赵甲则云赵甲女，钱乙则云钱乙女之类是也。偶阅宋周平园《杂记》，其为翰林学士时，淳熙三年，内中夫人误传锁院，次日御批出：典字直笔吴庭庆降充紫霞帔，主管大内宫事，庆国淑懿夫人刘从信降两字夫人。其名与朝士无异。

文臣赐官婢

太祖赐右丞相汪广洋死,时汪谪南海,已在舟中,使至之日,汪奉诏自经,有一妾从死。使者以闻,上访其人,则故陈知县之女,以罪谪为官婢。上怒曰:"凡没官子女,例发功臣为奴,从无与文臣者。"因敕法司治罪,事在洪武十二年之十二月。其时上疑宰相胡惟庸与六部大臣共广洋为奸,次年正月,惟庸即谋叛灭族,六卿或死或窜,无一留者,盖官婢之重如此。

卷四

宗藩

论建藩府

嘉靖十年，上未有子，中外忧之。行人司正薛侃建议谓：先朝分封各藩，必留亲王一人在京，谓之守城王，或代行礼，遇有事则膺监国抚军之任，至正德初而逆瑾削之，尽行出封，乞查旧典，择亲藩一人为守城王。若东宫诞生，则以为辅贰，如再生皇子，始遣出封王国。其言甚危，且守城王之名亦不载典故，而侃同年彭泽者，素媚张永嘉，又与夏贵溪争为都御史，恨之甚，因促令亟上，便可坐夏主使，且云张少傅甚善此疏，当从中力赞上成之。疏上，上大怒，会官廷讯，五毒备下。时汪鋐、彭泽令侃引夏言主使，侃抗詈不服，乃得不死，而泽遣戍，永嘉亦罢归。穆宗初崩，新郑当国，时有大侠名吕光者，为故相华亭所遣，行间于京师，因别遣客以奇计干新郑，谓主少国疑，宜如高皇初制，命亲王为宗人令，领宗人府以镇安社稷。新郑大喜纳其谋，吕又宣言于内廷云：高阁老已遣金牌迎立所厚周王入绍，身取世袭国公，新帝位不安矣。两宫大骇，侦知果有宗人之说，遂从中出旨立逐新郑。时先帝升遐甫二旬，距今上即位甫六日耳。两说俱关宗祧大计，然其事创见，人所不习闻，处人骨肉间尚不可深言，况君臣哉。薛之狂躁，高之粗浅，落人度内俱不自觉，掇祸至此，不致为郭损庵中允亦幸矣。

正德二年，荣王之国常德府，时廷臣抗章争之，其意盖与薛侃同，而终不允。荣王为宪宗少子，于武宗为季父，使其果得留京师，则辛巳之春，兴邸龙飞将有不可知者，况唐宣宗皇太叔故事在史册乎？薛侃之言正触上忌讳，且其时虽前星未耀，而上富于春秋，遽建此计是待上以终无胤嗣如武宗也,安得不干天怒乎？赖上宽仁偶不死耳。

元子出阁

故事,太子出阁,设座于文华殿中。自嘉靖十五年改易黄瓦,仍为主上开经筵之所。二十八年,庄敬太子行冠礼出阁,礼官谓此殿更饰已久,黼座所在,礼当避尊,上乃命改于文华门之左南向,然而庄敬冠后二十日即薨,并门不及御也。至今上为太子受贺,礼臣援故事以请,又改命设于文华殿东廊西向。今东宫未立,先出讲学,上命设座于文华殿之左室,视两朝加隆焉。虽储位未升,而规仪已亚至尊。其后福王读书,不过武英殿之廊庑而已。

圣功图

弘治八年十月,南京太常寺卿郑纪进《圣功图》于皇太子,盖采前代自周文王始以至本朝储宫,自童冠至登极凡百余事,前用金碧绘为图,后录出处并己之论断于后。时谓纪曾任祭酒,以不称调南京,至是谋为宫僚,故有此举。至嘉靖十八年之七月,南京礼部尚书霍韬、吏部郎中邹守益共为《圣功图》一册上之,谓皇太子幼未出阁,未可以文辞陈说,惟日闻正言见正事可为养正之助,乃自文王为世子而下,绘图为十三事,且各有说。上云："图册语多回隐,假公行谤,无人臣礼,下礼部参看。"既而命宥韬等罪,其册疏废不行。至今上乙未年,皇长子出阁讲学,时修撰焦竑在直,为讲官居末,亦进《养正图说》一册,不以商于同事。后渐彰闻,郭正域以宫谕为讲官之长,大恨怒之,次辅张位亦恚甚,至焦丁酉为北京副考,遂借场事逐之,至今未召用也。前后三朝四公,皆以纳忠东朝被疑受谴,若郑纪者固不足言,霍渭厓、邹东廓皆一时名士,何以亦有是献？且书名亦同,大是可笑。至焦弱侯更以博洽冠世,岂未闻前二事耶？抑承袭为之也。《易》文一蒙卦,误人乃尔。

霍、邹二人寻俱入为宫僚。

太子册宝

嘉靖十八年己亥二月朔日,世宗将幸承天府,册立庄敬太子及裕王、景王,裕即穆宗潜藩也。是日大礼甫举,内臣司宝册者各奉所赐归,而裕王册宝误入太子所,其青宫册宝乃为裕邸所收,中外骇怪。是时庄敬已有疾,年十四而薨逝,穆宗与景王生同岁,中外颇有左右袒之疑,然册宝之兆久已定于冥。及景恭王就国甫四年,亦于国中下世,虽储位未建,而人心大安矣,己亥二月之误,岂偶然哉。册立之日,日下五色云现,时以为东朝之瑞,其后穆宗竟从裕邸龙飞,所谓休征,在此不在彼也。

三王并封

国本之争,自乙酉至癸巳,几十年朝端竞沸如螗蜩,终不得请,甚至廷杖、空署罢逐而不能止。至癸巳春,太仓相公自省觐来京,时虚首揆待者逾年矣,至则预戒言路勿及建储事,阁中自当一力担当。忽有密旨至太仓私第,次日即得待嫡之旨,引祖训为证,今且并封三王。涂御史杰、朱寺丞维京首争之,俱遣戍,于是争者满朝,而礼部陈主事泰来直攻太仓,语太峻,遂一切留中不下。太仓自认条旨之误,于是并三王之封亦寝,涂、朱免戍为民。并封旨下,时人多不谅太仓,至其冬再三力请,其密揭至二十余,上始命元子出阁讲学,虽未正储皇之位,而人心遂大定矣。嗣得之一二名公云,太仓从南来,路遇诸仪部寿贤请告归,问以京师近状且及册储一事,诸云上多疑猜未肯遽立,有识者以并封三王为妥。太仓犹未谓然,复问赵定宇云何,诸曰:"赵正有此议。"诸乃太仓丙戌门人也,意遂信之。抵京,问赵少宰公果主此议乎,赵曰:"人言以为然,不独我也。"赵始与王微隙,寻已讲解,不虞其非诚言,迨纠弹丛集,始大悔之。赵亦特疏救正,语甚侃侃,太仓乃悟二人有意绐之,业为所误,隐忍不敢发;至秋而有吴镇告讦赖婚之事,赵蒙恶声去位,说者又谓王相实主之,所以报东门之役也。然两公俱当世伟人,终不敢信其然。

立储仪注

辛丑皇太子册立仪注，有太子受册恭谢皇贵妃之文，盖用宣德嘉靖旧仪也。然考太祖初定之制，本不及皇妃，时懿文为中宫所出，自无他谒；至宣德二年，而英宗升储，始改添谢上与皇后八拜之后，即谢皇妃四拜。皇妃即孝恭孙后，时尚为贵妃，英宗其所出，则礼自当以义起。其后百余年而为嘉靖十八年，庄敬太子升储，亦于谢上及中宫礼毕谢贵妃，则俱用八拜礼，盖贵妃王氏亦庄敬生母，而拜礼已并隆矣。今东宫之立，既谒谢上位中宫，先皇贵妃而次及皇妃，俱四拜礼，时生母恭妃王氏，尚未进封，故仅得四拜，而贵妃郑氏，徒以位号尊重，遂居恭妃之前，此则前代所无而礼臣创议者，时以为异，然以今上意中事，或不妨将顺也。惟英宗册立以后，则母妃受命妇贺，其后俱进笺称庆，一同太后及中宫之仪，今则删去，意者亦压于翊坤郑妃，非得已也。时建储大典颙望廿年，一旦允行，中外欣跃，故礼臣不敢复较小节以咈上旨耳。

按，英宗册立最幼，尚未及百日命名之期，盖宣庙急欲孝恭正椒寝之位，所谓母以子贵也。今太子年最长，受册时睿龄已二十岁，而次年纳妃，过摽梅之期久矣，两朝大典迥异如此。

皇子追封

下殇不成服不追封，此古今通例，至本朝尤严。如高皇帝第二十六子楠，为葛丽妃出，未逾月而薨，遂无封典；而文皇帝第四子高曦亦因之；至纯皇帝长子为昭德万贵妃出，以将及周晬而薨，不命名不追封，是时万妃宠震天下，又得一索之祥，而斤斤守祖宗法如此；至肃皇帝第五子则生仅一日而薨，亦赐以名，追爵为颖王，谥曰殇，此出何典制耶？然犹曰帝子也。若兴献帝之长子生于藩邸，亦仅五日而亡，事在弘治庚申，至嘉靖乙酉，已将三十年矣，亦追封岳怀王，命首辅杨一清撰墓碑，抑何不经之甚耶？又至庚申年，则已周一甲子，始赐名曰厚熙，盖向来玉牒中尚未有名也，亦怪矣。按，皇子以百日命名，而高皇第二十六子尚未及期，已先得名，盖未定制也。若宪宗长子，以正月生至十一月薨,亦未赐名,何耶？是未可晓。

使长侍长

国初沿亡元余习,臣下呼亲王俱为使长,未知取义谓何。如文皇登极后,问建文故将平安当时相窘状,安对曰:"此际欲生致使长耳。"今亲王不闻有此呼矣。又侍长之号,则今各藩府之女俱有此称,尝细叩何义,则云尊其为侍妾之长也。乃至支庶猥贱不膺封号且恣为非礼者,亦例受此呼,其辱朱邸极矣。今《荆钗记》戏文中尚有"怕触突侍长"之语,则此号相传亦非一日。

亲王来朝

永乐朝亲王入觐者不绝,盖文皇矫建文疏忌宗室,倍加恩礼。宣德间,汉王高煦以反见诛,遂废入朝之事,惟英庙复辟以襄献王宣宗同母弟,曾有疏上章皇后,请视南城起居,又疏劝景帝朝南内,上感其诚,且先有于谦等以金符迎襄邸之谤,欲慰安之,故命之入朝,情礼优渥,前代无比。其归国时,车驾又亲送至芦沟桥,特赐以护卫,时护卫不设久矣。此后亲王不朝者将四十年。至弘治八年,上复下诏召崇简王入京,以圣祖母圣慈仁寿太皇太后年高,念叔崇王欲一见,盖崇王亦英宗同母弟也。时倪文毅岳为礼卿,抗疏力止,以黄河泛溢、中州亢旱、三王之国物力不充为言,上曰:"卿等说的是,但朕承圣祖母意,已有旨往取王来了。"迄未允。未几,忽奉中旨免王来。余味倪疏末有云:"太皇太后享天下养,崇王亲受所托,恩礼无加,今奉命来朝,虽少遂一时欲见之心,然欲别则难免眷恋不舍之情,既去则倍增忧思不忘之念,他日上厪圣虑,虽欲悔之无及矣。"此等语切中人情意中事,虽欲不允得乎？此虽孝宗转圜,亦持论者婉曲真切,有以动之。

亲王迎谒

天子行幸至藩王境内,例出迎谒,祖宗朝惟永乐七年巡幸北京,至济宁州,鲁王肇煇来朝,次年还京亦如之。其后武宗巡游最频,然未闻有亲王朝谒一事。至于山西大同府驻跸更久,太原府亦曾临幸,初不闻代王与晋王如何祗奉,至正德十四年,南征过临清州,则德、鲁二王俱在境内,亦不云迎见行在也。惟嘉靖十八年,世宗幸承天府,先敕谕路近王府封疆者,出城候驾,跸迎道传驾至行殿,行五拜三叩头礼,于是赵王迎于磁州,汝王迎于卫辉,郑王迎于新郑,周世孙迎于郑州,徽王迎于所封钧州(今禹州),唐王迎于所封南阳府,俱宴赐有加,而朝宗王会之盛极矣。故事,亲王非迎驾及扫墓,不许出城一步。至万历六年,故相江陵张公以葬父归,过南阳,唐王出郊谒,具宾主及答拜留款,张坐南面,王相向讲敌礼;至襄阳府,则襄王亦仿唐例无少异,盖朝见伏谒之礼一切不讲,而亲藩反以得亲奉謦欬为幸事,僭紊至此,安得不败。又先期遣牌云:"本阁部所过,二司谒见,俱遵见部礼。"盖勒其长跪也。于是手板折腰,与州县下僚无异。但布、按二司,惟入吏部始行跪礼,至私第则仍以客礼见,江陵妄自尊大,并典制不复问矣。

赵王监国

永乐二年,上在京师(今南京),以第三子赵王高燧留守北京;永乐八年改命皇长孙留守,而燧犹留行在,时皇孙睿龄十有三矣。至永乐二十一年,上在行在频以疾不视朝,中外事悉命皇太子决之。时仁宗英断,裁抑宦寺,而内臣黄俨、江保等尤见疏斥,因日逸太子于上,赖圣明不能间,然亦稀得进见矣。俨素厚高燧,尝阴为之地,诈造毁誉传于外,谓上注意赵王,外结常山护卫指挥孟贤等举兵推赵王为主,因谋不利于上并皇太子。时钦天监官王射成与贤厚善,密告贤天象当易主,贤等谋益急,令兴州后屯卫军高正等连结贵近,就宫中进毒于上,候晏驾即劫收内库兵仗符宝,执文武大臣,令高正伪撰遗诏付中官杨宝养子,至期以御宝颁出,废皇太子而立赵王高燧为皇帝。时有常山护卫总旗王瑜者,高正之甥也,正密告之,瑜力谏不从,瑜遂非时上变。上览伪诏震怒,立捕杨养子斩之,命急捕贼,尽得之,召皇太子、赵王、勋臣、文臣等皆至。上御右顺门亲鞫之,上顾高燧曰:"尔为之耶?"燧战栗不能言。皇太子力解之曰:"高燧必不与谋。"上以王射成以天象诱人先诛之,贤等更加穷治,勿令遽死，未几并其党悉诛。此事详见《实录》中，审尔，赵王之罪不容赦矣。郑晓《吾学编》叙此事，不云高正等谋弑，殊为失实。赵王以洪熙元年之国彰德，宣宗征汉庶人还师时，欲乘虚袭赵，以杨士奇力谏而止，似乎失刑。

高正一作高以正，瑜后历官至都督佥事。

杨东里议赵王

宣宗之讨高煦也，回师欲袭赵，时杨荣极赞成之，赖杨士奇力谏而止，人称其功至今不衰。然士奇之志赞善梁潜墓也，云永乐十五年，车驾狩北京，上有疾，两京隔数千里，支庶萌异志者，内结权幸，饰诈为问，一二谗人助于外，会有陈千户事连梁潜，遂死非命，十六年九月十七也。所谓萌异志者，盖指赵王高燧；权幸者，内臣黄俨、江保也。既谓赵有异志，何以力保其不反？且知梁潜之冤矣，何以自文皇崩后又相三朝二十余年，不一为潜白见冤状，使得昭雪于泉下耶？方仁宗监国时，潜又与士奇同为侍臣之副，殆不可晓。

潜曾主永乐十三年会试，又主十五年应天乡试。

周定王异志

周定王橚，高皇帝第五子，高皇后出，初封吴，国于浙江之钱唐，继改封周，建封河南开封府。至洪武二十二年，自弃其国走凤阳，上命迁之云南，未行赦归；建文帝即位，王次子有爋告王谋逆，又窜云南。已召还留京师，比靖难师入，出见，文皇哀之，复封开封。王上书言汴城岁苦河患，上为营洛阳新宫。将徙封焉，未几又言河堤渐固，乞仍修旧宫以省烦费，上又从之。永乐十八年十月，护卫军丁奄三等，屡上变告王不轨，召至京师面诘之，示以告词，惟顿首称死罪，乃革其三护卫放还。夫定王世所称贤者，而举动乃尔，其初有爋蛊语，尚云方、黄造谋，继而再告，输伏无辞矣，岂非瞰六飞屡驾，复袭壬午故事耶？且当太祖在御，不俟父命，擅离封域，既而傒请洛阳，仍乞大梁，何其躁动耶？再窜滇南，终保禄位，幸矣。

藩府再建

太祖第七子齐庶人，之国山东青州府，建文中以嫌死，国除，而太宗第二子汉庶人即封其地，未行而改乐安州，后宪宗第七子又国于此，是为衡恭王，传至今。第八子潭王，封湖广之长沙府，后坐妃事自焚，国除，仁宗第五子襄宪王又封其地，至正统间移襄阳，英宗第七子又国于此，是为吉简王，传至今。第十二子湘献王封湖广之荆州府，建文中坐嫌自焚，国除，至成祖靖难以太祖第十五子徙国其地，是为辽简王，传至隆庆二年，庶人宪𤊟以罪废不嗣，第二十二子安惠王之国陕西平凉府，寻以无子国除，永乐中以太祖第二十子封其地，是为韩宪王，传至今。第二十四子郢靖王，之国湖广之安陆州，无子国除，仁宗第九子封其地，是为梁庄王，又以无子国除，至宪宗第四子献皇帝，复于安陆建国，世宗龙飞，升为兴都承天府。懿文太子第四衡王，永乐中降封怀恩王，建国江西建昌府，未几废之，后为仁宗第六子荆宪王封国，又改封湖广蕲州，至宪宗第六子又封其地，是为益端王，传至今。仁宗第十子卫恭王，建国河南怀庆府，未行薨，即改第二子郑靖王自陕西凤翔府徙国于此，传至今。英宗第五子秀怀王，之国河南汝宁府，无子国除，即以封第六子为崇简王，传至今。宪宗第五子岐惠王之国湖广德安府，无子国除，即以第九子寿定王补封其地，又无子国除，至世宗朝又以第四子封德安，是为景恭王，不数年薨，亦以无子国除。宪宗以第十一子汝安王之国河南卫辉府，无子国除，弘治间又建兴府于此，献王以逼黄河为辞，乞改安陆，上允之，至今又为潞王府，则先帝穆宗之第四子，而今上之同母弟也，以万历十七年之国。按，安陆之封再绝，而兴邸肇开，遂为万世丰镐之地，德安之封再殄再续，而景王又世宗爱子，几有夺嫡之渐，终以胙土不嗣。盖废兴莫非天意，不皆地灵也。

按，太祖第五子初封吴王，旋改封周，盖以上霸府初开，曾以吴王纪号，故亟更之也。至懿文第三子允熥又封吴王，何耶？不可谓非方、黄诸公之失矣。又如宪宗于景泰中从太子降封沂王，英宗复辟，太子反正，则沂亦青宫潜邸，不宜再封，至泾简王为宪宗第十二子，弘治十五年又之国沂州，宪宗初被废，虽不入沂，然景帝时给事中徐正曾密疏欲出太上及沂王于沂州矣。此等嫌疑之地，即不封建亦可。是时刘晦庵当国，李西涯、谢木斋为佐，何以不商及此。

郡王谋叛贷命

宗室中谋不轨者，亲王则有汉府高煦，宁府宸濠；郡王则有安化王寘鐇，皆罪状显著，夷灭无辞。若正德中归善王当沍之死，人尚以为冤，其他支庶，如代府充灼之属，尤么麽不足数；惟情罪最昭灼，审鞫最详确，犹得死牖下者，无若景帝初年处岷藩事，最为失刑。岷府广通王徽煠者，太祖第十八子庄王之第四子也，有武冈州民蒙能等投为家人，导以不法，又引致仕后府都事于利宾，以相术干之，谓煠有异相，当王天下，因谋逆将以景泰二年五六月起兵，直趋南京据大位。先以金造轰天王之宝，又以银造灵武侯、钦武侯诸印，改年号曰玄武，伪作敕书，遣蒙能及陈添仔等，以货币并印赐诸苗帅，会兵大举，未行而事泄。上遣驸马焦敬、内臣李琮往征之，煠时未有兵，束手就道，比至，鞫于廷，俱伏反状。适湖广督臣王来等亦奏陈添仔、蒙能所招苗贼助煠，会煠已行，官军连击败之，大溃，蒙能随苗兵遁还广西，并以煠所颁伪敕来上。景帝谓煠危宗社，法不当恕，姑屈法贷死，斥为庶人，并家属禁锢凤阳，第斩于利宾以徇。又五年为景泰乙亥，蒙能匿蛮中，自称蒙主，纠引生苗三万余寇龙里等城，湖广镇臣以闻，帝命贵州、广西文武大帅会湖广合剿。时能已破铜鼓诸卫所，杀都指挥汪迪，声势大振，抚臣尚书王永寿告急，兵部尚书于谦至自请往讨，帝不许，第命总兵南和伯方瑛进兵，至英宗复位，始歼焉，凡平寨一百九十五，斩级三千，而他帅不与焉。此事首尾五年，黔楚骚动，蒙能何足道，徽煠者僭号纪元，伪造符玺，图踞留都，其罪岂在寘鐇之下，犹得保首领终天年，政刑如此，宜景帝之不终。此事纪传既少见，爰书亦不存，人无知者，故备列之。若较之近年楚府劫扛一事，至论斩传首，真可谓倒置矣。

兄王伯王

晋定王济熺,太祖第三子恭王嫡长子也,既嗣位,至永乐十三年为庶弟平阳王济熿所譖,削爵禁锢。时太宗宠信熿,即以熿代封晋王,后淫暴不法,并诬陷兄事渐露,仁宗即位,还熺冠服及王号,徙居平阳,称之曰兄王;宣宗即位,进称为伯王。宣德二年济熿通高煦事发,削爵锢凤阳,而熺居平阳如故。宣德四年熺请还太原,奉恭王祀,上不许,命建庙于平阳,复书以太宗建都北京即作太庙于北为比。是时晋竟虚国无王,至宣德十年熺薨,子美珪始以平阳王嗣晋王位,归太原。时熺昭雪久,终不还国,亦终不得称晋王,其故竟不可知。

济王先封昭德王,改封平阳,其妃为曹国公李景隆女,熺之废,景隆之力居多。

淮王宗庙称号

初淮康王世子见濂早卒,谥安懿世子,无子。康王老,诈以次子清江王见澱摄府事。王薨,见澱寻卒,谥端裕,其长子祐榮袭为淮王,而以见濂追封淮安王,其妃王氏为王妃,时册称安王为祐榮伯父,故其常祭祀,号安王称王伯,清江王称王考。其所居宫王氏仍世子府内,而本生母赵氏入居永寿宫。辅导官谓非宜,言于王,上奏其生在安王卒后,未尝为嗣,欲加重私亲。事下礼部移江西守臣勘覆,乃谓安王伯父之称,本诸祭词,惟称清江王为王考,于义未协。按《礼》,诸侯之子为天子后者,称于所后之天子,而不得称于所生之诸侯;别子之子为诸侯后者,子为天子而父非天子,则必追尊之诏已布于天下,乃可称其父为天子;子为诸侯而父非诸侯,则必追封之请已允于天子,乃敢称其父为诸侯。今之亲王,即古诸侯也;今之郡王,即古别子也;亲王所主祭之王,则诸侯之祢庙也。淮王既不后于其伯,则非为人后者,欲乞以清江王追封入庙,与安王同为三世之穆,似两得之;又生母赵氏,未得进封遽称国母,先居永寿宫,此则其非据者。于是礼部尚书刘春谓安王虽未封而卒,今已追封为王,祐榮虽生于安王卒后,今既入继亲王,则实承安王后矣,皆朝廷之命,非无所承也,乃更欲追封其本生之父，则安王封谥之命，将安委乎？徒欲顾其私亲而不知继嗣之重，事体殊戾，况安王既追封入庙为三世之穆，清江又欲进封，则一代二穆岂礼哉？况名号称呼，不可以制册为据，惟当以所后为称。其清江王祀事，宜令次子祐撜主之，淮王无与焉；所居宫则安王妃迁入永寿宫，清江王妃退居清江府，斯礼典法令皆得矣。诏以其援据甚明，从之。此事之处分在正德八年。按，前江西守臣所议，即他日张柱等"继统不继嗣非为人后"之说也；礼卿刘春所议，即大廷公论力诤以为上承孝宗之嗣、一代无二昭二穆之说也；次子祐撜主清江王祀事，即进封崇仁王为兴王奉兴邸祀之说也；至于生母赵氏退居清江郡王府，则当时章圣蒋后尊居大内，举朝无敢以为非者，其时情势，又非藩国比也。淮事去世宗议大礼未十年，而取舍从违，矛盾颠倒一至于此。非天子不议礼，信哉。其后嘉靖中见瀷竟加封为淮王，谥曰端，盖议礼新贵人正借以伸己说也，刘春之议至是诎矣。

藩国随封官

先朝亲王出阁，例选翰林二人侍讲读。天顺初英宗从李贤议，改用进士二人，先授翰林检讨，及之国，即升其国左右长史从行，岁久加服俸而终身不得他迁，士人苦之。弘治间，进士十人被选，至与太宰耿文恪相诟詈，互呼为畜生。嘉靖间，吴秀水鹏秉铨亦以选藩僚为中书刘芬所窘辱，虽皆受重谴，不顾也；及万历戊寅，潞王出阁，辅臣始议定既授史官，效劳年久，俸满升参议以出，诸进士始免曳裾之忧，此江陵公曲体人情处也。是时先人同年董樾、徐联芳，俱以此官外转藩臣，遂为本朝创典，然二公俱不振。至万历壬寅，福王讲读用韩孙爱、陈翔龙，拜检讨，亦遵董、徐往例需次参藩。然在都下时，虽隶人亦以假翰林呼之，又绝望华要，居平多邑邑。至于长史，皆于藩封定期之顷，吏部乘间奏用进士部郎充之，膺此选者，如长流安置，举家哀恸，因思史官为王官固为失意。永乐二十二年，仁宗第八子滕王之国云南，上命左庶子姚友直升云南参政，掌滕府长史司事，虽其时亲王体峻，特屈宫僚为相，然其法自可师，后世若遵此例，人必乐就，无论史职郎官俱无辞矣。况以三品大吏，统八所属官，体统截然，郡县亦无敢相挠,此最善法也。姚后终太常卿,时同封者有郑、越、襄、荆、淮、梁、卫七国,如郑府左长史则以春坊左司直王沦升任,寻入为户部郎中,升左侍郎巡抚两浙,卒于景泰初元;右长史则以吏部考功员外郎何源升任,寻入为文选司郎中,后终江西布政使,卒于正统初年。越府右长史则以刑部员外周忱升任,入为户部侍郎,巡抚江西,终尚书,卒于景泰四年,谥文襄。襄府左长史则以詹事府丞周孟简升任,至宣德五年庚戌终于官。梁府右长史则以吏部侍郎宋子环改任,后改越府,宣德八年终于官。卫府左长史则以春坊左司直金实升任,至正统四年为会试同考,卒于京。右长史则以四川道御史杨黼升任,后亦卒于官。皆不幸早殁,未得他徙,初未常锢之也。英、宪以后,始渐不然矣。

长史骤贵者,无如世宗入绍之张、袁二公,俱峻登揆地。然张景明为左长史二十年而没,距上龙飞未浃月也,虽得赠太子少保、礼部尚书、文渊阁大学士,谥恭僖,然缘悭极矣;右长史袁宋皋亦二十年,自兴邸来,峻拜礼书文渊阁,不三月而卒于位,犹之不用也,岂设醴禄科,天赋自有限耶?

安 置 二 庶

天顺三年十月,淮扬巡抚都御史滕昭上言建庶、吴庶俱安置凤阳,官军巡警击柝,声闻陵寝,或有不逞之徒事出意外,卒难防御,乞将二庶送有军卫城池,或即移凤阳,废中书省,严加防范。上曰:"安置已定,不必动。"至成化三年九月,南司礼太监覃包等奏建庶、吴庶自天顺初安置凤阳,其带帐幔靴,俱已敝尽,又人口一十八名,岁给布缣绵絮,今死亡者五人,因而减给,所买女奴六人,俱无衣布,宜为修补。诏下工部勘给之。时吴庶先卒,懿文太子之后,仅存建庶十人,其后释放,又卒,嗣遂绝,两朝仁厚虽加优恤,而无救于若敖之馁。若滕昭者,身为节钺大吏,但知逢迎希宠,其识反出中官之下,真名教罪人也。

下 殇 追 封

本朝皇子下殇无追册者,惟蔚悼王为孝宗张后嫡出,破例追封,然年亦三岁矣。若岳怀王厚熙，为兴献王之长子，世宗同母兄也，生仅五日而薨，嘉靖四年诏追封岳王，谥曰怀。时章圣太后在养，悼忆长子，故上追崇以上承慈意，不失为孝，然竟无名可讳，至三十九年始追赐今名，亦异矣。至嘉靖十六年之颍殇王，则生仅一日而薨；十六年之蓟哀王则生仅半月而薨，亦追加王爵，赐上谥，何也？因思成化元年正月十九日，上第一子生，为昭德宫万贵人所生，本年十一月廿六日薨，时万宠冠后宫，吴后亦因之而废，所生乃元子，且已及期月，竟不加封，亦不赐名，时李文达当国，盖以下殇未足当储位之重，其见卓矣。至世宗长子以嘉靖十二年八月生，十月薨，为阎妃所出，甫两月耳，追名载填册，谥为哀冲太子，与宪宗朝迥异矣，时永嘉张文忠第三次为首揆。

庆府前后遭变

庆王为太祖第十六子，初之国常州，后徙宁夏，在今镇城中，传至王台浤，先以正德五年安化王寊鐇之乱，守国有劳，特赐敕慰谕，且以黄金三百、白金五千赉之。未几，督兵太监张永、都御史杨一清参其谄谀寊鐇称臣卑辱，奉旨追还赐敕及所赐物；至嘉靖四年，又坐不法降庶人，以兵围守之，止给禄三百石，又徙西安府禁锢。台浤四传而为今王伸域，以万历十九年袭位，二十年遭刘哱之变，为所劫质，亦谄附乱卒以求苟免，奉严旨切责，后事平自言困辱之状，又抚按奏庆献王妃方氏，抗节不受污以死，得旌，且遣官抚慰，赐金修葺宫殿。盖前王先赏后罚，后王先贬后褒，虽所被国典不同，总之变起意外，屈节两番，抑扬互见，言之均堪泚颡。建国虽二百年，尽丧亲藩之体，可恨亦可羞矣。

二郡王建白

嘉靖初年，襄府枣阳王祐楒疏请追崇兴献王如张、桂言，并及宗室久锢穷困，欲开四民业以安贫宗，且省禄粮。得旨，褒其兴国议，而宗室事不允行。三朝以来，诸建白者及策士者，往往谈及此事，终龃龉中格。至今上始决意下令，一切宗人俱得充诸生应举，为中外官，天潢二百余年抑郁之气始吐矣。又嘉靖九年，礼部因覆庆府丰林王台瀚疏，上手作书与诸亲藩，欲将帝子应封者俱止为郡王，而亲王次子俱封镇国将军。先以书示少傅张璁，璁谓果如此，天下将谓主上薄于本根，非亲亲盛节，不如节其岁禄，如京朝官本折兼支为便计，上遂持不下，而减禄之议亦格。至末年始定《宗藩条例》一书，于是减省禄米，而诸藩亦自谓损禄以纾民困，因为成例以至于今。窃谓世宗此举，尽善尽美，天子之子有限，而藩王支子无穷，帝子得郡王如靖江王府事例，体不如贬，其王子皆镇国，则册世子册妃及建府第等费以至仪卫宫属、又细而校尉乐户之属，所费不赀，皆得省罢，又体统不太崇重，与地方长吏不至争礼相诟病，况奉国中尉之下，旧不降爵，此议若行，又可递降至七八品，其裨国计甚大。永嘉当国肯任劳怨，独此事不能将顺圣意，使宗藩不亿谩无节制，民生日匮，隐忧正大，惜哉！

郑 王 直 谏

郑王厚烷以嘉靖十年献白鹊二于朝，上大喜，命献之宗庙，荐之两宫，传示百僚庶职，廷臣多献赋以彰圣德。时太常卿管国子祭酒许论上《白鹊论》、司业陈寰上《圣德感灵鹊颂》尤为上所嘉纳，命付史馆，是为献瑞禽之始。至十八年，厚烷又奏境内温县产瑞麟，盖又踵各抚按献瑞之后矣。至二十七年，又上疏劝上修德讲学，并上四箴及《演连珠》十首，以上简礼怠政、饰非恶谏及神仙土木为规。上大怒，手批其疏曰："尔探知宗室谤讪，故尔效尤，彼勤熨一无赖子耳，尔真今之西伯也？"未几因郑王上表误失称臣，遂削爵锢高墙。所谓勤熨者，故周府镇国中尉也，亦以是年先上疏讥切上斋醮兴作，并以秦皇、汉武、梁武、宋徽为喻，上已斥为庶人，锢之凤阳矣。郑王之疏即继之，气亦甚壮，但贡谀于先而切谏于后，似乎市名钓奇，史称其好为诡故不情之事，非诬也。隆庆初复爵赦还国，增禄四百石，寿考无恙，直至今上辛卯年始薨。嘉靖六年河南灵宝县河清五十里，郑府盟津王长子祐橏献《河清颂》，上悦，赐敕褒奖，郑王厚烷匿之不发，祐橏上疏诉之，上命烷速还，仍吝不与，上怒，镌谕甚厉，始归于盟津。至嘉靖九年八月，河南怀庆府产瑞麦、瑞瓜、嘉禾，郑王厚烷又奏此知府王得明善政所召，上命河南守臣奖谕得明，盖其献谀无耻非一日矣。方上之事玄也，又有驸马都尉邬景和者，尚兴献帝第二女永福公主，主先逝，景和以戚臣召入西苑，供撰玄文，上疏力辞，云臣不谙玄理，不敢奉诏，上震怒，夺爵发原籍为编氓。景和本直隶昆山人，遂流寓吴中，岁久以公主坟墓南北隔远，不得奉祭祀，哀请乞还，上怜而许之，亦至穆宗登极始复其爵，与同时驸马京山侯崔元贞邪霄壤矣。

郑世子让国

郑世子载堉者，郑王厚烷之嫡长子，好读书，明历法，久为世子当袭位，不愿受爵，自万历辛卯辞疏屡上，不允，至乙巳年疏犹不止。礼部议载堉以世子之爵终身，而命其子世孙翊锡代管府事，以待异日承袭郑王之爵。上已允行，载堉复疏力辞，谓庶子袭封，有违祖制，且于近日钦颁要例所载相戾，又言身年七十，衰病不堪，宜令载玺袭盟津王代理府事，他日入继亲藩之统，而身及男退居庶子袭封郡王之例。上嘉其恬让，褒美甚至，特允其请，且命其父子俱以世子世孙终老，而听孙承郡王爵。按，载堉本郑国始封靖王瞻埈之六世孙也，靖王传简王祁鍈，生十二子，其第四子为东垣王见濆，则载堉之本生祖也。简王传康王祐枔，无子，序应简王第三子见濍之子祐橏入继，而见濍先以罪废，乃以见濆长子祐橸进封郑王，是为懿王。懿王薨，子厚烷立，即载堉之父也。厚烷以谏世宗玄修锢高墙，穆宗放还，复国加禄，至今上辛卯始薨，而载堉应立，逮让国之议起，遂以东垣故封还之。考郑三世而绝，祐橸入绍已追爵乃父见濆为定王，至厚烷而南面亦三世矣，盟津既以罪斥，至载玺亦已四世称庶人，无复敢以伦序为言者。载堉一旦弃大国而就郡封，似属矫情矣。细考嘉靖六年，祐橏为盟津革爵，长子撰《河清颂》以献，上大悦，赐敕褒异，而厚烷匿之，上屡下诏诘责始还之，其后祐橏又请复父爵而上不许，益疑恨厚烷，而烷所上表偶误称弟不称臣，且又抗疏谏止斋醮，上意转怒，橏因讦烷谋反，烷亦讦橏擅杀良民。上命勘核其事，既覆奏至，则谓谋反尽诬，但规切至尊，法当首论；橏纵恶播殃，亦宜治罪，于是烷废锢而橏亦重谴。盖两宗仇隙积有岁年，载堉自度一受国封，传袭年久，则前衅逾结难解,既不忍明言先王互讦受祸之状,又不欲再讼盟津父子革爵之由,但以宗法世次自请避位,而以郑国还之祐橒之子孙,既盖乃父生前忿竞之愆,又杜载玺他日报复之念,其虑深,其谋远,真仁人孝子用心也。吴之季札、契丹之李赞华何足多让,而礼臣不能详稽往事,一表苦心,仅以仁让见褒乞赐敕竖坊而已,惜哉。

先是,厚烷窜锢,载堉遂结庵于宫门外,席藁饭蔬而居者十九年。迨厚烷归国,始回府,又奉事其父者二十五年,终于辞国,连章上控,又十五年而始得请,真天潢中异人也。

景 恭 王

景恭王为世宗第四子,时哀冲、庄敬二太子先薨,景王与穆宗同岁生,仅小一月,母靖妃卢氏为上所宠,几有夺宗之渐。与穆宗同日封王,后之国仅四年而薨,无子国除。其妃仍还京居恭王旧邸,至今尚在,然孤嫠困悴,几不聊生。景王乳母年已笃老,至行乞阛阓。余幼时曾识之,备道当日章华兔园之盛,及恭王骄佟渔色,辄潸然泣下,使听者悯然。

藩 王 献 谄

嘉靖初年议追崇兴献王,其得志而取富贵者,如张、桂诸人不必言,即亲藩亦有楚王荣诚,贡谀附和,仅得敕赐奖,他无所褒赏。郑府枣阳王祐楒亦颂言大礼,寻以罪削爵,援议礼功得复故封。而楚府仪宾沈宝者,亦以言大礼得加一品服俸,后以诬奏楚王显榕谋叛,勒为编氓。至嘉靖中叶以后,则世宗方西宫修斋醮,其时方士如邵、陶辈,士人如顾、盛辈不足论,而亲王如徽恭王厚爝及其子庶人载埨,相继附会事玄,俱给金印,并封真人,辽庶人宪㸅效之,亦得印并真人号。二王俱恃上宠,横于其国,未几俱以淫虐不道坐法废削,徽、辽二先王俱不祀。夫以天潢介藩,下同谐媚邪佞,所得几何而祸不旋踵。楚王虽免于身,其子愍王为世子所弑,及其孙也遂有今日华奎假王之勘,吁,可戒矣!

赵王缢死

俗称夜卧不得独一室，虑有鬼物侵扰，又相传室有投缳者，必觅一人为替代，始得托生，因戒人独寝。此皆俚言不足信，然有极异者。赵康王厚煜，文皇帝六世孙也，读书下士，素著令誉，晚年屏绝妃御，独居一楼。入夜惟一小童侍寝，偶夜起扪王足，见王缢于床下，惊呼，妃张氏、王第四子成皋王载坅入视，则王气绝久矣，竟不知薨以何时也。王以正德十六年嗣位，以嘉靖三十九年薨，在位凡四十年，寿六十三。王生平无过失，不应受鬼瞰。徒以仁柔少断，未薨数日前，侍儿有见王者咄咄自语，若有所恨。或云事起于张妃及成皋，而长史辈惧罪，乃架咎于通判田时雨，诏械至彰德府王封内斩之。王府建楼，必无人雉经，即有之，王必避不居，何以得此，想其或有暧昧，未可知矣。赵王世子世孙俱先卒，仅曾孙常清在，世孙夫人遂奏以载坅摄府事矣，于是人益疑王之死专为张妃与成皋事，惭恚自经云。

徽王世封真人

嘉靖间徽王厚爝国钧州，性好琴，以与知州陈吉争斫琴事，讼于朝，上为杖杀巡抚都御史骆昂，戍州守吉及巡按御史王三聘。时论不直王，王心不安，因以重赂赂上所幸真人陶仲文，言王忠敬奉道。上悦，封为太清辅玄宣化忠道真人，铸金印赐之，薨谥恭王。次子载坅嗣位，用南阳人梁高辅者，修房中药，取红铅、梅子，配以生儿未啼时口中血，名为含真饼者，服之而效，遂以药达之上，并遣高辅因陶仲文以进。上又悦，封高辅为通妙散人，仍封坅为清微翊教辅化忠孝真人，赐金印如其父。后高辅在京为上取梅子不得，乃以书求坅故所蓄者，坅不应，高辅始怒，而上亦疑高辅并疑坅矣。久之，上意愈厌坅，坅惧，遣仪卫官纪旻赍红铅送仲文以转献于上。时高辅已与仲文有隙，廉得而奏之，上以密札谕仲文，有"莫管徽事"之语，而坅势益孤矣。会其部内民耿安等奏王抢子女占田宅事，下彼中勘，勘官辈以乃父斫琴之役，祸延抚按，追恨之，因附会成大狱，旨下革禄米三之二，并追夺真人金印。王益迫，欲佩始封庄王金符入京自辨，抚按遂取传闻诽谤语入招词，旨下革王爵为庶人，押发高墙，废其国。坨闻命先缢，其正妃沈氏等十六人旋亦投环死，次妃林氏等取帛殉者前后五十余人。事闻，许藁葬城外，子女俱送会城周府收管，不许请婚封。事在嘉靖三十五年，至隆庆初元始赦还。以一琴细故，余殃再世，覆磐石之宗，坨虽有罪，得祸亦不应至此，哀哉！正德中淮王祐杞亦与宁庶人宸濠争琴，陷杞几覆国。其琴名天风环珮，乃淮王先世所传异宝也。

钧州犯今上御名，已改禹州矣。其始封徽也，为庄王见沛，在成化十七年；至弘治二年乞升州为府，时王端毅恕主议不从，至嘉靖五年厚爝复申前请，终以非故事不允。然则两王特以藩封之重欲升郡示尊，而宪宗之封沂，穆宗之封裕，二州俱无议及升为府者，何也？

辽王封真人

辽废王宪㸅，喜方术，性淫虐，时世宗奉玄，则亦假崇事道教以请于上，得赐号清微忠孝真人，赐金印及法衣、法冠等。㸅每出辄服所赐衣冠，前列诸神免迎牌及栲鬼械具，已可骇笑；乃至入齐民家为之斋醮，自称高功求酬谢，尤为无赖；又以符咒之妖术，欲得生人首，适街有醉民顾长保者，被割丧元，一城惊怪，其他不法尤多。至穆宗御极之二年，为巡按御史陈省、礼科给事中张卤所纠，夺真人印；又为巡按御史郜光先发其十三大罪，上遣少司寇洪芳洲往勘。洪推鞫峻刻，与道臣施为臣务为深文，致㸅国废身锢。后江陵公败，其母妃尚存，归咎江陵，求复国。廷议还故庶人骸归葬，而国不许复。议者以此实江陵之罪已属可笑，乃洪氏之子谓朝选不从江陵指授，以致殒身，又谓劳道亭堪中丞以诟故相，陷洪于死。洪得复官，劳至遣戍，举朝无人辨白其事，尤堪浩叹。徽、辽二王俱以左道邀上宠，一甫及其子，一不免于身，并至夷灭，虽其自取；而当时承勘诸臣，各以私意陷亲藩于极典，伤国恩甚矣。

辽废王

江陵初殁，上未有意深罪之，特忿冯珰之横，意甚衔之。张蒲坂已当国，因授意同里门生李御史植，弹治冯保，并其掌家内官张大受、书记徐爵，以偿上意，初无一字及江陵也。及严旨逐保于南京，诸言官知上意已移，始交章弹射故相，而台中江东之羊可立最先上疏。上寻晋三臣少卿，以旌发奸之功，于是故辽府母妃亦露章诉冤，而籍没之旨下矣。故废王宪㸅淫虐不道，巡按御史陈省劾其罪皆不枉，江陵初无意深求，时廷遣刑部侍郎洪朝选往勘，得其杀人诸事，谬加增饰，且锻炼不遗余力，而辽社遂屋。然事在隆庆二年，张为次揆，其焰未炽，亦不得谓张独主灭辽也。是年洪还朝，次年己巳，即以大计劾致仕，又上疏自辨，命闲住。洪归闽后，为抚臣劳堪讦其居家不法，瘐死狱中，洪子官生竟伏阙控辨，谓劳为江陵效力报冤，致死乃父。诏还其故官，劳坐遣戍，而辽国终不得复。劳既以承望抵罪，然洪之处辽狱人多尤其已甚，反用忤权昭雪，亦事理之未允者。洪初抚山东，闻章丘李少卿先芳家富藏书，与借观，不与，因起大狱，破灭其家，李以恚恨死，及洪非命，或谓有天道焉。于东阿《笔麈》但记洪芳洲为少司寇时，逼死故都御史杨顺以媚华亭，不知有章丘李中麓事也，洪与中麓同年进士，以此人尤薄之。

辽王贵㷂罪恶

辽王宪㸅之废也，事在隆庆初年，人至今有称冤者，盖归罪张江陵有意殄之也，不知辽之恶，当废久矣。辽简王植为太祖第十五子，有庶第二子通州王贵㷂嗣辽王，在位十五年，屡为抚按科道所弹治，英宗每降书戒之不悛。至正统四年，事尽发，初与江陵、泸溪二郡王淫乱，又奸通千户曹广等妻女数十人，非理奸死者十余人；又杖死长史杜述，擅笞荆州知府刘永泽，假以进贡为名，夺彝陵、江陵等州县军民柑橘，起人夫逼死者三十人，以军人许俊赐仪宾刘亨为奴，以许俊妻赐仪宾周英璧与之奸，其他罪不可胜纪。上召王至京亲鞫之，且示以诸弹章，王输服无辞。乃命遣归，革爵为庶人，伴守坟茔，仍支岁俸一千石，以其庶弟兴山王贵㷞嗣封，盖贵㷂之当失国有余辜矣。时去国初未远，内阁三杨等未敢轻夷同姓大国，故仅从薄罚，又先世为王恩鐍，以私怨一日杀宗室镇国将军恩鐳等八十人，不数日而长子死，未几王亦疽发背薨,又一世而宪㶇终覆其祀,积不善遗殃如此。

贵焰之子豪璒,仍受贵焰初封郡爵,至今传国不废,而宪㶇之子俱革为庶人,徙楚府钤束矣。按,隆庆二年刑部侍郎洪朝选所上宪㶇罪状甚详,皆罪在赦前,谈者反谓洪不阿江陵,欲存辽得罪,真说梦耳。

楚宗伏法

楚宗劫杠一案,起于道臣周应治之报反,成于抚臣赵可怀之镣杻,后来处分诚过。然劫掠货财,又无端杀一巡抚尚书,何可末减,狱成赐死足矣,身首异处已觉太过,至行刑显陵则舛甚矣。显陵为兴邸旧园,与太祖子孙何预而祭告之耶?始则地方诸臣贪功,妄报称兵谋逆,一时喜事者如郧阳巡抚胡心得等,勒兵境上,疏请会师,张大其事,以致用此重典。今攻故相者,至谓楚宗无死法,此议又未确,时贤特欲白江夏之冤甚四明之罪,未免矫枉过正。总之前案失之苛,后案失之纵,皆时局使然,非通论也。善乎袁中郎之诗曰:"国体藩规俱不论,老臣涂血也堪怜。"尽之矣。

英耀弑逆之由

楚愍王显榕之被弑也,事在嘉靖二十四年之正月,相传世子英耀烝愍王所嬖方三儿,篡致于室,惧为父所废,遂起异谋,与逆徒约以上元观灯举事,至十八日邀愍王宴,进鸩不效,乃用铜瓜击毙,以中风暴卒讣于各宗室。时抚按先以实状闻,世宗械耀至京伏诛,向来爱书及史所书皆然。然闻其端不由此。先是,愍王暴于其国,内外俱不能堪,人已离心,而英耀病躄,不良于行,其父又爱次子英燿,欲以位畀之,屡说耀曰:若苦足疾,何以不弃名爵学长生?耀以是恨怒,决意为冒顿之举。其后英燿果得立,没于隆庆五年,谥恭王,子为今王华奎,即近日宗室所讼为抱入者也。废长立幼未有不败,如袁绍、刘表,今幸免者,其子弱耳。

楚府前后遭变

楚王为太祖第六子,传至愍王,见弑于世子英耀,耀伏法,以庶子英燿嗣位，是为恭王，在位久无所出，说者哗言不男如晋海西公。晚年为后计者甚密，曾屡示意所厚藩僚，俱惧祸不敢承，乃谋于嬖幸，因有孪生二子事。英燿薨，子尚幼，以武冈王显槐监国。武冈习知其所名子状，尽取先世所藏珍异宝货以去，国人畏发往事，不敢诘。今王嗣爵已三十年，宗人不复奉其约束，王尚以法绳之，致有华越等讦奏，朝议不能决。郭江夏署礼部，素不平其事，力主发勘，因而去位，祸延缙绅，至今未已也。按，英燿以嘉靖二十四年弑逆，三十五年徽王载埨以夺田宅子女，四十二年伊王典楧以淫虐不法，未几辽王宪㸅以酗横杀人，俱削爵除国，身锢高墙，子孙俱为庶人。此三国不过纵汰失道，尚至废锢，英燿躬为大逆，恶逾商臣，只宜污潴其宫，止存郡王，听邻藩节制如故事，何以茅土俨然，致恭王有李道儿之疑。然则愍王二子，一劓刀所生，一自斩其祀，皆覆载所不受也。时当国者为夏、严二公，其见终出新郑江陵之下，令人邑邑。

弇州所记止云东安王显槐管理府事。盖显槐监国，淫婪不法，擅杀多命，为抚按所劾，始改命显梡，弇州偶失记显槐耳。

楚府行勘

楚宗室华越等之讦王也，初沈四明当国，意不欲发其事，遂令通政司遏之不上。乃主讦王者，郭江夏也，时正署礼部，直发沈遏疏事，郭因此为给事钱梦皋、杨应文辈所弹劾去位，楚亦得罢勘。其冬即有妖书一事，钱、杨与康御史辈竟欲坐江夏主使，因而波及次揆沈商丘，至缇帅王之桢者，则欲坐所仇同寮周嘉庆，赖大珰陈矩力争而止。诸言者谓江夏父曾受楚王笞，借报仇，引楚故相废辽事为喻，不知江陵已冤，此更冤之冤者。当楚恭王壮年时，吾乡有沈桓亭者，名失记，为楚纪善，相得如鱼水。一日，忽出春申君、吕阳翟二传示之，沈知其旨，以死谢不敢当，王意遂移，置不复道而他有所属矣。寻报管簟之祥，沈惧祸及，致其事归老于杭。沈即冯祭酒外翁，亲为余言，且叹曰郭明龙憨矣。此事重大，得实时必杀数百人，四明不欲行，亦老成之见，但迎合者訾郭太甚耳。妖书事宁，郭仅而得免。越一年乙巳，钱给事辈以京考当谪，中旨留用，盖当事者酬劾郭之勋也，然诸公终不安其位云。

存楚

癸卯楚事兴，时议存议勘者不一，其中各有所为，至议存者更多出私心。时惟赵南诸司徒，最称清正，亦主免勘，盖非谓郭江夏之说为非，但以事体重大，当丽极典者多人，且年已久远，株连逮累，一方骚动，固谋国长策也。当国者方憎江夏，示意所厚言路力攻之，至云郭父曾被楚王笞辱，以此挟仇，不知郭父起家孝廉，曾守大州，楚王安得笞之哉？郭甫出国门，而妖书事起，给事钱梦皋辈，遂直以坐江夏，且波及归德次揆，而人心始大不平矣。是时赵司徒方署铨部，大不直之，遂欲外迁钱给事，首揆四明怒甚，掇旨留钱，而司徒所署印，亦遂夺与杨少宰署掌。司徒非附四明者，特存楚一事，偶与之合，而心事则径庭矣。建白诸公不悉赵生平，概以四明党目之，有识者岂肯轻信耶。

蔡虚台辨疏

癸卯楚府议勘，郭江夏因之去位，旋以妖书陷之几死，此人心所久愤者。近年来事渐白，四明谢政，江夏望益重，一时与郭异同者，多罹白简，或借他事中之，故仪郎蔡虚台献臣其一也。己酉冬，将举明年外计，时蔡已历转按察使备兵常镇，南御史汪怀德管下巡江，遂露章弹之，拟坐不谨，中多胪列，亦及楚事。蔡乃抗章力辨所以，并往日堂属不相得之故，于楚事尤娓娓。疏已无可觅，偶记其末数行，骤括颇核，因记之：

"总记一时在事诸臣，始终欲勘楚者，郭正域也；始终欲存楚者，赵世卿也；心欲楚存而口不敢言、姑推其事与廷臣会议而阴缓其事者，李廷机也；受楚重贿而忽勘忽不勘，以俟内之自罢者，赵可怀也；楚抚按覆疏至，而犹持勘结之说者，臣与张问达也，问达有揭，臣有疏，可覆按也。盖欲勘楚者为耳闻目击之真心，而欲存楚者亦老成持重之稳计，第存之易而勘之难耳。正域慷慨任事，天宜佑之；可怀首鼠两端，天宜殛之；独恨拥戴诸臣，希光附景，以山中之宰相，奉为驱除之主盟，异日出山未免少减福力，恐亦非正域意也。先臣王用汲之言曰：逢君之恶其罪小，逢相之恶其罪大；臣则曰：逢相之恶其罪小，逢将相之恶其罪大。"云云。

故事，大计例不许辨，辨者有厉禁。疏上后，人皆为蔡危之，及察处止降三级，亦以其词直也。蔡今亦已起补矣。

王尧封讼言蔡之枉，于是与汪御史俱外出。

废齐之横

齐王为太祖第七子，建文中坐废，靖难后复封，后复以谋叛除国锢南京，其子孙皆庶人，有庶粮无名封。今支属渐繁，横行留都，廊下诸铺，院中诸妓，动辄出票，取物不还值，荐枕不损橐，以至僧寺亦罹其害，间有自爱者不多得也。尤可笑者，负贩不得志，即设一几北面拜，自称谢恩，次日系金带服象龙拜客家中，受人谒贺，正不知此章服从何来。都下百寮，习见以为故常，不复致诘，亦随例与往还，正不可解。

宗室通四民业

本朝宗室厉禁，不知起自何时，既绝其仕宦，并不习四民业，锢之一城，至于皇亲亦不许作京官，尤属无谓。仕者仅止布政使，如嘉靖壬辰探花孔天胤，榜下选陕西提学佥事，时方弱冠，寻任浙江提学副使，后官至左辖而归，他不可胜纪。向来诸名公如拿州辈，屡议开禁，未有敢任之者。顷年建立皇太子诏内，直许习儒业、入庠序，登乡会榜，于是天潢不亿，始有升朝之望矣。此二百年来最快心事，沈四明实草此诏，且青宫肇起，畅普天久郁之望。虽圣心默定已久，非出臣下赞决，然偶值其时，特四明为时议所不与，遂无称其劳者，在他相或不免贪天功矣。

宗室名

今帝系以及各藩府名，其上一字为太祖所定，而下一字以五行相传，其请名时则礼部仪制司官制名以赐，年久人多，不胜重复，至创为不雅字,而以金木水火土附之,最为可笑,至有读其名而令人捧腹绝倒者。因见宋人亦有寓谑于宗室赐名,如士羯、士苢、士昆、士绥之属,盖以四字与"揭起裩尿"同音也,刻薄无礼,盖古今同然矣。

公　主

公　主　追　谥

本朝公主薨逝,例无谥号,惟仁宗登极追封第四女为德安公主,谥曰悼简,以为创见,而太祖已先有之矣。洪武元年,太祖登极,皇姊嫁李贞者,先薨,册为陇西公主,贞为驸马都尉,寻封恩亲侯,谥公主为孝亲公主,具丧礼还葬于先陇。后贞封曹公,始改陇西为曹国长公主云。至嘉靖间,武定侯郭勋以上宠异,遂请追谥其远祖郭镇所尚永嘉公主曰贞懿,则太祖第十二女也,事隔九朝,历年几二百,无故追崇,于是为不经矣。公主得谥始自唐德宗朝,唐安公主赐谥庄穆,前此未之有也。

同　邑　尚　主

太祖第七女大名公主,下嫁安阳人李坚,建文初以驸马封滦城侯,北征阵亡。太宗第二女永平公主,下嫁安阳人李让,先以仪宾掌北平布政司印,永乐初以驸马封富阳侯,赠景国公,谥恭敏。英宗长女重庆公主,下嫁安阳人周景,景父颙为山西参议在任,公主将出降,上命同妻宋氏乘传入京,行见舅姑礼,寻加颙鸿胪寺卿,景拜驸马,后其兄即举乡试第一,子贤又继登乡榜,河北传为盛事。英宗第五女广德公主,下嫁驸马樊凯,亦安阳人也,与景同邑,公主又亲姊妹,慕景风流,倾心与为友,同以能诗称。凯有康济心,其论处私阉及团营军,俱擘画详当,为世所称,曾以忤刘瑾知名。四人者皆河北伧父,并产下邑,俱为三朝禁脔,周樊又并尚帝姬称僚婿,尤属盛事;二李在先朝俱进爵通侯,各领文武重寄,一以忠义殉国,一以功名显重,俱非寻常粉侯可比,盖邺下灵秀所钟也。李让,志中又云舒城人,想靖难后所寄籍。驸马封侯者，自李让、李坚外，高帝朝恩亲侯李贞，太宗朝永春侯王宁，广平侯袁容，世宗朝京山侯崔元；追封者英宗朝巨鹿侯井济。

公主中使司

洪熙元年，封皇女六人为公主，命先为嘉兴、延平、庆都三主府，造中使司印。按古惟皇后有官属，为大长秋，后世不复设。唐高宗始令太平、长宁、安乐、宜城、新都、定安、金城诸公主并得开府置官属，其僚有邑司、有令、有丞，时袁楚客上书宰相魏元忠，责其不能救正。我高皇圣主，何以设此官，后亦不知何时废罢。但中使司有正副，亦阉官领之，如王府之承奉，非如唐家以士人充寮佐，其制自不同。

仪宾牙牌

各王府亲王位下仪宾，亚驸马一等，秩从二品，惟洪武末年皇孙女仪宾在都下者，其后分封选拜，例居外藩，虽云尚主，无得系牙牌如京官例。惟景皇帝女固安郡主，以成化六年下嫁王宪，礼部特请宪系郏府仪宾，乞给牙牌，上从之，命班行列，督佥事之下，盖以从三品居正二品之次也，此后遣祀分祭宪亦供事如诸戚臣，实为创见。弘治四年，固安郡主卒，上命丧礼一视嘉祥长公主。嘉祥为宪宗亲女，时固安母汪氏尚称郏王妃，其女乃得异礼如此，上恩厚矣。因思懿文太子三女，长为江都公主，下嫁驸马耿璿，文皇降为郡主仪宾，皆以罪死；次女宣城郡主，文皇命锦衣百户于礼为仪宾尚之；惟第三女年三岁，以建文庚辰年生，未有名封，直至成化二十一年八月始卒于高墙，年已八十六岁。当时臣下无能推广圣泽，使其终无匹偶以没，其恩遇曾不及固安之百一，真足令人洒泣。仪宾二品者，阶为中奉大夫，本文职也，而夷之右列督佥之下，是犹宣慰使有功得升左右参政，亦有升都指挥佥事者，然彼土酋而此乃贵婿耳。其后嘉靖间仪宾周钺等用王宪例。

公主封号同名

本朝分封亲藩如两吴、两汉、两赵、两荣之属，当时或出圣意亲定,臣下不敢驳正;至于郡王之封,亦间相同,此则仪曹疏略。且历年已二百余,一时或难遍稽,犹可诿也;至如帝女册封,则累朝公主能有几人。如英宗第二女嘉善公主,下嫁靖远伯王骥之孙王增,事在成化二年。世宗朝以第四皇女降驸马许崇诚,亦封嘉善公主,时相距仅隔三朝,何以漫不稽考?其时严分宜当国,颇以博雅自负,何冬烘至此,岂黩货方殷,无暇分心耶?嘉善两公主,后又有穆宗生母孝恪后弟杜继宗封庆都伯,此仁宗第二女封公主号,最后则今上嫡母仁圣太后父陈万言封固安伯,亦景帝女初封公主号,后降为郡主者,此皆帝姬汤沐邑,岂臣子所宜蒙袭?时与固安同封者,为上生母慈圣后父武清伯李伟,此石亨旧封,后以凶终,尤非吉祥。前则徐文贞当国,后则张江陵当国,两公明习典故,岂分宜可比,而舛错乃尔,况受遣以来,讨论已非一朝耶?

驸马再选

弘治八年,内官监太监李广受富民袁相重贿,选为驸马,尚德清公主。婚期有日矣,为科道官发其事,得旨斥相,命别选,诘责太监萧敬等选婚不谨,致有人言,而广置不问。嘉靖六年,永淳公主将下降,礼部选婚,时永清卫军余陈钊名在第三,上亲定为驸马矣,听选官余德敏奏,钊父本勇士,家世恶疾,母又再醮庶妾,不可尚主。礼部郎中李浙奏德敏妄言,请逮治罪,上不许,命斥钊再选,并夺侍郎刘龙俸,别选得谢诏。上以公主为献皇亲女,命诏成婚,二十日后令师教习经书,以礼部仪制司主事金克厚为师,驸马教习用春曹自此始。至万历十年,上同胞妹永宁公主将下嫁,选京师富室子梁邦瑞。其人病瘵羸甚,人皆危之,特以大珰冯保纳其数万之赂,首揆江陵公力持之,慈圣太后亦为所惑。未几合卺,鼻血双下,沾湿袍袂,几不成礼,宫嬬尚称喜,以为挂红吉兆,甫匝月遂不起,公主釐居数年而殁,竟不识人间房帏事。使当时能如两朝别谋佳偶,未必致帝姬抑郁早世,冯保滔天之罪十倍李广矣。谢诏选后,京师人有《十好笑》之谣,其间嘲张、桂骤贵暴横者居多,其末则云:十好笑,驸马换个现世报。盖谢秃少发,几不能绾髻,故有此讥,然诏直至嘉靖末年卒,盖富贵者四十年。

公主荫胄子

勋戚大臣有劳绩或特恩，得别荫子，然必授右列，无荫胄子者。嘉靖十二年，永嘉大长公主玄孙郭勋，武定侯勋弟也，援累朝公主例，请荫入监，礼臣言公主子孙本无入监事例，因汝阳大长公主庶孙谢琰乞恩，允之，遂沿以为例，实非定典。得旨不许。是时郭勋之宠，震世无两，值夏贵溪为礼部，与勋深仇，故力阻之，然世宗谨守祖制，不为权幸假借，亦前代未有也。今勋戚陈乞者无不赐允，又近日恩诏中一款，凡公主子孙有志向学者，俱送监读书，遂使白丁纨袴，滥竽世胄，布列清曹，出守壮郡，当轴者能辞责乎。嘉靖癸丑甲寅间，有署中书科事大理寺副于麟者，故奉圣夫人刘氏子也，以乳母恩得此，盖用天顺间翊圣夫人、成化间恭圣夫人二子例，然与靳公主恩霄壤矣；又同时掌太常寺礼部右侍郎徐可成，以考绩乞恩，上命荫其徒笞义金为太常寺典簿，以黄冠而延赏正七品，且及异姓，真为创见，若同时真人陶仲文荫子为尚宝丞，虽以杂流膺首揆恩，然犹其血胤也。盖守法于初政，而滥恩于末年，不特圣主倦勤，而揆地之执奏亦久废矣。

公主下殇特恩

嘉靖二十年辛丑正月初六日，皇第四女生，母为雍妃陈氏。上命成公朱希忠代告景神殿，命名曰瑞婇，并命先所举第三女曰禄祯，以示宗人府登玉牒。故事，皇子以百日、皇女以弥月命名，今先诞者愆期，至继有所出，始补行，则爱念不同也。至二十三年第四女薨，追封归善公主，丧礼依太康公主故事。太康为孝宗女，其母即昭圣太后，其殇也，丧葬诸礼俱依蔚悼王。按太康系正嫡所生，且其时孝庙独厚中宫，仅育一女，当时下殇未封，上埒亲王，僭逾已极。但礼部尚书为徐琼，其妾与建昌侯张延龄为姊妹，因以传升宗伯，其不敢执奏，宜也，若世宗朝则石首张文简为礼卿，亦惟诺恐后，何耶？虽礼乐自天子出，而春曹所司何事，此时容悦具臣自躐职掌者多矣，其如典制何？此等事虽若无伤，而关系主德不浅，未可以本朝德安、永嘉二主藉口，文过也。

驸马受制

公主下降,例遣老宫人掌阁中事,名"管家婆",无论蔑视驸马如奴隶,即贵主举动,每为所制,选尚以后,出居十王府,必捐数万金遍赂内外,始得讲伉俪之好。今上同产妹永宁公主,下嫁梁邦瑞者,竟以索镪不足,驸马郁死,公主居媰,犹然处子也。顷壬子之秋,今上爱女寿阳公主(为郑贵妃所出者)选冉兴让尚之,相欢已久,偶月夕公主宣驸马入,而管家婆名梁盈女者,方与所耦宦官赵进朝酣饮,不及禀白,盈女大怒,乘醉挞冉无算,驱之令出,以公主劝解并詈及之。公主悲忿不欲生,次辰奔诉于母妃,不知盈女已先入肤诉,增饰诸秽语,母妃怒甚,拒不许谒。冉君具疏入朝,则昨夕酣饮宦官已结其党数十人,群揞冉于内廷,衣冠破坏,血肉狼籍,狂走出长安门,其仪从舆马又先箠散,冉徒跣归府第,正欲再草疏,严旨已下,诘责甚厉,褫其蟒玉,送国学省愆三月,不获再奏,公主亦含忍独还。彼梁盈女仅取回另差而已,内官之群殴驸马者不问也。

公主荫叙之滥

祖宗典制,公主无文荫,自后间以陈乞得之,然非例也。嘉靖十二年,武定侯郭勋之族弟郭勍者,其高祖为驸马郭镇,援往年汝阳等公主例以请,上已允之,时礼卿为夏言,执称事例所无,乃汝阳创始,非故事,宜禁。上然其言,遂罢勍荫,且永著为令。今万历壬寅三月,以册立皇太子,恩诏内许公主荫子送监读书,时首被恩命者四人,曰谢懋功,则兴献帝第四女永淳大长公主之孙;曰杨天佐,则英宗第四女崇德大长公主之曾孙;曰周居经,则英宗长女重庆大长公主之元孙;固已年远服绝矣。至郭梦兆者,为武定侯郭英苗裔,而太祖第十二女永嘉贞懿大长公主之七世孙也。按,永嘉主之釐,在建文元年己卯,至是已二百余年,历圣主已十二朝,即去夏贵溪执奏之时,亦且七十年矣,当时已禁其祖,今日反许其孙,于事理甚悖。时沈四明独当国,冯琢庵为礼卿,岂其识不逮贵溪耶? 昔王介甫因宗室辈有不看祖宗面上之言，乃云祖宗亲尽亦祧，何况贤辈，此真不易之论。公主荫子，自世宗严禁后，至今上升储，华亭草诏直云公主裔孙有志者送监读书，幸门一启，至四明而极矣。

卷五

内　　监

内　臣　禁　约

永乐四年,上谕兵部尚书金忠等曰:"皇考之世,宦寺无故无敢与外廷交接。昨有一人以私财寓外人,此虽小事,渐不可长,随已罪之。因敕卫士于出入之际,遵制严搜。"文皇之驭中官如此其峻。然前一年已遣内使王琮同给事中毕进封真腊王,又遣太监郑和率兵二万七千赏西洋诸国矣,二臣若欲寓财于外,安得禁之?至八年遂敕内官马靖往甘肃巡视,如镇守西宁侯宋琥处事有未到,密与商议停当回话。按,此即内臣、镇守之权舆也。夫西宁为靖难勋臣,而琥又上亲婿,乃别寄腹心于宦寺,盖内难初平,恫疑未解,虽与谕金忠之言相左,不自觉耳,王振之导亲征,汪直之开西厂,有自来矣。

东　　厂

东厂之始,不见史传。王弇州考据以为始于永乐之十八年,引万文康疏为证,意者不谬。其始侦伺非常,盖尚虑义师靖难未厌人心耳,然而中官之横始此矣。至成化间宪宗设立西厂以宠汪直,不时刺奸之权,熏灼中外,并东厂官校亦得讯察,京师汹汹。上用阁部大臣商文毅、项襄毅等谏罢之,御史戴缙阿直献谀,上令复设,又数年而直为其同类掌东厂尚铭者所构,直始出领边事,不复入,西厂亦罢,然而东厂之炽如故也。武宗委政群小,复设西厂,以谷大用兼领,又丘聚掌东厂,东西对峙,用成化故事。未几,复设内行厂于荣府旧仓,刘瑾躬自领之,军国大柄,尽归其手,东厂、西厂并在伺伺中,于是逻卒四出,天下骚然。瑾败俱革,止存东厂。盖当事诸公尚谓文皇额设,而不知东厂与各省镇守内臣，俱非太祖初制也，以故世宗初年尽革天下镇守，而东厂不罢，幸主上太阿独操，厂卫俱不得大肆。迨至今上宪天法祖，宫府凛凛，而厂卫大抵相倚为重，如己丑锦衣大帅刘守有一逐，而厂珰张鲸遂继之，则掌司礼印者张诚实与闻焉。内廷故事，监印与厂，必两人分掌。盖以东厂领敕给关防，提督官校，威焰已张，不宜更兼机密耳。世宗朝，麦福、黄锦辈始得兼领，此后或分或合，惟今上初元，冯保以印带厂，而王大臣事起，时故相高新郑几不免，赖掌卫朱希忠与江陵相力恳保得解；今上癸卯，陈矩亦以印带厂，而曒生光事起，时次相沈归德几不免，亦赖矩力抗诸异说而得解。盖二权并在一人，故能回天乃尔，然则宰辅躯命悬于东厂矣。

初，冯珰谋陷高相，明以危语扬内外，而言官无应之者，且缇帅为挽回甚苦；至沈四明不悦归德，初未形辞色，而台琐揣摩意旨，坐以妖书，且缇帅又借以倾所憎。夫四明之权非张、冯比也，而悬绝如此，世道日下矣。

东　厂　印

自方印颁行之外，事寄稍关钱粮及军务机要者，俱得给关防，用之奏章，用之文彩，与方印等。内臣关防之最重者为东厂，其威焰不必言，即所给关防文曰"钦差总督东厂官校办事太监关防"，凡十四字。大凡中官出差所给，原无钦差字面，即其署衔不过曰内官、内臣而已，此又特称太监以示威重。余谓文皇虽设此厂以寄耳目，然其时貂珰未炽，安得有如许雄峻之称，此必王振用事时，另铸以张角距，迨后直之西厂，瑾之内行厂，阶厉于此矣。掌厂内直房，又有钦赐牙章一方，凡投进事件奏闻者用此印钤盖，直至御前，盖得比辅臣之文渊阁印，亦僭紊极矣。

内臣封外国王

唐末藩镇大帅继袭，皆以内臣使其军，命为留后，旋与旌节，此古今大弊政。本朝内使出使外国，始于成祖时，如内臣李兴使暹逻国，又太监郑和勒兵使西洋宿剌加诸国，不过奖劳赏赐之事。惟永乐三年命内使王琮同给事毕进封真腊国长子参烈昭平牙为王,则御赐土分茅之任,且与省垣法从为伍矣。至成化四年,命太监郑同、翟安册朝鲜世子李晃为王,已奉诏行矣,巡按辽东御史侯英力言同、安皆朝鲜人,见其王必修臣子拜伏之礼,且坟墓宗族皆在彼中,倘有嘱托,所损天朝大体非细。上是其言,今后赍赏仍遣内臣,其册封大典必选廷臣有学问者充之。本朝中贵膺册立之选,至是乃止。时彭文宪、商文毅在阁,上所听信,故能勇革弊政。未几而汪直用事,刘珝当国,浊乱天下,复行旧事,至弘治十五年十二月,又命太监金英辅、李珍充正副使封朝鲜王李㦕嫡长孙𪟝为世子,时刘文靖当国,不能救正,况他相哉。

予所见金国所刻名《吊伐录》者,备载破宋灭辽废齐诸诏令书檄及徽、钦二帝在北地谢金主诸表文甚备,其初与宋童贯书,署题曰"元帅粘罕与亡宋故宣抚使广阳郡王阉人童贯书",其后讥诋良苦,时正割燕云与宋,未启兵端也。至后以纳平州张觉,兴兵犯阙,所传檄文,谓元符主亡,赵佶本不当立,交结宦官童贯,越次僭窃,以此宠任,命主兵柄,爵以真王。此虽敌人诬谤,然先是用贯使金,已为所轻,及任制帅北征,益狎视之,最后裔夷猾夏,遂指以声道君之罪。然则宦寺出疆,又不止忝国体,侯御史一疏其见卓矣。

赐内官宫人

叶文庄《水东日记》云:内臣陈芜,交阯人,以永乐丁亥侍太孙于潜邸,既御极,是为宣宗,以旧恩升御马监太监,赐姓名曰王瑾,字之曰德润,赏赐不可胜纪。陈庐陵循为之志其事,所载如范金印曰心迹双清,曰金貂贵客,不可殚纪,且出宫女两人赐之为夫人。《日记》又云:幼时曾见芜适太仓州,封西洋宝船,其势张甚,则此言不谬矣。《枝山野记》又以为陈符,盖芜字之误。其时有李校尉者极谏,谓阉人无辱宫嫔之理,上大怒,命剪其舌,后不死,人戏呼为李神仙云。

内臣李德

景泰初元,上皇尚留虏廷,镇守浙江太监李德上言:锦衣指挥马顺、长随王贵等罪犯，亦宜取自圣断，各臣乃肆奸究，即于御宇捶死之，变祖宗法度，逐朝廷正人，悖礼犯分，闻者切齿；宿卫官员无一人遮护，使无内臣左右侍立，各臣必生别衅，此正贼臣犯阙，不宜任用，可任者莫若亲近。其章下，文武大臣少保于谦等连章言马顺乃王振之爪牙，王贵等乃王振之心腹，党恶既深，遂谋不轨，逼驾亲征，乘舆不返，群臣同时捶死，是春秋诛乱臣贼子之大义。景帝曰：然，马顺等皆王振奸党，捶死俱忠义心，李德所言卿等其亦置之。当时内竖盘结于内，联合于外，帝即洞知李德狂悖，而终不能去，且其时喜宁方被获甫磔于市，此辈尚哆口横恣如此，况平居乎？

时尚宝司查究指挥同知马顺牙牌，顺子言其父被给事中王竑捶死，宜责竑寻取。帝从之，六科十三道言捶死奸党，岂竑一人之力，竑身为近侍，岂敢收匿牙牌，乞改前旨，令出榜曾拾顺牙牌者，无论破损，并许送官。上乃允其议。顺子刁泼可恨，何至遂徇所请，景帝以英断称，处此事却未然。

内臣乞赠谥

英宗朝，王振以弥天之罪仅随众死土木，至上复位，而葬之祠之，天下以为谬恩，饮气不平久矣。至成化八年，太监刘永诚死，其侄宁晋伯刘聚奏乞赠谥并祠堂赐额，事下所司。时邹康靖幹为礼卿，覆奏内臣无封谥事例，惟王振曾蒙先朝赐祠额曰旌忠耳，上命赐永诚祠名褒功，仍以封谥事命内阁议之。首揆彭文宪时上议曰：王振辅英宗年久，且死国事，英宗非不欲重加优恤，以无例止赐祠额。今永诚得比振例，已为过矣，又加封谥出振上，则轻重失伦，人心不服，将来守边者比例陈乞，变祖宗法必自此始。于是事得寝。按，邹、彭二公，一言而止内臣滥恩，功亦伟矣，但不能明数王振浊乱天下失陷乘舆之罪，反以从龙死事褒之，即能回天听亦诡遇之获耳。其时宪宗倘以永诚生前西征功次当得恤典为言，又何以措辞？所幸此时汪直未炽，梁方未进，无人导上凿混沌窍耳。

旧恩泽诸封，至嘉靖初悉除，真是宇宙大快事，而武清靖远、彭城惠安诸伯以及刘聚之宁晋，犹得承袭，论世者尚不免扼腕，然自正德八虎以后，内官子弟亦无敢以封拜请者矣。

内臣妾抗疏

弇州纪奇事，天顺初赐太监吴诚妻南京庄田，以椓人授室为异，尚未知诚前事也。诚先于正统十四年随太上皇车驾北征阵亡，至景泰二年八月，吴诚妾姚氏奏称诚存日曾于香山置坟，今欲将其所遗衣冠招魂安葬。景帝允之。按，此则内臣嫠妻，蒙上恩礼，已为创见，至于生前畜妾，殁后陈情一如所请，则太祖初厉禁可直付高阁耶？古来宦官有妻者多矣，未闻买妾且以闻之至尊，廷臣亦不以为骇怪，何耶？景泰去宣德不远，故主上不以为吴诚罪，且允其请；后来世宗怒内臣侯章畜使女，立置极典，真英主哉。吴诚即世所传建文帝归阙，内侍辈辨视，云诚曾伏地舐赐胾肉者是也。

成化五年，内臣龙闰娶南和伯方英妾为妻，上命离异；成化十二年，太监常英藏匿妖人侯得权妻，以养女后谋逆事发被诛。盖其时内臣有妻女，相沿成俗矣。

对食

太祖驭内官极严，凡椓人娶妻者有剥皮之罪，然至英宗朝之吴诚、宪宗朝之龙闰辈，已违禁者多矣。今中贵授室者甚众，亦有与娼妇交好因而娶归者。至于配耦宫人，则无人不然。凡宫人市一盐蔬，博一线帛，无不藉手，苟久而无匹，则女伴俱姗笑之，以为弃物。当其请好，亦有媒妁为之作合，盖多先缔结而后评议者，所费亦不赀，然皆宫掖中怨旷无聊之策耳。近日福建税珰高策，妄谋阳具再生，为术士所惑，窃买童男脑髓啖之，所杀稚儿无算，则又狠而愚矣。按，宫女配合，起于汉之对食，犹之今菜户也。汉武帝时陈皇后宠衰，使女巫着男子衣冠帻带，与后寝居，相爱若夫妇，上闻穷治，谓女而男淫，废后处长门宫，此则又不知作何状矣。余向读书城外一寺，稍久与主僧习，寺中一室扃钥甚固，偶因汛扫随之入，则皆中官奉祀宫人之已殁者，设牌位署姓名甚备。一日其耦以忌日来致奠，擗踊号恸，情逾伉俪，余因微叩其故，彼亦娓娓道之，但屡嘱余勿广告人而已。

内臣交结

天顺八年，英宗大渐，学士钱溥先以史官教习小内侍，至是溥所教内官典玺局丞王抡者，以次当柄用，结溥草遗诏，为邻居内阁学士陈文所发，谪知县。隆庆六年，穆宗大渐，内阁大学士张居正以遗诏诸事密传司礼太监冯保，为同事大学士高拱所见，面叱之。不数日穆宗升遐，拱反被逐。事虽同而所托异，故成败天渊。

怀恩安储

唐世中叶后，宦官废立，竟成恒事。宋惟宣和间宰相王黼结宦官梁师成动摇东宫，谋立郓王，然终于无成。本朝家法至严，绝不闻此事，惟成化间牛玉易后一事，最为异变，然旋正法矣。今观故太监怀恩事迹，谓其同类梁方等导上侈费，帑藏一空，上阅之不怿，有"吾不与汝算，自有后人与汝计"之语，盖指东宫也。方等惧甚，时上钟爱兴王，乃谋进言于昭德万贵妃，劝上易储位，因以兴王为昭德子。上意已动，谋之于恩，恩以死拒不从，上恚，诏发往凤阳司香。恩既去，覃昌当轴，忧不能支，或为之计，劝上改谋于辅臣万安刘珝等，皆默不应。会泰山震，内灵台奏泰山震方应在东朝，必得喜乃解，上始诏为太子选妃，而储位安矣。审如此言，则孝宗龙飞，当以怀恩为首功，覃昌次之，而内台诸珰亦当受上赏。盖天祚神圣，使左貂辈亦获收羽翼之勋，未可谓其诬也。

闻刘珝亦有密疏力诤易储。

刘聚封伯

成化七年，太监刘永诚以征延绥功封其侄聚为宁晋伯，再以功得世袭。嘉靖初元，一切恩泽封拜，凡中贵子弟若太监张永兄泰安伯富、永弟安定伯容、太监谷大用兄高平伯大宽、弟永清伯大亮、太监马永成侄平凉伯山、太监魏彬弟镇安伯英、太监陆訚侄镇平伯永、太监裴义子永寿伯朱德，尽数革爵，惟聚得存，自宪庙迄今一百四十年，传袭十辈，握兵符掌枢府者不绝，果何功德以堪之？今京师大家所张围屏，多画刘永诚西征事者，自选入内廷，以擎米多力见知于上，遂被任使至御马太监，出征，入阵带假髯以冲锋，至凯旋受赏诸得意状，不知皆实事否也。永诚死，上赐特祠额曰褒功，则劳绩或有之。然陷英宗于土木者为王振，亦先得赐祠曰旌忠，则此祠额亦不足尚矣。刘永诚小名马儿，至今京师人犹以此称之。

何　文　鼎

太监何文鼎者，浙之余姚人，少习举业，能诗文，壮而始阉。弘治间供事内廷，时寿宁侯张鹤龄、建昌侯延龄以椒房被恩，出入禁中无恒度，文鼎心恶之。一日二张入内观灯，孝宗与饮，偶起如厕，除御冠于执事者，二张起戏顶之；又延龄被酒奸污宫人，文鼎持大瓜幕外将击之，赖太监李广露其事，仅得脱。次日，文鼎上疏极谏，上怒，发锦衣卫拷问主使者，文鼎对曰："有二人主使，但拿他不得。"又问何人，曰："孔子、孟子也。"上怒不解，御史黄山等皆力救之，不从，为孝康张皇后杖死于海子。寻上自闻拽御前铜釭有声，其声若文鼎诉冤者。会清宁宫灾，刑部主事陈凤梧应诏陈文鼎之冤，上大感悟，特命以礼收葬，且御制文祭之。于时词林某公有诗吊之曰："外戚擅权天下有，内臣抗疏古今无。"又云："道合比干惟异世，心存巷伯却同符。"诗虽不佳，亦指实也。其后世宗入绍，不复加礼于昭圣，而张延龄被讦，上必置于极法而后已，盖追恨往事云。

正德间有太监崔和者，镇守云南之金腾，一日过潞江，安抚司过，送江银三百两，又景东、蒙化二府各馈年例银若干，和却不受，乃曰："是看我内臣素低耳。"因悉言生平与何文鼎为友。蒙孝庙见知，因以各属所赂建桥修寺台，不以入帑。夫寺人亦知慕其类之贤者而称说之，且饰篁篗乃尔，今之仕绅视此辈有愧色矣。

陈凤梧者，起庶常，官至右都御史，赠工部尚书，亦正嘉名臣也，所辑有《周礼会隽》一书。顷司礼印珰陈矩重刻丘文庄《大学衍义补》成，即议刻此书，未知已竣事否？丘书以不议内臣，陈则以雪何文鼎冤，故大珰德之，于其遗编犹注意如此。

内臣何文鼎再见

弘治初长随何鼎奏："官可幸得,则朝廷不尊;禄可乞求,则官爵不重。如锦衣卫官校行事得升,盖用国初人心未定,故暂为此慑伏奸雄之具,此一时之权也。后以为例,往往行事得升,故本卫官多不啻数百,縻费廪禄,殊失祖宗建官本意。继例而升,年久盈繁,况乞恩传奉,非治世美事。皇上御极之初,灼见其非,已行沙汰,中外称快,但其间犹多漏网。近来复有夤缘以启幸门者,伏望圣明特敕吏兵二部审覆,文非考本等程式者、武非军功新行事升者,自天顺元年至今,一切革去以杜幸门。"上命所司查议以闻。吏部覆奏:"长随何鼎所言请革传奉乞升事,前此传奉官员本部因科道交章论劾,已奏汰五百六十余员,此外惟中书舍人万弘玠、刘韦、刘锐三人,系大学士万安等子孙,存留未汰,盖当先帝时亦尝沙汰传奉三人,奉有荫授不动之旨,故本部覆留,非无故脱漏。近太医院降职院使方贤奏求复职致仕,及太常寺请复革罢传奉司乐徐启瑞,本部俱执奏不可,初未尝辄可其请,是传奉幸门未尝开也。今鼎欲审查天顺以来文非考中武非军功者,一切革去,其意甚美,但天顺改元至今三十余年,其幸进存者无几,间亦有转迁别官者,如前大学士李贤子璋,今升至尚宝司卿;刘定之子称今升至南京尚宝司丞,盖由历俸年深,循资升职,非无故而升者。近商辂子良辅除工部主事、孙汝谦除尚宝司丞、御史钟同子越除通政司知事之类,盖由恩荫授,非无阶而得者。此外又有保升为太医院官、为钦天监官、为工部所属衙门官、为五府都事等官及跟随总兵等官、书办官者,亦非全是传奉人数,今若概行查革,将不胜其革,且有不可革者。伏望皇上镇以安静,不追既往,今后内外大小官员,俱照旧额随缺选补,自然奔竞可息,若往者方革而来者未已,则亦何益?"从之。兵部覆奏何鼎疏,备查武官由缉事升职及先次并例后传乞升者,都指挥同知覃昌等百二十人,上请去留,上命俱留,待各子孙袭代之日照例定夺。文鼎此疏,抑侥幸重名器,有大臣言官所难言者。时马钧阳长兵部,尚以去留两请,王三原方秉铨,乃云未有传奉,且以诸辅臣任子为言,以拄鼎之口,其说竟不行。孝宗新即位,方求言若渴,乃大臣之见反出寺人下，惜哉！至弘治五年，则鼎已为惜薪司左司副，又奏通州仓粮储，一时权置，初非经久，军士不便于关支，警急不便于防守，请于都城隙地增置仓廒，移通州仓粮于其中，且请修浚大通桥以东古闸河道，令漕舟直至桥下，以省挽运之劳。户部以名京仓之建固善，但时诎未可举，河闸请试之而行。上是之。自是大通河至今为百世利，而京仓则不尽行。鼎之悉心体国，朝士所不逮也，二疏关系最大，载之稍详。至十年，又以直言系锦衣狱，刑科都给事中庞泮等、监察御史黄山等，合疏共救，谓鼎素著狂直，宜加褒显，或曲赐优容。上曰："内外事体其有旧规，尔等何由知其事。"皆诘责罚俸；继礼部主事李昆、吏部进士吴宗周又各疏论救，皆下其章于所司；最后则户部尚书周经等又公疏云："臣等备位大臣，不能救正，有愧于鼎多矣。"其言稍峻，上大怒，诮让当重究，姑宥之。时屠鄞县滽为冢宰，不列名疏首，盖畏祸也。鼎即于是时毙杖下矣。次年清宁宫灾，陈凤梧以刑部主事应诏上言何鼎之冤，上始感悟昭雪，赐祭，其详在建昌侯张延龄事中，语具前卷。

鼎名后去文字，止单名，凤梧疏中尚称文鼎。按，鼎死之次年，李广亦服毒死。广以左道蛊上得宠，鼎之得罪，虽以弹二张，实广承中宫意杀之，时用刑者为司礼内臣李荣，鼎至死骂不绝口。

内臣蒋琮附继晓

故礼部左侍郎李孜省，太常寺卿邓常恩、赵玉芝等，先以孝宗登极俱削秩谪戍边卫矣，是年十一月，以赦当还，于是印绶监太监蒋琮上疏，谓诸人罪大罚轻而闲住，少监梁芳、韦兴、陈善等，皆罚不蔽辜。上允之，命俱逮下锦衣卫，未几孜省不禁拷掠死狱中。盖是时怀恩方自南京召还掌司礼印，上雅信重之，故琮言得行。未几怀恩卒，常恩、玉芝俱贷死，仍戍边卫，竟逃极典，倘世宗初政，有如怀恩者在左右，则何泽之说行矣。

弘治元年十一月，诛妖僧继晓。初，刑部拟继晓当死，但事在赦前，宜发为民。上改命刑科都给事中陈璚等、御史魏璋等看详，谓晓罪大，部拟不当，宜并治太监梁芳引进继晓之罪。上是之，命斩晓于市；芳既充净军，姑贷死发南京守备加杖八十，仍充役。时蒋琮正为守备，芳之得痛决，不必言矣，刑部尚书何乔新等，俱命夺俸有差。按，李孜省未及拟罪而毙于狱，先朝诸妖党仅晓一人正法耳。晓为湖广江夏人，始以贪淫欺妄楚府事觉，走京师，夤缘梁芳以星命进，上见之大宠幸，赏赉不赀，请给护敕，旌其门曰孝行。母本娼也，亦被旌表，请故太监蔡忠、都督马俊二宅以居，赐门额曰辅教寺，又起大寺名大镇国永昌寺，上亲幸焉。所居前后多置妇女，及回湖广，以黄帕裹其一臂，云为御手所执，其事与宋朱勔及嘉靖中谈相略同。史称继晓屡进邪说，有人所不得闻者，此盖房中淫亵之术也。孝宗在青宫，必具悉其详，故独断诛之，且没妻子为奴，籍其家云。琮后与同类相讦，亦充孝陵净军，而梁芳遂同汪直召还矣，去邪之难如此。蒋琮守备南京最久，屡与言官争论求胜，遂为公论所憎。

内官张永志铭

余读杨文襄石淙所为《司礼太监张永墓志》，不过铺叙永平生宠遇，及征安化王寘鐇，随武庙南征宸濠，与诛刘瑾之功，他无所增饰，其视唐李文饶为中尉马存亮等诸碣，过誉不情，亦大有间矣。乃张罗峰潛杨受永弟容赂黄金二百两，因而谀墓，遂追所受润笔，尽夺其官爵，致杨疽背死。噫！亦甚矣。杨从田间起，西征实与永同事，诛瑾之谋又自杨发之，生平相知固不可讳。然张永在内臣中建大功，亦不止诛瑾一事。宸濠被擒后，江彬等诱上仍纵之大江，与战而获之以居功，非永弥缝其间，则王守仁就逮而濠逸去，天下事去矣。昔李文饶之平泽潞，亦仗内使杨钦义为之奥主，始克奏绩，禛平后，诏告四方云：逆贼王涯、贾餗等，已就昭义诛其子孙。盖涯等为太和故相，甘露之变谋诛宦官事败而死，故德裕以此语悦宦寺，此等险谲恐文襄所不屑为者。若诡遇而获，功名不终，则杨石淙与李文饶古今一辙也。近日江陵公之与冯珰亦然。

古来宦官冒武功固多，然未有被编摩之赏者，独嘉靖初年修献帝实录成，首揆费铅山等诸公请于上，归功司礼太监张佐等数人，得旨各荫弟侄一人锦衣世袭指挥等官，则真千古创见之事，又唐时所无者。

二中贵命相

陈莹中抗论二蔡，万死不顾，而独喜谈命。蔡元长视日不瞬，莹中谓此至贵之相，然恃其目力，敢与太阳争光，他日必为巨奸。则星相二家，贤者犹笃信之如此。近日此二种人最行都下，亦有极奇验者。正德初，内臣于喜以钟鼓司选入，旧入此者例无他选，谓之东衙门，诸监局所不齿，于以长躯伟貌偶得选，改为伞扇长随，但日侍雉尾间，亦贱役也。一日出外，同伴侣坐玉河桥，时新暑，各解衣置栏上笑语，旁一人过，熟视于曰："公何姓？旦夕且大贵。"于大喜，起询之，则曰从此即得蟒玉，掌内外柄，极富贵者十年，然命止此，过其期则仍如今日。众哗骇而侮汕之，其人且云："只三日内吾言验，当来取赏，诸公皆其证也。"于还内，正值午节，武宗射柳，命诸珰校猎苑中，设高丽阵，仍设莫离支为夷将。比立御营，则上自坐纛下，亲申号令，以唐兵破之，败者行军令，能入者与蟒玉。诸内侍雄健者策马以往，屡冲不得入，左右曰："如于喜长大，或可任此。"上回顾颔之，畀擐甲胄带假髯，作小秦王装束，仪形颇伟岸可观，甚惬上意，命以所御龙驹借之。喜据鞍挥策，马顾见喜状，素所不习，大惊狂骛，直突莫离支中军，各营披靡解散。天颜大怡，即赏蟒玉如约，时从玉河桥还正三日矣。自是日为上所宠眷，出镇宣府大同，入掌各监局，稔恶者十年。而武宗升遐，肃皇入缵，素知其罪仅在八党之下，偶一日问汝姓为于耶？对曰："然。"上又曰："姓为俞、为余耶？"对曰："奴婢之姓，乃干字跷腿者是也。"上怒曰："于为干字踢脚，汝敢为谩语侮我！"即褫其蟒玉，收系治罪，得诸不法，谪为孝陵净军，尽籍其家。至嘉靖四年，复入京自辨，仍加榜掠遣归伍冻馁死。万历初，有浙之绍兴人朱升者，粗知文理，来京师困极，一饱不可得，偶问命于肆，日者得支干而异之，叹曰："怪哉！是当刑而富贵且久。"朱笑曰："时非角逐，岂能如英布黥而王哉。"归益贫无计，心念日者言，遂决计自宫，投大珰张大受名下，大见信爱。张乃冯保上佐也，因亦为冯保所器，屡掌厂局，赐蟒玉，提督武英殿，其田产第宅为一时所艳称。冯珰败，同大受等罢逐，今犹居都城阓阓中，厚自奉养，家尚殷富，颇好书画尊彝之属，至不自揆，冒认朱相国金庭同宗，与其疏族称昆季，狙狯闪烁，犹然山会胥伇俩也。今老矣，予亦识之。一日遇一武英殿中书同席，辄诧曰："此故我属吏，奈何敢讲敌礼？"余为之掩口。

内竖辈得志多无忌惮，如梁师成之父苏子瞻，童贯之父王禹玉皆是，然而苏、王子孙终得其力，且二公亦因而昭雪，自是怪事。近日王笠川进士继贤，少年厉志读书，以欲念频炽，自去其外肾，遂作宦者状，声貌全如妇人。辛丑登第后，诸阉骄于上前，指王名云：吾曹中已有甲榜宣力于外者矣。上询知其故，亦为启齿。群阉出外，抵王寓称贺不绝，求附气类，王大恚，避入西山，其作令清苦，故是栾巴一流人也。

内臣何泽

正德十六年七月，世宗新即位，先下诏求言，至是御马监丞何泽应诏陈事，已获俞旨。既而又言近习及二十四监局奸利事，即被严谴榜掠，发充孝陵净军。其疏既不下，又命取通政司副本灭之。御史成英上言："泽得罪非上意，乃监局同类嫌其相攻，构陷至此。先帝时内臣丘岳、范亨皆有除奸之志，逆瑾与八党致之死，上误先帝，几危宗社，今岳等之冤方雪，而泽之事又似之，臣所为陛下惜也，宜召泽复职，诸奸则据法罪之。"疏入，仅报闻而已。泽疏谠直，不避同事之怨，其忠诚与何鼎不畏中宫直攻二张无异，均是吕强、郑众之流。但孝宗溺于孝康之爱，渐成畏惮，鼎言不行而死，良亦有由；世宗初政，如剑芒出匣，何以谪泽，且并没其言耶？阉寺辈本不乏善良，值此两圣主当阳，尚不免诛贬，欲其内廷匡救，难矣。两内臣俱何姓亦奇，但鼎即承恤典，泽他日昭晦与否，则不可考矣。

内臣掌兵

嘉靖八九年间，革各省镇守内臣，兵部尚书李承勋因及腾骧四卫诡冒依附者，内臣争之，言禁军隶兵部，不便，往岁彰仪门之破虏骑、东市之剿曹贼，皆四卫功，以直内，故得号召易集。下兵部再议，承勋言往年正以兵归阉寺致乱,彰仪门之役,由太监王振,东市之贼,太监曹吉祥也。内臣始杜口。上从其议。今宦官虽不典兵,而勇士四营仍属其提督,不知何故。

镇守内臣革复

镇守内臣之革,在嘉靖九年十年间,天下称快,此正张永嘉入相时也。至十七年,而太师武定侯郭勋奏请复之,上许云贵、两广、四川、福建、湖广、江西、浙江、大同等边,各仍设一人,中外大骇,时任丘李文康当国,不能救正,人共惜之。十八年四月,以彗星示变,将新复镇守内臣尽皆取回,遂不再设,距用郭言甫匝岁耳。是时当国者为夏贵溪,而严分宜为大宗伯,题请得旨,其功亦不细。今人但知裁革镇守,归美于永嘉,而夏、严二公遂不复齿及,岂因人而没其善耶?抑未究心故实也?

内臣护行

大臣惟辅臣起家及谢事归里恩礼隆重者,特遣行人宣召及护行,若以内臣随侍,则惟永乐间杨荣,成化间李贤、刘吉三公,俱阁臣丁忧,俱夺情复任,遂用内臣辅送,促其来视事,此后更无同行者,况妇人乎?惟世宗朝及今上初二事最奇。嘉靖十九年,秉一真人少保礼部尚书陶典真,奏为恳乞天恩奉安雷坛以光圣典事,先是差官于臣原籍湖广黄州府黄冈县团风镇增修雷坛,今已落成,欲令臣男太常寺丞陶世恩、臣婿博士吴濬前去奉安,并送臣妻一品夫人袁氏祖茔祭扫,用彰皇上敬神劝孝盛典,乞量给应付。奉圣旨:览卿奏工成,令男奉母安神祭扫,朕心喜悦,着兵部便行水陆应付,迟误了的不饶,还差内官一员去,写敕与他。时陶尚行旧名也。其后万历六年少师阁臣张居正归葬,上命奉母一品太夫人赵氏来京,仍着差去司礼监官魏朝伴送登途,至十年居正殁,上又念其母高年在京,命司礼太监陈政护之还乡。近代内臣伴行,惟见此两家,盖本朝未有之典也。此二妪者,一配方士,一生权相,遂叨非常恩遇,他日时移事改,徒足供后人评笑,一时宠荣皆罪案耳。

内臣掌兼印厂

司礼掌印首珰最尊，其权视首揆，东厂次之，最雄紧，但不得兼掌印，每奏事，即首珰亦退避以俟奏毕，盖机密不使他人得闻也，历朝皆遵守之。至嘉靖戊申己酉间，始命司礼掌印太监麦福兼理东厂，至癸丑而黄锦文又继之，自此内廷事体一变矣。世宗神圣以至今上，俱太阿在握，可无过虑，倘此例他日踵行，亦肘腋之忧也。

万历初年，冯保亦兼掌东厂，冯保之后则有张诚，张之后则近日陈矩，俱以掌监印带管厂事。

冯邦宁

冯邦宁者，珰保之侄，以恩泽历官左都督，恃保势，横于长安，莫敢与抗。偶与江陵之长班名姚旷者遇，诃辱之，旷不逊，因相争斗，为邦宁之徒御棰击稍过，归诉于主人，即遣人述其事于冯珰。珰呼邦宁至，杖之四十，褫其冠服，不许朝参。当时江陵曲媚冯以固权宠，而能折辱其侄乃尔，珰以江陵片言，不难笞犹子以谢过，似非他内官所及。

邦宁又遇大司寇刘白川应节，不避道，刘叱之下马，今六卿未必有此事矣。

冯保之败

大珰冯保之败也，王弇州所纪谓出于张诚，此向来士大夫皆云然，不独弇州也，此一说也。至乙酉年，麻城周二鲁弘禴疏论李顺衡植，谓李之参保，由大珰张宏授意门下山人药新炉转授李，使击保去，宏因得掌司礼监，李以此与张宏为刎颈交。李自云受皇上异眷，每于内庭呼李植为我儿，亦出张宏之口，此又一说也。至戊子冬，东厂张鲸之败，阁部大臣以至南北科道，或公疏或单疏，无一人不劾鲸者。科臣李沂受杖至惨毒几死，时皆谓鲸阴佐翼坤宫郑贵妃，有立幼之谋，事关宗社，故一时朝士昌言锄去，真可谓公忠。乃闻一二大君子，微不满此举，谓其中别有窍妙。当保盛时，群珰劫于积威，莫敢撄其锋，惟鲸为上所亲信，且有胆决，密与上定谋决计除之，鲸以此受知，越次掌厂。既久用事，复将攘张诚位而据之，且诚本冯保余党，惟时在事大僚曾受冯保卵翼者，思为保复仇，且结张诚欢，故出全力攻之，言官不过逐影随波而已，此又一说也。三种议论俱有根据，然宫府事秘，莫知谁属。近见一大珰所述，则云冯保一案，实出张鲸手，而鲸为张宏名下宫人，宏知其谋，曾密止之。则后一说似确。且鲸掌东厂，旨下之日，李顺衡即于是日上参保之疏，不逾时刻，则或有承望，亦未可知。大抵权珰盘踞深固，非同类相戕，必难芟剪，如宪宗朝汪直，则尚铭挤之；武宗朝刘瑾，则张永殪之，外廷儒臣，安能与鱼、程、仇、田争胜负也。

先是，劾张鲸时，御史冯象乾语最峻，且切责三辅臣不能主持匡正，上大怒，下镇抚司打问，三辅力救，至云愿与象乾同受刑拷，上始收回成命。而给事李沂疏继之，上怒加甚，亦命下诏狱，且有"好生着实打着问"之旨，盖用强盗例也。拷竟，又命廷杖六十为民。近来言官得谴，未有拷打与廷杖并于一人一时者，盖沂本内有"密献珠宝"之语，触上所深讳，故辅臣苦诤不能得。其后说者谓冯疏为阁臣授意，故以生死争之，而李疏乃出张诚假手，不意掇祸至此，他日荐起建言诸臣，惟李沂不甚推毂，亦此说尚在人口也。张鲸以戊子冬见逐，次年己丑复召入，言官争之，上皆不报。张诚已兼掌东厂，故鲸不得再预厂事。比张诚败，受祸较鲸更惨，时鲸尚在御前供事，且官爵家产俱无恙，其先得罪者，亦惟司房邢尚智谪戍及弟张书绅革任而已。

大珰同姓

今上既逐冯保，后以张宏代之，未几宏卒，次及张诚，诚从楚籍没故相还京，即继宏掌印。时东厂则张鲸，督工则张信，从楚籍珰日在左右者，又有张明、张维、张用、张忠、张朝、张桢、张仲举等，其他监局司印姓张者，又十余人，俱在戊子己丑之间，可谓极奇。未几，鲸为南北大臣及科道聚劾以出，又数年而诚亦见逐被籍，其中张维者，今罢闲居私宅，好作律诗，亦整妥，作字学文衡山，颇得其貌，自称燕山废叟，每以此署名刺，喜交士大夫，亦此辈中之向上者，余亦曾识之。

张维曾掌兵仗局，今上冲年取兵器戏玩，以直谏忤旨。又以好文为上所知,呼之为秀才张,颇见礼重。

张诚之败

张诚自张鲸失权,遂兼管厂印,凡八年,号称驯谨,政府与交欢无间,即科道诸臣亦无以骄恣议之者。其人稍知文艺,以吕强、郑众自命,时上颇耽曲蘖,兴居稍违节,以及宫婢小竖多死梃下,诚辄执古谊以谏,上为之霁威。曾于邸报中见己丑年上手谕一道,奖诚首句为"谕忠辅张诚知道",其眷倚如此。既而又兼绾御用监印,则以司礼东厂又带膻腴衙门,同类已侧目,而内夫人郝金凤之死,诚实主其谋,内廷咸怨之。会其弟张勋(俗呼老五者)与慈圣太后弟武清侯缔儿女姻,上闻之震怒,其侪类始进谗,谓诚家富逾天府,上益心艳,思以法籍之;而其家僮霍文炳者,用诚力冒功,得锦衣副千户,又自以并功进指挥同知,则本兵石星擅允其请,不以上闻。时文炳已贵至佥书南镇抚司,值考察军政,为科道所劾。上谓文炳冒功罪大,何以不言,石本兵具疏自劾。上怒不解,遂并文炳及弟张勋辈数十家产尽没入官,诚降奉御,谪南京,再谪南海子,穷困以死,然而士大夫或以为罪不蔽辜,最后张勋论斩,竟死西市。盖上素憎臣下结交外戚,故勋无大恶,竟罹极典,岂其罪浮于冯邦宁辈耶?识者冤之。

霍文炳并功

方霍文炳并职事起,上以兵科不纠,尽行谪逐,既又以两京科道不行纠举,凡先后掌印者俱降外,寻又俱为民。时有刑科都给事中侯廷珮者,于诚初败,极数诚罪状,谓近旨处分尚轻,时诚仅革任闲住,上为改降南京,亦未有籍产之令,用廷珮言始尽行抄没。上仍诘责廷珮云:"张诚巨奸,尔等如何先无一言之忠?今已发露,方行参劾,其于触奸指佞之责何在?姑不究。"盖圣主行其言,而已薄其人矣。时刑科都给事徐成楚者,与侯同籍,素不睦,遂指成楚他疏内"慎刑"一语,专为救张诚,以激上怒。成楚谓臣疏并无张诚字面,廷珮以此陷臣,自为容悦计,且诚阴事,上自发之,廷珮即百喙何益。上皆不问。按,往日张鲸之逐,言路弹章山积,至内旨严罪张诚,事后助焰者,则仅廷珮一人而已，且波及同官同年以泄私忿，尤为一时所骇云。

文炳籍后，有空房为邹泗山洗马赁居，中有窖藏二万余金，不以闻官。旋奴隶辈争金事发，邹至褫职追赃，邹尽鬻其衣装，诸壬辰、乙未二科分考门生为醵金代偿，始克毕事。时洗马尊人素严，闻之恨怒，泗山不敢归，至庚子始抵家。或云其京师门下士王良材者，俶以奉其师，邹初无成心也。丁酉秋，应天河南又有程策雷同事，为时所讥，亦泗山将差南京主考而中罢，因两界所厚云。

内 官 勘 狱

癸卯冬妖书事起，言路之媚首揆者，欲坐郭江夏，时郭已去国，尚滞潞河，僮婢星散，友朋亦无一敢往视，都下九卿及法司台省锦衣卫奉命同鞫，上遣大珰陈矩监之，大臣辈莫能发一语。时攻江夏者亦在列，其言虽无人附和，然事久不决，蔓延浸多。会捕得狂生皦生光者，云曾造飞语挟诈郑戚有据，御史沈裕曰："不如竟以此事坐之。"陈应声曰："极是。"诸公始首肯立议，陈入内，又宛转达于上，皦生光磔死，江夏始得免。昔欧阳永叔为蒋之奇谤以甥女事，赖法官苏安世及中使王昭明得雪。石守道为夏竦谤以诈死，欲斫棺验之，亦赖漕臣吕居简并内遣中官张主得免于祸。嘉靖初，张永嘉欲逮杨新都，闻亦司礼大珰力抗而止。今上初元，张江陵、冯保以王大臣事欲陷高新郑，以司礼张宏力阻得寝。今江夏事亦然。士大夫居风纪献替之地，其识见反出貂珰下，盖自古然矣。陈矩故与沈四明昵厚，此举尤为士林所美云。

皦生光本名杨本，文安县庠生，以无行被斥。貌寝陋，性狙险，故与铁岭李氏游。会李如松战死辽左，时其父宁远伯李成梁以故帅留京师奉朝请，皦具鸡黍往奠，痛哭竟日不辍声。成梁怪之，出慰曰："子意良厚，然吾儿与子交情不至此，子且休矣。"皦曰："我非哭令子，乃哭我命薄也，令子许我得天下日，爵我通侯，今已矣，是以悲不自制耳。"成梁惊惧，亟以千金赂之，得止。他无赖事尚多，都人类能言之，然此段已足死矣。

陈矩，安肃县人，父虎，本农家，一日邑中跧更，畀迎中使，以供具不时被笞，归而发愤，即阉其长子，得供奉内廷，曾以司礼典簿同张诚辈籍没冯保，至是遂长司礼。又一日复当践更，畀迎过客，亦受笞，问贵客何人，云进士也，即令次子就外傅，既而登壬辰进士，迄两遂其志，亦奇事也。进士名万策，恂恂长者，困公车二十年，甫得第就教职，仅转国博而卒，其子承伯父荫，今为缇帅。余游西山玉泉寺，见楣间有矩诗牌，词翰俱不工，但其印章曰"白眉中使"，似亦不甘与侪辈为伍者。

尚衣失珠袍

万历三十二年，尚衣监失御前珍珠袍一件，上震怒，命司礼掌印太监陈矩拷究袍房内臣田进等，三人以夙仇互讦，各受酷刑，竟无踪迹，田进寻瘐死，余充净军。后乃知上前一贯显宫女即内中称为某太者，盗与菜户内官拆卖久矣，然惮此宫人为主上信用，且事属既往，遂不复穷诘。

内府盗窃，乃其本等长技，偶私攘过多，难逃大罪，则故称遗漏付之一炬，失误上闻，不过薄责而已。如嘉靖四十五年二月，供用库大管库暨盛与其党卢添保等，捏报被焚香料至十八万八千余斤，为同类发其奸，世宗下之狱，命给事张岳等严查，始知该库所焚，乃别物非香也，俱盛等侵匿妄报。上大怒，悉如律治罪。此偶败露者，仅十之一耳。又其时上索真龙涎甚急，遍觅不得，户部尚书高耀百方高价购之，仅得八两，云买之民间，实亦内臣盗之内库。

门竖偿命

庚子辛丑之后，矿税内使横于大地中，参督抚，酰按臣，视为恒事，至于守令以下，但云阻挠，即遣缇骑；但云贪肆，即行追赃；直奴隶视之而已。岁丁未，外吏大计既竣，正月末旬，前任泰兴知县龙鏜者，以重贬行，郁悒成病，扶曳出广渠门。管门内使邢相等索赂放行，鏜槖囊空匮，不能满所欲，遂聚殴之，寻释去数步即仆地，初犹谓暴疾，试掖之，则僵卧气绝矣。事旋上闻，上怒甚，下法司讯治，坐邢相抵偿，再审则赵禄奋拳，乃改坐禄死，相等数人俱远戍。时鏜病已殆，即不殴亦必殒,中途邂逅诸暴,遂促数日之命,凶竖辈俱得正法。自矿税兴后,中人得罪未有如此快心者,一时阉官为之丧气。比季春,下第诸士还里出城,亦得稍减需索云。

箭　　楼

京师正阳门楼毁于火,庚戌年议重建,时内监同工部官估计。营缮司郎中张嘉言,楚人也,素以负气称,内监屈指云当用银十三万,张大怒,厉声云:"此楼在民间当费三千金,今天家举事,不可同众,宜加倍为六千。"诸大珰忿极,气满口重,不能辨诘,但奋拳欲殴之,时监督科道在列,亦不出一言剖析,但劝解散去。次年大计,张竟以不谨被斥,所坐事虽多,此亦其一端也。后数载箭楼已成,问之起部诸君,云动工银三万。盖初估为张所诎,其后终不能满内珰之欲也。张起家司李,好与人讦,且自尊大,以故屡踬宦途。其正郎乃自宪幕迁入,列衔为署郎中事都察院经历,同寅戏之曰:君名位已尊,今后行文移牌票,可竟书为本部院矣。盖总制大臣以部堂兼中丞者,方有此称,故用以为谑。张虽不堪,然默无以应。

陈　增　之　死

矿税流毒宇内,已无尺寸净地,而淮徐之陈增为甚。增名下参随程守训者,徽人也,首建矿税之议,自京师从增以出,增惟所提掇,认为侄婿。又不屑与诸参随为伍,自纳银助大工,特授中书舍人直武英殿,自是愈益骄恣,署其衔曰"钦差总理山东直隶矿税事务兼查工饷",以示不复服属内监。旋于徽州起大第,建牌坊,揭黄旗黄竿,曰"帝心简在",又匾其堂为"咸有一德"。是时山东益都知县吴宗尧疏劾陈增贪横当撤回,守训乃讦宗尧多赃巨万,潜寄徽商吴朝奉家。上如所奏严追。宗尧徽人,与朝奉同宗也,自是徽商皆指为宗尧寄赃之家,必重赂始释。又徽州大商吴养晦者,家本素封,荡尽,诡称有财百万在兄叔处,愿助大工,上是之,行抚按查核。守训与吴姻连,遂伪称勘究江淮不法大户及私藏珍宝之家,出巡太平安庆等府,许人不时告密问理,凡衣食稍温厚者,无不严刑拷诈,祸及妇孺矣。又署棍徒全治者为中军官，晨夕鼓吹举炮，时巡南畿者，为御史刘曰梧，遇之于途，见其导从旗帜弓戟较督抚加盛，令呵止之，辄以彼此奉使为答，刘竟无以难之。惟稍畏淮抚李三才，不敢至李所住泰州，李亦密为之备，佯以好，谓陈增曰："公大内贵臣，廉干冠诸敕使，今微有议者，仅一守训为祟耳，他日坏乃公事，祸且及公。虎虽出柙，盍自缚而自献之。"增初闻犹峻拒；既又歆之曰："守训暴敛所入什伯于公，公以半献之朝，以半归私帑，其富可甲京师也。"增见守训跋扈渐彰，不复遵其约束，心慍已久，因微露首肯意。李中丞觉之，潜令其家奴之曾受守训酷刑者，出首于增，云守训有金四十余万，他珍宝瑰异无算，并蓄龙凤僭逆之衣，将谋不轨。李又怵增急以上闻，"公不第积谤可雪，上喜公勤，即司礼印可得也"。增以为诚言，果以疏闻，上即命李三才捕送京师治罪及追所首多赃。增既失上佐，迹已危疑，其部曲亦有戒心。所朘取不能如岁额，上疑增屡岁所剥夺且不赀，又苛责之。李中丞又使人胁之，谓阁臣密揭入奏，上又允矣，又曰某日缇骑出都门矣。增不胜愧悔，一夕雉经死，名下狐鼠惧罪，即时鸟兽散去。其署中所蓄，中丞簿录以献，江淮老幼歌舞相庆。说者云淮抚匿增金钱巨万，所进不过十之一二耳。此固未足信，即有之，诛剪长鲸，其功不细，以此酬庸，亦何不可。

宦寺宣淫

比来宦寺多蓄姬妾，以余所识三数人，至纳平康歌妓。今京师坊曲所谓西院者，专作宦者外宅，以故同类俱贱之，不屑与齿，然皆废退失职及年少佻达者为之。若用事贵珰极讳其事，名下有犯者，必痛治或致毙乃已，则犹愈于高力士之娶李玄晤女、李辅国之娶元擢女也（擢女即元载从妹）。今猥下妇女多与此辈往还，至有昵爱宦官，弃其夫而托身者，此惟京师有之。其内宦侪辈中，亦或争奸斗殴，然不敢闻之官，盖以国家有厉禁也。顷者邸报中见禁中获妇人男装者，讯之，则宦官包奸，久而逋其夜合之资，匿避内府不出，以故假衣冠闯禁廷索之。旨下宦官付司礼监，妇人付法司，后不知究竟如何。及见《石允常传》，则国初更有异者。允常为浙之宁海人，举进士，为河南按察佥事，微行民间，闻哭甚悲，廉知其女为阉宦逼奸而死，因闻之朝，捕宦抵罪，此洪武末年事。景泰初元，大同右参将许贵奏镇守右少监韦力转，恨军妻不与奸宿，杖死其军，又与养子妻淫戏，射死养子，事下巡按御史验问；天顺元年，工部右侍郎霍瑄又奏力转每宴辄命妓，复强取所部女子为妾。上怒，始遣人执之。天顺六年，守备大同右少监马贵收浣衣局所释妇女为妻，为都指挥杜鉴所讦，贵服罪，上命宥之。天顺七年，协守大同东路都知监右监丞阮和娶妻纳婢，又拷掠军士甚酷，为其所讦，命锦衣官密察得实，上亦命宥之。近日都下有一阉监比顽，以假具入小倡縠道不能出，遂胀死，法官坐以抵偿。人间怪事，何所不有。

元魏宦官张宋之纳南宋殷孝祖妻萧氏，至唐时内侍高力士、李辅国而外，如中尉刘弘规妻李氏，封密国夫人，上将军马存亮妻王氏封岐国夫人，皆直书碑志者，其类甚多，不能悉纪。又《唐朝年代纪》云：宰相裴光庭娶武三思女为妻，高力士与之私通。则不但有正室，且有外遇矣。又元顺帝时，宦者朴失嬖妾，杀其妻，糜其肉以饲犬。则又妻妾相妒致相戕矣，异哉！

内 廷 结 好

内中宫人，鲜有无配偶者，而数十年来为盛。盖先朝尚属私期，且讳其事，今则不然，唱随往还，如外人夫妇无异。其讲婚媾者，订定之后，星前月下，彼此誓盟，更无别遇；亦有暗约偷情，重费不惜；或所欢侦知之，至于相仇持刃梃报复者。顷年翼坤宫皇贵妃郑氏宫人名吴赞女者，久为内官宋保所侍，后复与同类张进朝者结好，宋不胜愤恨，遂弃其官，去为僧不返，侪类辈咸高之。又宫人与内官既偶之后，或一人先亡，亦有终身不肯再配，如人间所称义节，其与为友者多津津称美，为人道之。今上最憎此事，每闻成配多行谴死，或亦株连说合媒妁，多毙梃下，然终不能禁也。

凡内人呼所配为菜户，即至尊或亦问曰："汝菜户为谁？"即以实对。盖相沿成习，已恬不为怪。惟名下人及厮役辈，则曰某公为某老太弟兄，盖老太乃宫女尊称，而弟兄则翁姬之别名也。闽人呼男淫者为契弟兄，此或仿其意欤？似不如呼兄妹之为亲切耳。

镟匠

京师人多懒而馋，而妇人为甚。就妇人中则宫婢为甚，盖逸居饱食，本相因也。凡菜户既与宫人成伉俪，其卑贱冗员贫而下劣者，又甘为菜户之役，皆宫人出钱雇之。以善庖者为上等，并视其技之高下为值之低昂，其价昂者每月得银四五两，专供烹饪，使令如仆隶然。其衣服垢腻，背负菜筐出入以市杂物，内官辈贱之，呼之曰"镟匠"，不知何所取义。

贵珰近侍者俱有直房，然密迩乾清等各宫，不敢设庖厨，仅于外室移飧入内，用木炭再温，以供饔飧。惟宫婢各有爨室自炊，旋调旋供，贵珰辈反甘之，托为中馈，此结好中之吃紧事也。

丐阉

余入都渡河，自河间任丘以北，败垣中隐阉竖数十辈，但遇往来舆马，其稍弱者则群聚乞钱，其强者辄勒马衔索犒。间有旷野中二三骑单行，则曳之下鞍，或扼其喉，或握其阴，尽括腰腹间所有，轰然散去，其被劫之人方苏，尚昏不知也。比至都城外亦然，地方令长视为故常，曾不禁戢，为商旅害最酷。因思高皇帝律中，擅阉有厉禁，其下手之人罪至寸磔，而畿辅之俗，专借以博富贵，为人父者忍于熏腐其子，至有兄弟俱阉而无一入选者，以至为乞为劫，固其宜也。按，宋制，凡愿自宫者先于兵部报名，自择旺相吉日阉之，兵部纪其日，上奏验明，待创愈纳之内廷，其后宦者得官即以阉之日为诞辰，一切星士算命，竟用此日支干。今世用事大珰，却不闻有此说。然而报名就阉，自是令甲所载，无奈浸寻至今，略不遵行，朝廷每数年亦间选二三千人，然仅得什之一耳。聚此数万残形之人于辇毂之侧，他日将有隐忧，不止为行役之患已也。

卷六

勋　戚

刘　基

高皇帝之于刘青田也,称之为老先生,比之子房,至洪武元年十一月十八日诏中有云"彭蠡之战,炮声击裂,犹天雷之临首,虽鬼神亦悲号,自旦至暮,如是者四,尔亦在舟中同患难也。今年夏,镜妆失脂粉之容,遗子幼冲,暂回去久未归,朕心有欠。今天下一家,尔当疾至,同盟勋册,着鞭一来,朕心悦矣"等语,述往日艰虞之苦及近日鳏居之戚,真如家人父子。至封诚意伯制云"如诸葛亮、王猛独能当之",其赞誉极矣。至四年后,以弘文馆学士告归,则宰相得请也。未几以请设本乡淡洋巡司事,为胡惟庸所谮,谓刘欲以淡洋为墓,因再入京师,不敢复归。居久之,遂为惟庸所毒,胸有卷石二物,上始遣归,其敕略曰:"君子绝交,恶言不出;忠臣去国,不洁其名。尔刘基千里兼程谒朕,用征四方,尔亦助焉,是用加以显爵,敕归老桑梓以尽天命;何期祸生于有隙,致是不安。若明以宪章,则轻恕有可不恕;若论相从之始,则国有八议,故不夺其名而夺其禄,亦国之宪也。若愚蠢之徒将谓己是而国非,卿善为忠者,所以不辨而趋朝,可谓不洁其名、恶言不出者与?卿今年迈,居京数载,老病日侵,朕甚悯之。禽鸟生于丛木,翎干扬去,恋巢复顾,禽鸟如是,况人乎? 今可速往括苍,共语儿孙以尽考终之道,岂不君臣两全者与!"此洪武八年三月诏也。抵家甫一月而卒矣。是年正月,胡惟庸以医来视疾,其进毒即此时,而上之赐敕明数其罪,则刘晚年留京,其危可知;且比之禽鸟扬去,则入胡之谮已深,即胡之肆酷于刘,上虽闻之亦未必怒也。云龙会合,千古稀觏,而不克终如此,君臣之际难矣哉。今刘行状出同乡黄伯生手,其仲子璟所乞,更不载夺禄赐敕诸事,盖讳之也。

基没后十五年,为洪武二十三年,庚午十月二十七日,上命基孙荐袭爵,其制略曰:尔刘荐祖父诚意伯刘基,括苍之士,居劲敌之陲,迩山贼之寨,问道兼程,驰来附朕,历数有在,议戡定之机。其为人正气凛然,奸邪莫可犯,所以父子相继殁于奸臣瘵政之秋,此果不移节也。初授伯爵,终身固节弗移,今特以前爵授尔荐为诚意伯,增禄二百六十石,共五百石,子孙世袭。朕与尔誓,若非谋逆,其余杂犯死罪免一死,以报尔祖父之德。按,是年五月,韩公李善长以罪自杀,而后下此诏,则当时谮基者不止胡惟庸一人,韩公与胡善,当亦与焉。故至此时上始大悟,昭雪青田,以疏爵而得世封,且加禄免死,基亦可无憾于地下矣。后荐子又不得袭,至宪宗朝始授五经博士,孝宗改处州卫指挥使,武宗朝追赠基太师,谥文成,世宗嘉靖八年绍封功臣,以荐之后瑜嗣爵,加禄为七百石,至今不绝。

李善长

太师韩国公李善长之死,不特后世冤之,即解缙代虞部郎中王国用疏,为善长理枉,其言不啻辨矣。然观洪武二十六年之诏又曰:朕自甲辰即王位,戊申即帝位,尊居两间,兵偃民息,今三十年矣。迩者朝臣其无忠义者李善长等,阴与构祸事觉,人各伏诛。今年蓝贼为乱,谋泄,捉拿族诛已万五千人。今特大诰天下,除已犯拿在官者不赦外,其已犯未拿及未犯者,不分胡党蓝党,一概赦宥之。是时李死已三年,若祇以天变塞咎,上必不引蓝玉为对,且云伏诛,又似非自裁明矣。况青田之死,已荷昭雪,与以世爵,而李竟泯泯,其长子祺为驸马都尉,并所尚皇长女临安公主,俱已先殁,亦不蒙一恤,何也?则韩公之祸,似未必甚冤。

刘璟铁简

谷府长史刘璟,青田人,诚意伯基仲子也。洪武中拜阁门使,赐第及马与衣带,又赐以铁简,上铸金为"除奸摘佞"四字,命之以击百官不法者。时袁都御史奏车牛事,璟当殿以简击其项,其事甚奇。拿州《考误》中断以为妄，谓刘邑人陈中州佗言文成家事而附会之，余亦谓然。今焦弱侯乃谓诚意家实有此简，曾出以示焦，则陈言似不诬矣。高皇帝威严不测，或以乃父佐命元功，寄鹰鹯之任于其子，理亦有之。且弇州又谓长史一小府佐，无提调六府之理，是不知国初藩相，本正二品官，非小也。且璟遇文皇即位，召之不至，乃以叛逃亲王逮至京，入见但称殿下，又云殿下百世难逃一个字，因缢死狱中。其人忠劲如此，高皇帝即以铁简畀之亦不为过。

左右券内外黄

公侯伯封拜俱给铁券，形如覆瓦，面刻制词，底刻身及子孙免死次数。质如绿玉，不类凡铁，其字皆用金填。券有左右二通，一付本爵收贮，一藏内府印绶监备照。所谓免死者，除谋反大逆，一切死刑皆免，然后即革爵革禄，不许仍故封，盖但贷其命耳。此即问之世爵诸公，其言皆如此。至于世职，则自指挥使以下，皆属兵部武选司官选官，俱以黄簿为据。黄分内外，旧官新官各有黄簿，每官一员，名下注写功阶世次，会同尚宝监尚宝司兵科于奉天门请用御宝钤记，外黄印绶监收掌，内黄送内库铜匮中收贮。后遇袭替官选簿迷失者，许赴内府查外黄，如外黄可验则已，如或不明，再查内黄，盖事之重而防之密如此。凡军职非失机重情及大逆不道，罪止及身，子孙仍许袭承，然必身首异处者方揭黄停袭，以故军职有愿笞死、绞死得免斩刑，尚肯出重赂者以此。

万通妒死

成化中锦衣都指挥万通者，戚畹万贵之次子，贵妃之弟也。兄进弟喜，俱藉势无赖，而通尤横，京师无贵贱俱呼为万二。其父谨饬畏祸，屡戒之不悛，父死愈恣。有徐达者妻美艳，通悦之，收为家人，纳其妻，令达持厚赀往淮上市盐。遇通抱病，而达适从两淮归，与故妻语，通在床蓐，闻其私相昵也，忿诟不堪，哽咽而死。上命有司给赙赐祭葬，比故事加等；而徐达者，挟通所假多金，不匝月即拜锦衣正千户，与都指挥使万喜、指挥使万进同拜命，未几，达又进指挥现任管事,而万氏兄弟仅带俸云。逾年,命达世袭其官,万氏伯仲虽又进秩,仍为流官。

万通次子从善二岁拜锦衣卫指挥使,万通养子名牛儿者,甫四岁亦得为锦衣指挥佥事,其后升转,凡章疏及圣旨,俱仍牛儿名不改,亦可哂。

惧　　内

士大夫自中古以后多惧内者,盖名宦已成,虑中冓有违言损其誉望也。乃若君相亦有之,则唐孝和帝之赐宴,见嘲于优人,至下比于裴谈;其后王铎之为都统,见嘲于门生,谓不如降黄巢,固为千古笑端。唐末朱温、李克用皆一时剧盗酋豪,一畏其妻张,每闻召即中道而返;一敬其妻刘,至与计军国大事,此其才智或自有足慑二主者。本朝名臣亦大有此风。往事不及知,如吾浙王文成之立功伏节,九死不回,而独严事夫人,惟诺恐后。近年吴中申、王二相公亦与夫人白首相庄,不敢有二色。至如今上初,蓟帅文登之戚少保继光,今宁夏帅萧都督如薰,皆矫矫虎臣,著庸边阃,俱为其妻所制,又何也? 又若近日新安汪司马长君无疆,为妇陆氏所妒,至刑厥夫为阉人;蒲州杨太史元祥,与妇罗氏争言,遂以刀自裁,尤惨毒之甚者,抑更非前将相诸公比矣。

先是永乐宣德间,有吴中者,山东武城人也,由监生起,以永乐二年为左都御史,寻改刑工尚书,至兼掌吏部,兼管詹事,加官至少保,正统七年卒,赠茌平伯,谥荣襄,凡为二品正卿者四十年,一品亦十六年。其人好色多妾媵,而妻严酷不敢近,一日领诰命归,妻令左右读其词,因问中曰:"此果圣语耶?"中曰:"不过词臣代言耳。"妻曰:"此翰林真无忝清华,即吴中一诰命,何尝以一廉字许之。"中惭笑而已。盖中素以墨著也。其后禁中优人承应,遂作吴中畏内一剧,上辄为一引满,此亦惧内之最享福泽者。附记为诸公解嘲。

今有一词林,华亭人,甲辰庶常也,以怕妇著名。一日其同年陈无非往候之,欢然留饭,坐久过午而脱粟未具,且词林亦被呼入内,良久,陈馁甚驰归。他日询其故,则云是日问客为何人,曰陈工部,又问得无同里同年耶？曰然。遂大怒曰：是人穷秀才，糟糠有年，甫登第即买一妾，此等狞汉，便饿死不可与糠秕。故并藁砧禁不许出。此亦何异隋之独孤后以高颎爱妾生子，遂憎之，至杀之而后已也。

武定侯进公

武定侯郭勋，在世宗朝号好文多艺，能计数，今新安所刻《水浒传》善本，即其家所传，前有汪太函序，托名天都外臣者。初，勋以附会张永嘉议大礼，因相倚互为援，骤得上宠，谋进爵上公，乃出奇计，自撰开国通俗纪传名《英烈传》者。内称其始祖郭英战功，几埒开平中山，而鄱阳之战，陈友谅中流矢死，当时本不知何人，乃云郭英所射，令内官之职平话者日唱演于上前，且谓此相传旧本。上因惜英功大赏薄，有意崇进之，会勋入值撰青词，大得上眷，几出陆武惠、仇咸宁之上，遂用工程功峻拜太师，后又加翊国公世袭，则伪造纪传，与有力焉。此通俗书今传播于世。后郭恃恩骄横，与夏贵溪争权，削爵论斩，妻子给功臣为奴，次年瘐死狱中，上终怜之，命其子绍侯，然受祸亦烈矣，至夏贵溪之排陷，特天所假手耳。

自郭勋外，则有天顺间武清侯石亨之晋忠国，成化间抚宁侯朱永之晋保国，嘉靖初寿宁侯张鹤龄之晋昌国，皆以恩幸得之，而忠、昌皆不终，保公亦不世。若近年临淮侯应袭李宗城，求充日本封使，冀事成复曹公故爵，既而逃归论死，几并侯失之，尤为天下姗笑。

郭勋冒功

太祖混一规模，成于鄱阳之战。今世谓战酣时，郭英射死伪汉主陈友谅，以此我师大捷。审果尔，即后来之配食太祖亦不为过，然而其时射者，自是巩昌侯郭子兴，非英也。与英同姓，故郭勋遂冒窃其功。今俗说《英烈传》一书，皆勋所自造，以故世宗惑之，然其设谋则久矣。当武宗朝，勋撰三家世典，已暗藏射友谅一事于卷中矣。三家者，中山王、黔宁王及其高祖追封营国公英也。序文出杨文襄一清笔，其配庙妄想，已非一日。嘉靖初大礼议起，勋乘机邂会奋袂而起，窃附张璁得伸夙志，亦小人之魁杰也。子兴之得封在洪武三年，系开国功，在英封武定之前十余年，没赠陕国公，谥宣武，袭爵至孙，以无嗣国除。子兴既与滁阳王同名，其绝祀亦同。

大臣恣横

嘉靖间太师翊国公郭勋，凭上异宠，至于武会试亦超大司马而上之，司马不从，勋引团营坐次力争，上切责如其议。至后来上眷已衰，命与文大帅会派役卒，久不领敕，为言官所论，乃辨云何必更劳赐敕，上始大怒，至论斩。时害勋宠者，夏桂洲也。夏以一品六年考满奏乞封其继妻苏氏，盖故事，继妻惟一人得封，而夏所继张已得封，旋没矣。苏本妾，以才色称，为夏所嬖畏，至是称再娶苏氏，乞破例赐封，庶于两宫庆贺、中宫亲蚕供事为便。上特允之。其横与郭无异也。郭之后又有太保兼少傅掌锦衣陆炳，以举进士恩荣宴，时陆为廷试巡绰官，乞与宴，诏许之，班尚书列中；又故事，锦衣官侍朝，俱乌帽吉服以便拿人，炳自制朝服，立于本朝班之首，前乎此、后乎此未有也，未几没于位。炳初助严陷夏，晚途失欢。或云为严氏所酖。严介溪仗子世蕃为心膂，会欧阳夫人逝，上疏留其子侍养，不必奔丧，上亦允之。太宰缺出，部推欧阳必进，上不许，严密进揭，谓必进实臣至亲，欲见其柄用以慰老境，上又允之。此文武四公者，怙权专恣，视英主如婴儿，且相倾相陷，不戒前车，先后一辙。未几郭瘐死狱中，夏诛死西市，陆身后削夺籍没，严身遣子诛，俱为天下所快。至若咸宁侯仇鸾之横，斫棺戮尸，妻子论斩，又入逆臣中，其罪更弥天矣。宠遇戮辱，聚于一时，可畏哉。

咸宁侯

咸宁侯仇鸾，小字长生，故江都人，祖钺以偏裨事杨文襄一清，能先期平安化王寘鐇，封咸宁伯，寻以平河南寇晋封侯。鸾父茂病废，鸾袭其祖爵，出镇甘肃大同，既附分宜，倾贵溪陷之极典，得上异眷，佩平虏大将军印。骤贵而骄，狎视分宜父子，分宜已恨之，又忤缇帅陆武惠，因夺其大将印。鸾先病亟，至是悸死。死之三日，其家人通房事发，上震怒，追斫鸾棺锉尸，妻子俱斩。其妻故洪襄惠钟女，洪亦正德间名臣也。钺从行伍起，乘时讨叛，不为无功，幸开茅土，国家酬之已不薄，嗣孙怢恣凶忍，遂赤其族，洪氏无辜伏法，则向来逆臣家属俱未至此，哀哉。

鸾在孕时，其母梦一房儿拜床下，即起自屠割，身首异处，醒而鸾生，兆果不爽。

鸾以庚戌年潜杨恪愍守谦死西市，为八月廿六日，至壬子鸾死三日，谋叛事发，锉尸传示九边，亦八月廿六日，恰二年，人谓天道焉。

嘉靖间夏桂洲与郭武定相仇，因陷之极典，郭瘐死狱中，年六十八；未几夏相为分宜所陷，死西市，年亦六十八。

忠　诚　伯

太保兼少傅右都督陆炳，号东湖，故浙之平湖人，父松以兴邸护卫起家，官至都指挥使掌锦衣卫。炳嗣职，从世宗幸承天府，途次行殿大火，炳从烟焰中负上出，从此宠冠一时，至以公兼孤领缇骑，古未有也。初事分宜父子，既而以其武举座师吏部尚书李默被诬事与分宜失欢。默为赵文华所讦致死，因持炳阴事并欲陷之，赖严世蕃为力解而免，炳因并衔严氏，遂结徐华亭为婚姻。又与仇鸾争宠，潜同华亭阴诇其异谋，以致族灭，分宜愈恨，以上深眷，不敢显攻之。一日饮于少保杨博所，醉归暴卒，人谓博持其奸状，席间示意将奏之，因而仰药；或云杨与世蕃谋，进以酖卮，莫能明也。上震悼，赠忠诚伯，谥武惠，恩礼始终。视武定、咸宁二弁，不啻天渊。后穆宗登极，言官追论其横恶，尽夺爵谥，革其世职，以至籍产，则高新郑秉国，以炳与徐华亭结姻，将并殁其家，赖张江陵为百方调剂，罪止及陆氏；至万历间，子孙奏辨，复其故官，还锦衣百户一世职。然炳才智实高人数等，至今有惜之者。

陆炳扈驾功

世传太傅陆武惠炳，得异宠于世宗，至以三公兼三孤，没赠伯赐谥，盖上幸承天时，行宫遭火，炳负上出焰中，以此受眷知，而弇州力辨以为无之。今观世庙实录备载此事，且只云炳一人负上出，安得谓之无？岂弇州未尝寓目世宗实录耶？抑憎其人因没其功也？至成国公朱靖希忠墓碑，亦载此事，云公与陆公炳同负上以出。此江陵公笔，可见两人又同立大勋矣。然朱之卫上他无可考，惟见此碑云。按，上遇火在卫辉府，时宿卫大臣迟迟未至，独炳最先挟上升舆，此又《湖广通志》所纪也。陆东湖为缇帅，诸谏官下诏狱者，为周全存活者甚众，而朱葵亭亦爱乐士大夫，延礼加等，皆近代贵幸所罕有。

近日王对南相公为太监张宏墓志云：宏掖上出行宫火中。则同功者三人矣。

世　　官

西北士大夫以战功得世开五等者，有咸宁、靖远之属，若吴中则惟武功伯徐元玉，然不得终其身。吾浙东则有诚意、新建二家俱世袭。刘开国元功，自宜百世，然传至裔孙世延，以愎戾好讦，今上年初已逐回原籍青田受锢，后始得释回南京耳。王氏封而旋夺，至隆庆初始复故爵，其子正亿得袭，正亿子承勋继之，今总漕淮阴。其人亦略知文艺，性甚和易，然染勋贵余习，自声色游畋之外别无雅嗜，且嬖妾为政，久而不堪其凌，至讼言于朝，系之狱，复宥去，胄子又未立，将来大有可虑，伯安先生遗泽，恐不能五世矣。至若金吾之秩，又大逊邑封，不过仗士列校之长耳。予幼时识缇帅徐兰皋有庆，故华亭相公长曾孙，而太常寅阳元春冢嫡也。衣装举动，全如纨袴子无别，时文贞公下世甫三数年耳。以故申吴门相公力辞武荫，每谓人曰：我本书生起家，身后子孙通塞不可知，第还我穷秀才面目足矣，奈何变衣巾为兜鍪，占籍行伍，亲死不丧，世世作健儿乎？真远识之言。

阁臣预边功，自正德初年后不经见，嘉靖间惟夏贵溪暴贵，自拟世袭锦衣，夏既伏法，且无后。翟诸城亦如之，则自以故相行九边得之者，体例稍殊。直至严分宜而诸孙始现任金吾，及世蕃诛，尽削去。若杨新都与毛、蒋诸相，翊戴世宗入绍，初荫世伯爵，今降为指挥四品，又非可同日语者。华亭武荫，盖与分宜同事，不能独异，然当其在相位，时已与陆武惠、刘太保二缇帅缔儿女姻，一在荆之景陵，一在黄之麻城。后陆败被籍，高新郑欲以法并籍文贞，赖江陵而解，麻城之婿后亦以嫁中产不明，与妻侄辈争构不休。盖文贞学问，稍杂权术，初欲收二弁以为用，不虞之后贻害也。若张江陵之甫荫旋革，又不足言矣。

吾郡城亦有二锦衣，一则项襄毅之后，其平满四，定流贼，功甚大，仅得一百户，然以裔孙为吴太宰婿，始改外卫为锦衣，今又传三世矣。后则赵少保文华，为项氏赘婿，亦居禾郡。其次子怡思以少保平倭功，荫锦衣世袭正千户，理南镇抚司，奉使归，骄蹇自恣，抚按监司候谒，俱不以时见，或至不答拜。未几少保败，旋没，即坐侵饷追赃，时宦浙诸公尚俱在事，捕怡思拷掠，楚毒备至，系狱几三十年，赃犹未及数，直至万历十年大需始得释从戎。其人久居京师，对人不能吴音，在家庭亦作燕市语，可见功爵延世，亦非甚幸事也。

定襄王

靖难功臣英国张、成国朱俱三世赠王为极盛，朱氏最后则定襄王希忠，以封在故相张居正时，言官交攻，归罪权臣，遂并定兴王张懋夺之，以故相曾引懋例封希忠也。然希忠微著劳可录，若其祖平阴王勇者，陷英宗蒙尘，罪真当夺，而言路顾不之及也。又如成化中宣平王朱永始由抚宁伯得侯，又从侯晋保国公，殁而贲真王、叨上谥，其人不过下附汪直，上欺宪宗，冒功滥赏，其罪视王越有如，乃至今无人议削，何以服希忠及懋地下耶？

补荫

开国元勋如李韩公、傅颍公，俱以嫌死，不及嗣爵，嘉靖间继绝世，亦无敢议及者，近代王弇州始昌言当续故封，自是公论。然二公后俱微甚，无可征考；而颍公之后，遂有杭州市棍名傅时者冒称友德后人，几欲承袭，会事败而止。盖汤、邓、常、李诸将尚有裔孙为锦衣，易于稽核，二公在国初已夷于舆隶矣。近年来朱侍御凤翔疏请改于忠愍谦之荫为锦衣，胡襄愍宗宪宜典外卫指挥，时东明石司马星在事，覆准得旨允行。胡之功过相当，即得一勇爵非过，若于忠愍本无后，其子名冕者官至应天府尹，已立侄为嗣，然富弼、司马光在宋亦无子，亦何害其不朽？若秦桧以妻侄为嗣，改王氏为秦，则并非秦宗矣。今杭人讳言桧后，我正以为不必讳也。

朱疏又云：尚有冒功当革者二人，为故尚书凌云翼荫锦衣世正千户，故少卿史朲荫锦衣世百户，石司马覆疏。时凌子玄超、史子继书俱历官指挥使佥事，锦衣大堂虽已罢任，俱在辇下，乃依违其词，云俟二臣身终之日再议。其后继书子仍得世袭，而凌氏以贫，至今未袭也。凌洋山罗傍之功，不下殷石汀，此荫似不为滥；史雁峰以家丁拒倭，绩虽少逊，然破家徇国，亦足为倡义者劝，徒以二公俱为故相江陵客，不免剪抑太过。要之江陵功，岂可亦终泯耶？

嗣封新建伯

新建伯王瑞楼承勋，文成先生冢孙也，为故大司马吴环洲兑婿，婚媾多年无所出，乃纳杭人沙相之女为妾。相故掾吏，以宛平典史罢斥，因留京师，市井枭黠也。居久之，沙已孕，嫡不能容，至遣归家，相乃上疏，谓吴氏曾亲以诰券相授，自言身系石女，不知人道，许代为正室，且已生子，当袭爵为言。承勋力辨，谓沙实妾，且子产于沙氏，非真其遗体。上下两疏勘议，竟离其妾，而还其子于沙氏。又十许年，而新建为漕帅，则吴夫人没矣，追念沙氏不置，复招致淮阴署中，宠待有加，所生儿已长，亦遂留子舍。沙复与恶少通，憎其子碍眼，以药酖之，人始晓然非王氏种，实沙相京师所抱假子矣。既酖子不遂，又酖厥夫，其迹彰露，新建无计，谋之李中丞，中丞谬语之曰："公为勋贵重臣，非他官比，宜闻之朝。"或谓中丞知新建橐中富有珍异及古玩不赀，借以挟之，必饱所欲。新建疏上得旨，果即命淮上抚按会问，则事在中丞掌握间矣。其间暧昧不能尽知，初发郡邑共谳不能决，乃以淮徐道臣鞫之，比拷讯，其如承勋所奏，乃拟沙极刑；转详中丞，至黄河中流忽自沉洪波，不及正刑。抚按遂具狱上之朝，事得粗结。然闻沙氏故在人间，至今未死，其所斥假子复有子，且将来争茅土，盖新建年将稀龄，尚未有血胤也。当谳此案时，苕上卜养庵汝梁为淮徐道，为余详言始末。沙氏色寝且已衰，独辨有口，卜叱问之曰："人间弒夫虽极恶，然理亦有之，汝何忍自戕其儿？"沙曰："爷爷错了，从来自肉自痛,那有此理。"满口俱杭州乡谈,令人抚掌不能已。

魏公徐鹏举

徐鹏举者,中山武宁王七世孙也。父奎璧梦宋鄂岳王语之曰:"吾一生艰苦,为权奸所陷,今世且投汝家,享几十年安闲富贵。"比生遂以岳之字名之。及长则父已殁,以正德十二年嗣祖爵,至今上初元始薨,凡享国五十七年,为掌府及南京守备者数任,备极荣宠,较之武穆遭际,不啻什伯过之。然溺爱嬖妾郑氏,冒封夫人,因欲立其所生子邦宁,而弃长子邦瑞弗立,为言官所聚劾,致夺禄革管事,追夺郑氏所得告身,生平举动乖舛如此。其为守备时,值振武营兵变,为乱卒啐为草包,狼狈而走,全无名将风概,岂轮回已久,渐失其故吾耶?又闻之金陵人云:鹏举治圃于白门郊外,见一丘隆起,立命夷为平地,左右以形家言力止之,不听。比发之,乃大冢,或谏弗启,又大怒划之,则宋相秦忠献墓也,阅之大喜,剖其棺,弃骸水中,人谓真武穆报冤云。然成化乙巳盗发秦墓于江宁镇,已有人记之矣,容再询之金陵故老。

爵主兵主

凡公侯伯家最尊嫡长,其承袭世封者,举呼宗为爵主,一切吉凶大事以及争阋构斗,皆听爵主分剖曲直,其罪稍轻不必送法司者,得自行笞禁,不避尊行,亦犹天家亲藩及郡王体例,最合古人宗法。然惟开国靖难诸故家为然,其他暴贵者不能尽听约束矣。又军中僚伍偏裨以及幕宾稍为雅谈者,每呼正任总兵官为兵主,此惟大将专生杀者为然,副将以下,即贵至横玉,仅呼为帅主耳,盖亦唐人以使主称节度大使意也。宋世使者出疆,亦名正使为使主,若副使犯令,虽尊官,亦得用军法诛之。

服色之僭

天下服饰僭拟无等者有三种:其一则勋戚,如公侯伯支子,勋卫为散骑舍人,其官正八品耳,乃家居或废罢者皆衣麟服,系金带,顶褐盖，自称勋府，其他戚臣如驸马之庶子，例为齐民。曾见一人以白身纳外卫指挥空衔，其衣亦如勋卫，而里以四爪象龙，尤可骇怪。其一为内官，在京内臣稍家温者，辄服似蟒似斗牛之衣，名为草兽，金碧晃目，扬鞭长安道上，无人敢问。至于王府承奉，曾奉旨赐飞鱼者不必言，他即未赐者，亦被蟒腰玉，与抚按藩臬往还宴会，恬不为怪也。其一为妇人，在外士人妻女，相沿袭用袍带，固天下通弊。若京师则异极矣，至贱如长班，至秽如教坊，其妇人出，莫不首戴珠箍，身被文绣，一切白泽麒麟飞鱼坐蟒，靡不有之，且乘坐肩舆，揭帘露面，与阁部公卿交错于康逵，前驱既不呵止，大老亦不诘责，真天地间大灾孽。嘉靖间霍南海、近年沈商丘俱抗疏昌言，力禁僭侈，独不及此二种，何耶？

永乐间后宫父恩泽

永乐七年，册封张氏为贵妃，故河间忠武王玉女也；封权氏为贤妃，父永均为光禄寺卿；任氏为顺妃，父添年为鸿胪寺卿；王氏为昭容，父（下有阙文）；李氏为昭仪，父文命；吕氏为婕妤，父贵真俱为光禄寺少卿；崔氏为美人，父得霏为鸿胪少卿。诸嫔御除张氏外，惟王氏为苏州人，余五人皆朝鲜人也。盖文皇时，尚不拒高丽献女口，而其父立拜清卿，亦非后世戚畹所可望。且英国生前为靖难功臣第一，而其女亦备贵嫔之选，岂用西晋胡奋女例耶？

权贤妃封后，即侍车驾北征，次年十二月上南还，至临城，权氏以疾薨，赐谥恭献，权厝于峄县。

后永乐末，皇太孙选鸿胪序班孙忠之女为太孙妃，父不闻迁官；即孝烈皇后在世宗朝为贵嫔，时其父方锐亦仅为锦衣镇抚，至嘉靖十三年孝烈正位中宫，始升都指挥使，至十八年随幸承天，始封伯，二十一年壬寅，孝烈拥护宫人之变，始进封侯云。

外戚封爵同邑

五等之爵，其封号有至再者，如忠诚伯，前有文臣茹瑺，后有武臣陆炳，以及惠安、顺义之属，屡见矣，虽于国体无关，然识者已讥当事之不学至此。如安平伯,则景帝登极已封故宣庙贤妃吴氏之弟名安者,其时贤妃称皇太后,故安循往例得开茅土。至英宗反正,太后仍称贤妃,安辞爵邑,上准辞,拜锦衣指挥使矣。嘉靖十八年,世宗孝烈皇后父方锐以左都督进封,亦号安平伯,犹曰一时失误也,廿一年,孝烈方以宫婢构逆拥卫圣躬,受非常宠眷,锐亦进侯爵,何以仍号安平不改正耶?况外戚爵邑有几?吴安为废后既夺之封,岂是佳事,况废绝尤上所恶闻。犹幸世宗不核故牒,得免深求,而当事元老贵溪、分宜亦卤莽极矣。

按,安平侯伯,在永乐中直隶怀远人李远者,以靖难功封侯,其子安袭伯爵,即于文皇朝坐法削爵谪戍矣,至方锐而三见焉。李安与吴安俱不得延世,其不祥尤甚,何以屡袭其号?盖是时上方事玄,阁臣礼卿惟考据诸真灵位业耳,其他古今之学,概不暇及也。

孝穆后外家

孝宗生母孝穆皇后,本姓纪氏,其后误以为李,使李氏得冒便认追其先为庆元伯;最后内官陆恺者,又云自孝穆亲兄,则已三易姓矣。乃成化末年又有一说,则穆后之先本江西南昌新建县丁家道口人,其先有穆先者,生而重瞳,永乐间为王府官属,罪当族诛,乃逃难于广西苗洞中,又三世而生后。及长,与表妹李氏同日入宫,因并报为李姓。其亲父闻妃承恩,曾来省女,中途闻孝穆已薨,自恨病死;其弟素不慧,幼育于内侍陆恺家,故恺自名为戚畹。当时有一御史南昌人丁隆者在朝,即其宗人也,稔知本末,欲暴其事,会隆贬外而止。据此则仙源甚远亦甚明,当时访求何以竟不及此。新建丁至今为大族,侍郎以忠、大参以此召、工部以此召,皆其裔也。

沈　　禄

沈禄者,京师人,由举人授通政司经历,其妻为寿宁侯张峦妹,敬皇后姑也,孝宗登极,以椒房恩泽,传升为通政司右参议,寻进通政,再进本司使,后为礼部右侍郎,卒赠礼部尚书,饰终之典甚备。夫以本衙门幕职而擢为堂官,此亦创见之事,时博野刘文穆当国,何无一言谏止，况三原王端毅为太宰，亦不闻以职掌执奏，大不可解。孝宗仁圣，于斜封墨敕最为有节，而季年传升官积至七百六十余员，直至武宗登极，洛阳刘文靖当国始革之。盖承成化以来，滥授冗员，俱以中旨批出，遂为故常，不以为怪也。若正德中之冒伪，又不可胜纪矣。自新都杨文忠廓清之后，三朝嗣统，此弊遂渐以绝。弘治五年，通政司经历高禄传升本司参议，吏部尚书王恕执奏不允，至十一年九月，又升本司通政使，禄由举人，亦寿宁侯张鹤龄之妹夫也。又弘治十二年，湖广按察司佥事祝祥，因母老乞改京职以便侍养，吏部奏请以原官改山东、河南，中旨改为尚宝司卿，祥由成化十一年进士，亦寿宁侯姻戚也。当时张氏恃恩恣横，其姻戚奋自科目者，尚无耻如此，若右列不可胜记矣。

又御史张岐，乃昌国公张峦之弟，中宫亲叔也，以进士起家，亦传升佥都御史。

曹　　祖

浙民曹祖，有子鼎为寿宁侯张鹤龄仆，正德初，刘瑾用事，祖上书数鼎罪恶，且自言其生兆应天。曹祖之语多幻妄，瑾怒罪之，械还浙；正德十年十月，又来依鼎，鼎不礼其父，祖遂并恨张氏，击登闻鼓，诉鹤龄兄弟阴图不轨。上震怒，命多官廷鞫，又命司礼监东厂讯之，禁鹤龄兄弟不许朝参。会祖自裁于狱，上益疑怒，降旨诘责刑部尚书张子麟，下原问主事及提牢巡风官于诏狱穷治之。覆疏谓祖所奏，既无左验，实惧罪服毒。时张氏阖门惴恐，祸且叵测，乃大行金于内，昭圣亦百端祈请，事稍懈，犹罚子麟等俸，二张朝参究终罪不许，史所记如此。按，寿宁、建昌二侯，在武宗朝已不免谋逆之谤，其平日横恣，失人心可知，何待世宗时始败。且张氏惯以睚眦杀人，至嘉靖十二年，延龄谳词中所列杀僧杀婢诸事，具有实迹，因追治正德间原问官罪，悉逮下狱，株连缙绅数十人，而曹祖之果自尽与否，终莫能明也。盖张氏弟兄生平宜破家杀身事不少，特坐以大逆则不服耳。

中宫外家恩泽

本朝外戚世爵，至世宗尽革之，即如玉田伯蒋氏为上生母孝慈后家，亦仅许其子终身；泰和伯陈氏为世宗元配孝洁后家，其子已不袭；惟孝烈后父安平方氏，以中宫拥卫大勋，得延一世，此特恩，非例也；至穆宗元配德平李氏则一世止矣。今上嫡母仁圣后父固安陈氏，长子亦仅袭锦衣，惟生母慈圣后武清李氏，得三世，稍异，然以上孝通神明，不为过也。至中宫父永宁伯王伟没，其子栋得袭为优厚，至丁未年而栋卒，其母赵氏为孙乞恩承袭，上命栋子明辅袭祖伯爵。时署部少宰杨时乔力谏不从，上但云后不为例而已。盖自世宗裁定恩泽，立为永制，至是已八十年，仅有武清一家三世，而今王氏再得之，即孝烈后无敢望焉。似此旷典，独厚中宫，犹疑上薄于元配，是殆不然。

戚畹不学

戚畹李文全，圣母慈圣太后之同产，故武清侯伟之长子也。生长富贵，未尝就外傅，有长婿曰钱赈民，故戚畹安昌伯承宗之裔孙，袭职锦衣带俸指挥使，一日具筐篚馈其长子名诚铭者，适为文全所见，索刺观之，则称制眷弟，盖钱时方丁艰也。阅之大怒，碎其刺，笞其仆而遣之。钱出不意，急往谢罪，且问名帖何以见毁，乃云汝不过吾长婿，安能制其小舅，乃作尔许称耶？钱心知其憨矣，乃谬谢曰：是诚误，但此后当改何称。文全徐思之曰：只写姊夫生可也。一时传以为笑。

戚里肩舆之滥

武臣贵至上公，无得乘轿，即上马不许用凳杌，至近代惟定、成、英三公，或以屡代郊天，或以久居班首，间赐肩舆，以为旷典。嘉靖末年，安平伯方锐以中宫父得之，其子承裕以直内撰玄文亦得赐，稍为出格；今上初元，固安伯陈景行、武清伯李伟皆甫封即得，然以外祖尊重，前代所无，特加优礼，非过也；未几而永宁伯王伟亦得之，亦以中宫父也。李炜殁，而子文全袭爵已属殊恩，袭甫三年，为戊子岁，以上阅寿宫,命之居守,暂假得赐,竣事复请,上遂许乘,言官争之不得。自是戚里纷纷陈乞肩舆,不胜纪亦不足贵矣。

近年文全之子诚铭袭封,亦随例乞轿,上初犹拒之,后亦竟赐。

卷七

内　阁　一

丞　相

秦相以丞相为第一，主国柄，汉因之。唐以尚书令为真相，而左右仆射佐之，皆宰相职也。武后改仆射为文昌左右相，中宗返正，复旧名。至玄宗又改两仆射为左右丞相，可谓名位俱正矣。然是时以同中书门下平章事为宰相，以故李适之、张九龄去相位俱拜左右丞相，罢政事归本班，则紊甚矣。赵宋以仆射为真相，似合唐初之制，至徽宗改为太宰、少宰，最为不经，南渡始复仆射之名，为真相如初制。迨孝宗复改为左右丞相，以虞允文、梁克家双拜，古来丞相之名至是始正。本朝以大臣入阁预机务平章事之遗，而衔称殿阁大学士，则宋昭文右相集贤左右相之遗也。

文华殿大学士

内府诸殿阁俱有大学士，今为辅臣兼职，独文华殿无之，岂以主上日御讲读之所，故不设此官耶？惟永乐二十二年，徐州人权谨者，以贤良保科举，筮仕为山西寿阳县丞，坐事谪戍，再以荐为乐安知县，转光禄署丞，遂入为文华殿大学士，侍皇太子监国，宣德元年以病乞归，优进通政司右参议致仕。盖是时殿阁大学士，止备侍从顾问，未预机政也。此后是官不复除，直至万历三十五年十月，朱山阴以首揆、武英殿太子太保，满一品考，晋少保兼太子太保、文华殿大学士，则自永乐甲辰至今丁未已一百八十余年矣，明兴，除是官者仅见此二人（朱次年即终是官）。

王抑庵入阁

王文端抑庵直,以永乐二年甲申庶常,为文皇所眷,不数年召入内阁,书机密文字,授修撰;驾幸北京,仁宗以太子监国,留黄淮、杨士奇与直三人辅导,固已俨然宰相职矣。上再幸北京,直在扈从,进侍读。仁宗朝为侍读学士,又以庶子兼读学,宣宗即位进少詹事兼读学,英宗即位,为先帝实录总裁,正统三年进礼部左侍郎兼学士,六年以礼部缺人,始命出阁赴部,同尚书胡濙治事。自此后虽拜吏部尚书加保傅三孤,及夺师傅以归,不复兼学士,至天顺六年卒于家,虽赠太保,谥文端,亦不及翰林一字矣。初疑抑庵不过以词臣为卿贰耳,及观王墓志与本传中云,王自言西杨不欲我同事内阁,出我理部,当时意不能无憾,若使不出部,则丁丑正月当坐首祸,必有辽阳之行。盖英宗复位,阁臣俱诛窜,故直犹以革少傅宫师为幸也。据此,则抑庵先为内阁辅弼,凡历五朝,前后几五十年,为杨东里所挤,始出理部事,其初固真相也。而郑端简、雷丰城、王弇州诸公纪述宰辅更不及此公,何耶?文端志传出李文达诸公,俱与文端同事最久,其言可信也。

布衣拜大学士

余初谓文华殿无大学士,惟洪熙有权谨一人及万历丁未有朱金庭赓耳,不知尚有数人也。洪武间,礼卿主事刘庸荐鲍恂等凡四人,恂浙江嘉兴人,余诠湖广安吉人,张长年直隶高邮人,张绅山东登州人,俱年七十余,明经通治体,遣使召之。恂、诠、长年先至,上见大喜,赐坐,顾问终日,同拜为文华殿大学士,诠等固辞,不允,再辞始许之,赐宴放还。惟张绅后至,以为鄠县教谕。同时又有全思诚者,字希贤,松江上海人,洪武十六年以耆儒征授文华殿大学士,赐敕致仕。盖国初之优礼隐佚,至以秘殿高秩处之。予固陋寡闻,近始得睹于廖中允集中,再书之以志余之不学。

六修国史

杨文贞士奇初于建文朝为《太宗实录》纂修官,永乐间再修、三修

《太祖实录》,并为总裁矣。至宣德间修太祖、仁宗《实录》,正统间修《宣宗实录》又皆为总裁,以劳加进师保,凡握史权者六次,后来无与比者;又主乡试、会试各二次,真布衣之极宠也。

嘉靖中,张文毅治再主应天乡试,又再主会试,与文贞略同,特未总裁国史耳。

辅臣殿阁衔

宣德以后辅臣初次入直,最重者即入武英殿,次之为文渊阁,其稍轻者则东阁,俱称大学士,而祖宗朝则不尽然。史臣卑官如修撰以下俱可入,其后则以学士入直者居多。即如近代正德元年,王文恪鏊以吏侍学士入直,嘉靖六年翟文懿銮亦以吏侍学士入直,俱逾年始得尚书文渊阁,此后则无不以殿阁大学士为真相矣。其入而复出者,先朝如杨溥、江渊等不具论,只如天顺六年,徐有贞以武功伯华盖殿出为广东参政,寻谪金齿卫,许彬以礼侍学士出为陕西参政不复召,李贤以吏书学士出为福建参政,寻召还,岳正以翰林修撰出为广东钦州同知,寻谪甘肃,此英宗复辟后事也,而宪、武二朝无之。其后则嘉靖四年,杨一清以原任少傅吏书武英殿落殿衔,出为兵书,总制陕西三边,逾年召还,复入阁;十八年翟銮以原任礼书武英殿落殿衔,出为兵书阅视九边,次年召还,复入阁;二十七年夏言以少师华盖殿革孤卿落殿衔,以吏书致仕,未几逮狱论斩。前乎此后乎此,但有崇进与斥削二端,更无外补左官之事矣。

自来阁臣初入,俱称直内阁,自徐有贞骤得权,遂以兵部尚书、华盖殿大学士、武功伯掌文渊阁入衔,人诧为异,今辅臣俱为殿阁大学士,无复直内阁之称矣。

其入阁而终不得大学士者,天顺后萧镃以户书终,许彬以南京礼侍终,薛瑄以礼侍学士终,岳正以邵武知府终,吕原以学士终,刘定之以礼侍学士终,彭华以礼书终,尹直以兵书学士终,然皆正德以前事也。其为大学士而不得预阁务者,国初不具论,宣德中则张瑛以礼书兼华盖殿,陈山以户书兼谨身殿;山改教小内侍,瑛出领南部,命再入阁,已先卒;而嘉靖六年则席书以少保礼书引疾,得进兼武英殿致仕,居京师，仍给禄，未几卒。

宰相老科第

宣德正统间，三杨同在内阁。时文贞不由科目起，当国凡二十年，为最久。文敏、文定俱起洪武庚辰进士，先后拜相，文敏相四朝，至正统庚申而殁于位，其科第已四十一年；文定相三朝，至丙寅亦殁于位，则去登第已四十七年，二公存没恩礼俱无缺，可称完福。此后内阁辅臣，其名行完玷、礼遇盛衰不齐，然自罢相溯释褐之年，俱未有及四十年者。直至正德元年，刘文靖健以首揆策罢，则天顺庚辰进士，至是已四十七年；嘉靖二年杨文忠廷和亦以首揆得请，成化戊戌进士至是已四十六年，虽皆以主上新立，君臣间龃龉以去，而刘名重四裔，杨功高一时，后皆旋遭褫夺，其胜九迁九命多矣。惟杨丹徒一清举成化壬辰进士，辞相位已十年，至嘉靖四年复起为首揆，时登第已四十四年；谢余姚迁由成化乙未状元，罢相已二十二年，至嘉靖六年复起为次揆，时登第已四十三年。皆为新贵张璁所挤，谢仅半年，默默不得志，毫无所建明而归；杨虽得四年，然明攻暗刺无虚日，卒以篚筥之谤受谴罢去，未久俱下世。费铅山宏由成化丁未状元，罢相已九年，至嘉靖十四年复起为首揆，时登第已四十九年，抵任甫两月，暴卒于官第。则此三公者，末路再出，丧其生平多矣。至世宗末年，严分宜以四十四年词林，致位上相，穷极富贵，身籍子诛，为天下笑，固不足言；若徐华亭亦以嘉靖二年及第，至受世宗末命，再相穆宗，距其谢事之时，亦已四十六年，虽云善去，比及家而新郑修怨，几至覆宗，亦幸而免耳。钟漏并尽，古人所戒，况先朝淳厚之风漓斫已尽，诸公在事恩怨未免失手，晚途悔吝，颇多自取，夜行者可以悟矣。

景泰从龙二俞

景泰自郕王监国即位，推恩藩邸故臣，以审理正俞纲为太仆寺少卿，则嘉兴府之嘉兴县人也；以伴读俞山为鸿胪寺丞，则嘉兴府之秀水县人也。二邑俱吾郡附郭，同时同姓，纲以生员习字选，山以举人副榜起；纲次年即以兵部左侍郎入内阁，山次年亦至吏部左侍郎为经筵讲官；寻因易储，纲加太子少保，山加太子少傅，俱为官衔二品，而不得正拜六卿，然得兼支二俸。后山密请复储，不听，遂引疾，以优礼致仕，天顺元年卒。纲于天顺复辟后，再起南京礼部左侍郎，成化二年致仕，十四年卒，赐祭葬如例，则景泰故臣所无者。此邑中奇事，而故老已不能举其姓名，近始有梓其志铭者，然铭中止云各登亚卿，而埋却宫衔保傅等，盖天顺间所作，有意讳之也。又，吾禾大拜者，人但知吕原，而不知吕之先已有俞纲也。纲字元立，山字积之，山子诰又荫为给事中，尤奇。景泰己巳从龙恩，又有郯府典宝成敬者，陞内宫监太监，则进士也，陕西人，以庶吉士授晋府奉祠，坐法宫刑，为藩府内官，因有是选，尤奇之奇者。

杂　学　士

宋有龙图、天章等诸阁，以藏累朝御集，阁必有学士，命曰杂学士，以别于翰林。本朝无此，惟洪武三年置弘文馆学士，以胡铉、刘基等为之，至元年废不复置；洪熙元年复建弘文阁，本年宣宗登极，辅臣杨士奇等以印缴进，各官俱还原任矣。若殿阁及两坊之有大学士，乃宋昭文、集贤、观文、资政诸大学士比，非杂学也。

阁　部　列　衔

国初阁部大臣，惟以部次及宫衔之大小为次第，不独重阁臣也。如景泰元年辛未科廷试读卷，工部尚书石璞，居工部尚书兼翰林学士直内阁高榖之前，时两人俱不带宫衔，璞又以乙科起家，非词林前辈，盖以坐部为尊，故抑带衔于后也。至成化五年己丑年科读卷，则兵部尚书兼翰林学士直内阁商辂居吏部尚书崔恭之前，时两人俱不带宫衔，亦宜以部序为次，而位置如此，则以阁体重也，其时去景泰初元将廿年，时事已大不同矣。至十一年乙未科读卷，商淳安以户书学士、万眉州以礼书学士俱列吏部尚书尹旻之前，则撰地之势已大定，自此循为故事矣。其后弘治四年辛亥，丘文庄以礼书入为文渊大学士，时王端毅为太宰，与丘同加太子太保，遂用往例，班行中压丘之上，为丘所憎，被谤以去，亦可谓不知时变矣。

阁臣终丧

弇州《首辅传》云：阁臣之得终父母服，自杨廷和始。是大不然。景泰元年翰林侍读直内阁彭时奏：正统十四年八月二十九日敬蒙令旨，令臣文渊阁办事，于今五月余，臣切思继母如母，义无轻重，虽夺情自古有之，今时又非向日多事之比，圣恩曲全不加罪责，其如良心何？且更有"一行既亏，百美莫赎"等语。疏再上，景帝许其终制，而心不悦也，至景泰三年三月服满，仍除前官，不许复入阁，至英宗复辟始以太常少卿再参机务，此在杨新都之前，未有罗伦疏也。此后则景泰三年九月太子少师吏部左侍郎兼学士江渊，以母丧请归，诏许驰驿奔丧，仍命丧毕即理事，至次年四月还京，复入阁预机务，六年正月始出为工部尚书。盖归里者八阅月。景泰四年五月，太子太保、吏部尚书兼学士王文，以五月丁母忧归，至九月回京复任，则归里仅五月。成化二年三月，少保、吏部尚书、华盖殿大学士李贤，丁忧奔丧，以五月复来，凡三月，始为修撰罗伦所驳。自是阁臣无夺情，直至弘治中之刘博野以至今上之张江陵矣。

徐武功赖婚

徐天全夺门封伯也，寻为石亨、曹吉祥所构伪作章疏，诋讪朝政，假养病给事中李秉彝名上之，因谮于上，谓徐有贞怨望，使所亲马士权为此疏而灭其迹。乃捕士权同有贞下狱，锦衣掌印都指挥门达拷掠士权，濒死数四，士权终无一言，徐始得释，编戍金齿卫。士权泰州人，博学负气，有贞感其恩，以女字其子。曹、石败，有贞赦还，竟寒盟，而士权不以为怨。又成化间御史李良者，大学士刘健弟子也，时健当国，良以女字其孙承学为妇，良亲殁，已书于志中刻石矣。及正德初，刘去位，良诡云女夭，还其聘礼，其女改适举人朱敬。良历官至光禄卿，为御史张士隆直科其事，良不能安，以养病告归，则刘晦庵尚家居洛阳无恙也，不知归时何以见其师。

天顺初年，故吏部尚书何文渊受业弟子知府揭稽，奏文渊于景泰间草易储诏，及上复位，文渊子礼部主事乔新逼文渊缢死以脱祸，乔新亦告揭稽前任侍郎镇守广东时,代土官黄珫为易储疏,上命逮稽等赴京鞫之。若稽者,亦如李良之叛师而甚焉者。史云文渊自缢后,为人所奏,至差官启椟,验之果然,但不知即揭稽相许时否？其祸又酷于石介矣。

李南阳相业

李文达相业,尽自奇伟,如出建庶人于幽闭,佐英庙作盛德事；又如景帝崩,上欲以汪妃为殉,文达云：汪妃虽僭后号,然不为郕王所宠,且二女可念,英庙用其言,并二女出就外邸,后来英宗上仙,不许妃嫔殉葬,且著令为后世法。岂非文达一言启之哉。近世议江陵夺情,遂并李公地下之灵重遭诋斥,而江陵亦追恨罗文毅,詈为无知竖子。然李闻讣即归,以上召毕哀事而起,罗始以疏纠之。张在位即留视事,为五贤所聚劾,况以九月丁忧夺情,次年三月始请归葬,初予假仅一月耳,则似亦稍有间云。

词林大拜

本朝自英宗天顺以后,揆地鲜不出词林者,惟正德十年杨丹徒以外僚入,后无继者。至世宗登极,袁石首以长史入,则从龙恩也；至六年丁亥而张永嘉用议礼,以外吏骤取相位；八年己丑,而桂安仁继之,壬辰方南海又继之,此时词林遂大不振。以往姑勿论,即桂安仁登第之岁,为正德辛未,则杨慎为状元,合庶常三十六人,无一拜相者,而杨以修撰终。九年甲戌科,则一甲三人无庶常,状元唐皋仅五品,讲学十二年。丁丑科一甲合庶常三十七人,无一拜相者,状元舒芬以修撰外谪,仅得复官。嘉靖辛巳科则一甲合庶常共二十七人,无一拜相者,状元杨惟聪外谪,仅从外藩一转冏卿而止。癸未一甲三人无庶常,而徐华亭以探花为首揆,斯为创见。而丙戌、己丑两科,戌元龚用卿至祭酒,丑元罗洪先仅止赞善,合二科庶常四十人,为永嘉所恶,俱授外官,至无一人留词林矣。壬辰一甲最为不竞,首林大钦止修撰,榜眼孔天胤以王亲授佥事,探花高节以编修谪戌,庶常惟吕余姚一人入阁,差强人意耳。己未状元韩应龙止修撰,而庶常又有赵内江一人入相。戊戌则袁慈谿以一甲继之，是年无庶常，而张永嘉已先一年卒，桂安仁则下世已久，而夏贵溪自外吏入用事，自此大拜不复有他官矣。二十年为辛丑科，沈坤为状元，官祭酒，合庶常三十六人，遂有四相出焉，岂惟张、桂诸公真能夺造化之炉锤耶？甲辰状元秦鸣雷，至大宗伯，斯为仅见，是科无庶常。丁未则李兴化大拜为首揆，盖弘治乙丑之后所不经见，而庶常二十八人，张江陵相公在其中，虽一人已可当什伯，而殷历城亦得大拜。庚戌则唐汝楫状元，官止谕德，是年无庶常，而榜眼李桂林为相。癸丑陈谨为状元，官止中允，庶常二十八人，而张蒲坂、马同州为相。丙辰诸大绶、己未丁士美二元俱至侍郎，此一科无庶常。至壬戌虽不考馆，而首甲三公俱登揆地，又一时同朝，则制科以来未有之盛，其去张、桂用事时恰将六十年矣，天运一周岂其然乎？乙丑状元范应期至祭酒，庶常二十八人，则许新安、沈归德入相。至隆庆戊辰状元罗万化至礼部尚书，而探花赵志高及庶常三十人，有陈南充、沈四明、王山阴、朱山阴、张新建、于东阿共宰相七人，真词林盛事，二百余年所仅有耳。此后则辛未一甲合庶常共三十三人，无一大拜，状元张元忭止谕德五品。万历甲戌状元孙继皋，至侍郎，是年无庶常。丁丑一甲庶常共三十一人，无一大拜，状元沈懋学止修撰，榜眼张嗣修至遣戍。庚辰无庶常，而状元张懋修甫授修撰，匝岁亦削籍矣。盖壬戌戊辰极盛之后，自难其继，亦消息之恒理也。癸未科则状元朱国祚，以少宰在告，李廷机以榜眼大拜，叶向高以庶常同入相，亦称盛事，其他诸公向用方新，且议定每科考选吉士，将来步武纶扉，正不可屈指矣。

　　词林馆元，更为不利。自成化甲辰科梁文康大拜，凡五十年为嘉靖乙未赵大洲，辛丑高南宇继之，辛丑至近科丙戌，又将五十年矣，岂止无人入相，即官至三品者仅二人，而丁丑先人为馆元，终于修撰，癸未则季道统止司业，而丙戌则李启美止检讨，相连二科，俱盛年早世，尤为恨事。己丑则王肯堂为首，以检讨外谪未出，而壬辰之王象节、乙未之高承祚，俱授史官，旋终于任。戊戌王宗植独至宫庶，近闻亦卒。辛丑王升、甲辰王国鼎并初授官告终，又连五科。

亲臣密赉

本朝臣下赐赉，视前代为最薄，且最为有节，然以亲昵特赐则间有之。祖宗朝所不论，如天顺初锦衣掌卫事指挥袁彬，先赐白金三百两及彩币为治第矣，比娶妇，又赉以黄金三十两、彩币八袭，及生子亦如之。嘉靖初阁臣少傅张孚敬，先以西第成赐白金二百两及彩币矣，又后以继娶赐白金二百两，大红蟒缎四袭。夫营建、婚媾，私事也，而锡予如此，一则蒙尘扈从之旧，一则祢庙崇勋之臣，文武后先，并拜横赐，且其恩礼符合非他臣可比也，然已为非常之典矣。至如江陵公以楚中建第赐银至千两，其数已太多；至今上大婚，何与臣下事，乃先以加巾，即受慈圣二百金、坐蟒之赐，礼成后加岁禄百石，又进其子世金吾秩，又荫一子玺丞，此何说也，其不终宜矣。万历十年，今上元子生，首揆张蒲州等诸公俱进官荫子，尤为本朝创见之事。

谢文正骤用

谢木斋之拜相也，以丁忧召用，时弘治乙卯，尚为侍讲学士，从五品特起，以少詹兼学士入直内阁，因服未满，留家又半年，抵京，甫到任即升正詹事，由詹事二年即晋太子少保、兵部尚书、东阁大学士，一时大臣崇进，未有如此之迅捷者。尝见常熟杨宪副仪所作《明良记》云：谢初任词林，上疏力止孝宗册妃，以故中宫德之。后来推阁员一时殆尽，俱不得旨，最后以李长沙及谢名上，始并荷简用。其后中宫妹入宫，上用内意欲册为妃，谢又奏娶尧二女为比，上是之，竟以外廷力诤而止。然则文正初年直谏，本非容悦，而孝宗误以为德，其在阁也，受上恩已厚，娥英之事，即将顺亦不为媚。但焦泌阳因之遂谓谢前疏逢迎孝康，以致孝宗不祀，则仇口无疑矣。

杨又云：孝康之妹后嫁刘阁臣长子。时二刘同为辅臣，为博野耶？为洛阳耶？是不可知，然洛阳以刚直著，意之必博野，然博野之去，正坐草后父张峦诰命稽迟得罪，则必非姻娅矣。

龙子

长沙李文正公在阁，孝宗忽下御札问龙生九子之详，文正对云：其子蒲牢好鸣，今为钟上钮鼻；囚牛好音，今为胡琴头刻兽；睚眦好杀，今为刀剑上吞口；嘲风好险，今为殿阁走兽；狻猊好坐，今为佛座骑像；霸下好负重，今为碑碣石趺；狴犴好讼，今为狱户首镇压；赑屃好文，今为碑两傍蜿蜒；蚩吻好吞，今为脊兽头，凡九物皆龙种。此见之《怀麓堂集》者，而实不止此。又有宪章性好囚，饕餮性好水，蟋蜴性好腥，蟠蛇性好风雨，螭虎性好文，金猊性好烟，椒图性好闭口，蚍多性好立险，鳌鱼性好吞火，金吾性通灵不寐，此又见《博物志》诸书者，盖苗裔甚夥，不特九种已也。且龙极淫，遇牝必交，如得牛则生麟，得豕则生象，得马则生龙驹，得雉则结卵成蛟，最为大地灾害；其遗体石罅中，数十年始裂山飞出，移城出郭，夷墟市，所杀不胜计；比入海，往往为大鱼所噬，即幸成龙，未几辄殒，非能如神龙、应龙之属变化寿考也。又前代纪述中，有感妇人而诞小龙者，若汉高祖之母，龙据其上乃生赤帝，成炎刘不亿，抑更甚矣。

又龙生三子，一为吉吊，盖与鹿交遗精而成，能壮阳治阴痿。

词臣论劾首揆

殿阁辅臣每有被弹章者，然多出言路，或庶僚间亦有之，其出本衙门者绝少，至首辅尤罕见，自孝宗初年有之，以至于今，然皆有所为也。弘治元年，庶子张昇参首揆刘吉十罪，则以孝宗从龙恩，仅从谕德转一阶，以赏薄恨吉也。嘉靖四年，詹事学士桂萼、张璁等，参首辅费宏受贿及居乡不法，以不得讲官修书及主考诸差恨宏也。七年詹事学士黄绾攻首辅杨一清，则助张、桂也。八年詹事学士霍韬参杨一清，则谓张、桂去位，系一清嗾给事陆粲劾罢之也。此后又六十余年而为今上之十九年，司业刘应秋论首揆申时行，则以久淹南中也。二十五年庶吉士刘纲论首揆赵志高诸罪状，则以将散馆恐外补，先事胁持之也。三十一年礼部侍郎兼读学郭正域参首揆沈一贯，则以勘楚事异议也。盖持之皆有故云。惟成化二年修撰罗伦之纠首揆李文达,今上六年编修吴中行、检讨赵用贤之纠首揆张江陵,则以为夺情大事,有关纲常,且就事论事,未尝旁及云。

成化初,庶子黎淳以议者请追复景帝,淳疏驳之,因及四辅商辂。时淳被旨,以献谀希恩诮之矣。至弘治初年,庶吉士邹智追劾首揆万安、刘吉等,虽云公论,然万已去位,其疏亦出御史杨鼎等手,罗圭峰曾讥之。

阁部形迹

孝宗朝,君臣鱼水,千古美谈,至今人能诵其说,乃其中微有不然者,则今人未必知也。弘治初年,上用刘博野、徐宜兴、刘洛阳三相,时王三原亦初为吏部尚书,与洛阳同拜命,本相善也。未几博野欲处言官,而三原救之,已微龃龉。最后刘文泰事起,邱琼山最晚入阁,阴为之主,孝宗眷注顿衰,三原因以见逐。至上末年,马钧阳以十二年本兵加少傅,改吏部,最称耆夙。洛阳公已为首揆,李长沙、谢余姚次之,三相咸负物望。而刘华容新入为本兵,戴浮梁亦起为台长,二人俱为上所重,而眷刘尤深,因得非时召见,造膝三接,恩礼出诸贵上。即三相所调旨,有不当上意,亦与商确窜定,三相有时反从刘问上今日何语,意不无怏怏,钧阳第修铨曹职事,不获一望天颜,亦稍稍怀妒矣。孝宗上宾,浮梁亦下世,华容继得请,钧阳铨试出宰相须用读书人论题,以讥洛阳不学,亦先华容去位,而阁部之隙遂开。李长沙虽云持平,然华容公甘肃一戌,已不能救矣。以为不然,何不观弘治十七年召对事乎?李、谢二公在阁,因孝肃周太后丧礼召阁臣入议葬事,东阳、迁因奏曰:"臣已七年不得见皇上矣。"其言怼乎?感乎?次年而鼎湖遂泣,似此局势,即使孝宗犹在御,华容公亦未必善去也。君臣之际其难如此,宁独桓使君抚筝能令谢安涕泣哉!

首相晚途

武宗朝,长沙李文正林下每谈及正德初年,未尝不恸哭,盖追悔不及偕刘、谢同行也。丹阳杨文襄嘉靖初年罢官归,寻以张永墓铭事夺职,疽发于背,每叹为小子所卖,盖追悔当年附会大礼之非,终见辱于张永嘉也。世宗末年，严分宜被逐家居，世蕃遭戍，见所藏锱辎掩之，至欲献之朝以助边饷。今上初年，高新郑被逐家居，患末疾，忿郁无聊，每书壁及几牖云"精扯淡"三字，日以百数，则华亭、内江、江陵诸却，在胸中已渐消化矣。水落石出，兴尽悲来，理势宜然。或曰此诸公皆以无子故，晚稍醒悟，只如近日江陵公，其聪明岂出四公下，而濒危怛忿愈甚，恋恋权位，荐人挤人，至死不休，则多男子多后顾累之也。此说亦有理。

王与龄墓铭云：世蕃为严相养子。

三相同气

三朝以来受遗元老，如正德末之新都杨文靖，嘉靖末之华亭徐文贞，隆庆末之江陵张文忠，俱受玉几导扬，事权特重，且时局骤更，百官总己，几同苗晋卿故事，即三相亦慨然以天下自任，而同气之间，竟不能调停，为世所姗笑。新都之弟为兵部左侍郎廷仪，初以乃兄故，从礼部调吏部，后顿失欢，遍腾谤于缙绅，至谓新都附丽逆瑾以进，后首揆去国，诸弹章亦预闻焉。华亭之弟为南京工部右侍郎陟，以浮沈卿事不得大用，痛恨其兄，至于讦阴事，登之白简，华亭罢相，故用先忌日以直麻迎之道左。江陵之异母弟举人居谦，因公子就试，勒其辞疾，不入闱，居谦归至南阳府，悒郁而殁，太夫人哀痛成疾，江陵庚辰屡疏乞归，全为此事，甫逾年，身亦不起矣。三公者，勋名盖代，故非经常宰相；若责友于，似尚有惭色。

杨新都志守制

李南阳之夺情，识者訾之，罗一峰纠疏，词旨极峻，当时有以为过者，以李受宪宗异眷不忍辞也。杨新都丁外艰，武宗亦固留之，至三疏而后得请。是时给事中范尚亦疏请允杨归，且引张九龄起复见讥后世为比，其旨严而词婉，最为得体，新都不以为忤，求去益决，为国为家真两无负。江陵公闻丧，为上勉留，时史臣吴、赵两公救正之疏，大都与范给事同，无奈群小胁持，竟惑邪说，反谓二门生背叛门墙，加以廷杖，迄不能止言者，虽身留而祸酿矣。江陵殁未一年，而新首揆蒲坂亦遭内艰，此时前车方戒，万无留理，然蒲坂甫出春明，而时局遂又大变，乃知江陵宁冒不韪必为不肯一日舍纶扉，盖亦非得已也。

新都奔丧到家，甫一月而守催之行人已至，上疏哀控乞守制，优诏不允，又差内臣右监丞秦用赍敕召敕起。新都又苦辞，上始听终制，命服阕敦劝来京。至制满，上复遣行人赍敕促之还朝，又再辞而至。

阁部离合

正德初，刘、谢去位，长沙当国，焦芳从吏部、刘宇从兵部先后入阁，张綵以郎署躐拜太宰，曹元亦进本兵，皆逆瑾所引，胶互弄权，几不知有首揆，李公调停其间，仅亦有补救而已。瑾诛，诸附丽者俱败。又二年，长沙谢事，杨新都以疏远骤膺大柄，梁南海、费铅山佐之，杨丹徒以才请领铨，一时在事俱人望，号同心，虽主上惑于貂弁，秕政日闻，赖诸公匡救弥缝，有杨遵彦臣清于下之誉。未几陆全卿为吏部，王晋溪为兵部，二人才而贪险，内结权竖，外通逆藩，虽揆地益以蒋全州、毛东莱（俱厚重长者），杨、梁协力，鼎足承君，然与吏兵两曹外交欢而内水火，日夕相猜防。殆宁事底平，武宗亦升遐，二人先后诛窜，内阁独建捧日之功，而世宗入绍，时局一新矣。

首辅再居次

辅臣首次之分，极于正、嘉间，而首辅复逊居于次，亦始于此时。正德十年杨新都廷和丁艰，梁南海储代居首三年矣，十三年冬，新都再至，梁仍居次，遂终以次相策勉。嘉靖十年，张永嘉孚敬去位，李任丘时代居首，次年，永嘉再起，李仍居次，十四年永嘉致仕，李又居首，未几费铅山宏从田间起，再当国，李仍居次辅，三日而费卒于位，任丘始称首揆。二十三年，翟诸城銮去位，严分宜嵩代居首，已二年矣，夏贵溪言从田间起，再当国，严仍居次，凡二年而夏极刑，严始复称首揆。此后又四十余年为今上辛卯，申吴县时行去位，王太仓锡爵未至，赵兰溪仍首揆，将两岁，太仓莅事，赵仍居次，甲午，太仓致政，赵始得称首揆。是时位诸公上者，其才望、其宠眷远出踵起者数倍，诸公亦用柔道承之,甘心雌伏,终保无咎。如分宜者,且因而快夙隙焉,养晦之效如此。

桂见山霍渭崖

议礼初起,桂萼为首,而张璁次之,既而张以敏练得上眷,先入相,桂迟一年始继入,其信用俱不如张,意不能无望。时魏庄渠校以讲学负重名,久滞外僚,桂引入为祭酒,每奏对俱托之属草,上每称善。张自觉弗如,侦知其故,乃徙魏太常,罢其经筵入直,桂始绌矣。始,王文成再起两广,实张、桂荐之,至是,魏与王争名相轧。王位业已高,誉亦远出其上,魏深恨忌之,桂因移怒于王,直至夺其世爵,且令董中峰纪于武庙实录中讥刺文成纵兵劫掠,南昌为之一空,皆怼笔也;至于佐礼部时,举成化三年例,令科道互相纠,最为妄诞,盖成化本无其事,特借以泄其私忿耳。霍渭崖韬初以明伦大典得拜礼部尚书,盖上遍赏议礼功也,霍独五疏抗辞不受,及永嘉为陆粲所论,乃出疏代张辨且力攻杨邃庵,及四部议起,又力攻夏贵溪并及永嘉,以至琅珰下诏狱。后虽复职,屡与夏争讦,至数十疏终不能胜,及濒死尚以子不第欲劾考官,盖褊隘亦张、桂之亚云。

霍佐吏部荐人材,举词臣丰熙、杨慎,则议大礼戍者;刑部郎唐枢,则以大狱编氓者;知县陆粲则故给事中论张、桂及霍者,其能不修怼又如此。至得荫不与其子而推之长侄,人尤以为难云。

辅臣掌吏部

内阁辅臣主看详票拟而已,若兼领铨选,则为真宰相,犯高皇帝厉禁矣,有之自正德间焦泌阳始。焦依凭逆瑾,破坏典制,固不足道,然不过数日事耳。世庙以方南海出署,自系议礼骤贵得此异眷,非成例也,然方亦故太宰,即在部不及一月,至末年乙丑,严常熟以从冢宰大拜,以待新宰未至,暂管部事,遂至两月,总不过守故官耳。惟三十五年丙辰之二月,吕余姚出署部事,则专司考察,虽旬日还阁,而事体大紊矣。驯至穆宗之三年,高新郑以故官起掌吏部,初犹谓其止得铨柄耳,及抵任,则自以意胁首揆李兴化,条旨云不妨部务入阁办事。

比进首揆,犹长天曹,首尾共三年,则明兴所仅见也。吕余姚之掌铨也,以故太宰李古冲得罪下狱论死,分宜欲尽祛其所登进者,乃授意于吕,令考察大僚,分三等,其上等为尚书吴鹏、许论等,侍郎严世蕃、赵文华、董份等,而二等则侍郎鄢懋卿、杨顺等,俱注上考,尚书葛守礼等为最下,俱罢去,其斥陟大抵如斯矣。后今上癸卯,郭明龙署部,议夺大臣谥数人,而吕文安与焉,郭寻以楚事去位,其说不果行。

吕从内阁丁艰归,遂不复召。至今上初年,忽问左右故辅臣吕本在家安否?皆不敢对。江陵公闻之大怒,召其子礼部主事名兑者,谯呵甚苦,兑震惧辨析哀楚,遂请告归,寻以察罢。上此问必非无因,然其故则不可得而知。

吕还故地,吴鹏即以工部调吏部,与分宜为一体,在位六年,以劾去。赵文华即论李太宰者,赵以工部右侍郎视江南师回,适大司马杨蒲坂以忧去,赵谓可唾手得之,乃不用而用许灵宝,赵切齿恨之。分宜亦以曾荐李,冀其报,而李在部每持正不阿,又骤得上宠,行且入相,益畏恶之,因合谋摭李部试策问恶语讪上,合赵上之。上果震怒,置李大辟。吕既列赵于上等,上益委信之,不匝月即用劾李功,峻迁赵为太子太保、工部尚书,再出视师,其冬又加少保,荫世袭锦衣矣。

张 方 二 相

嘉靖议礼诸臣,其最专愎者无如张罗峰孚敬,最和平者无如方西樵献夫。当大狱起时,张署都察院,方署大理寺,张欲坐前尚书颜颐寿等奸党紊乱朝政律,尽诛之,方力净,至具疏欲劾张、桂二人,且弃官归,乃得末减,颐寿等仅罢官去,其解缙绅之祸不小矣。方长吏部,特创议革外戚世袭侯伯,及入阁后,上欲论决故建昌侯张延龄,时张罗峰居首揆,虽净之,仅以伤昭圣太后心为言,方疏乃云:陛下居法宫之中,谁导以悖伦忍心之事若此者,其犯颜至此。若永嘉者,无论他事,即一彭泽也,初以吏部郎中考察降两淮运副,已陛辞去矣,时张尚为兵部侍郎,疏救之得还原职,又荐于谕德,寻躐进太常卿,此何说也?至其恶夏贵溪,令泽诱薛侃上疏,又令引领夏言指授以杀之,此等举动全是鬼蜮心肠,究竟为世宗神明,暴其密疏,于贵溪还职,侃编氓,泽远戍。不知当时永嘉何颜以对世宗,何辞以谢彭泽也。彭泽南海人,正统进士,非大司马彭泽也,大司马号幸庵,兰州入籍长沙人,弘治庚戌进士,谥襄毅。

席元山书亦以议礼贵者,其愎戾亦似桂见山,但良心不甚泯,如称杨新都见之黄疏者曰:廷和实社稷臣。其不没公论如此,非如张、桂、霍疏中劾指杨为奸逆也。席又荐议礼忤旨得罪学士丰熙等,尤为不易得。

星　　相

术士谈命谈相,百无一中,然士人则有奇验者。永嘉张文忠老于公车,将为天官选人,遇御史王相者于吏部门,奇其状貌,询知就选,急止之曰:"公旦夕将大用,不仅登甲榜已也。"张笑以为妄;时又有御史萧鸣凤者,素精日者家言,张始以支干决之,萧大惊曰:"此人即登第,不数年辅相天子,改革宇宙,安可处栖枳棘！且命数已定,即就选亦必不谐。"张尚狐疑,会有所格不及拜官归,再试即成进士,以至骤贵当国矣。两御史俱起南宫,俱拜西台,何以神于星相乃尔。王相河南之光山人,萧鸣凤浙之余姚人。

内　阁　密　揭

中外大小臣工上封事,外有通政司,内则会极门,俱有号簿,惟内阁独得进密揭,盖心膂近臣,非百司得比。近日言路遂指以为奸薮,欲尽行停格,不知转移圣意全恃此一线,外廷千言不如禁密片语,且司礼诸大珰,亦得借相公为重以挽回于内,又非廷臣交结近侍者可同日语。以故向来重谴言官,往往内阁密揭得从此转轻处,此其验也。自言路此言入,而上意亦疑,至密揭亦多不报,揆地遂束手无策,付之浩叹而已。

阁中密揭惟祖宗朝皆然,然惟在事则行之耳。嘉靖中万历初,有在籍在涂而用之者,永嘉、江陵二张张文忠是也。彼时臣主如一人,忤者立见奇祸,始得度外作事,要之非体矣。顷年娄江王相公因上屡召不出,始以密揭进谏,遣家人王勉赍入京。勉为王五之婿,即东阿于相公作五七九传中之一也,道经淮上,李修吾中丞款之大醉,因潜发箧得之，初欲改易，知为王相孙时敏之笔，但抄录而仍封之。此揭未达御览，而东南正论诸公、南京台省诸公已家有一通矣。李为娄江癸酉乡试门生，师弟最相得，与其同年周元孚弘禴俱受国士之遇，先皆在谪籍，皆因时望欲内擢之，李时已别得路，乃作书力辞，谓以庸众人待我；周遂转尚宝而李为山西提学副使，然王益心重李，爱敬之，称道不容口。至此娄江从山中膺召，李候问执礼愈虔，王方倚为心膂，手书娓娓论时事，因得潜扼中其要害。李虽稍涉权谲，毕竟娄江亦多此一揭，既决计高卧，安得循黄扉故事，哓哓于三千里外也。今揭刻集中。

四宰相报恩

昔人以尘埃中物色为难遇，其偶中则受报不轻，近代嘉靖间三四宰相俱有可纪。永嘉张文忠老于公车，欲就选而山阴人萧鸣凤止之，谓其支干当正位首相，萧自言星命亦当至二品。其后张果大拜，时萧以副使擅笞知府废罢，张思前言，且感其意起用之，欲引为正卿以符前说。萧官至布政而卒，亦二品也。余姚人杨大章，潦倒官途久矣，其受业门人吕文安，童子时受其恩，及大用，引至刑部侍郎。杨已笃老，不堪烦剧，屡称病在告，世宗厌之，勒令闲住去，则年已八十余矣。江西人聂豹初任华亭知县，时徐文贞为诸生，甫童弁，聂器重之，引为同志，且与讲王文成良知之学。徐即联第，骤贵至宰相，则聂久放退家居，徐以兵事特荐之，由副使二年而至兵部尚书，加太子太保，其超峻几与张、桂等，皆文贞一人力也。连岁虏大入，聂一筹莫展，上怒，勒令闲住，迨穆宗登极，文臣首举名臣，赠少保，谥贞襄。金陵顾尚书璘抚楚时，江陵张文忠登贤书，以年少居后，顾特呼与结交，手解犀带赠之，谓名位当过我，且邀至衙署，出其幼子峻为托。比张当宁，顾没久矣，召其幼子入都，与其恩荫。其兄侄争之，张曰："往日受若翁语，不曾及他儿也。"盖二尚书身后犹享眼力之报，又非萧、杨两人所敢望矣。

吉士不读书

张永嘉之入相也，去登第六年耳，时嘉靖丙戌诸庶常在馆，以白云宗阁老呼之，每进阁揖及朔望阁试，间有不赴者，并不引疾给解，张始震怒，密揭于上，谓俱指为费铅山私人，于是俱遣出外授官，无一留者。为史官时，去改吉士甫逾年耳，故事，散馆期尚隔一年也，内惟陆粲得为吉士，王宣得为御史，余皆部寺知县。其中毛渠为故相纪之子，费懋贤为故相宏之子，杨恂为故相廷和嫡侄，皆切齿深仇，故波及余人，内赵时春为是科会元，年仅十八，亦止刑部主事耳。次年己丑，即永嘉为大主考，取会元唐顺之等二十人为庶吉士，时举朝清议，尚目议礼贵人为胡房禽兽，诸吉士不愿称恩地，以故亦恨望之，且皆首揆杨丹徒所选，益怀忿忌，比旨下，改授甫数日，又密揭此辈浮薄非远到器。于是奉旨：迩年大臣徇私，市恩立党，于国何益，自今永不必选。盖犹指宏，并侵一清也。于是教习大臣停推，新吉士亦不入馆读书，即以应得之官出授，皆部寺州县，仅王表得给事，胡经等得御史，盖科道三人而已。然次科壬辰又收吉士二十一人，留者七人，永嘉为首揆，不能止矣。方顺之等之改部属也，吏部尚书方献夫建议，翰林额载本有定员，今溢于常额，乞量增数员，有弗称者俱令外补。诏如议行，侍读、侍讲、修撰旧二员，今增为三员，编修检讨旧四员，今增为六员，上命著为令。今词林充斥，不止数倍于前，虽玉堂盛事，不免碗脱校书之诮矣。

宰相别领

宋之盛时，宰相有兼译经润文使者，盖崇释教也；有领玉清昭应宫使者，则以奉天书崇道教也；至王安石以闲局处请告者，宫观遂为废退所得；至徽宗置上清宝箓宫使，以宰相专领，则又真掌道教矣。若王黼以元台领应奉司，虽鄙亵类宦寺，与前承二氏教者稍不同，其为失职则一也。元时有仁虞院，以首相领之，盖鹰坊也，又有玉宸院，则教坊梨园亦加官至平章事，此房俗不足言，而鼎铉之辱极矣。本朝虽不设宰相。而政本归之内阁，重则师保，次亦卿佐，兼殿阁之官除知经筵及书史总裁更不他领，最为得体。至嘉靖初，张永嘉以首揆屡领南北郊工程，李任丘以首揆、夏贵溪以次揆审刑部囚，高新郑于隆庆间又踵行之，虽肆意兼综，实自贬威重也。

辅臣掌都察院

　　都察院之长，即汉御史大夫，号为亚相，今为风纪重臣，主纠察百僚，未有以阁臣兼者。本朝惟有嘉靖六年丁亥张永嘉、隆庆四年庚午赵内江二人而已。张初用大礼暴贵，又起大狱以媚郭勋，遂以侍郎学士兼掌西台，下三法司官刑部尚书颜颐寿等、原问官山西巡按御史马录等于狱，尽反张寅、李福达之案，狱成，戍斥者百余人，永嘉因以功进兼文渊阁大学士，再晋尚书仍掌院事，次年晋少保始归阁。赵因高新郑踞吏部，欲非时考察科道，恐人议之，乃以内江掌院共事，然举计典时赵多所抵牾，察完未匝月，高即嗾门人吏科都给事中韩楫论其庸横，赵辨疏直发其谋，云横非庸臣所能也，臣直庸臣耳，若拱乃可谓横，且有楫为之腹心羽翼，他日将不可制。其言甚辨，卒不胜而去。二公兼署，虽各有本末，然总之非制也。

　　张寅即妖贼李福达，人人知之，著辨者亦众，后蔡伯贯□于蜀被擒，其谳词中载其事甚详。虽永嘉以一时私臆，且邀上命刻《钦明大狱录》以钳天下，而是非终不可灭，福达孙仍以叛诛。庚午高、赵同事，所斥谪台垣如魏时亮、陈瓒等数人，俱先后起废，登八座称名臣，则阁臣领宪，亦未足为重也。

宰相出山

　　成化以后，宰相四入阁者，惟嘉靖中张永嘉、夏贵溪二人，张最后起，至金华，病归旋卒；夏最后起，以少师降尚书，甫去国而罹极刑。三入者为费铅山，最后居首揆，仅二月暴病卒，俱不利之甚者。再入阁者成化中李南阳，丁忧夺情，其年遂卒；商淳安以直谏去位；正德中杨新都再入，至嘉靖初以议礼去，寻削籍；杨丹徒再入，以受赂罢去，寻削籍；翟诸城再入，以二子中式被劾削籍；桂安仁再入，即病致仕卒；隆庆初高新郑再入，今上登极，中旨见逐；万历间王山阴再入，以争册立自免：更无一得善去者。至若嘉靖之初，起谢余姚于田间，谢林居二十二年，负天下重望，抵任仅五阅月，悒悒不得志而归，其初去时以少傅居次辅，再出仍位杨文襄下，官亦无所加，是又多此一出矣。

近年王太仓甲午以首揆得请，丁未再召当国，坚卧者五年，终不出以至于没，然而攻击四起，哭子哭孙，忧挠无一日宁，是又多此一召矣。盛满难以久居，得意不可再往，信哉！

发馈遗

古人不受暮夜，特持己严耳，不闻发人馈遗为自己功名地也。自嘉靖间张永嘉相公发徐崦西少宰馈，后惟见隆庆间今大中丞三原温一斋纯为给事时，发原任两广总督刘焘廿四金之馈，时刘已起右都御史提督神枢营，奉旨以原官致仕。故南太宰诸城丘月林橓为给事时，发湖广巡抚都御史方廉五金之馈，方罢官归。今上乙巳年，中丞褚爱所铁为总漕，发荆州知府倪冻二十金之馈，倪罢官归。四公俱清修名硕，议者尚以过刻讥之。近年则户科都给事中李苍门应策发祥符知县王兴二十金，王得重贬，李奉温旨见褒。王后复渐振，今为郎署，李历官左通政，乙巳内计，以浮躁褫级，至今未出也。士君子持己不愧四知足矣，至于寻常交际尚有不止此者，若以一时近名阻人荣进，揆之天理或亦未安。

徐缙以陆粲座主，为永嘉所诬，没后得昭雪；刘焘以边功著，后亦再出；独方与倪遂不振。倪为南驾部郎，处置马快船一事为百世利，王弇州称为材谞名臣，真非虚语。顷丙午丁未间，再登启事，而说者复攻之，谓为浙党，以朱金迟相公桑梓之故也。

两张文忠

嘉靖初之张永嘉，今上初之张江陵，皆绝世异才，然永嘉险，江陵暴，皆果于自用，异己者则百端排之，其所凭心膂，又皆非端人，所以不得称纯臣。永嘉之初起也，倚桂文襄为先登，未几自以英敏结上知，与桂隙日开，而用同事者霍文敏为爪牙，如杨邃庵一清之与陆贞山给事粲谋逐永嘉，已得旨去位，非霍起而代辨，永嘉殆矣。既而邃庵罢，贞山贬，形势已固，而霍忧去，始寄心腹于汪荣和，于是相业日卑矣。汪之阴贼贪诈，士人所不齿，非桂、霍可比拟，如诱彭泽、薛侃以陷夏贵溪，且专疏劾夏矣，夏既得白，复哀请于夏，谓疏出永嘉，非其本意。至永嘉倾陷徐崦西缙少宰一事,皆汪一人力主之,其他杖谪言官,排逐正人,必攘臂争先。永嘉自庚寅当国,汪即以是年总宪,又三年而得太宰,与永嘉终始者七年,张去而汪逐矣。江陵初得柄亦矫矫自任,丙子已前,其设施尽自可观,自为刘台所纠,而渐用王阳城、王夷陵等入幕,阳城以掌铨司斥陟,夷陵以少宰为鹰犬,追夺情诸事起,而堤防尽裂矣。夷陵之忍毒,不能如汪荣和,而卑佞过之矣。至纠合台垣为之角距,动借白简锄去非类,则又永嘉所不为者。永嘉用李福达一案以结欢翊国公郭勋,此事最得罪名教,若江陵之厚成国公朱希忠兄弟,直以门客蓄之,用其苞苴以交通中贵耳,非如永嘉之谄附翊国以媚上也。永嘉之再相也,昭圣皇太后屡言之上,谓今日得与若为母子,皆张少傅力,因之召入。江陵异眷尤出永嘉上,然今上幼冲,慈圣皇太皇后日以张先生亲受顾命社稷臣耳提之,以故宠得竟其身。嗟乎,柄国者非藉手宫掖,亦安能久擅大权哉！永嘉险忮非一端,而倾吏部左侍郎徐缙一事,尤为可恨。缙号崦西,吴人也,其门生陆贞山,亦吴人,俱厚杨邃庵。而上眷徐厚,次将大用,永嘉恐其续邃庵之脉,不利于己,陆劾张疏出,益疑恨之。适有监生詹荣者恨缙,因讦其私事,人皆不直荣,而永嘉忽参缙,谓其夜以刺投入,开具黄精白蜡诸珍异,比索其人,则并贿俱逃去矣。上信之,下之都察院,时汪荣和掌院,即欲实徐罪,赖史鹿野道为金院力诤,谓事涉暧昧,不可悬坐。汪大怒,并史语奏之,上始悟,徐得闲住去,而史竟引诬告律反坐詹荣罪,张、汪亦不能救。盖徐少宰昏夜之馈,俱诸人伪为之,真同戏剧,似狡实愚,可发一哂。此又江陵所不屑者。江陵于《世宗实录》极推许永嘉,盖其材术相似,故心仪而托之赞叹。弇州谓二公事业相去实不远,而永嘉则丝素矣。此语固不谬,但马西玄汝骥作吕仲木柟行状云：永嘉暴横其乡,侵人田宅无算,既死,浙御史欲直之。霍文敏为保全其家,时仲木为南礼侍,与霍同僚,因与霍书责其阿私党奸云云。则弇州言又未必然。史又称孚敬以废寺建敬一亭、宝纶楼,凡兴役必役民夫,为巡按御史周汝员裁抑,乃讦汝员,上命浙江、福建会勘,则孚敬居乡之不法可知也。

卷八

内 阁 二

二 相 诗 词

严分宜自为史官，即引疾归卧数年，读书赋诗，其集名《钤山堂稿》，诗皆清利，作钱、刘调，五言尤为长城，盖李长沙流亚，特古乐府不逮之耳。夏贵溪亦能诗，然不甚当行，独长于新声，所著有《白鸥园词薮》，豪迈俊爽，有辛幼安、刘改之之风，其谋复河套，作《渔家傲》词，亦其一也。二公故风流宰相，非伏猎弄獐之比，独晚途狂谬取败耳。夏之苏夫人，亦工诗余，更是作家。

宰相谳狱之始

虑囚虽大事，然刑部大理寺乃专责也，朝审主以冢宰，热审主以中官，已属侵越。若宰相则不问决狱，自古已然，惟洪熙元年曾命内阁学士同公侯伯府部堂上官会审重囚，至成化初元而罢之，时李文达当国，其保相体多矣。又至嘉靖十五年冬，上特命少傅大学士李时、夏言同武定侯郭勋审刑部重囚，释放应死者凡六十八人，时以为太纵，然此举因改献皇庙号及恭上章圣太后徽号，大霈宇内，其时赦书中末行即有"刑部具题请敕大臣会法司审恤"之条矣，以故特遣赐敕行事，本系一时旷荡之恩。比至竣事之后，三臣再请遍行天下，遵照京师一体审恤，上允其议，其事在闰十二月，弇州误记作是年三月热审，因以为不遣内臣之证，则失实甚矣。此后惟隆庆四年兼掌吏书部大学士高拱自以意请朝审主笔，盖专为王金一案，借以陷徐华亭，既非故事，亦非上意属之也。

禁苑用舆

嘉靖间供事内迁奉玄修者，宰臣严分宜以衰老得赐腰舆，至八十再赐肩舆，为古今旷绝之典。其同事而恩稍下者，则有夏文愍、翟文懿俱赐乘马，二公因私用腰舆，上闻以为僭，心衔之，夏被祸，翟被逐，已胎于此矣。二公之恣不必言，但今西内宫址前尚竖二石牌，刊宫眷人等至此下马，则当时御前婢侍辈皆非徒步矣。又贵珰辈承恩有赐内府骑马者，最贵则云著于内府坐凳杌，其制如腰舆而差小，直舁至乾清宫，至今尚然。何以当国宰臣供奉离宫，又非朝宁比，反不得与妇寺埒也。

先时，与夏贵溪同直者，有武定侯郭勋等，亦赐乘马，后则徐华亭、郭安阳、严常熟、李兴化、董吴兴、袁慈溪诸公，皆未闻有得腰舆者，何论肩舆，若成国朱氏兄弟、咸宁侯仇鸾、驸马崔元、锦衣帅陆炳辈，皆右列缨弁，虽同在直庐，益不敢望矣。

金书诰命

今制惟封王拜妃用金范字于册，及给功臣铁券，则字用金填，至于告身，虽贵极上公，但墨书而已。今上初年，刑部尚书王之诰，以前任边功进太子太保，封赠四代，乃赂主者得金书诰命，后为言官所纠，上命改正而宥其罪。王为江陵儿女姻，然抗直不肯附丽，且时进逆耳，为世所重，疑其不应僭侈乃尔，后乃知亦有所本。世宗朝夏文愍言，以一品得诰遂创为金书，时夏贵宠冠廷臣，且司诰敕者皆其属吏，惟所颐指，台省亦慑其焰，莫敢救正，即此一事，其骄恣已甚。

命名被遇

宋米元章洁癖，择婿久不得人，有士人名段拂字去尘者，米大喜曰："拂矣而又去尘，真吾婿也。"遂妻以女。段即高宗时谄附秦桧拜参知政事者。我朝世宗极重命名，如甲辰状元以梦闻雷，即取秦鸣雷为首；至己酉年严分宜独相，请加阁员，时会推数人，俱不当上意，适数日前言官建白有重治本事为起语，上颔之，遂点茶陵张文毅、余姚吕文安二人,盖张名治,吕名本也。吕时为祭酒,名最居末,忽承特简,举朝骇之,久乃知其故。茶陵拜逾年即卒,余姚在相位十三年,以忧归,至今上丁亥始终于家,盖林下又二十七年。二公末路又不同如此。

姓被遇者,如弘治丙辰上拆进呈卷,得朱恭靖希周,因谓首揆徐文靖曰:"此人乃同国姓。"徐曰:"其名希周,周家卜年八百。"遂钦定为第一,盖兼姓名得之。又今上癸未,得吾乡朱少宰,乙未得金陵朱宫谕,俱以国姓抡大魁,闻亦出圣意特拔。其以名近似而落者,如以孙曰恭为孙暴,徐锴为害今,俱不得状元。

严相处王弇州

王弇州为曹郎,故与分宜父子善,然第因乃翁思质忤方总督蓟辽,姑示密以防其忮,而心甚薄之,每与严世蕃宴饮,辄出恶谑侮之,已不能堪。会王弟敬美继登第,分宜呼诸孙切责,以不克负荷诃诮之,世蕃益恨望,日谮于父前。分宜遂欲以长史处之,赖徐华亭力救得免,弇州德之入骨。后分宜因唐荆川阅边之疏讥切思质,再入鄢剑泉懋卿之赞决,遂置思质重辟。后严败,弇州叩阍陈冤。时华亭当国,次揆新郑已与之水火,正欲坐华亭以暴扬先帝过为市恩地,因昌言思质罪不可原,终赖徐主持,复得故官,而恤典毫不及沾。鄢与新郑,俱思质辛丑同籍也。严、徐品不待人言,而弇州每于纪述描画两公妍丑,无不极笔,虽于恩怨太分明,亦二公相业有以自取之。新郑秉政,瑕瑜自不相掩,弇州第其功罪,未免有溢辞,且词及篝篾,则未必尽然也。当华亭力救弇州时,有问公何必乃尔,则云此君他日必操史权,能以毛锥杀人,一曳裾不足锢才士,我是以收之。人咸服其知人。

世宗遗诏尽起诸废臣,其老疾者许加衔致仕。华亭同邑冯南岗恩,以南台直谏论大辟,缘乃子行可请代,得赦出编戍,家居三十年余矣,年已衰甚,尚望徐念桑梓特大用之,竟以老例加大理寺丞致仕。其少子学宪时可恨之,每书徐相事,必苛索痛诋,略似弇州之报严。

计　陷

夏桂州主复河套，欲为书生封公侯计，至作《渔家傲》曲，遍令人属和，以为功在漏刻，至世宗入仇、严之谮始惊怖自辨，诿出套之罪于曾铣，上终不听，以至西市之僇。此何异蔡元长主复燕云，及送其子攸北征诗云："百年信誓须坚守，六月王师盍少休"，又云："身非帷幄若为筹"，盖诿伐辽之罪于蔡攸，比金人入犯，京终不免潭州窜死。初同一任事，后同一卸责，然蔡预策北征之必败，而夏不能料套功之无成，其识见相去远矣。当夏未下狱时，适陕西澄城县有移山之变，事在嘉靖二十六年七月廿一日，直至十二月廿八日始入奏，时上方修长生祈福，而元旦得实封，且正值曾铣出塞失利之期，上震惧且大怒，而严介溪授真人陶仲文密计，令谮夏于上，谓山崩应在圣躬，可如周太史答楚昭王故事，移于将相，又私语大珰汉世灾异赐三公死以应天变，又密疏引翟方进事，而夏遂不免矣。上元旦即下圣谕，谓气数固莫逃，亦不可坐视者是也。夏死后十四年为壬戌岁，严败亦由术士蓝道行扶乩，传仙语称嵩奸而阶忠，上玄不诛而待上诛，时皆云徐华亭实使之。盖夏、严受祸，皆出仇口，而扶乩更巧于占验矣。当其同在事时，严之事贵溪，如子之奉严君，惟诺趋承，无复僚友之体，夏故浅人，遂视之如奴客。严虽深险，然为华亭所笼络，移乡贯，结婚姻，时时预其密谋，因以心膂相寄。不虞两公各怀腹剑，阳托丙魏房杜之同心，阴学勾践沼吴之故智，可畏哉。严之杀夏，阴佑之者陆炳、崔元也。严既逐后，乃子世蕃再以逃军被重劾，时华亭意尚犹豫，而同里人杨豫孙、范惟丕进谋，不如杀之以绝祸本，徐始憬然悟，而弃市之旨下矣。陆、崔武人不足道，华亭所善两公，俱名士大夫，惜哉。华亭谢事，高中玄亦欲杀之，然而仇隙久著，且举动明白，不设阴谋，如曹操议除杨彪，尚有英雄气。

宰　相　黩　货

士大夫黩货无厌者，固云龌龊下流，然为子孙计，或是一理。古来宰相如秦会之者，其子秦熺，固其妇翁王仲山之孙，而故相王珪之曾孙也，于秦氏何预，乃积镪侔帝室，至死后四方珍异犹集其门，且欲以熺嗣为宰相，抑何愚耶？世庙末年，严分宜纵其子世蕃受赂，以致于败。初闻故老云，世蕃亦非介溪子，余未深信；及阅赵浚谷中丞为吏部郎中王与龄行状，直云世蕃为螟蛉子，则分宜固无后也。名秽家灭，为千古笑端，是诚何心。尝见大珰用事者，其贪墨或十倍于缙绅，而江南富僧蓄赀巨万，瓶钵之余，至侪程卓，此辈肝肠，定与人殊，何足深尤，但士人效之，则污齿颊羞史册耳。

正、嘉以来宰相无子者数人，如李西涯之清苦无复可议，曹健斋元之秽劣不足挂齿，若杨邃庵之急于购人，夏桂溪之侈于奉眷，袁元峰之溺于女嬖，虽交际稍通融，尚是高明之过。最后高中元平日以素丝自豪，即弹章满公车，未有訾及其守者，惟弇州以箴篆议之，说者谓出于怼笔。直至近日嗣子辈争产，始知其家之厚，人之难知如此。

权臣籍没怪事

元载胡椒八百斛，蔡京蜂儿三十七秤，王黼黄雀鲊鱼堆至三楹，童贯剂成理中丸千斤，贾似道果子库内只糖霜亦数百瓮，此犹云食物也；嘉靖间籍没严分宜，则碧玉白玉围棋数百副，金银象棋亦数百副，若对局用之，最为滞重不堪，藏之则又无谓，真是长物。然收藏法书名画最多，至以《清明上河图》特起大狱，而终不得，则贪残中又带雅趣，较之领军鞋一屋，似差胜之。

闻籍分宜时，有亵器乃白金美人，以其阴承溺，尤属可笑。莅事者谓非雅物，难以进上，因熔成镪以充数。

籍没古玩

严氏被籍时，其他玩好不经见，惟书画之属入内府者，穆庙初年出以充武官岁禄，每卷轴作价不盈数缗，即唐宋名迹亦然，于是成国朱氏兄弟以善价得之，而长君希忠尤多，上有"宝善堂"印记者是也。后朱病亟，渐以饷江陵相，因得进封定襄王。未几张败，又遭籍没入宫，不数年为掌库宦官盗出售之，一时好事者，如韩敬堂太史、项太学墨林辈争购之，所蓄皆精绝。其时值尚廉，迨至今日，不啻什伯之矣。

其曾入严氏者有袁州府经历司半印，入张氏者有荆州府经历司半印，盖当时以籍记挂号者，今卷轴中有两府半印并钤于首幅，盖二十年间再受填宫之罚，终于流落人间，每从豪家展玩，辄为低佪掩卷焉。但此后黠者，伪作半印以欺耳食之徒，皆出苏人与徽人伎俩，赝迹百出，又不可问矣。

自江陵与冯保籍没后，上用法益严，凡有犯者不贷。后来如富民徐性善之属，既以法见籍，而司礼掌印大珰张诚得罪，并其司房锦衣南镇抚司佥书霍文炳者，亦俱没入，霍用事久，其橐不赀。又如故太监客用之属，亦从此例。群小因妄测上有意实左藏，至奸徒王锦袭、王守仁辈，密告先世曾寄重宝于楚府，且及故大司空延安杨晴川兆，杨先被籍，而差官同守仁往勘楚府者，还奏所列无一实状，守仁即下狱论斩，于是凶党震惧，天下益服上英断云。

霍文炳之被籍，有空房为江右一词臣赁居，其下有伏藏数万金，或云词臣发之，掩为己有，巡城御史况上进露章于朝，词臣削籍去，其事之有无不可知。然此公理学名臣，官至坊局，时望甚重，是年丁酉已定南京主考，忽被污见斥，其程策无所用之，遂以畀相知二人，因有应天、河南二录雷同之事。阿堵作祟，宛转蔓延一至于此，甚哉！

籍没二相之害

籍没罪人资产，在前朝不能尽纪，如世庙末年之籍严分宜，时世蕃闻重劾，先往戍所，而其子绍庭为缇帅，驰急足归报乃祖，预匿诸珍宝于所亲厚。及钦遣使者至，所籍不及额之半，于是株累其姻友，以至无辜，俱严刑赔补。如鄢懋卿、万寀辈受其卵翼，为之角距以取富贵，固不足惜，而江右小民，疮痏数十年犹未复，亦可哀矣。今上癸未甲申间，籍故相张江陵，其贻害楚中亦如之。江陵长子敬修为礼部郎中者，不胜拷掠，自经死，其妇女自赵太夫人而下，始出宅门时，监搜者至揣及裹衣脐腹以下，如金人靖康间搜宫掖事，其婴稚皆扃钥之，悉见啖于饥犬，太惨毒矣。其后追逋至少宰曾司空，所寄顿终不及数，上亦用大臣言，留田千亩以赡太夫人。先是冯保籍后，亦已留衣二厢、银千两，仅降南京奉御去矣，废辽庶人宪㸅之太妃，遂借端归罪故相，求复国，赖上圣明不听。然辽故宫已先被上赐加拓为故相第宅，太妃因得以有辞，夫以此污潴不祥之地，江陵公何所见而偃然居之？当时亦何以不撤毁而归之上相，真事理之难解者。迨江陵籍没后，此第又入官为衙署矣。

分宜同时有义子赵文华，赘于吾郡，因征倭事，胡宗宪同追所侵军饷，赵已先死，其子系治二十余年，不满数，至累其婿屠御史叔方者，时尚为孝廉，赔至三万金，郡中又金派富户包认拆其第，每一椽亦勒价三两，乡人受毒不可言。其后今上丁酉，籍没大珰张诚、司房霍文炳，致累邹泗山德溥宫谕削籍追赃，又不足言矣。

严　东　楼

严分宜败后，乃子世蕃从粤东之雷州戍所私归，偕其密友罗小华龙文游乐于家园，广募壮士以卫金穴，物情甚骇；其舍人子更多不法，民不能堪，诉之有司，不敢逮治。袁州推官郑谏臣者，稍为申理，辄罹其诟詈，且有入奏之语，郑乃与上巡江御史林润谋，直以闻之朝，谓世蕃招集劲勇图不轨，且与龙文日夜诅上。时世宗方在斋宫祈长年，见疏大怒，直批就著林润拿来京。疏下时，林已自差归署，而先大父为仪郎，同乡孙简肃植在南台掌宪，素相知，偶谒之，乃密告曰："昨三更，林御史警门而入，出劾世蕃疏相示，即统兵星驰入江右矣，南中尚有未知者。"而蕃子绍庭尚在锦衣，已先诇得报之，即偕龙文南返戍所，甫至雷州，林追兵蹑至就缚，龙文至梧州得之。至都，用叛臣法与龙文俱死西市，林以告逆功，升光禄少卿，寻以都御史抚江南，未几病，见世蕃为祟，如田蚡叩头状，竟卒。按，此狱实出华亭相公意，世蕃不能为厉于平津，而但求偿于发难之台臣，盖徐之福祚时正未艾也。

初，徐华亭为分宜所猜防，乃以长君太常璠次女字世蕃所爱幼子，分宜大喜，坦然不复疑。及世蕃逮至将就法，则此女及笄矣，太常晨谒乃翁，色怒不言，侦知其意，遂酖其女以报，华亭辗然领之，不浃日而世蕃赴市矣。世蕃肥白如瓠，但短而无项，善相者云是猪形，法当受屠。

罗小华故徽州人，有才慧，因为世蕃入幕客，入制敕房为中书，凡通贿皆属其道地，因致巨富，后亦同严籍没。其子名六一者，林劾其通倭，诏下捕之，因逃去，后赦还，尚不敢名龙文子，改姓名为王延年，从楚中吴明卿先生学诗，时游吴越间，以鬻骨董自给，有父风。

居官居乡不同

严分宜作相，受世大诟，而为德于乡甚厚，其夫人欧阳氏尤好施予，至今袁人犹诵说之。焦泌阳在武宗朝，党附逆瑾，与张西麓綵同科，流贼刘六、刘七过其乡，索焦不得，至缚槀为人跪而斩之，云为天下诛此贼，其见恶如此。乃近日中州举入乡贤，王岵云方伯为文祭之，盖以泌阳邑人至今犹思之也。可见居官居乡，自是两截事。又如江西临江人朱琏，为御史时，媚张江陵为入幕第一客，闻其在家却忠厚安静，邹南皋先生亦与相善，此张雨若汝霖兵部为予言者，张曾令其地，知之甚详。朱为江陵辛未门生，即留夺情时，言老师不听主上挽留，徇私负国，门生便入疏参老师矣，即其人是也。又同时邢子愿侗侍御，居乡居官，并有令誉，为其同年一御史所引与江陵及王彝陵相善，遂废不起，此又当别论，非前诸公等伦也。

远 婚

近代远结姻者，如嘉靖间松江徐文贞之结陆、刘二缇帅，皆楚人。今上初年，西粤光禄卿蒋遵箴之婿于安肃郑大司马，皆有所为，世人多知之。近年吾乡陆工部基恕与江西安福刘青君孟铣联姻，相去三千里，刘为畏所台侍御之子，陆为庄简太宰之子，俱用任子相欢，称气谊交，然往还殊不便也。因忆李文达公贤，以中州而纳休宁程篁墩为婿，已属可异，而传纪中又纪文达一婿为衍圣公孔弘绪，李公何以好远遣女乃尔。罗彝正纠李夺情，是本朝有数文字，然并不摭拾他语，具见正直人未有不忠厚者，使在今日，即婿程、孔二女事，不知如何描写矣。其后衍圣公孔弘绪，终以淫虐杀人夺爵。

正德中大学士曹元，京师人也，其妇翁周文瑞瑄，则山西阳曲人。

嫉谄

宰相以功名著者，自嘉靖末年至今上初年，无过华亭、江陵二公。徐文贞素称姚江弟子，极喜良知之学，一时附丽之者，竞依坛坫，旁畅其说，因借以把持郡邑，需索金钱，海内为之侧目。张文忠为徐受业弟子，极恨其事，而诽议之，比及当国，遂欲尽灭讲学诸贤，不无矫枉之过。乃其喜佞，则又十倍于华亭，谀之者伊周不足，重以舜禹，至身后有劝进之疑，亦自贻伊戚也。王太仓以忤张起田间，望重天下，力挽颓波，如甲戌分考门生陶兰亭比部贺文，其词稍溢美，其制稍华侈，遂至面叱遣还。陶后屡蹶不振，太仓略不援手，独喜癸酉乡试门生李修吾中丞，谓其抗直不阿，海内称为第一流，究竟晚年密揭一事，为中丞所卖，似亦未深知李底里也。辛丑以后，矿税肆虐，而江淮为最，李时正抚江北，巧制税监陈增，致陈守训等于死，其功亦不细，盖学力多得之捭阖云。

吕光

吕光者浙之崇德人，别号水山，又名吕需，少尝杀人，亡命河套，因备知其阨塞险要，遇赦得解，走京师，以复河套策干曾石塘制台。曾以闻之夏贵溪，夏大喜，因议举兵出莵如吕谋，分宜以挑衅起祸，间之世宗，两公俱死西市。晚年游徐华亭门，为入幕客，徐为高新郑所恨，授旨吴之兵使蔡国熙，至戍其长子，氓其两次子，籍其田六万。吕诈为徐之奴，持徐乞哀书，伏哭高公庭下，如申包胥故事，高为心动，至高夫人亦感泣劝解。高入阁调旨，谓所拟太重，令地方官改谳其狱。未结而高去位，徐事尽化乌有矣。驵侩至此，可怖哉！吕后游辇下，以赀得官，年已七十余。予幼时亦曾识面，真倾危之尤也。

直庐

撰文诸臣，初不过一二宰辅，既而郭勋、崔元以勋爵入，陆炳、朱希孝以缇帅入，李春芳、董份等以学士入，人数既增，直房有限，得在列者方有登仙之羡，不复觉其湫隘。且房俱东西向，受日良苦，惟严分宜最后得另建南面一所，甚宽洁，且命赐白金范为饮食器，及他食物甚备，分宜处之凡十余年。分宜逐，即以居徐华亭，徐徙居其内亦五年。严之晚节，以屡出直见疏，徐惩其败，每遇上命到阁理事，或赐沐至家，辄云在外反不乐，且恋念圣躬起居，不忍暂舍而出，上以是益怜爱之。高新郑最后入直，具辨胡给事疏中，云所居凡四层十六楹最敞，则亦分宜公直房之亚矣。

宰相世赏金吾

锦衣为右列雄俊第一，然必以赏功世及，非文帅元枢，未有及辅臣者，以故正德中李长沙等四公，俱力辞平流贼之赏，梁南海之子次摅自以纳级锦衣舍人，冒功仅得百户。嘉靖中叶，严分宜尚以孙效忠冒岭南功拜千户，寻劾罢。盖此官不轻畀如此。惟世宗初绍，论羽翌功，辅臣杨新都廷和、蒋全州冕、毛东莱纪俱得世袭指挥使及同知等官，然终谦让未拜，既而翟诸城銮以行边功特拜千户，即授官其子矣。夏贵溪薄锦衣不屑就，思开五等，致有河套之役，以及于败；严分宜惩其事，但用擒房功，以其孙鹄受正千户，且即于南镇抚司管事，则现任辅臣子孙所未有也；徐华亭缘此亦得世锦衣不复辞；而穆宗朝高新郑、张江陵亦以军功得千户。至今上初年，张江陵之子简修遂进指挥理南司，如严氏故事，未几削夺，亦与分宜同。今阁臣世荫锦衣者，惟杨新都之孙宗吾，翟诸城之子汝敬，徐华亭之曾孙有庆，俱承袭用事，他未见尽拜官也。

大臣用禁卒

古来宰相擅权畏祸者，自李林甫以金吾卒搜捕街曲为异，至宪宗朝，宰相武元衡被刺死，裴度继相，复用骑士呵卫，南宋则秦桧为施全所刺，亦加禁军扈从。本朝既无宰相，亦少擅权大臣，惟弘治初年，马端肃文升为兵部尚书，承宪宗末年武弁冒滥之后，斥去军营将校三千余人，于是怨家引弓射入其门，又为飞书摭其过恶，射之东安门内，上乃给赐文升锦衣骑士十二人为之卫。世宗新即位，杨文忠廷和为首揆，汰去诸卫及内监冗员至十四万人，因有挟刃伺之入朝舆傍者，事闻,诏以京营卒百人护廷和出入。盖不特权奸专恣,为时愤嫉,即鼎革之时,如马、杨二公俱一代名臣,稍裁佞幸,遂几不免矢刃,盖任事之难如此。若天顺间,兵部尚书陈汝言代于肃愍,专横贪肆,亦为仇家所伺,命给卒卫之,后竟以贿诛,此林甫之徒耳。

夏言亦用禁卒出入西内,则以赞上事玄也。

两给事攻时相

新郑直庐想是严常熟故居,盖是时严甫去位,而高正自春卿入阁矣。时高无子,乃移家于西安门外,昼日出御女,抵暮始返直舍,时上已抱疾渐深,不复日修斋醮,高因得暇以遂其私,且度上必不能起,稍徙庐中器物出外,此则不独高一人也。会吏科都给事中胡嘉应者劾高,专引此二事力攻之,时皆谓华亭实与闻,祸且叵测。高闻骇惧,而上迫弥留,不克有所可否;比上崩,当下遗诏,徐又独与门人张居正属草,不以商之同列,高自以新帝潜藩肺腑臣,益恨之切骨不可解矣。应嘉后以他事外谪,量移至参议,闻新郑召还阁兼掌吏部,惊悸而卒,或云其胆已裂破矣。高再相又三年,而穆宗不豫,户科给事曹大野疏论高大不忠十事,其首曰上服药既久,中外忧惶,而拱方与刑部侍郎曹金结姻,举乐大宴,其次曰东宫出阁讲读,敢图便安,以二八日方入叩头,果于慢上,无人臣礼。二事亦罪在不贷,次揆张江陵所授也。时上已愤甚,仅批妄言调外任,拱辨虽留,而无褒词。未几上宾天,今上甫即位,高遂去,大野骤进清华,不数十年,以中丞抚江右矣。同一言官,同一受嗾,又同攻一人,同在两朝末命时,而幸不幸如此。

邵芳

邵芳者,号樗朽,丹阳人也,穆宗之三年,华亭、新郑俱在告家居,时废弃诸公商之邵,欲起官,各酿金合数万,使觅主者。邵先以策干华亭,不用,乃走新郑,谒高公。初犹难之,既见,置之坐隅,语稍洽,高大悦,引为上宾,称同志,邵遂与谋复相。走京师,以所聚金悉市诸瑰异以博诸大珰欢,久之乃云:此高公所遗物也;高公贫,不任治此奇宝,吾为天下计,尽出橐装代此以为寿。时大珰陈洪,故高所厚也,因赂司礼之掌印者，起新郑于家，且兼掌吏部，诸废弃者以次登启事，而陈洪者亦用邵谋代掌司礼印矣。时次相江陵稔其事，痛恶之，及其当国，授意江南抚台张崌崃佳胤诱致狱而支解之。时张并欲殄其嗣，邵有婿沈湛源名应奎者，文士而多力，从其家重围中挟邵二少子于两腋，逾垣以出，而守者不觉也。沈亦奇士，今以乙榜为国博，与余善。

初，邵在耿司徒楚侗坐中，闻有客至，避之软屏后潜窥之，既出，问耿曰："来客为谁？"耿曰："此江陵张太史也。"邵长叹曰："此人当为宰相，权震天下，此时余当死其手。"后果如所言。又金坛于中甫比部为余言，邵于书室中另设一小屋，榜曰"此议机密处，来者不得擅入"。此等举动安得不败。邵与吕同时而先死，吕数年前尚无恙，弇州纪耿楚侗座客事。属之何心隐，盖记忆偶误，然心隐亦江陵所深嫉，因示意楚抚王之垣、按臣郭思极置之法。心隐每大言欲去江陵不难，其徒皆信之，以此媒祸，后闻见收，逃至婺源县，而郭御史之捕卒追讨缚之。后御史赵崇善讼心隐冤，欲反坐抚按罪，上以心隐罪自当诛，不听赵疏云。何与江陵本讲学旧友，虽属讹传，然非邂逅相识可知矣。

江陵最憎讲学，言之切齿，即华亭其所严事，独至聚讲，即怫然见色，岂肯与一狂妄布衣谈道。时楚人李幼滋为工部尚书，正江陵入幕密客，素以讲学为心隐所轻，故借江陵之怒以中之。又耿楚桐亦厚心隐，曾劝王中丞贷其死，而王不从，其后李卓吾尤喜称之，故得罪四明，受祸亦略同。

新郑论事矛盾

新郑掌铨，适当法司会审重犯，意欲平反王金之狱，以陷故相徐华亭，乃自请云：臣以首揆行冢宰之事，宜往谳。因极论王金一案为非，云议事者假先帝为辞，谓金等进燥药丹药致大行误服，又用麝香附子热药及百花酒吃饮，丹田发热，遂损圣体，如此诬罔先帝，为天地古今大变，亟宜昭雪。其言甚辨，得旨再问，而王金等未减矣。新郑之意，虽主于修旧怨，然初拟弑逆，则华亭当国，亦果未详确，使高得借以为词，赖穆宗宽仁不深究。及穆宗升遐，江陵为次揆，用冯保掌司礼，新郑形势已危，乃具疏草令所厚门人都给事程文宋之韩等公劾冯保，其第一款即云保私进邪燥之药以损圣体，先帝遂至弥留，又引弘治十八年太监张瑜误进药饵致损孝皇、张瑜问斩为据。疏上留中，而高逐矣。夫误药一也，在世庙则确证以为无，在先帝则确证以为有，且二疏俱刊集中，明著俱出其手，又何也？盖一报仇，一去逼，故出言矛盾而不自觉，遂为有识者所窥。

高公主笔密决，在隆庆四年九月，至次年则又托词归其事于吏部尚书掌兵部杨襄敏博矣，盖谳决中已无所关心也。

华亭故相被胁

隆庆间，高新郑再起，以首揆领铨，修怨华亭故相。时海忠介抚江南，以剪抑豪强为己任，而前苏州知府蔡国熙，故有才名，以讲学受知于华亭，称弟子，至是入新郑幕，愿治徐事自效。遂起为苏松兵备，大开告讦，徐三子俱论戍为氓；同乡通家子莫廷韩云卿、致仕同知袁复善福徵各以居间自任，胁得数百金，莫以明经优选，袁即家补官出。而今上登极，高逐去，徐事立解矣，莫、袁俱负俊称，知名当世，此举颇不为乡评所与。莫终诸生，袁后为唐府长史，坐事褫职问徒归家，老寿健饮啖，暮年游金陵，时冯具区为祭酒，冯少时故与袁诸子同社相善，至是有所关说，冯不能尽从，因构飞语中之，欧阳比部白简即其笔也。盖才高性忮，至老犹然，居乡与陆文定亦龃龉，陆终不较。然其警敏实一世少敌，为诗多奇俊语，又顷刻数百语，谭笑风流，后来未见其比。王弇州其同年进士也，亦口剌而心服之。

攻保公疏

隆庆末年，华亭为御史齐康所攻，实受新郑旨也。当时人心向徐，因发两人交构谋逐首揆状，至大小九卿给事御史有公疏有私疏，合力攻高以保徐。至户部则葛端肃为尚书，独不肯上，而侍郎刘自强为白头疏上之，高去而徐得留矣。至隆庆六年，先帝已不豫，而给事曹大野攻新郑，则受张江陵旨也，于是六科十三道各有公私本，大小九卿则各具公疏，劾大野诬陷元辅而暗攻江陵，大野谪去，江陵大惧，遂以中旨逐高，而江陵当国矣。一高新郑也，攻之保之，俱非定论，特皆为势所怵,而高性粗疏,前攻后保皆不得安其位。至其后也,丁丑江陵之夺情,庚辰江陵之乞身,无人不保,举朝如狂,又诡秽令人呕哕矣。

保留宰相

保留宰相,事不经见,惟隆庆初留徐华亭者最多,然以与高新郑者争构有左右袒也。万历丁丑,至江陵夺情保留,则怪矣,然犹曰吴、赵、沈、艾等攻之使去位也。庚辰年,江陵已病,其求归甚恳,主上亦为心动矣,时大婚已三年,慈圣亦久归政回宫,圣龄将弱冠,正太阿在握之时,使其得请,可谓君臣终始,两无负矣,而大小九卿则吏部尚书王国光等、太常卿阴武卿等,各公疏留之,言路则吏科都给事中秦耀等、山西道御史帅祥等,亦合衙门保留,何也?逾年后病不起,身后旋受大刬,亦岂非诸公再误之使上有骖乘之萌乎?此风久革,已三十余年,至癸丑南宫试福清独相,上命主会试,福清初无意辞,有大理丞前御史朱密所吾弼特疏劝驾,语微涉澜,见者骇愕,然以时相方为物情所归,无敢纠之者。御史彭天承宗孟露章弹之,其朱语云:辅臣遵旨自恪,邪臣献媚堪羞云云。疏虽留中,而朱内愧闭门,旋奉差去,次年福清亦谢政。朱历南北两台,所至有声绩,此疏未必有他肠,而举事稍出格,遂不为识者所谅。朱奉差以册封藩府行,自来庆典无有法官者,朱此差实为创见。盖朱注籍既久,无颜入班行,政府借此差曲全其体面耳。

大臣被论

隆庆初元,两京科道以及大小九卿为徐华亭以攻新郑高中玄少保,凡二十八疏而高去,究竟不能没高之雄才。今上乙未,科道为孙富平以攻秀水沈继山司马,亦不下二十疏而沈去,究竟不能掩沈之劲节。近日丁未戊申间,言官复为李淮抚以攻李九我阁学,并及故相王荆石少傅,各不下数十疏,王终不应召,李遂杜门六年而后行,究竟不能污王李之清操。盖一时同声附和,正如飘风疾雨,久之天日自然清明,物论之定,固不待盖棺也。

言事者须得实方动上听，如丁未戊申间，李九我之为宗伯，次揆赵南渚世卿之为大司农，真是两袖清风，而言者至于篝簦蒦之。主上素重二人冰蘖，简注最久，见此等疏直一笑置之耳，安能转移圣意哉。又如焦弱侯太史，不过一木强老书生，丁酉年被劾，时给事楚人曹大咸者，至目为莽、操、懿、温，徒有识掩口，更谁信之。又弹李晋江诸疏，往往指其学问之僻，执持之拗，全是王介甫。嗟乎，介甫亦何可轻许人哉。

丝纶簿

向传阁中有丝纶簿，为拟旨底本，无论天语大小，皆录之以备他日照验。闻上初年，为冯珰共江陵相匿之，以灭其欺妄之迹，或云正德初年已被刘瑾、张綵藏去久矣。甲申年，御史谈岳南希恩耳剽其说，遂疏请查簿下落，以还旧规，阁中疏辨，谓从无此簿，亦初不闻其说。上诘谈此语所从来，令即回话，谈亦只以传闻臆对，因重贬去。簿之有无，总不可知，然代言视草尚须存稿，岂有圣断处分寄草创于近弼而条拟本案不留一字，他日谁为将顺，谁为规正，又何从辨之？况六科俱有抄旨底案，则阁中虽无故事，特设此一簿亦宜。

按，王文恪公《震泽长语》云：向见陆廉伯云丝纶簿为庐陵杨文贞公所匿，后文恪进内阁，则底稿俱在，但不名丝纶簿耳。此语既传，嘉靖初言官祖其说，谓杨文贞谋夺情，以此簿奉王振，甚者谓文渊阁印亦为司礼所夺。诏问簿与印所在，令言者自来追还之，言者伏罪乃已。然则所谓丝纶簿者，亦传闻之说，未必有此名也。至谓为冯珰、张相所匿，抑又梦中说梦矣。又《天顺日录》云：徐武功有贞夺门，英宗复辟，徐究出丝纶簿归内阁。此虽李文达之言，然无所据，文达、文恪俱官揆地，而言之不同如此。

宰相时政记

宋世宰相俱有时政记，以记一时君臣可否商榷之语，以至军国兴革、人材进退亦及之，可备记注之缺，如王安石之实录授之蔡卞者，至再撰国史，尽窜执笔旧臣，亦其遗害也。若李纲有靖康及建炎时政记,虽两当国柄,为日无多,所言甚备,如姚平仲劫金人寨一事,世皆罪纲主谋,今记中载钦宗手札往复甚明,然则忠定受冤,非此书莫能明也,盖得失相半焉。本朝无时政记,惟杨文贞士奇有《三朝圣谕录》,李文达贤有《天顺日录》,李文正东阳有《燕对录》,李文康时有《召对录》,俱记柄政时诸事,而不如宋人之详者。若彭文宪笔记,则又寥寥无足采,此外罕见宰相作此书矣。近日张文忠居正亦有奏对稿,但有手疏及上批答耳,亦间及一二召对,俱非关大肯綮者,盖此公假借于中涓,或要挟于禁掖,不可见之楮墨者居多,遂并造膝嘉谟,尽付乌有,可叹也。惟徐文贞阶有《谕对录》抄本,幼即慕之,顷始得从陈眉公借读,其卷帙凡十倍西杨、二李,无论朝野大计,即医药斋醮及宫闱御幸,无所不献替,不旬日复取去,不及手录,今徐氏子孙秘不出矣。闻张文忠孚敬亦有书记对扬诸大政者,以付其子逊业,今永嘉子孙微弱,恐遂湮没矣。

今永嘉公亦有《谕对录》数叶行世,但记救张延龄一事耳。

新郑富平身后

新郑高少师、富平孙太宰,初俱以重名大用,后皆以太刚去位,未几,俱殁于里第,俱无嗣。孙为台臣时,与徐华亭莫逆,疏诋新郑最丑。二公道不相谋,相去亦三十余年,及其在事,拥戴之者俱众,然皆负素丝之名,即甚憎者无能以墨议之。近年高继子务观、务实等争产,各交章讼言遗赀百万,分析不均,奉旨彼中抚按会勘。顷富平身后群从争继,亦互讦于秦中诸当事,谓太宰积镪若干,宝货若干,彼此构讼不结。时西安推官程策为之谳决处分,于爱书中备列其数,孙初下世,桃李正繁,恨程不为稍讳,遂以白简谪程去。两公立朝铮铮,即微有可议,何至溺情阿堵,使有三尺之孤,必不决裂至此。古人以无后为酷罚,信哉。

陈　飞

万历初,蒲坂张凤磐相公家有一仆陈姓,善走,一日能八百里,盖跅捷天赋,非有他术,因名之曰陈飞。相公子名泰徵者,庚辰南宫登第,遣飞归报,先驰马者一日夜,已至河中府,则全录且在手矣。飞之子亦能行,一日止五百里,后为盗,受健吏酷罚,两足遂挛,然犹三百里也,此外久不闻。近日吴中有一顾姓者,初应募在戎籍,后得异人传授,云一日夜可千里,淮抚李中丞三才喜之,至与分庭抗礼,近已不能行,闻为忌者夺其囊中一小铁船去,盖即其师所授也。夺者又不得其秘咒,如板桥三娘子木人,亦无所用之。顾姓者余亦相稔,近已改业,讲内外丹矣。

顾文康陆少白

顾文康未斋鼎臣,为封公晚年婢出孽子,父母不礼之,苦贫,读书古寺中,暇则与群儿无赖者盗邻家狗烹之,薪尽则拆木偶罗汉供爨,至糜烂,与诸雏共啖,人诮责之不顾也。近时陆少白起龙大行,初年攻苦僧舍,亦偷狗作馔,亦辍伽蓝代炊,曾有诗云:夜半犬羹犹未熟,伽蓝再取一尊来。顾昆山人,陆太仓人,产吴中同,负才名同,性俊爽同,特一宰相,一下僚,异耳。陆有膂力,倔强使气,尝与同里吴侍御慎庵之彦有违言,铸一铁简置怀袖,上刻"此简专打吴之彦",吴畏之,匿迹乡居不敢出。吴为王弇州从甥,偶问曰:"少白乃欲死我,甥有何罪?"王笑曰:"子诚无罪,但谚所云'恶人自有恶人磨',则二君是也。"吴干笑无以答。

诔墓

从来志状之属,尽出其家子孙所创草稿,立言者随而润色之,不免过情之誉。如考亭之状张浚,尚不免此,何论其他。然如二十年前云间徐文贞传,出其同里冯元敏时可笔,中间刺讥非一,至于营建万寿宫一事,谓文贞创谋,以夺分宜之宠,又荐其长子璠兼工部主事督工,躐升太常寺少卿。此传盛行人间,后有语璠以不当刊送者,遂止不行,因与冯成贸首之仇。以后冯仕途屡踬,辄归咎徐氏下石,至今相诟未已也。元敏乃翁廷尉南冈恩之不召,文贞不得辞其责;而元敏作传,未免借笔舌报怨,闻又其家所乞,乃任情抑扬,亦隘矣。然冯元敏刻集中所载文贞传,则推奖过情,无一贬辞,盖改本矣。

近日见文贞《谕对录》，凡千余言，俱世庙手敕及所答密疏，中间商及斋醮及服食秽亵，俱未免迎合，即建储大典，圣意欲迟迟，亦不敢显谏。大抵依违居多，特不敢如分宜父子怀二心，任上意于二王中择一耳。及景恭王就藩邸，穆庙登宸极，文贞遂以定策功著称，至壬午存问一诏，为江陵公视草，特引羽翼先帝为言，而文贞功名宠眷，遂为近世仅见。然《谕对》一录，其子孙何以不秘藏之，致吾辈亦得寓目也。

五　　臣

吴中徐天全有贞以阁臣封武功伯，为曹石所构，因其河功告身有缵禹之语，谓为不臣，几致伏法，赖雷电示警得免，然犹削夺官爵，长流金齿卫。今上己卯，高昆仑启愚主应天试，以舜亦以命禹为首题，合场喧噪，至江陵败，言官纠之，谓其用禅受为江陵劝进。上意已动，赖诸大臣力诤得解，然亦尽削宗伯学士之职，焚其三世告身，可见神禹固非臣子所敢当也。项丁未爱立现任为朱山阴，起故相王太仓为首揆，而进于东阿李晋江、叶福清俱为东阁，御史康骧汉丕扬建白疏有"皇上新得五贤辅，何异舜之有五臣"，则不言禹而禹在其中矣。此等非分之誉在寻常文字尚不可，况敢闻之君父耶？赖上宽仁不诘责耳。

卷九

内 阁 三

阁臣进御笔

今上四年六月，江陵张公为首揆，进阁中所藏世宗御笔圣谕六十三道，御制四十四道，圣制票帖七十道，又纂修馆中得亲批本章共六十三本，进之于上。时张公新被御史刘台纠劾，说者谓怒刘入骨，恨其未置极典，因以世宗刑戮言官诸事导主上威严，虽借口法祖，实快己私也。至十六年三月，阁臣又进阁中旧藏太祖御笔七十六道以呈御览，时吴县申公当国，其次为歙县许公、太仓王公，是时朝讲渐稀，内外亦渐否隔，说者又谓诸公以此歆上，欲如高皇召对勤政讲学，其意甚美。窃谓两说或出臆度，未足深信，然云汉天章，留之秘阁，使辅臣不时展阅，可以警策心魂，如见祖宗朝君臣一体泰交之盛。今尽登禁掖，譬犹六丁取归天上，使人间永绝见闻，岂不可惜。当时揆地诸公，或自有深意，乃藿食之见则如此。

江陵震主

今上初元，严重江陵不必言矣，至后大婚，圣龄已长，偶被酒，令小阉唱以侑之，阉辞为不能，上倚酣拔剑断其总角，群竖肤诉于冯保，保奏之慈圣，次日召上诟诘甚苦，至有社稷为重之说。上乃涕泣谢过，为手诏克责以赐江陵，而珰保因得中其所仇孙海、客用，谓二人引诱，江陵条旨俱谪净军，发南京种菜，亦可已矣；江陵复再疏推广保说，谓太监孙德秀、温恭、周海，俱诒佞当斥，三人亦保之素嫌者，上不得已允之。受遗元老，内挟母后以张威，下迎权珰以助焰，要挟圣主如同婴孺，积忿许久而后发，其得祸已晚矣。客用久居金陵，与缙绅大夫游，先人同年朱虞荋廷益为南京大理寺丞，谈次每称其贤，朱愿朴君子，言当不妄。弇州《首辅传》谓上手刃冯保养子二人，以致慈圣大怒，此一时传讹，其实不然。客用逐后，不数年冯保亦籍没，以奉御居南京，无聊思归，乃具奏遣家奴冯继清哀祈于上，求放还，为言官所聚攻。上命南法司究问，云客用为之设谋，乃谪保充净军，笞用八十，仍著伍，事见南司寇姜实疏中，盖二珰晚途复合矣。

江陵家法

江陵相怙权时，其家人子尤楚滨最用事，即世所谓尤七者，缙绅与交欢，其厚者如昆弟。有一都给事李选，云南人，江陵所取士也，娶七之妾妹为侧室，因修僚婿之好。一日相君知之，呼七挞数十，呼给事至面数斥之，不许再见，因召冢宰使出之外，次日即推江西参政矣。江陵公当震主时，而顾惜名教乃尔，此等事岂可尽抹杀。时给事李宗鲁亦娶尤七妾之姑，与李选同外补金事，亦江陵传示吏部。

江陵教子极严，不特各省督抚及各边大帅，俱不许之通书问，即京师要津，亦无敢与往还，盖欲诸郎君继小许公事业，预养其相望耳。

江陵二乡人

江陵在位时，附丽者虽众，其最厚密戚无过承天曾大司空省吾、夷陵王少宰篆二人，其后并削夺追张氏寄顿赃物，狼籍万状，然两人品各不同。曾所至有声绩，抚蜀克平九丝，冬曹亦著劳绩，即在相门，未始倾陷一人。王则狡险贪横，真名教所弃，曾不幸与同科受祸，世多惜之。方丘月林同张诚往楚籍没时，曾具方巾青袍，入谒于后堂，丘与揖而送之，王则囚首楚服，口称小的，言词佞而鄙，丘与张怒笞二十而遣之。陆五台不平，谓沈继山曰："天下乱矣，那有少宰决臀之理？"沈笑曰："公善为之，不然行且及矣。"时陆正为少宰也。此虽一时戏言，亦足为千古至戒。按，曾为江陵所厚，复以平都蛮功受知，曾之父阳白名瀋，后其子三科，登壬戌进士，以参议告归，受乃子一品之封，世甚荣之。及败时，则阳白尚在堂，与江陵太夫人同一光景。王夷陵既夺官，子之鼎、之衡亦削乡举籍，独享寿考，闻至今尚无恙。曾号确庵，王号少方。

刘小鲁尚书

刘小鲁一儒，先大父同年进士，亦夷陵州人，与江陵相儿女姻也。当江陵炙手时，刘独退避居冷局。张谓有意远之，已不相悦，每遇其行法严刻及刑辱建言者，辄苦口规之，遂大矛盾，滞南京贰卿数年不迁。江陵败，言路交章慰荐，始晋南大司空，寻自免去，后再起遂不出。其长子名戡之，少年美丰姿，有隽才，为妇翁所器爱，当赴省试，江陵授意主者录之，乃翁闻之，令谢病不入闱，江陵大怒。后以任子得官，今为户部郎。

戡之字元定，与余善，其内子为江陵爱女，貌美如天人，不甚肯言笑，日惟默坐，或暗诵经咒，问此经何名，不对也。归刘数年，一日趺坐而化，若蜕脱者，与所天终不讲衾裯事，竟以童真辞世。盖与昙阳虽显晦异迹，其为异人一也。

三诏亭

江陵以天下为己任，客有谀其相业者，辄曰我非相，乃摄也。摄字于江陵固非谬，但千古惟公旦、新莽二人，今可三之乎？庚辰之春，以乃弟居谦死，决意求归，然疏语不曰乞休，而曰拜手稽首归政，则上固俨然成王矣；晚年亦自知身后必不保，其辞楚按臣朱琏建亭书曰：作三诏亭，意甚厚，但异日时异势殊，高台倾，曲沼平，吾居且不能有，此不过五里铺上一接官亭耳，乌睹所谓三诏哉！盖骑虎之势自难中下，所以霍光、宇文护终于不免。昙阳子称江陵为一世豪杰，太仓相公骇而信之，故入都不复修郤，反加调护，亦用化女之言也。

宰相对联

江陵盛时，有送对联诒之者云：上相太师一德辅三朝，功光日月；状元榜眼二难登两第，学冠天人。江陵公欣然悬于家之厅事。先是，华亭公罢相归，其堂联云：庭训尚存，老去敢忘佩服；国恩未报，归来犹抱惭惶。虽自占地步，然词旨谦抑，胜张之夸诩多矣。往年殷历城罢相在里，张江陵以宋诗为对联寄之曰：山中宰相无官府，天上神仙有子孙。盖谀与嘲各有半。顷者，沈四明谢事居家，则直用李适之语云：避贤初罢相，乐圣且衔杯。又今相国福清公邸中所粘桃符则云：但将药裹供衰病，未有涓埃答圣朝。尤为浑雅。他宰相若翟诸城、严常熟、申吴门诸堂联，则陈眉公已记之矣。

江陵公初赐第于乡，上御笔亲勒堂对曰：志秉纯忠，正气垂之万世；功昭捧日，休光播于百年。可谓异典极褒。至癸未籍没，则并兄弟宅不保矣。但对联为御制御书，不知当时在事者何以处此。

尝于都下见一罢闲中贵，堂中书一对云：无子无孙，尽是他人之物；有花有酒，聊为卒岁之歌。又全用南宋宰相乔行简词中语，此辈亦知达生如此。

为李南阳建坊

江陵公之夺情也，为五贤所纠，且引故相李文达贤为比，一时京师传写罗彝正旧疏，为之纸贵。江陵恚甚，追詈"罗伦小子，彼何所知"。寻以葬父归，过南阳，檄彼中抚按为文达建坊，表其宅里，亦犹秦桧之屡用有官者为状元，以明其子熺之非幸，同一心事也。然欧阳永叔与胡明仲俱宋世大儒，欧阳《五代史》屡致意于义子家人，以申己濮议之正，胡作《读史管见》，但遇母子间事事再三辨论，则以当年不丧生母为世所嗤也。古贤已如此，何况江陵公。

内阁称大人

先大人以今上初元之冬从四川少参，服阕谒补，时江陵公新得国，以位业自矜重，对客不交一言。先大父随众谒于朝房，张忽问曰："那一位是沈大人？"先大父出应曰："某是也。"江陵因再揖，更无他语而别。盖素昧平生，不知何从见知而有此问。先大父寻补山东，转陕西而归，江陵始终在事，别无他留意也。近问之藩臬诸公，则政府款洽深谈，叫公呼丈者多矣，更不闻有大人之称。

貂帽腰舆

京师冬月例用貂皮暖耳，每遇沍寒，上普赐内外臣工，次日俱戴以廷谢，惟近来主上息止此诏，业已数年，百寮出入省署殊以为苦，而近阁辅臣为甚。盖侵晨向北步入，朔风劈面，不啻霜刃，蹒跚颠踬数里而遥，比至已半僵矣。盖赐貂之日，禁中例费数万缗，故今上靳之。然又有异者，张江陵当国，以饵房中药过多，毒发于首，冬月遂不御貂帽，大臣自六卿至科道每朝退见阁，手摘暖耳藏之，江陵亦不以为讶，此已拜赐而违命不用者。又嘉靖中叶，西苑撰玄诸老奉旨得内府所乘马，已为殊恩，独翟石门、夏桂洲二公自制腰舆，舁以出入，上大不怿，其后翟至削籍，夏乃极刑，则此事亦掇祸之一端也。此未得赐而违命擅用者。宰相为百辟师表，而自行其意如此，功名安得终。

四明杜门时，归德公已老，偶独进阁，正值岁寒，项系回脖，冠顶数貂，而涕洟垂须，尽结冰筯，俨似琉璃光明佛，真是可怜。若西苑路本无多，自无逸殿直庐至上斋宫，不过步武间，即寒暑时乘马皆可，何必腰舆？

谄附失利

戊寅江陵自京师归葬，及自荆州还朝，其以异礼事之者，无不立致尊显。惟真定知府钱普，以嗜味进，最为当意，又造步辇如斋阁，可以贮童奴设屏榻者，江陵喜甚，将酬美官，以资浅稍缓。钱丁艰归里，比公除，则江陵已殁，次年癸未外计，竟以不谨罢斥，毫不沾酬报也。又初夺情时，南北大小臣僚保留，其同年陈瓒者，北直献县人也，时以左都御史领西台，谋率九列保之，会其病亟，遣人以姓名传送同事者，谓必登疏，且待此以暝，更嘱我为献县之陈瓒，非南直之陈瓒，盖一时有一人同名同为常伯，虑其或误耳。未几，瓒病去位，旋卒，得谥简肃。近年郭江夏议夺谥者五人，瓒居一焉，虽议不行，而事已流传污史册矣，亦何利之有。

钱有文学，守官亦无秽状，即献县之陈，所至以廉洁称。一时失计，生平尽丧，真是可惜。

江陵始终宦官

江陵之得国也，以大珰冯保力，海内能讼言之，至其前后异礼，皆假手左貂。即就夺情一事而言，其始闻丧也，上遣司礼李佑慰问于邸第，两宫圣母则遣太监张仲举等赐赙，近侍孙良、尚录刘彦保、李忠等赐酒馔；其子代归治丧，则司礼魏朝偕入楚营赐域；其身给假归葬，上遣司礼张宏饯郊，司礼王臻赍忠良银记赐之，圣母则太监李用赐路费，牌子李旺赐八宝充赏人之用；其还朝也，上遣司礼何进迎劳郊外；其太夫人就养也，则上所先遣魏朝伴之入京，上又命司礼李佑郊迎，圣母则遣谨相、陈相赐衣饰珍异，又命太监李琦等郊迎之；至其除服，即言上使司礼张宏引见于慈圣、仁圣两宫，旋使宏侍赐宴；其满十二年也，又遣司礼张诚赍敕褒谕；至其没也，又遣司礼陈政护丧归。盖一切殊典皆出中贵人手，而最后被弹以至籍殁，亦以属司礼张诚，岂所谓君以此始，必以此终乎？若高新郑之入相，则初以李芳，继以陈洪、孟冲，而其败也，又以冯保，然奏疏中未至胪列内臣姓名如江陵公刻稿之备也。仕无中人，不如归耕，自古然矣。

相公投刺司礼

弇州《觚不觚录》云：江陵相公谒司礼冯珰投晚生帖，此语最为孟浪，余不敢信。冯保势虽张，然一惟江陵指麾，所以胶漆如一人者，仅以通慈圣一路耳，何至自卑如此。先人以史官教习内书堂，冯逐而张诚代之矣，其往还俱单红帖，彼此称侍生，则揆地可知矣。

言官论人

张江陵身辅冲圣，自负不世之功，其得罪名教，特其身当之耳。昔韩侂胄首至金国，完颜氏葬之，谥曰忠缪侯，谓其忠于谋国，缪于谋身。今江陵功罪，约略相当，身后一败涂地，言者目为奇货；如杨御史四知者，追论其贪，谓银火盆三百架，诸公子打碎玉碗玉杯数百只，此孰从而见之？又谓归葬，沿途五步凿一井，十步盖一庐，则又理外之谈矣；其上柱国勋衔，虽曾加而不受，至没后遂以为赠，乃云生前曾拜，以实其无将之罪；更谬之甚者，又云今日皇子诞生加恩大臣，使居正而在，必进侯伯加九锡矣。从来后宫诞育，未有恩及宰辅者，有之，实自江陵身后始，有识者颇以为非，然则杨何不明纠当时之政府，而追祸朽骨之权臣也？疏上，而籍没之旨下矣。杨以此附正人，历巡方数任，至拜大理左少卿，而为给事王希泉德完所击，指为朱琏、王篆余党，反面卖直，并及他秽状，调外去，至癸巳大计，以不谨罢，距抗疏时十年矣。又如戊申年一礼部郎论首揆朱山阴十二大罪，其事之装饰不足言，至谓矿税棍徒皆其家人，所谓御人之货尽归朱私橐，此则举朝所不信。而又指及其座师李晋江，且并暗摘其门生词林，以杜后日大拜，此又自有人授指，然亦不恕矣。此疏初上，一时耳目亦觉振动，后渐为人所觉，即被弹章，至辛亥大计，亦坐不谨斥，距抗疏时止三年耳。戊申以后，新咨命下，瓦缶乱鸣，攻太仓、晋江未已，而攻昆攻湘者四起，有所谓单打双敲之说，或云红庙设誓，或云关庙歃血，或云抱太仓靴脚恸哭，不惟圣主厌闻，而邸报抄传，俱相示以滋席间谈柄，供酒中笑谑，董思白太史目之为"活水浒传"，信然哉。

癸未甲申间，南给事刘一相、御史丁此吕论词臣高启愚舜命禹题，高坐削官夺告身。丁谪去，后至大参，乙未大计，以不谨斥，孙富平复追劾之，坐遣戍；刘寻以前任知县谪典史，历任至副使，庚戌大计，富平再起掌铨，亦以不谨罢之。

浙闽同时柄政

自今上乙酉，进王太仓于文渊阁，而先任申吴县、许歙县同为南直人，最为奇事，然末相王山阴则晋人也。至丙戌，山阴忧去，申、许、王三公同事者三年，而山阴始复起。此后则戊戌之秋次揆张新建得罪去，首揆属赵兰溪，次揆为沈四明，两公俱浙人。同事未几，赵卧病邸第不入阁，四明独相，然列名元辅每进疏揭，仍以赵冠之，凡三年而兰溪卒于位。又至戊申之冬，则首揆朱山阴卒，而首揆属李晋江，次首揆为叶福清，两公俱闽人同事，而晋江已先迁真武庙待放，不复还寓，福清独相，其进疏进揭，仍列李名于首如往事，凡五年而晋江始得请谢政。前后浙闽四公俱同乡同年并相，而为首者俱见厄不展，盖途径趋向本不相谋,即桑梓犹胡越也。欲如乙酉丙戌间三相同心,不可得矣。

闽县林氏之盛

弇州纪盛事,谓闽县有南京兵部尚书林瀚,瀚子南京礼部尚书庭机,机子南京礼部尚书燫,三代六卿,在本朝只一家,又俱系词林,俱为祭酒,以为绝盛矣。其后燫弟烟,又拜南京工部尚书,而瀚长子庭㭿又先为南京工部尚书,盖三世昆季共五人俱登八座,寿考令终,无公私之谴,且四人得谥,恐前代亦未有。若父子宰相,则有南充陈文端以勤,子文宪于陛,本朝仅一家,亦弇州所未及纪也。

近日余姚孙燧以副都御史死事,赠尚书;燧子升,礼部尚书;升子钺吏部尚书,铤礼部侍郎,鏳太常卿,矿南兵部尚书,亦堪并美林氏。

沈四明同乡

沈四明在事与南北不洽,固也,而待同乡尤薄。时浙之名硕惟沈继山思孝尤著,特以与孙富平相构久不出,壬寅冬,沈归德为次揆,初抵任,两人交尚未离,一日谓四明曰:"公之里人又贵同年如沈继山司马者,宜亟用之,吾同里门人之吕新吾坤,亦宜一出。"四明怫然曰:"吕之当起不必言,若沈司马者,吾不敢闻命。"事遂已。盖吕司寇为富平所厚,与沈司马争为冢宰同罢,四明方欲结欢西北,故抑司马以伸司寇,究之司马绌而四明仍不为西北所与也。时四明最善者如蜀人钱给事梦皋、张御史似渠,齐人康御史丕扬,若浙人则有陈宫允之龙、姚给事文蔚、钟给事兆斗、贺吏部灿然,俱称契厚,然自以声气相引重,非关桑梓也。

李温陵相

丁未岁,阁臣独朱山阴一人,尚未得称首辅,上起故相王太仓、宗伯于东阿于家,召叶福清于南部,李温陵以现任晋大宗伯,同入阁。时王不出,叶召未至,于抵京见朝三日而没,惟李即赴阁办事。先是,推举时,言路攻李者矢如猬毛,不谓上违众用之,一旦与朱两人共事,众益忿，俱诋之愈厉。未几，叶至，李杜门乞身，朱亦卒于位，李当首揆，攻者矢石复集，李遂决计不出，而叶独相矣。议者尚恐上眷李未衰，逐之转急，李遂移居演象所之真武庙，悉遣家累，以示必去。自戊申至壬子，旅居五年而始得请，物情既不附，大权又不关，寒暑闭门，更无一人窥其庭，即其衡文所首举已在词林登坊局者，更对众讪詈之，以明大义灭亲。李性素褊，至是却恬然不以为异。有一同邑晋江士人，从邑令行取为工部郎中管厂，平日荷李提挈不浅，适当酷暑，真武庙地湫溢，李乞其厂中余材，搭一席篷遮日。毕事出门，偶遇旧友见之，惶骇无人色，哀祈其秘弗言，则一时人心趋向可知矣。古来宰相受侮者亦多，未有名列首揆身居败屋，几满再考沦落无聊至此者，亦史册所未睹也。工部郎后改台员，出视淮鹾，以簠簋落职遣戍。

晋江公居破庙五年，乞归之疏几七十上，每篇有一议论，初不重复，且词理灿然明白，真是文家老手。惜当时草草阅过，不曾录得，视之亦可以悉文章之变态，才士之用心。

东西王李

宣德初年，三杨相公同在阁，士奇为泰和人，号西杨，荣为建安人，号东杨，溥为石首人，号南杨。未几二王同官词林，对掌制诰，并至尚书，英为江西金溪人，号西王，直为江南泰和人，号东王，盖从居第得名，不过都人所指称耳。至今上乙酉，二王同日大拜，锡爵为南直太仓人，号东王，家屏为山西山阴人，号西王，又以地言也。无论俗称，即上宫中对大珰女侍亦以呼二公，可谓过矣。又穆宗潜邸正妃李氏，直隶冀州人，先崩，隆庆间进封尊号，即孝懿皇后也，其家东城，人称之为东李；今上生母慈圣皇太后，山西翌城人也，以皇贵妃进加尊号太后，故从东李入内，两家修好甚至，都人目之为西李云。

太仓相公

今上辅相中，以予所知持身之洁、嫉恶之严，无如王太仓相公。甲申岁，从禫制中起家入相，未行，有席平人连三元者，辛未进士，曾为吴之常熟人，作文贺之，谓太仓为元圣，封公爱荆为启圣。王大怒，即欲露章劾之，为弇州公力劝而止。甫至京，而有蒙阴人淮安府同知公一杨者，故己未进士，从郎署屡蹶至此，具疏建白，而以私书相干，且行请乞怜，王并其书上之，同知坐斥，亦一时百辟凛然，谓庶几杨绾、杜黄裳之风。既因寿宫事劾三少卿，渐与诸建言者不谐，至戊子而乃子辰玉发解，高饶事起，议者纷纷。盖长洲一少宰，与吾乡宫詹主试者争进用，构成其事以逐宫詹，辰玉才实高，覆试仍冠其曹，而宫詹尚在位，于是时言者蜂起，并总宪之右宫詹者亦被恶声矣。然太仓与宫詹实不厚，颇有知其状者，惟其时吏垣都谏缺，其资俸当属泽州张元冲养蒙，而浙中一给事即其次，人望大不及张，然为太仓甲戌分考首录士，侥得之；张补工科都，次年又出为河南参政。张亦太仓丁丑庶常教习门生，又吴门大主考门生，因谓太仓厚其所私而故抑之，且逐之，恨遂不可解，并迁怒首揆吴门矣。张负物望，为西北诸君子领袖，寻从参政擢同卿以至金院副院司农，主持议论者十余年，即富平、新建贸首相仇，亦从司农公起见，其祸蔓延至今，益葛藤无了日矣。

太仓公发公一杨贿，固云嫉恶，窃以为太过，后来效颦发觉者接踵，渐不复出正人，益觉太仓多此一事。今刻文肃公集不载此疏，且志状中亦不书此举，想太仓存日已削其稿矣。

亲书奏章

世宗御札至阁最多，及在西苑，则在直大臣日承手诏无虑数十，而诸臣回奏亦皆亲书。如嘉靖辛丑，夏言以左削复官，其谢疏中有洗改字面，为上所诘责是矣。然特撰玄侍奉诸大老为然，而外臣则不尔。惟胡宗宪在浙，每疏必手书，前后如一，最后得罪坐死，上犹称述此事，遂得释还，则亦曲谨之效也。近年故相王锡爵密揭，亦其幼孙所写，故窃启者不敢私易，得以初稿达御前，不然，祸不知所终矣。

王文肃密揭之发

丁未年，娄江公密揭俱云出自淮上抄传，即李修吾最后书揭中，亦自认身所传布矣。近见陈眉公又云此事极冤，是乃王吏部囧伯赂文肃干仆盗钥私录之，且添改其词以激言路之怒，如重处姜士昌等语，以寄南中段黄门诸公，实不由李中丞也。初，冏伯不谓言路遂聚攻文肃，意颇惭沮，乃委罪于李中丞，其时为中丞者，既无肱篚始谋，即宜直辨其诬，乃冒居发奸首功取悦时贤，以为拥戴入阁之地，是两公者均非君子之道矣。

冏伯为文肃通家子，朝夕过从，本无毫发仇隙，特以己丑馆选不得预，以此切齿，终身恨之。然是科入选者止二十二人，其时王宇泰肯堂为文肃至契，已居馆元，而董思白其昌名盖一世，自不得见遗，唐完初效纯为荆川先生冢孙，乃父凝庵太常又次辅新安第一高足，用全力图必得，则江南四府已用三人，万不能再加矣。时松江陆伯达亦有声，乃父宗伯平泉飞书力止之叮咛甚苦，伯达遂不赴考，时服其恬。冏伯才名家世不下唐、王二公，遂愤愤不能解，每遇文肃大小举动必密侦以播四方，而文肃终不悟以至于没。发揭事余曾记之，近乃知出于王吏部，然娄相之倾心淮抚，与淮抚之款留娄仆，皆实事也。

元旦诗

申文定相公以与王伯谷同里同庚，为史官时即与相善。及罢相归，每元旦必作一七言律诗以示王，王即和而答之，旋以两诗并粘壁间，直至岁除不撤；次年元旦，申再有诗及，又和而揭之斋屏，旧者始除去，盖自辛卯文定返里，壬辰至壬子凡二十一年，岁岁皆然。是年百谷下世，再阅岁甲寅而文定亦捐宾客矣，想修文地下，其遇新岁，唱和必如生前不少衰，而粘屏与否，则不可问矣。

分宜在首揆时，山人吴扩者作一诗，其题云《元旦怀介溪阁老》，亦揭之斋中。有友戏之曰：君以新年第一日怀当朝第一官，若循级而下，怀至我辈，即除夕未能见及也。似亦相似。

五七九传

近有作《五七九传》者，盖皆指今上首揆江陵、吴县、太仓三相公用事奴也。七为游七，名守礼，署号曰楚滨，当江陵相公柄国时颇能作威福，亦曾入赀为幕职，至冠进贤，与士大夫往来宴会，其后与徐爵同论斩。爵死已久，闻七尚至今在狱。当其盛时，无耻者自屈节交之耳。江陵驭下最严，闻七娶妾与两黄门李姓者姻连，大怒笞之几死，二李皆见逐矣。吴县在事，其焰已不及江陵之百一。所谓九者，本姓宋，名徐宾，从吴县初姓也，署号双山。主人先是驯谨畏祸，其仆亦能守法，第颇与边将往还通赂遗，如李宁远父子皆尔汝交，亦有一二缙绅留之座隅者。惟援纳京卫经历，因覃恩得封其父母，以此物论归咎主人，此则吴县懵憧之过，但徐文贞当国时，其仆徐实辈已冒功为锦衣百户矣，九死未久，其子也酷贫。五则名王佐，署号念堂，娄江当国最晚最不久，门庭素肃，无敢以币交者，惟五与弇州仆陶正者为密友，因染其骨董之癖，颇收书画铜窑之属，邸中游棍时趋之。又曾买都下名妓冯姓者为妾，颇干娄江家法，其妓亦遂逐矣。五比九尤为小心，见士大夫扶服谨避，今胪列成三，并前二人无色矣。此传出东省一词林大僚笔，其时正负相望，以小嫌失欢于吴县，不荐之入阁，及辛卯冬被白简，拟旨又不固留之，以此描写宋九以实主人之墨，而五、七则干连犯人也。

阁臣致政迥异

宰相进退系国家大体，其自处与主上处之皆有礼。先朝无论，今上御极后，如张新郑、张新建之逐，出自内旨不必言，初则吕桂林四疏而退；申吴门为上所眷留，至十一疏亦允；后则王太仓尤受宠注，亦入疏即见俞；至许新安、王山阴稍拂圣意，许以三疏，王以五疏，俱得请矣；至赵兰溪卧邸，则时历三年，疏凡八十余上，而卒于位，说者以为子弟辈贪恋权位，制其乃父致然；沈四明告归仅匝岁，而辞疏亦至八十，说者又谓欲挈归德同行，故久不去位，是时相体已扫地矣；又至李晋江则在阁不两月，而居真武庙凡六年，谢事之章百余始放归，直如囚之长系、兽之在槛而已，尚可曰相体、曰主恩哉？

元老堂名相同

宋朱紫阳号晦庵，而本朝刘文靖亦号晦菴，然古今不相及，或云朱所署为晦庵，与刘本不同也。若宋宰相吴育号容斋，而南渡相洪学士迈亦称容斋,洪素博洽,何以即袭前辈别号耶?世宗朝夏文愍治白鸥园,有堂名赐闲,即以名其刻本诗集,今尚行世。而近日吴门申瑶泉相公谢事归,亦构别业名赐闲堂,刻图记署诗文俱用之。同为首揆,相去不数十年,何以雷同至此,想或偶不记忆耳。

古　道

古人交以先投契为主,不论后来贵贱,如魏野之于王旦,邵雍之于文彦博、司马光尚矣。晚近渐失此意,而尚有存者,如松江之陆平泉宗伯,与徐华亭科第相去二十年,徐已位大宗伯,陆尚史官,讲敌礼,此词林前后辈之最不拘套者。又如今上丙戌年,王太仓在揆地,时海盐举人王文禄者,以公车至,太仓坐之上席,文禄亦不逊,踞客位如平日,此故友穷达之不拘套者。至如先同年而晚途显晦顿异者,又曾同席砚而后出门墙者,则体统迥不假借。王弇州为藩臬时,江陵当国,其同事也,通书不书衔,不称晚,竟究易之;先外大父为山东宪使,投书于同年太仓相公,则书衔而下仍年眷弟,亦不以为忤。今则蝇头细书青面手板,无有敢及年字者矣,惟京卿尚有之,侍郎则称年晚生,尚书则仅年侍教生。近年申吴县七旬,萧岳峰大司马其同年也,时申久居林下,萧已晋三孤,尚于祝文称侍教,他可知矣。然则赵司马鉴称年晚生于首揆费铅山,致有神童之诮,今何足异也。至座主门生等威更峻,不论生平交谊,概执弟子礼,如顾泾阳吏部之于孙柏泽少宰,虽认师弟于公会,而晏见则稍通融,闻二公俱有后言,二公真人品,真交情,尚不免俗,何论其他。盖古道之窒于世法久矣。

王文禄亦博洽士也,丙戌入京都已望八,是科正太仓主考,榜后搜取其落卷阅之,首篇题为"君子名之必可言",末句"无所苟而已"。王之结语二小比相对云:由哉苟也,苟哉由也。太仓每举示人以为笑柄。

不愿拜相

今上登极,起陆平泉宗伯于家,陆于江陵公为前辈,素所敬服,将援之入阁与同事,且示意使附己,陆佯为不觉,竟托疾乞归,江陵愠其异己，亦不坚留，比归，遂不复出，天下高之。然而已有先之者。李文敏蒲汀廷相在武宗时，以史官在讲筵，仪表丰伟，音吐洪亮，上顾而属目，遂拟相之，时钱宁、江彬辈即致贺，且市德，李惶惧力辞不得，以权谲托他珰诡词致恳始免。当时尤之者曰：功名到手为真，奈何作态！迨后门人张罗峰、翟石门、严介溪，又门人之门人夏桂溪，相继为元宰，而李终不得，李不悔也。李在世宗朝，以正任户部尚书带兼翰林学士，为本朝仅见，及考满，以正二品加太子宾客，仅得三品，亦故事所未有，前此景帝朝，侍郎俞山、俞纲等俱加东宫三少，则又三品上兼二品，与此正相反，皆异典也。陆公以林下进加太子少保，尤为圣朝优老盛事。二公俱以完名老林下，胜于黄扉忍诟多矣。

正德中，吕泾野柟以刘瑾同乡，骤迁亚卿，亦欲引之入阁，吕遂不与往来，几为所中，瑾败而免。

今上之十年，潘新昌为冯保受业旧师，在里中，用故相荐以宗伯起武英殿大学士，中道策免，其辱更甚。昔严挺之宁不为相必不见牛仙客，卓哉。

宗伯大拜

今上壬申即位，首简礼部尚书吕文简调阳为次揆，初元之后，惟戊寅马文庄自强再以宗伯入，甫半岁而卒，至壬午张江陵荐潘新昌晟以旧礼卿入武英殿，未任论罢，自后大拜者，俱以侍郎得之。直至辛丑九月，沈归德、朱山阴俱以故宗伯起田间入东阁，自吕文简以来，恰三十年矣，说者遂以春卿为钝物。又壬辰之后，罗康洲万化、范含虚谦、余云衢继登三相公，继没于位，辛丑八月，冯琢庵琦以久次得之。然甚不乐，不旬月而沈、朱大拜，冯久负相望，且以现任南宫不能得，自谓必绝望矣，愈以怏怏，甫任岁余，亦病终于邸第，年仅四十有五云。

太宰推内阁

传奉升官，本非治朝佳事，至于传升大僚，尤为非体。先朝正德间不必言，即成、弘两朝号称盛世，亦不免此，如倪文僖谦之为南大宗伯,王端毅恕之以尚书抚南直隶,屠襄惠滽之得太宰,徐宫保琼之得宗伯,皆是也。至于辅臣以中旨入阁,虽先朝皆有之,惟世宗朝为多,而臣下不敢议;今上辛卯,申吴县谢事,中旨用赵兰溪、张新建二公入阁,实申所揭荐也。时陆庄简新入领铨,特疏诤之,谓斜封墨敕乃季世乱政,况辅弼近臣,无夜半传出之例,渐不可长。其词甚峻,上优容答之。比有旨再推阁臣,则铨臣为政,陆于会推疏中列堪任者数人,以己名居首,俱人望也。疏久不下,上忽批出云:"卿向有疏欲复会推旧制,今果卿居首,足见请推之意。"陆惶恐谢不敢,遂闭门请罢,给事中乔胤承风旨劾之见逐矣。陆初治邑有声,当宗人陆炳盗柄,欲引居言路,苦乞刑曹郎,又欲引为吏部,即告改南礼部以出,炳败始进用,后与江陵石交,比其柄政,又借端见忤而行,自此名重一世。迨晚节热中揆地,遂为圣主所消,真所谓日暮途远也。

宰相朝房体制

宋世宰相居政事堂受百僚参谒,俱踞坐不为礼,惟两制侍从以上,始稍加延接耳。本朝既不设宰相,亦无政事堂,凡为阁臣者,但以朝房为通谒之所,然署名翰林院,初非曹省公署也。向来庶寮见朝房者,有所请质,大半多立谈,至吾乡陆庄简光祖为卿寺时,江陵公当国,气盖群公,与客立谈,不数言即遣行,陆至揖罢,便进曰:"今日有公事,当详议,须一席侍坐方可尽其愚,不然且告退,从此不复敢望清光。"张慑其气,始命坐接对,自此循以为例,即庶寮亦得隅坐矣。江陵骄倨,独此一事号为能折节,陆与深交,故敢直言,不致逢其怒耳。陆先为选郎,见都察院三堂,长揖不跪,彼此争礼,不胜而屈,后为少宰,勒庶吉士避道,至遭呵詈,惟此一番得胜耳。

旧翰林编检俱避太宰,自嘉靖万镗秉铨,史官始与平交,若吉士之抗少宰,则不知始于何时。

冢宰避内阁

自来六卿皆避内阁轮,惟太宰则否。自分宜势张,冢宰亦引避,遂为故事,陆平湖始改正之,然预嘱舆夫,宛转迂道,不使与内阁相值,以故终其任阁部无争礼之嫌。后来孙富平但循陆故事,不能授意于昇卒,卒遇张新建,下舆欲揖,张拥扇蔽面不顾而去,遂成仇隙。盖两家构兵,自有大局,然此亦其切齿之一端也。富平再出时,福清独相,故号声气,意其前辈重望,或未必相下,富平监前事,独引避恐后,福清大喜过望,一切批答,相应如埙箎。久之孙威福既成,羽翼更众,政府反仰其鼻息。会富平考满加一品,福清有向珍玉带欲遗之,虑其见却,使其客胡给事忻先道意,孙徐曰:"此亦后生辈好事,吾何忍辞。"叶方敢以为献。盖势之所归,即大贤独相,亦且听之矣。

按,江陵在事时,冢宰不过一主书吏而已。及吴门则通商榷相可否,其权大半尚在阁。至陆平湖秉铨,虽从政府取位,而自持大阿,王山阴亦委心听之,故阁部号相欢。王太仓自家来,居首揆,时孙余姚已先位,太宰为诸君子所胁持,屡与太仓抗,因而有癸巳京察重处功郎之事。此后则孙富平与张新建各结强援,相攻若吴越,而阁部成讼场矣。李延津与沈四明稍洽,而上饶杨少宰继之,亦受诸名流控制,与沈途径各分,而体局犹未尽裂。朱山阴病,强半邸第,不能干铨政,铨地亦不忍忘之。至福清独相,起富平于家,虽从人望,亦以先辈同志,冀得左右如意,比至则拥戴诸公,在朝在野,各自居功以取偿,秦中在言路者,又不能以道相夹助,于是黜陟大柄,阁中不复能干预,而冢臣一嚬笑间,揆地之毁誉去留系之。闻福清亦甚悔恨,无奈彼羽翮已完,又无金翅鸟唊神龙力,反事事颐指阁中,视江陵时真手足易位矣。

辛亥内计,词臣之削谪皆掌院王耀州一人为政,福清毫不得主。此本衙门事,而藐首揆若赘瘤,福清所以亦不乐。

阁部重轻

六曹文武二柄政为极重,其轻则始于嘉靖初张永嘉之未相也,先摄西台篆,刑辱大臣以张角距,比得相得君,箝制天下,方、桂其同志也,王琼其起枯骨而肉之者也,汪铉被其卵翼而奴事之者也,四人者先后在铨地十余年,与永嘉相终始。张去而夏桂溪为政,其宠信不及张,而气焰与横肆过之,旋进旋夺,与部臣互有低昂。比夏诛而严分宜在事，凡秉国十九年，以吏兵二曹为外府，稍不当意，或诛或斥，二曹事之如掾吏之对官长，奉行文书而已。严之见逐，徐文贞为政，无专权之名而能笼络钩致，得其欢心，秉东西铨者，在其术中不觉也。先帝独任高新郑，以首揆领统均，乃古今一大变革，且其才足自办，视他卿佐蔑如也。迨今上冲年，张江陵以受遗当阿衡之任，宫府一体，百辟从风，相权之重，本朝罕俪，部臣拱手受成，比于威君严父又有加焉。张没而事体大变，申吴门以柔道御天下，时杨海丰用旧耆秉铨，和平凝重，政府安之者十年，杨去而宋商丘代之，欲大有振作而不及待，吴门亦解相印矣。陆平湖故与揆地相知，时王太仓继当国，卧病未至，尤陆心膂石交，而暂摄政府者为王山阴，与陆倾盖相善，铨政几还旧观，甫期而二公俱去国矣。太仓还朝，孙、陈二公相继为吏部，同为浙人，又同邑也，修平湖故事，稍稍见忤端。盖王非挠部者，而不能不惜阁体之日见轻；孙陈非侵阁者，而不能不恨部权之未尽复，其黠而喜事者，复从旁挑之，遂有异同之说，然王亦自此急引退矣。赵兰溪名曰首相，以庸碌见轻，张新建代庖，遂与太宰孙富平植党相攻，先后并去，祸变蔓延，至今未已。此后则沈四明继之，在吏部者前为李延津，今为杨上饶，以少宰署事最久，去年乙巳一察，阁部意见概可知矣。

大老居乡之体

庚寅年，吴县申相公正当国，时江南大饥，上命给事中杨东明衔专敕出赈，驻节吴中。每过申门，辄屏驺从步行，盖申乃杨丁丑大座师也，时谓其礼太恭。至壬辰，申已谢相即归里，时吴江知县黄似华以才新调至，亦申门人之门人，入郡城访申，则呵殿至门，彩服踞上坐，申相辞以疾不面，时谓其礼太倨。二公皆蜀人也，然申与其地方官往还，修郡民礼甚谨。吾乡如沈继山则不然，生平绝不与守令交，其必欲求晤者，则野服相对。项丁酉年以右都御史告归，嘉禾兵使刘庚其同年也，首来相访，辄葛巾芒履以出，自云引疾不出门，送至中庭而止，又不报谒。刘大怒诟骂，欲起大狱罗织之，以物论不可始息。余讶其过亢，私问之曰："陆庄简太宰生平肮脏，然铨罢还家，亲见其肩舆抵县门，何不稍效其折节乎？"沈曰："陆，余石交也，晚年殖产太厚，诸子无能继述者，不免为后人屈；余无田无子，何所顾恤？则姑行吾意可也。"

两殿两房中书

文华殿本主上与东宫讲读之所，视唐之延英、宋之集贤，其地最为亲切，非如武英殿为杂流窟穴。以故自永乐以后，辅臣拜大学士者，即华盖、谨身在正殿之后，皆系衔其间，而文华以偏殿独缺，则地望邃密故也。其中书房入直者，称天子近臣，从事翰墨。如阁臣王文通一宁，以永乐甲榜翰林修撰供事文华殿；宣德年间，沈度已正拜翰林学士，沈粲已官右春坊右庶子，尚结衔文华殿书办，李应桢自乙科入官太仆少卿，其称亦然；至正德嘉靖间，则两房事寄已踞文华上矣，乃周惠畴以儒士入，官至工部尚书，谈相亦以儒士入，官至工部左侍郎，俱称文华殿书办自若也。然自正德以后，科目正途无一人肯屑就者，此官益以日轻。自近年来，鬻爵事兴，文华、武英两殿中书舍人，俱许入赀直拜，不复考技艺人能，竟以异流目之，且俱虚縻公廪，不从事于濡染，即一殿之中，已自分为两途，不相往还，而东西二殿不复低昂矣。至制敕、诰敕两房，今为阁臣掾属，仅比唐宋宰相主书堂后之役，然永乐初设内阁，本理制诰，其后渐以中书入直，犹唐宋西制之意；宣德间始专设西房处之，而阁臣身居于东，因有两房之称，非专属中书官也；其后制敕诰敕又分而两房，遂属之中书，称阁臣属吏，然其衔自云文渊阁书办，或云内阁书办，专随辅臣出入，一切条旨答揭，俱得预闻，揆地亦间寄以耳目。其选本不轻，且得拜翰林典籍侍书及司经局正字等官，与玉堂称寮寀，而修实录、修书史俱得效劳充誊写催纂收藏之役，以至东宫出阁，亦供事讲筵，他日龙飞并沾恩典，或得荫子，俱非文华诸人所敢望，又何论武英诸君！自此遂讳称书办，改署其衔为办事，于是两房诸寮间有甲科名士亦居之。如徐学谟以吏部主事入，供事吴国伦则出拜吏科给事中，严杰出为御史，归有光则入为太仆寺丞供事。至于乙科非高才大力不得入，其不愿久留者，俱以郎署出为藩臬大吏矣，其以监生儒士选者，亦得积资带衔卿寺部堂以上尊官矣。穆宗朝，高新郑始建议两房不得拜卿贰，两殿不得过四五品，上允之，命著为令。然未久已尽逾越，而两房又日以加贵，即两殿有朵颐登瀛、至倾囊罄家求改入而不得者矣。以今日两中书相视，几有云泥泾渭之别，然成化以前，惟武英稍为猥杂，而文华之与两房似亦不甚轩轾也。

太常少卿程洛者，即宣德间中书程南云之子，先以尚宝司丞在内阁司诰敕，成化乙酉年取入文华殿东耳房书办，以至今官，则中书官旧例可知矣。南云官太常卿，至充廷试读卷官。

书　　办

书办为管文书者通称，以故秘殿内阁凡带衔中书科俱以入衔，本不足讳，如辅臣大拜，奉旨则曰入阁办事，甲科各衙门观政期满未授官者，曰某部办事进士，盖俱以政务所自出也。若两殿各有侍直房，内阁又有制诰两房，所司不过笔札，今两房久次者忽自尊其衔曰掌房事，其次则曰办事，至效劳者亦称供事，以自别于书办，两殿官亦因而效颦焉，而书办之名，遂专属于大小曹署之掌案胥吏矣。今胥史书办之权，已超本官之上，而吏礼兵三部之权，又超诸书办之上，恐带衔中书官无此炙手也。

仁智等殿官

仁智殿者，故元时在内苑万岁山之半，为游幸之所，今不复存。本朝武英殿后别有仁智殿，为中宫受朝贺及列帝列后大行发丧之所，武英殿之东北为思善门，即百官及命妇入临处，凡杂流以技艺进者，俱隶仁智殿，自在文华殿武英殿之外。曾见吕纪翎毛极工，迥出生平濡染之上，下题"仁智殿办事锦衣卫试百户吕某"，盖其时百艺所萃，与工匠为伍。即今武英殿诸人之前辈，凡内府各监局寺观俱有之，抄写小说杂书，最为猥贱。成化间如周惠畴后官至尚书，其初乃以大慈恩寺书办入衔，然此后遂自别于武英殿，不复称仁智矣。若文、武两殿本自有别，文华为司礼监提调，与提督本殿大珰相见，但用师生礼。武英殿中书官，先朝本不曾设，其在今日，则属御用监管辖，一应本监刊刻书篆，并屏幛楄桷以及鞭扇陈设绘画之事，悉以委之，其见大珰礼颇峻。成化初元，太监傅恭传旨升技术士文思院副使李景华等为中书舍人，御用监书办，自是负贩厮眷传奉不绝，几不可称清近之班。景华后升至通政司，传旨尚称御用监办事，盖其时即武英殿亦未许入衔也，而文华之体则尚在。盖自宣德间置中书舍人数员，供事文华门东廊，备上宣唤写门联手帖之属，署衔曰文华门耳房书办，本系翰墨亲近，至成化间亦各以传旨进秩，地望渐轻，对称为两殿官，其间供事者皆以艺进，或献诗词于大珰者亦得之，于是科目清流，无肯预列。宪宗朝刑部主事郭宗，以太监覃昌传升尚宝少卿直文华殿，宗起进士，工刻印章，为中人所引，遂与市井小人趋走无别，愧恨成疾以死。正德初，逆瑾用事，时有工部主事徐子熙者，亦起家进士，挟册与杂流并试，得升光禄少卿，供事于文华殿之中书房，士林贱之，不齿之缙绅焉。此后则赀郎白身辈充牣其中，虽自命清流，忽视武英，不屑与称僚寀，而时论不谓然。然自成弘后，中书传奉之弊一清，凡八十余年，而两殿加纳之例又开矣。

异途中书初授

两殿官虽分，而考授例则无异，其以监生入者，历三年即拜中书舍人，若九年即升带衔部寺矣；其以儒士起家者，仅得鸿胪序班，九年满始得从八品，又九年始拜中书舍人，其途纡回如此；此后历俸加升，则郎署卿寺便无分别。若迩年纳级，则又不然矣。

犹忆往时松江潘云龙，以监生考授武英殿试中书，乐清赵士桢以钦召入文华殿，然以儒士在直二十年，尚为鸿胪主簿，休宁黄正宾亦以儒士入武英殿，止鸿胪司宾署丞，此三人皆他途中知名者，时纳官例未开也。

卷十

词　林

翰　林　权　重

内阁辅臣俱系职词林，至今上任视事仍在翰院，凡文移俱以翰林院印行之，人谓词臣偏重为非，是未知太祖时故事也。洪武十四年十月，命法司论囚拟律奏闻，从翰林春坊会议平允，然后覆奏论决，是生杀大事主于词臣矣。至十二月，又命翰林编修检讨典籍、左右春坊司直正字等官考驳诸司奏启以闻，如平允则序衔曰"翰林兼平驳诸司文章事某官某"，列名书之以进，则唐宋平章参政之任又兼之矣。十五年废四辅官，遂设华盖等殿阁大学士，以邵质等为之，二十三年，止称学士，而任事如故也；惟建文不设学士，而永乐仍为阁殿大学士，秩本尊于史官坊局，安得不司禁密之寄，议者纷纷，正未考夫典故耳。

选庶吉士之始

今会试后考选庶吉士，人谓始于文皇帝永乐甲申科取二十八人，以应列宿，相传已久，而竟不然。自太祖洪武四年开科取士，至六年癸丑，又当会试，诏命罢之，特选河南举人张惟等四名、山东举人王琏等五名俱授翰林院编修，命赞善大夫宋濂、桂彦良等教习，此即选考庶常权舆于此矣。至十八年乙丑科，而一甲三名丁显、练子宁、黄子澄俱受翰林院修撰，此鼎甲得词林之始也。是科即有庶吉士杨靖者，试事于吏科，寻出使还，即升户部侍郎，则遴考庶常，似是此年创始；然读大诰又载承敕庶吉士廖孟瞻，以受赃诛，事在十八年，则不始于乙丑矣。又《徐孟昭传》云：孟昭举洪武乙丑进士，拜江西道监察御史，入为礼科庶吉士。其传为梁用之所作。又户部尚书追封汤溪伯郭资,亦乙丑科翰林庶吉士;至二十一年戊辰解缙亦为中书庶吉士,自戊辰至甲申又七科,而文皇帝修太祖故事,一甲曾棨、周述、周孟简三人俱授修撰,又选杨相等二十八人为吉士,并挨宿周忱为二十九人耳,向来纪述者殊未核。

按,洪武十八年状元有云花纶者,则见《永平志》;有云邓伟奇为榜眼者,见《楚纪》;是科会元有云黄子澄者,有云邓伟奇者,俱未知孰是。

遍历四衙门

今世呼翰林、吏部、科、道为衙四门,以其极清华之选也,然未有遍历之者。本朝惟江西乐平人徐旭,字孟昭,登洪武十八年乙丑进士,授河南道御史,入为礼科给事中,以忤旨降涿州训导,进凤阳教谕,擢安王府纪善,以荐者升知州,又入直史馆,出为吏部考功员外郎,太宗入绍,升郎中,预修《太祖实录》,升国子祭酒,降云南参议,改翰林修撰,命修《永乐大典》,未几卒。盖于四衙美官无所不历,又再为教官,一出曳裾,一典方州,一参方面,且曾大司成之位,三领著作之任。晚终于六品史官,于法不得恤,乃文皇遣礼部主事端礼谕祭,又命官给椟以殓,恩礼始终,亦异矣。

一云旭为永乐四年丙戌会试同考,卒于闱中。

胜国词臣出使

太祖定天下,以元故词臣危素、周伯琦辈不能殉节,薄之,俱废置不终,所以劝事君也。然有极异者,如翰林侍读张以宁,登元泰定丁卯进士,任黄岩州判官,再升六合知县,又教谕淮南,再征国子助教,累入翰林,盖食其禄者四十余年。至明兴,拜前官奉使安南封其国主,未至,王卒,国人请立世子,以宁不从,复请命于朝,乃许之,上以其奉使不辱,御制诗八篇赐之,其宠异如此。按,以宁祖名留孙,元礼部尚书,父一清,参知政事,为元世臣,不宜遽忘其恩也。又罗复仁者,为伪汉陈友谅翰林编修,太祖取九江归附,以为国子助教,遣说友谅子陈理于武昌,降之,又使山西谕降扩廓帖木儿,迁翰林编修,又使安南不受馈遗，上嘉之，拜弘文馆学士，以其朴野，呼老实罗而不名，乞致仕归，赐以大布衣，题其上曰："性虽粗率，忠直可嘉，赐汝布衣，放归田里。"复召至京，上怜其老，遣还，赐以玉带及铁杖裘马食具，其被眷又倍以宁，有非宋金华、陶当涂所敢望者。岂以二人虽仕两国，不及危、周之显贵耶？抑以出使时有口舌之劳也？是未可测。

词林中舍互改

翰林著作之庭，中书丝纶所出，古来并重，至我国初犹然。如洪武间朱孟辨以翰林编修改中书舍人，至永乐间黄淮以中书舍人召入翰林备顾问，寻命居内阁掌制诰，升编修；庶吉士张益授中书舍人、升左评事，俱仍于翰林院供职；姚友直以中书舍人升太子洗马，而庶吉士高榖等七人同授中书舍人，高即转春坊司直郎；宣德间朱祚以词赋授中书舍人升翰林院修撰，教内官书；景泰元年，中书舍人陈学等四人俱升翰林编修，仍于内阁书办，盖当时以为恒典。自舍人之有胄子而任渐轻，其后杂流赀郎一概混拜两房两殿充塞，具负甲科筮仕授此官者，必别标署以自异矣。然翰林之猥杂，在唐尤甚，如画工、棋博士、茶酒司之属，咸得待诏翰林，犹今日中书科薰莸玉石之无别也，必如国初故事，始不失两制遗意云。

鼎甲同为庶常

国初选庶吉士，不独诸进士也，亦不由新科也，如永乐甲申科，则一甲曾棨等三人，杨相等廿五人，为二十八宿，而以周忱为挨宿。宣德三年戊申，将立太子，上欲选贤才备宫寮，上出题亲试，为诸葛孔明可兴礼乐论，拔翰林官及进士共三十一人，比永乐二十八宿例，则有官者不列宿中矣。时状元马愉仍为选首，而以所为二十八人者，正史及纪载诸书俱不载姓名，今无可考。惟是宣宗在御十年，凡三开科，宣德二年为丁未，仅留邢恭一人为庶吉士，以译字得第，因留之，是年所得吉士，又有萧镃，共二人而已；五年为庚戌科，命大学士杨士奇等选萨琦等八人为庶吉士，上亲试用人何以得其力论，命侍读学士王直为之师，给房舍酒馔，如永乐例；至八年为癸丑科，是年三月命礼部尚书胡淡等选新进士尹昌等六员，上命改庶吉士，同萨琦等进学，赐赉亦如永乐例，仍命王直督之，三月一考其文。本年十一月，又命尚书蹇义等选前科之俊，并癸丑新科徐得埕等十三人为庶吉士，同萨琦等于翰林进学，仍以王直训督，而杨荣考校之；本月之己酉日，上又谓吏部郭琎曰："在外庶官，亦必有文学可取者，朕欲得其人用之，命卿选择。"明日，琎即引六十八人入奏，上命杨士奇等试于庭，得知县孔友谅，进士胡端桢、廖庄、宋琏，教谕黄纯、徐惟超，训导娄升等共七人，上命改进士为庶吉士，同黄纯等历事六科以备用。则是年凡三试庶常，外吏教官亦列其中，若孔友谅者，为永乐戊戌科吉士授知县以出，已十八年，又入为庶常，尤为奇事，而丁未庚戌两科，尚读书未散馆也。至九年甲寅三月，上命行在翰林修撰马愉、陈询、林震、曹鼐，编修林文、龚琦、钟复、赵恢，大理寺左评事张益闻、庶吉士萨琦、何瑄、郑建、江渊、李绍、姜洪、徐埕、林补、赖世隆、潘洪、尹昌、黄缵、方熙、许南杰、吴节、叶锡、王玉、刘实、虞英、赵智、陈金、王振、逯端、黄回、祖传纲、萧镃、陈惠、陈睿三十七人，于文渊阁进学，至是召入左顺门试之，上亲第高下，赐赉有差，以少詹兼读学王直有训厉劳，赐钞千贯，其前修撰四员马、林、曹三人俱丁未庚戌癸丑状元，陈询者则永乐戊戌庶常，至是已十七年老词臣矣，编修四人亦皆鼎甲，乃与廷评吉士同业同考，俱异典也。未几，宣宗升遐，三科吉士皆不及授官，至正统而始拜职云。前所记萧镃、景奏拜相，而史竟不云曾为吉士，镃本传中云：宣宗选萧镃等二十人入馆，改庶常读书，则当时癸丑散馆又不止三次。又庚戌科赵忠为吾邑人，亦选吉士，而史不载，以上见各家记述中者，什仅得一二，修史者之鲁莽，罪不胜诛矣。至景泰二年辛未，选吴汇等二十五人与状元柯潜等三人，共二十八人，如永乐甲申之制，始尽复旧规，皆读书东阁中，不别立馆司，不出居外署，惟命阁臣教习考试，其制特为隆重云。若鼎甲之不同庶常习学，未知起于何科，至隆庆五年，阁臣高拱等建白，始同诸吉士读书为辛未科云。

王文瑞自丁未至正统丙辰连四科为吉士教习，自癸丑丙辰己未连三科为会试主考，俱本朝所无。

庶吉士失载

今词臣典故及弇州别集,载永乐二十二年甲辰科庶吉士止六名,其实二十人,如高举授行在刑科,刘俊授行在兵科,王珽、何志、曾泉、万顷、木讷、张观、沈善、周安、刘濬、李敬、卢璟、晏铎俱御史,则二书所失载者。是科又有庶吉士成敬者,授晋府奉祠,宣德间坐晋事被累腐刑,后改郕府典宝,景皇自郕邸入缵,升内官监太监。子凯登景泰二年辛未进士,授科吏都给事中,寻夭,敬以景泰四年乞省墓,上敕赐及墓祭,更赐诗以宠其行,又二年卒。关中乔敬叔世宁为敬作传,备载其事。此在词林典故讳之亦可,弇州失记,岂未见乔传耶?

永乐甲辰吉士,予向亦只纪六名。

医官再领著作

大医院御医赵友同,字彦如,大臣荐其文学,时文皇帝方修《永乐大典》,用为副总裁,后修五经四书、性理诸大全,又用为纂修官,其职实词林妙选,而衔仍方技杂流也。始彦如为宋景濂弟子,初用胡祭酒荐,拜华亭训导,曾主浙江乡试,满九载当升,以少师姚广孝言其知医,遂得此官,因而留京师充纂修。又有荐知水利者,命从户部尚书夏元吉治水江南,其人之多才技可知矣。不幸以医见知,不及为文学近臣,终老异途,可慨也。

吉士写佛经

成化间太监王敬奉敕至江南,多所征索,至令生员抄写佛经,为苏州诸生所噪逐,时太宰陆全卿以青衿为之倡,以此知名,然文皇朝有故事,不特役诸生已也。永乐辛丑,翰林吉士高穀写经于海邸寺,遇雨,徒跣奔归,有见而怜之者,欲为丐免,穀不可,曰:盍语当路概行禁写,所全者不更大乎?穀以乙未科改庶常,至是且七年矣,久次拜中书舍人,以考满改编修。盖国初内外制并重,尚如唐宋例也。是时三杨在阁,称一时极盛,而主上嗜好不敢谏止,则帝师哈立麻辈为祟也。

进士授史官

自来进士竟授史官者，国初不必论，惟正统四年己未科钱文通溥以教习内侍，得直拜检讨，后虽通显，终以结交内臣王伦，擅草英宗遗诏，谪顺德知州县，后显，再起至南太宰，仅得下谥，其生平不为正人所许。正德三年戊辰科焦黄中以二甲第一名、胡缵宗以三甲第一名俱奉旨传授检讨，此出逆瑾私意，焦不足言，胡故材臣，坐是谪州判，后历中丞，为仇家王联所讦，下狱几死，得戍。此后则孝宗朝岐益等府出阁，用庚戌科进士六人为检讨侍讲读，各喧詈于吏部堂，尚书耿裕奏知为首充军，余降为吏。世宗朝景王出阁，用进士二人为讲读，亦改史官，随封之国，俱改长史，其后景恭王薨逝，始得他官，其喜若登仙，然皆不振。若今上初年，以潞邸出阁，亦改进士徐联芳、董樾为检讨，阁臣奏准待九年考满，得升参议，至王之国别选他官为藩僚以行，二人始肯就职，后皆转参藩以出，然而终不出显。今福藩讲读，仍修故事，侍讲读者得方面去矣，意者他日能大用，豁诸公蒙气也。

袁宗皋者亦弘治庚戌进士，不由翰林，竟授兴府长史，随献王之国。世宗龙飞入相，卒于位。

正统戊辰庶常

正统十三年选庶常三十人，内山西五人，山东四人，北直六人，河南三人，陕西三人，四川五人，南直三人，俱江北，而浙、福、湖广、江西四大省，南直隶之江南，以至两广、云贵，俱无一人焉，最为怪事。时首揆为曾文忠鼐，其弟鼎即为庶常第二人，次揆陈循江西泰和人，冢宰王直与之同邑，何以皆不为桑梓出一语也？第十名李泰者，为司礼太监永昌嗣子，竟不为本生母治丧，遂为玉堂之玷。其时开馆教习，俱非词林尊官，先为侍读习嘉言、侍讲王一宁、编修王赵恢，继之者侍讲刘铉、修撰王振（即王恂，后以权珰同名改焉）。铉由乙科以兵部主事升入，尤为异，后又得为国子祭酒。

是科三十吉士，散馆时万安留为编修，李本留为检讨，俱四川人，刘吉、李泰留为编修，俱北直隶人，其廿六人俱出为科道部寺，至李宽又为行人司正，亦奇。

按，是年会试同考官，一教授二教谕一训导，俱贡士；四书题《论语》居二，《中庸》居一，而无《孟子》；廷试读卷官例用正途大臣，而用户部左侍郎奈亨，系吏员，太常少卿程南云，系习字人，俱为创见；又印卷官礼部仪制司主事八通，其姓甚稀，想降夷也。

武弁保留词臣

成化以前，大小臣工夺情者固多，然多出自圣眷，或心欲留而夤缘中旨得之，犹为有说。惟正统十三年八月，翰林修撰许彬闻父丧当守制，而锦衣卫带俸都指挥使昌英，疏彬方译写夷字，今外夷朝贡，番文填委，乞命夺情。上允之。按，彬以永乐乙未庶常起家，从检讨升修撰，即云译字，固词臣也，武弁安敢留之？彬亦不以为耻，即腼颜不去，举朝无一人非之，盖四维已绝，三纲将废，宜次年即有土木大变。但天顺初元，彬遂入相，没而得谥襄敏，斯为异矣。

检讨掌翰林院

王稔者，江西泰和县人，吏部尚书王文端直次子也，以布衣荐授本县训导，升南京国子博士，再升翰林检讨署监丞事，三年考满入京，适南京翰林学士邢宽卒，吏部奏以稔旧职掌南院，又三年丁母忧卒于家。以布衣入翰林，一异也；以检讨从七品史官，而握词林篆，二异也；邢起家状元，而稔布衣继之，三异也；其推掌院印，时文端公方为冢宰在事，而子膺异数不一引嫌，四异也；天顺改元，旧臣诛逐殆尽，文端亦革少傅致仕，时稔在南院，亦无人指谪之，五异也。盖文端重望，非有私于子，而时犹淳朴，言事者亦未尝有穿凿搜抉之习，遂无物色及之者。

词林单名

后汉人无复名，向以为王莽禁之，然而无据，况有马日䃅诸人则仍复名也。自魏晋后渐不复然，至五胡盗中原，胡名遂有三四字者。本朝惟正统十一年六相单名，景帝即位，五相俱单名，以为异；至英宗复辟,凡六相,徐有贞以首揆谴去,其五相又皆单名,不先不后,同在内阁,已为异矣;若永乐壬辰科一甲马铎等三人,吉士蒋礼等十七人,景泰甲戌科一甲孙贤等三人,吉士吴璿等十八人,俱单名,无二字者,是虽偶然,亦史册仅见;正统戊辰科一甲彭时等、庶吉士万安等,共三十三人,止白行顺一人复名,亦奇。

改名被疑

古人因事改名者甚多。本朝景泰中,翰林编修王振因与内宦同名,土木之变改为王恂。成化中,编修王臣因有奸人与之同名伏法,请改名舜功,上不许也。嘉靖间,刑科徐学诗以劾严分宜罢去,时徐宗伯太宰为礼部郎,姓名与之同,乃改诗为谟,后致位通显,亦有讥之者,宗伯辨白良苦,时人疑信犹相半也。名为父所命,苟非犯君父讳及同奸恶名如二王者似不必轻改,若徐公即非媚灶,亦多此一事矣。

翰林升转之速

本朝迁官,故事,必九年方升二级,他官犹内外互转,惟词臣不离本局,确守此制,以故有积薪之叹。凡九年满者,若检讨止升修撰,若编修止升侍读侍讲,皆仍为史官,惟修撰九年得升中允,而侍读侍讲再升得为学士,否则宫庶及左右春坊大学士,然而不恒有也。盖祖宗朝,凡宫僚俱以大臣兼领,无专拜者,以故成化三年左谕德黎淳以《英宗实录》成升左庶子,引故事力辞,虽其意欲得翰林光学,不愿久处坊局,且持论则未尝谬也。近日词臣升转俱拜宫僚,检讨一转即为赞善,编修一转即为中允,讲读之官遂废不设。至于春坊大学士,则自杨新都而后无一人除者,盖以名称与阁臣相乱,犹为有说,若光学士则自嘉靖末年张蒲州特拜,骇为奇事,今遂绝响,但为大宗伯兼官而已。此官虽清华极选要,当视其人称否,不宜竟虚其位。

词林极重五品,凡三考始得之,盖已二十七年矣。隆庆以前皆然。近年丁酉焦弱侯被谪,时已历九年,特未考满耳,竟以修撰外贬,而庚子顾开雍以编修主试北京,亦已九年,仅迁修撰入闱。二公皆鼎甲也,尚皆不敢逾越。近日庶常授史职,不数年即纷纷求转,必得赞善、中允，即司业且厌薄之矣；坊局六品，不过一年即转五品，盖比嘉隆前辈，超之几二十年云。

翰林当为三四品，而资稍浅者旧俱为太常卿及少卿，盖以正詹及少詹为宫寮之长者，未欲轻授也。如今上之戊午年，刘和（字虞夔）以常少掌院，顷者己酉年，傅汤盘新德以常卿掌国子监，犹存此意也。近为庶子、谕德者，俱竟转少詹以至詹事，似薄容台清卿为不屑居。不知祖宗朝石首杨文忠定、淳安商文毅、安福彭文宪辈俱以常卿少卿为辅臣也，亦可慨矣。

翰林建言知名

词林职在论思风议，若面折廷诤，非其事也。惟成化初年以上元宫中放灯事，编修章懋、黄仲昭，检讨庄昶，合疏力谏，俱谪外，时人名为翰林三谏。按，上元鳌山，本祖宗故事，且两宫在养，理宜娱侍，初非主上过举，此疏似属可已。至嘉靖初年，山西佥事、前给事中佥事史道疏论元辅杨廷和漏网元凶，御史曹嘉品第朝臣五十人列为四等，擅定去留，给事中阎闳又劾杨以救史，遂与曹俱贬外，时人呼为翰林三杰。盖三人俱乙丑科庶吉士，初求留为史官，廷和不许，以是切齿恨之。时御史郑袞驳史曰："廷和拨乱反正，足称救时宰相，道指为元恶，且先扬声邀人浼止，及补外而始发之，其心迹诡秘可见。"给事安磐驳曹曰："本朝解缙以一人而议众人，皆承君命品藻，未有无上命而举朝缙绅得恣其口吻者。"二疏皆公论也。至嘉靖十九年，上偶疾不视朝，东宫官赞善罗洪先、司谏唐顺之、校书赵时春以上免朝颇频，各疏请来岁元日太子出御文华殿受文武及朝觐官朝贺。上震怒曰："朕宫中静理，犹视庶事，今气体未复，岂可不自爱？东宫目上视未愈，安得行步？朕疾未全平，遂欲储贰临朝，是必君父不能起者。"由是三人俱斥为民。是时上方静摄，而东宫病更亟，上特旨停今年行刑，为太子祈安，布告天下，岂宜复请临朝，且睿龄亦止五岁耳。此等建白，直以唐顺宗、宋光宗待主上矣，使在末年，必遭郭希颜之祸。盖三公忠于国而不暇计其言之可行否也，时人高之，又呼为翰林三直云。以上词臣皆以抗疏显名，史道辈不足言，若章枫山与罗念庵等诸君子，亦未中肯綮，必如戊寅词林诸公与江陵争夺情，则断无可訾矣。

成化初元，李文达夺情，编修陈音贻书力劝其终丧，继而修撰罗伦遂露章攻之；戊寅词林吴、赵二公劾江陵，而修撰沈君典亦仅以书婉讽，其事与成化同。

正德朝鼎甲庶常

武宗御极十八年放五科，凡鼎甲十五人，后来绝少大拜及为正卿者，惟辛未科之桂萼，丁丑科之夏言，辛巳科之张璁，俱以外僚入相，俱蒙世宗异眷，贵宠震天下。五科除戊辰传奉八人外，四科又皆选庶常并首甲凡得九十六人，惟辛未张石首、辛巳张茶陵一参揆席，石首不一年以老病死，茶陵以不愿效劳青词为世宗所恨，入阁亦一年以悒郁死，犹之乎不相也。一时词林之厄至此，盖运会使然耶？

按，正德戊辰科，词林典故所纪止得庶吉士焦黄中、胡缵宗、邵锐、黄芳、刘仁等五人，即弇州科试考亦如之。然胡缵宗墓志中尚有李志学等三人，则当时传奉实八人也。此近代事，遂讹失至此，可叹。

庶常再读书

旧例，吉士散馆，各授词林台省部郎等官，其选改而未经考校、以忧去服阕而至者，皆竟授他官，无留补史官之例，亦无再与新吉士同列之例。惟弘治十八年乙丑，庶吉士孙绍先忧归，至正德三年七月赴京，上命同今科吉士读书，后授官检讨，前此未有也。至今上己丑科，庶吉士傅新德丁忧，壬辰年再至亦得与新科吉士入馆考课，后亦授官检讨，自是丁艰者以为例，至今不改，然此后亦有改授科道者矣。孙、傅二君俱山西人，孙之再入馆也，与焦黄中辈八人同事，说者以为黄中父芳为次揆，实主之；傅以十八岁发解连捷，时次揆王太仓惜其才，故有此命，事虽同，而心之公私复别矣。

馆选定制

自嘉靖十三年乙未馆选后，遇丑、未则选，遇辰、戌则停，终世宗之朝，三十余年遂为故事，其后丙辰、己未、壬戌连三科不选，至乙丑始复考耳。而穆宗御极二年为戊辰，以龙飞首科，特选三十人，至万历二年，虽首科亦不选矣，此后庚辰亦如之。至丙戌而次揆王太仓建议谓每科必有佳士，安见丑未盛而辰戌衰，于是奏准但会试之后俱行馆选，而木天济济，光前绝后矣。自张永嘉丙戌摧残以来，至是恰周天，盖运会固然，不第圣主之宽严异也。

词林迁官

词林虽号清华，然迁转最迟，编检历俸须九年始转，即已得五品，亦有至十余年始得再转者，前辈碑志可考。至嘉靖间登进稍速矣，惟乙丑科有十年而为宫坊者，说者谓高新郑私其门生。然自癸丑后三科不选庶常，势不得不骤转，至戊辰仍复淹滞。曾记沈四明故相久滞七品，戏以诗寄同年王山阴相公云：何劳赤眼望青毡，汝老编兮我老编。司业翩翩君莫羡，也曾陪点七年前。夫司业虽小京堂，然词林最厌薄之，以为嫁老女，乃至陪点后七年而积薪如故，较之近年速化者，不免书空咄咄之怪矣。

庶常授州县

庶常授官外任，此永乐、宣德间来有定制时事，至有授王府典宝奉祠者，即纪善亦不易得也；至正德间，则资格大定久矣，乃六年辛未科，则山东武城人庶吉士王导，以中原流寇大乱，欲奉祖母避地江南，请改应天府教授，允之；十二年丁丑科河南宜阳人王邦瑞，以丁忧去再来，仅补广德知州，此二科馆选从无一人任外吏者，一则自请，一则宜除，俱恬然莅任，不闻有怨言。盖前此正德三年戊辰科，有焦黄中等以传奉为吉士，寻升编修、侍讲，宜有后人之退让。其后王导历官兵部尚书，赠太子少保，谥襄毅；邦瑞至吏部左侍郎，赠礼部尚书，谥文忠；而焦黄中等削籍，为士林不齿，然则躁静果孰为得之耶？至嘉靖五年丙戌散馆，尽授科道部属，而李元阳等四人授知县，则以张罗峰密疏谓皆故相费宏所植私人，不足作养；八年己丑吉士虽皆罗峰所取门生，然以会元唐顺之等皆不附座师，故尽斥为主事，仅得二给事中、一御史，又二知州、一推官，此柄臣弄权，窃威福以钳劫后进，非上意,亦非诸士退让也。自此至今九十年,更无此事矣。万历己丑散馆,吾浙有一吉士,当得礼部主事,心厌薄之,以情祈于太宰陆庄简。陆同郡人也,甚不乐,谓吉士曰:"不佞往日从邑令转刑部郎,得调春曹,自谓极清华之选,今已忝窃至此,安见台省之足慕耶?"吉士终以座师次揆许新安力授御史。自此至甲辰六科,散馆遂无一人为郎署,而丁未黔人潘润民授礼部,且以为创见矣。

翰林一时外补

霍兀崖初拜少詹事,即上言用人之法,谓翰林不当拘定内转,宜上自内阁以下,而史局俱出补外,其外寮不论举贡,亦当入为史官,如太祖初制。其说亦可采,但时非开创,一旦更张,人所不习,故太宰廖纪力言其窒碍,上亦有随时酌行之旨,盖世宗亦心知霍说之难行耳。比张罗峰入阁,因侍读汪佃讲书不惬上旨,令吏部调外,张因密揭,并他史臣不称者改他官。首揆杨石淙附会其说而推广之,上遂允行,既调汪府通判,而中允杨维聪、侍讲崔桐等二十余人,俱易外吏以去,京师《十可笑》中所云"翰林个个都外调"者是也。盖霍、张俱起他曹,故痛抑词林至此,杨丹徒自谓附张得计,未几亦为张逐矣,此玉堂一时厄运,特假手于两权臣耳。

壬戌科罢选吉士

嘉靖自癸丑选庶常之后,丙辰己未二科不选,至壬戌议定考馆,奉旨定期。至日进士入试,其有时名得径路者,俱相近邻坐,磨墨濡毫,相顾谈笑,预庆华选,而内阁拟题呈御览,久之未出,忽传御札下,阁臣披视,则于题之左御笔朱书四大字曰"今年且罢"。于是一哄而散,其最负声名且先道地者数人,至拥被羞恨,旬日不敢见其同年云。盖先是诸进士贷其金于中贵以赂严分宜首揆,其侪类中有不咸者,密奏于上,遂临事中辍。世宗之神圣如此,其年之七月,分宜遂逐矣。

鼎甲召试文

袁元峰少傅以次揆主嘉靖壬戌会试,是年不选庶常,惟一甲申少师时行、王宫保锡爵及故少傅余有丁在词林而已。每有应酬文字及上所派撰事玄诸醮章，以至馆中高大文册，悉召三门生至私寓代为属草，稍不当意，辄厉色呵叱，恶声继之。余其同郡人也，至诟之曰："汝安得名有丁，当呼为余白丁。"其傲慢无礼至此。有时当入西内直房供上笔札，竟扃门而去，亦不设酒馔，三人者或至昏暮不得食，遂菜色而归，以此为常，王相国每为余言之，尚颦蹙不堪也。袁所最当意者，惟吴中王百穀山人，以为异材，欲援之入诰敕房，如谈相张文宪故事，可援以至卿贰，会袁卒不果。又有吴人王逢年者，袁亦欲援之，而逢年不堪其倨，竟移书辞之曰："阁下以时文博会元，以青词博宰相，安知有所谓古文词哉！"竟策蹇归，袁大怒而无如之何。

杨名编修

嘉靖壬辰杨编修芳洲抗疏论汪鋐与郭勋等之欺罔，上下之诏狱。杨为蜀之遂宁人，汪遂指为故相新都公之侄，故为之报仇，拟大辟，盖为己卸罪地，且以媚首揆永嘉也。会兵部侍郎黄敬斋宗明特疏救芳洲，上怒，并下之狱，加以惨刑。芳洲不为改辞，而敬斋语亦不屈，上稍霁威，杨戍瞿唐卫，其年即赦之，令致仕；黄出为福建参政，寻召入为礼部侍郎，与汪同为卿贰。盖汪为永嘉鸣吠不待言，而当时议礼诸公自桂、霍之外，如方西樵、席元山、黄敬斋、熊兆原诸公，皆表表自树，无肯扫舍人门者。自是永嘉势亦渐孤，不二年再罢，不复起矣。

翰林散官

翰林官不论崇卑，其称郎称大夫，俱结衔于本官之下，相沿既已久矣，而亦不尽然。如嘉靖十四年乙未科，廷试读卷官侍读学士吴惠等，俱先书奉直大夫，次书学士，及侍讲江汝璧等先书承直郎，亦如之。至次榜戊戌科廷试，则词林散官又在本职之下矣。至二十三年甲辰，弥封官左春坊司直谢少南自系宫官，其结衔只宜如各曹之例，乃亦书承德郎于司直之下，此又不可知晓矣。

词林拜太宰

阁臣之专用词林，自嘉靖中叶始，迄今恰六十年，此诚偏枯不均之事。今年二沈相公并去，正拟爰立，言官因有内外兼用之议，其说真不可易，而旁观者谓潜有所推戴，故建此议，未知确否。惟太宰一官，自来兼用内外，祖宗朝所不论，如世宗朝罗文庄钦顺、严文靖讷、郭文简朴，俱以翰林掌铨曹，而高文襄拱以首揆领吏部凡三年，则又穆宗朝近事也，何以禁史官不许大拜。近癸巳年，吏部尚书缺出，首揆意属罗宗伯万化，时赵定宇用贤以左宰学士署铨，亦力任之，虽欲复词林领铨盛事，亦从人望也。给事中朱爵起而诤之，谓破坏成例，且指次揆赵兰溪、张新建私其同年，并訾罗之品格。首揆为太仓，不胜忿恚，极口诋给事，朱虽谪去，而罗终不得用矣。给事所云成例，竟不知此例成于何时，盖愤外吏之不得大拜，故借此以鸣不平耳。此等建白，谓之存体面争意气则可，若云爱惜人材通达国体，则未必然。

交　　际

词林交际最简，其始入者，合衙门自政府以下至史官，各送贺仪分金七分，即书名于书仪之上，不具他柬，其以奉差谒补入者，具青布一端为礼，此先人在馆时事，盖沿袭先辈雅道，想至今尚不变，若他署则不及知矣。先王大父从省中外迁山东佥事，终养归，后入补官，去国将二十年。时严分宜当国，故旧职也，以一纱二扇谒之，严欣然款接，受扇而却纱，补任又其邻郡分巡，始终相欢无他。盖严虽黩货，自是暮夜所入，其寻常交际，想当时皆然，不以为异也。二十年来，即平交必用二币，至于四至于六，今且至八币，而以他物如数侑之，谓之八大八小，不知终始自何时。而当之者反以为俗套，不肯尽收，乃于八大八小之后另开珍异及土宜适用之物以备选择，至黄白酒枪之属别创异名，以避旁观之目，掩属垣之耳，如此恶俗，将何底止。

翰　林　应　制

今上大婚以后，留意文史篇什，遇元旦、端阳、冬至，必命词臣进对联及诗词之属,间出内帑所藏书画,令之题咏,或游宴即宣索进呈。至讲筵尤为隆重,宴赏之外,间有横赐。先人与同年及前辈诸公无日不从事楮墨,而禁脔法酝,亦时时及门。以后上朝讲渐稀,宸游亦间,至今日而警跸不闻声,天庖不排当,岁时节序亦未闻有一二文字进乙览,词臣日偃户高卧,或命酒高会而已,虽享清闲之福,而不蒙禁近之荣,似亦不如当时宠遇也。

翰林官先奏事

本朝朝仪,凡早朝毕,各衙门以次奏事,待上亲决,或引大臣面议,最后内阁辅臣职当承旨趋御前裁决。然以衙门五品隔在大寮之后,进退俱属未便,始命每遇午朝,则翰林院先奏事,遂为成规,所以重辅弼体也。今午朝久不行,奏事亦废久矣。今上丁亥年,因言官建议请复午朝旧制,不数日,上忽问内臣,若遇午朝正此时否?因而误传,内臣纷走,钟鼓尽鸣,皇极门御座亦移正矣,一时侍从诸公奔趋入内,跟跄失度,而上竟不出也。又国初早朝,辅臣与司礼监内臣对立于宝座,文皇晚年以病健忘,每命后宫用事者立衮后,纪载问答圣语,辅臣金幼孜等始避丹陛之下,至成化间而仍移立于上。然在今日,则常朝礼讫,俱退步宫门,即班序上下,不深辨可矣。又记起居注古有郎、有舍人两官,唐宋以来俱立螭坳,亲闻天语。国朝无此官,至今上始创设,以词臣带管,每视朝亦令同科臣侍立,今仍在本班行礼,未尝别侍燕间,所谓起居注,不过讲筵随班侍文华殿,退而节录各衙门章疏及所奉圣旨而已,与起居两字毫无涉也。盖国朝既以史官为宰相,又不以史职责成史官,非一日矣。

庶常授官

丁丑馆选,先人为选首,故事留补本局不必言,时沔阳费似鹤尚伊年少有隽声,且屡考前列,当留无疑。己卯散馆前阁试,江陵相出一论题,为李纲不私其乡人,众相顾失色,知费不得为史官矣。已而散馆,费果出为给事中,于是次辅蒲坂之乡人张元冲养蒙授给事,李顺衡桂授御史,三辅吴门之乡人张慎吾鼎鱼、万涵台象春、史念桥继辰俱授给事，无敢留者矣。是科江陵次子为榜眼，不曾引嫌，独于乡人示公，何也？费寻外补佥事，丁亥京察，以浮躁谪居家，后起饶州府之推官，竟不赴。按，是科自史官科道外，授部属者二人，循故事也，癸未科亦然。自丙戌至今，遂无科不选，散馆日竟无一人为郎署者，凡八科矣，岂诸庶常薄视列宿耶？抑握化炉者加意桃李也？典制久废，必有起而正之者。嘉靖间惟乙丑散馆无郎署，以前三科不选馆，故特优之，戊辰则又遵故事矣。

吉士散馆

近来台省雄剧，复出词林上，每遇散馆，诸吉士多颗望，留其舆皂，则计日以畀言路，惟恐为史官之隶人。此辈就中又以乌府为第一，闻其赛愿时，入台则用羊豕，入垣则用鸡鹅，若留作编检，仅用浊醪豆腐而已。今年值甲辰，诸君散馆，有间窥于吏部门者，见诸隶互相询答。一人问汝主拜何官，振声应曰御史；又问一人，徐对以给事；最后问一人，垂首半日不应，苦诘之，第长吁"照旧"二字而已。适友人姚仲含受吏科，其颜色甚惨沮，回语以吏部所见，亦一为启齿。

丁未闽中词林之盛

向来闽中无大拜者，惟永乐间杨文敏入阁，然不由翰林，此后二百年绝响矣。今上丁未科会试，大主考二人为杨荆岩道宾、黄毅庵汝良俱以礼右侍兼读学入场，而李九我廷机以礼左侍兼读学署部为知贡举官，俱福建晋江人也，南宫大典以同邑三人主之，此明兴所未有。三月廷试则张瑞图为探花，五月考馆则林欲揖、杨道寅为庶吉士，又皆晋江人，至六月而李升尚书，福清叶从南少宰升礼[部]尚书，同日大拜，盖八闽之盛际极矣。是科经房同考官检讨黄国鼎，亦晋江人，至己酉散馆，林、杨二吉士俱留为史官，今皆显重矣。

戊辰词林大拜

今上二十二年甲午，首揆王太仓请告，赵兰溪代为政，时张新建为次辅，而陈南充、沈四明继之，同事凡四人，皆戊辰词馆中人也，本朝至今从无此盛。四公在阁凡三年，而南充卒于位，又二年而新建得罪遣归，赵、沈二公并列，又四年赵卒，至三十年壬寅而沈归德始入，乃为乙丑科。盖戊辰诸公在政地者几十年，更无别籍中人，尤称盛事，况前此则王山阴，后此则朱山阴、于东阿，俱登揆席，一榜七相，亦从来未有。

甲午之春，首揆赵以鼎甲起家，而会试第二名张为次揆，三名陆为三揆，四名沈为四揆，依序排连不差一名，尤奇。是科戊辰一甲状元罗康洲、榜眼黄廷仪俱正位礼卿，探花赵濋阳为元辅，且俱得谥，亦可亚壬戌之盛。

四六

四六虽骈偶余习，然自是宇宙间一种文字，今取宋人所构读之，其组织之工、引用之巧，令人击节起舞。本朝既废词赋，此道亦置不讲，惟世宗奉玄，一时撰文诸大臣竭精力为之，如严分宜、徐华亭、李余姚，召募海内名士几遍，争新斗巧几三十年，其中岂少抽秘骋妍、可垂后世者？惜乎鼎成以后，概讳不言。然戊辰庶常诸君尚沿余习，以故陈玉垒、王对南、于毂峰辈犹以四六擅名，此后遂绝响矣。又嘉靖间，倭事旁午，而主上酷喜祥瑞，胡梅林总制南方，每报捷献瑞，辄为四六表以博天颜一启，上又留心文字，凡俪语奇丽处皆以御笔点出，别令小内臣录为一册。以故东南才士，缙绅则田汝成、茅坤辈，诸生则徐渭等，咸集幕下，不减罗隐之于钱镠，此后大帅军中亦绝无此风矣。今上壬辰平宁夏之役，其露布中云："仿佛禄山之强，不减宋江之勇。"盖取山以对江，几笑破士人之口，有人云："何不取徐海之强以配宋江耶！"（海即徐明山，胡宗制所擒日本酋首也。）虽系戏言，实是确对。

袁文荣撰玄文，每命壬戌门人三鼎甲分代，而有时不给，其拜相以此，尽瘁亦以此。

黄慎轩之逐

黄慎轩辉以宫僚在京时，素心好道，与陶石篑辈结净社佛，一时高明士人多趋之，而侧目者亦渐众，尤为当途所深嫉。壬寅之春，礼科都给事张诚宇问达专疏劾李卓吾，其末段云："近来缙绅士大夫亦有奉咒念佛、奉僧膜拜、手持数珠以为律戒、室悬妙像以为皈依、不遵孔子家法而溺意禅教者。"盖暗攻黄慎轩及陶石篑诸君也。不十日而礼卿冯琢庵琦之疏继之，大抵如张都谏之言，上下旨云："览卿等奏，深于世教有裨。仙佛原是异术，宜在山林独修，有好尚者任解官自便去，勿以儒术并进以惑人心。"盖又专指黄，挥逐之速去矣。时康御史丕扬亦有疏，与马疏日同上，则单疏参达观及朝士附会之非。三疏同时埙箎相和，张、康承首揆风旨不必言，冯宗伯非附四明者，特好尚与黄偶异耳。黄即移病请急归，再召遂不复出，与陶石篑俱不失学道本相。

词林前后辈

词林极重行辈，即前一科者，见必屏气鞠躬，不敢多出一语，或苦其太拘。忆往年先人为史官，今晋江李九我宗伯入馆，后二科而居址最近，臭味亦最洽，先人或得一鲜物，即邀与同酌，或折柬移之，李有一味亦然，毫无町畦也。近日格套愈严，前后辈几同师弟，而实情转薄，相倾相轧，甚或嗾人显弹隐刺，以自为速化地，欲如廿年前忘形相与，安可再得！

四品金扇

故事，京朝官词林坊局五品，即得用大金扇遮马，其他须三品乘轿始用之，故太仆光禄皆得金扇，左右金都虽雄贵，以尚四品张黑扇如他官。近年丁未以后，金都忽自制金扇，每出皆属目讶之，逾年则左右通政与大理左少卿亦用之，盖以同为四品大九卿也。言官礼官无敢纠正之者，习见既久，今且以为故然矣。

翰苑设教坊

教坊司专修大内承应，其在外庭，惟宴外夷朝贡使臣、命文武大臣陪宴乃用之，盖沿唐鸿胪寺、宋班荆馆故事，所以柔服远人，本殊典也。又赐进士恩荣宴亦用之，则圣朝加重制科，非他途可望。其他臣僚，虽至贵倨如首辅考满，特恩赐宴始用之，惟翰林官到任，命教坊官排供役，亦玉堂一佳话也。犹记丙戌诸吉士入馆，余随先人同官入观，时正承平盛时，礼数极盛，今廿年矣。按，宋世学士赴院，开封府点集优伶供应，至用女妓，况本朝止役乐工以供词臣，非过也。若唐世学士上翰林，乃作弄狝猴戏，则怪矣。

侍从官

宋朝两府执政而下，最贵近者名侍从，自六部尚书杂学士以至龙图等阁待制是也。以执政造膝之后，即召入讽议，故又名次对，如御史中丞、谏议大夫、给事中、中书舍人，俱要剧，尚不在此数；若翰林学士则日直禁中，固不必言矣，或遇有大事大赉，则出旨必有侍从及中丞两省两制云云，盖皆三品四品官，所以有大小从官之别，若右列必至观察使以上始得比侍从，其重如此。本朝不列次对之名，盖六卿事柄雄重，台长亦西汉亚相之职也，同宋之执政；而学士惟翰林及春坊有之，春坊大学士已久不除，翰林学士及讲读学士仅为翰林大老兼官，若待制则本朝固不曾设也，以故簉仕得入史局，外吏入谏垣，皆以侍从自居，人亦不尤其僭，殊失次对之义矣。窃谓部之贰卿、台之两副以及通政大理之长及其佐之四品者，词林詹事、少詹、光学、祭酒、太常等小九卿三品者，宜命为大从官；大理左右丞、通政二参议、翰林之讲读学士、坊局之五品，以及太常寺小九卿之贰登四品者，宜为次从官，以上俱得从阁臣、部堂、台长之后，论思于别殿，即经筵日讲官俱于其中选用，其积资称上意者，不时超拜揆地。则内既无词臣专觊大拜之嫌，外亦杜庶寮巧图妄希爱立之望，似与孝宗朝刘大夏、戴珊等面议条旨故事相合。宋制虽不足法，然因以裨益圣政，陶铸相材，亦或有补云。

宫僚超赠

仁宗初即位，故宫僚左春坊左赞善徐善述卒于官，赠太子少保，谥文肃，命有司立祠祀之，仁宗亲为文以祭，又追赠左春坊左赞善兼编修王汝玉为太子宾客,谥文靖。徐字好古,浙之天台人,起岁贡为桂阳州学正,迁国子博士以至今官,凡考乡试者二,会试者二,此犹国初时有之事,独赞善从六品超九阶而赠宫保,且得谥赐祠,储君亲洒翰祭之,实为本朝所未有。王名璲,以字行,吴之长洲人,起乡举为应天训导,进翰林五经博士,再进赞善兼检讨,坐事谪戍,时侍仁宗东宫,命特宥之,降为典籍,又复故官。后以应制作《神龟赋》名第一,时人忌之,构其罪又下狱死,至是赠祭诸恩俱备,盖以从六品超七阶而赠正三品,亦得谥,其恤仅稍亚于善述云。盖当时礼重儒臣如此。

又,宣德元年,翰林侍讲承直郎王琎卒。王字汝嘉,苏之长洲人,永乐间举明经,由训导历前官,尝为《永乐大典》副总裁,主应天、广西、广东乡试各一,考礼部会试者三,洪熙初,建弘文阁,与翰林学士杨溥等四人入直,盖亦内阁辅臣也,而典故俱不载。汝嘉没之日,殿阁大学士以下咸走哭。二公与杨东里同官,志铭俱出其手,其叙置最详确。汝嘉、汝玉盖从兄弟也,二王俱不由甲榜,而遭逢如此,可谓遇矣。

从龙外迁

历朝从龙旧臣,俱峻擢台阁,惟宣宗登极恩最为凉薄。如春坊中允林长懋者,至转广东郁林知州,弇州书之以为不可解。余考长懋永乐十八年以编修侍皇太孙读书,洪熙初转中允,是为宫臣且六年矣,仁宗崩闻至,从臣扈从太子赴京,而长懋辞以不便鞍马,自以舟行,比至,则宣宗已登极,故有是迁,盖上尚优容不加罪也。乃讼言宫僚迁擢同异不平,且以二弟一为部属、一为监生,母老路遥,愿改降繁难京职。上怒,下锦衣狱,终宣德一朝不释,至英庙登极始赦出,令之故官,遂卒于任。然则长懋免于诛殛,亦幸矣。时宫僚中有司直郎张景良者,转四川顺庆通判,则不得其解矣。

坊局

近年词林迁转,俱以坊局为重,若从本衙门递转,则怏怏见辞色,盖因讲读俱为翰林属官,而修撰以下俱史官,不得与揆地讲客礼也。

以故今上己卯应天主试，先中允而后侍读，以至高启愚出题有劝进之疑，不知祖宗朝殊不然。如永乐二年，李继鼎以礼部仪制郎中兼右赞善，犹曰外僚也；英宗朝岳蒙泉由正统戊辰鼎甲编修，至壬申已转赞善，天顺元年丁丑改修撰入阁办事，盖转宫僚已六年，仍还本衙门，且两官俱从六品，其重词馆如此。其他翰林学士兼春坊大学士，又不胜纪矣。

宫僚兼官之异

世宗朝用人入词林多不次，而兼职亦异，如夏文愍以翰林侍读学士兼吏科都给事，此特恩不必言，其他寻常兼官，如嘉靖二十年廷试读卷官张治，直拜翰林光学士，则不当带他职而兼右谕德；提调官孙承恩，以礼部左侍郎兼侍读学士是矣，又带少詹事；掌卷官左副都御史胡守中本宪职也，而兼詹事府丞，盖皆以官宫为重也。又，是年弥封官通政参议兼礼科都给事李凤来，揆之祖制，是以堂官兼属吏也，尤奇。

永乐间，杨士奇、金幼孜辈亦曾以光学兼宫僚，是时仁宗在东宫，特重其选，后馆中久次者亦转宫臣，然不复以大僚兼矣。世宗初立庄敬太子，每事仿祖宗行之，故宫官较前朝特异，末年亦渐不然，乃宫僚自此日重。昔成化初，黎淳以《英宗实录》成，升庶子，力辞，愿转本衙门应得之官，其时犹未以坊局为荣也，今惟以早离史局为幸矣。

正统八年，胡俨以太子宾客、国子祭酒兼侍讲掌翰林院事，卒于官。景泰间，以修通志成，阁臣商辂由兵部左侍郎加兼太常卿翰林学士左春坊大学士，尤奇。

词 林 知 制 诰

宋朝分内外两制，翰林学士与中书舍人对掌之，本朝独归其任于翰林。正统初年，特置学士一人司其事，其后废不复设，至弘治七年，始简命尚书或侍郎一人兼翰林学士，又内阁专典诰敕，需次大拜为辅臣，以故词林中亦呼为阁老，其不得入相者十不一二人也。至嘉靖二十四年而废之，但用讲读编检诸史臣四五员分掌，以至于今。盖相嵩新居首揆，恶知制诰大臣之逼，故设计去之。自史臣分领以来，各以葩藻见长，其辞采日盛一日，以逮数年来，如陶周望、董元宰、黄平倩、汤嘉宾诸太史，咸命代才名，鼓其余勇，骈丽详缛，殚巧穷工，几夺宋人四六之席，然揆之纶綍之体，或稍未然。

或云大僚司诰敕废不设，始于张永嘉柄政时，是不然。

王师竹宫庶

信阳王师竹祖嫡宫庶，与先人最相善，且不拘词林前后辈俗体，博洽虚心，过从甚密。其为庶常，值同馆有以微嫌詈吏部吏者，时蒲坂杨襄毅溥为太宰，闻之大怒，诉之江陵相公，盖以俱江陵所取辛未榜中人也。江陵素严重蒲坂，议欲尽斥诸吉士为外寮，如张永嘉世宗朝丙戌、己丑故事，馆师同州马文庄争之弗能得，诸吉士各絮语自明求免。王独奋然起，愿以身独承之，且谓庶常辱掾吏，亦何罪可问？江陵惮其词直，怒亦解，授官史局，以复建文帝号为请，且云景皇帝位号久复，而《英宗实录》中犹书郕戾王附，名实并舛，亦宜改正。今上称善。英录中故称遂厘为景帝，而建文之号则暂已，盖以事体重大，难骤举行，而识者固颛其议矣。寻转宫洗，会以撰明因寺碑文受知慈圣太后，拜合绮佛像诸密赐，心不自安，恐人议其以他途求速化也，寻迁庶子，即以病请急归。时正冀其复出，而仅以下寿没，然晚年耳稍聩，似亦难以登纶扉云。其家世为右列，有子延世，官参将，亦能文。

辛未庶常之辱吏部掾也，在癸酉之秋，去散馆止旬月耳。时吉士宋儒者，素与吉士熊敦朴有口语，乃谮之江陵。谓殴吏止熊一人。江陵信之，比散馆，宋授礼部主事，熊授兵部主事，盖有意抑之。熊有才名，馆试亦屡前列，远非宋比，即不留亦当掖垣，而得此官，乃诸吉士之殿也，意亦不无愤愤出怨望语，宋儒者因增饰之，又以谮于江陵，谓敦朴已具疏将劾蒲坂并及吾师相矣。江陵怒且恐，亟语蒲坂参之。蒲坂与敦朴父名过号南沙者相善，同年也，不便举事，乃嘱之熊堂大司马谈二华伦参之，坐降调外任。稍有言其冤者，江陵乃召熊、宋二生面质，始知尽出宋捏造，宋亦遂远贬，时去二人授官匝月耳。因思蒲坂、江陵二老俱一时高才巨公，何至为一刻木而修怨于吉士三十人，既用王太史一言而中寝，可谓能补过矣。又因宋儒谇说致熊敦朴两遭蜮射，无端左官，人谓江陵英察，兹事则太愦愦云。

　　熊敦朴号陆海，从谪稍进为常德府通判。其地故江陵楚旁郡也，以公差入京谒江陵，江陵留之坐，温语慰劳之曰："足下今渐进可喜，努力修职，峻擢不难，我词林衙门痛痒相关，我此语亦出痛肠也。"熊徐起曰："只恐老师未必痛耳！记得医书云：通则不痛，痛则不通。请以二语验之。"江陵为大笑欢剧而罢。熊后晋学使者归，其父亦己丑庶常，以永嘉不悏，亦仅授主事，尤为异云。

卷十一

吏　部　一

屡兼二品正卿

洪武间，詹徽以左都御史兼吏部尚书为极异，然此时官制未定也。正德初，屠滽以吏部尚书兼左都御史，嘉靖中熊浃以兵部尚书兼右都史，俱专领宪事，李承勋、王廷相等俱领团营，不预部事也。惟嘉靖九年，汪鋐以右都理戎政，未几改兵部尚书，仍兼右都，十年以太子太保改左都御史兼兵部尚书，至十一年又以太子太保改吏部尚书，又加少保兼兵部尚书，盖以御史大夫带本品二次，又以太宰正兼大司马者一次，皆身绾二绶，各领事寄，极古今权任之重一身当之，且其人狙险贪狠，古今所少，何以当此异宠！其他以兵部尚书领左右都者如毛伯温等，南兵书领者如王守仁等，以别部领者如刑书洪锺等，俱以用兵带宪衔，非正兼也。自国初至嘉靖，太宰为他官者不论，隆庆以后，为杨襄毅博、严恭肃清扬，在兵部不逾月即还吏部。今上丁亥，严以本官召掌兵部，未至而卒于家。今上戊戌，陈恭介有年以吏部尚书予告归五年矣，忽以南右都御史召之，时陈已先没，不及闻新命，然自来无北太宰得南台长者，或谓内阁有意抑之。按诸公皆一时名硕，用之多不尽其材，而稔恶不悛如汪鋐者，乃持权久任如此，则永嘉张相始终为之奥主也。

借官出使

宋朝使北，正副二人皆假尊官出疆以示重。我朝景泰初，以英宗北狩，遣使候问，亦有超等借用。然国初已有之。洪熙元年，宣宗即位，遣行在鸿胪寺丞焦循摄礼部侍郎、鸣赞卢进摄鸿胪少卿，颁登极诏于朝鲜，上复以朝鲜世修职贡、简用尔等为言，且命以礼自持，其怀远人较诸国特厚。今使高丽者，例以翰林或给事为正，行人为副，不复借官，但赐一品服以往，复命缴还，最为得体。其后使琉球国亦然。

使朝鲜者类拜命即行，然必出疆始改服。惟琉球一差，以五年为限，第必于福建造船，逗遛又有出五年外者，以故在闽中腰玉被麟，用八人肩舆，多设中军旗鼓等官，其尊与抚臣无异，识者以为非体。又近年日本关白举兵，廷遣行人司宪者慰谕朝鲜，司君甫被命，即于都下麟玉骑马拜客，倾国窃笑之。使还未几，为辽抚所讦，以墨败。

科道升州府

弘治初年，吏部尚书王恕覆给事中林廷玉奏中，有成化二十一年刑部都给事中卢瑀升湖广长沙府通判，给事中秦昇升四川广安州同知，给事中童杭升湖广兴国州同知，又有原任礼科都给事中萧显升贵州镇宁州同知，浙江道御史汪奎升四川夔州府通判，俱先年升用官员，要依上登极恩诏，一体推用。此诸官他日敭历升沉俱不可考，但宪宗末年台省升擢尚得冗散外僚如此，今或以三品大参而出，尚裂眦攘臂如不欲生，何也？

永乐十九年辛丑，黎恬以御史升交阯南灵州知州，至宣德七年壬子内擢右谕德，则此时官制未定耳。又天顺五年，工科给事中曹鼎以九年考满，升广西平乐府同知（鼎即故大学士鼐弟，正统戊辰科庶吉士）。又成化七年户科左给事中李森升怀庆府通判，成化十七年兵科都给事张铎升汉阳府通判，成化二十一年御史汪奎升夔州府通判，则又皆宪宗朝事也。

传奉官之滥

传奉官莫盛于成化间，盖李孜省等为之，至孝宗而厘革尽矣。然弘治十年清宁宫灾，给事中涂旦等奏烟火传升者程通等十三人，建毓秀亭传升者康表等三十余人，其他李广传升匠官六十六人，冠带人匠百三十八人，几与成化间相埒，此犹李广用事时耳。至十四年吏部兵部奏近年传奉文职至八百九十余名，武职二百八十余人，视李广乱政时又数倍,盖中宫亲戚居其大半,此又宪宗朝所无,惜矣。

方伯致仕加衔

外吏以布政使为极,其久任不得内迁,往往以滞淫乞身,亦有淡于官情,自保末路者。往时多晋京秩以宠其行,如光禄太仆卿之属,在朝廷已为殊典矣。惟弘治十五年,广东左布政使周孟中乞休,上以其方会荐大用,勇于辞荣,加右副都御史致仕,仍命驰驿以归。至正德二年,浙江左布政使林苻乞休,上以其生平无过,恬退可嘉,亦加右副都史致仕。嘉靖五年,四川左布政林茂达觐岁乞休,上以其有夙望,亦加右副都御史遂其请,然而不得乘传矣。此后方伯以礼允归,尚量移清卿。近日四维稍裂,其引退者类知吏议将及,藏拙居多,即小京堂绝响矣,何论中丞。

堂官笞属官

祖制堂官得笞其属,然久不举行,惟嘉靖间吏部尚书汪鋐以事怒其属员外郎庄一俊,笞二十,论谪之外。汪怙上宠,恣胸臆,当时已讶之。其前则有余祖母之祖临江守钱东畬公挞其属一知县,亦被纠以调任归,五十余年遂不闻此事。海刚峰起南总宪,到任后忽设二大红板凳,云欲笞御史不法者,一时震骇,以为未有怪事,然终设而不用,其意亦欲姑示威棱以厉台纲耳。又上疏请惩贪官,复国初剥皮囊草之制,时情尤恨之。御史梅鹍祚因劾瑞导上法外淫刑,得旨亦云瑞偶失言,仍留供职。按,太祖初制,亦偶一行耳,所谓古有之而不可行于今者此类是也。弇州评海忠介云:不怕死,不爱钱,不结党,是其所长;不虚心,不晓事,不读书,是其所短。似亦定论。

九卿揖司属

故事,吏部体最尊。其庶僚至部者不必言,凡大九卿以考满及公事至者,先赴部见三堂毕,即赴功司揖,司官向外答礼不少让,吏部司官有公事至都察院者,亦报名庭参,一如各御史见吏部堂官礼,行之已久。至嘉靖末年,郎中张濂始不报名,郎中陆光祖始不庭参,至四十五年，都察院掌院左都御史张永明不能平，揭示司务厅，命复旧规。时值郎中卢良当考满，乃先诣永明私宅，约必免报名庭参，不然即止不来谒，永明忿甚，上疏直之。良亦上疏自辨，上下其事于礼部礼科，于是礼部尚书高仪等议当如永明言复旧规。于是吏部司属见都察院一如见本部之礼，而九卿亦不复往四司门揖，其阁部大臣考满应投供状者，只于吏部后堂，见三堂后，揖问孰为功郎，因手付以状，并不诣功司矣。

严　恭　肃

严寅所太宰清，滇人也，本籍嘉兴县人。先大父为蜀之川南分守，严以中丞抚其地，相得甚欢，每言川中胥吏之横。初，严筵仕为叙州之富顺令，而二司之吏至邑督逋税及文卷者，投刺书藩侍生、臬侍生，心恨之而无以报；后晋蜀藩伯，亦不及治；顷得开府，始核其名，则刻木辈尚有未死者，捕至，痛与杖而胥靡之，其现为二司吏者，驭之加峻，盖修为令时宿隙也。严嘉靖甲辰进士，至此已将三十年，而追仇群小乃尔。先大父笑云："严公见语时，自以为快心事，而余心讶其不弘。"然冰蘗之操，目中无两，正位统均不久以病告归，先人往问疾，至其榻前，布衾破敝，寒士之不如也。

致　仕　官

唐宋士人以致仕为荣，如白香山见之歌咏以志庆幸，宋陆务观亦受人贺礼，诗集可考。盖不特臣子以为幸事，即主上亦优礼之，故唐令致仕官朝参俱居本班之上，宋时致仕俱给半俸。今则不然，乃至内外考察，以致仕处年老及有疾者，而被论之善去者，与得罪之稍轻者，俱云着致仕去，于是林下之人以致仕为耻矣。犹忆孙简肃植生前以刑部尚书请告，后以工部尚书起用，孙辞不赴，屡疏始允，得旨加褒语，以原官致仕。身后其家求先大父文其墓石，因于衔上入"致仕"二字，其家入石时抹去之，大父屡以古道规之，不从。孙有子六人，一任子，一甲科，一乙科，而所见乃尔，真习俗之移人也。

监生选正官

本朝监生本重，至景泰时许纳马而渐轻，然至正嘉间尚选教职及知州知县等官，以钱虏白丁，得专民社，所至贪暴，不作进步想，虽吏议旋及而民不聊生矣。至隆庆间，高新郑以首揆掌铨，始议禁革，其双月考中第一者，亦仅得州同知州判官，一时仕路为之稍清。近年准贡事起，初犹以实廪十年科举三次者加纳，既而甫补廪未科举者亦滥觞矣，久之而增附亦以居间提学批廪纳矣。近日则胥吏市侩亦藉手津要，竟批廪生入赀，称准贡，旋以钱神选府判而出，俨然与二千石称僚友，澜倒至此，令人切齿。使新郑公在事，必奋臂划除立尽矣。

新郑掌选，奏驿闸坝等官无钱谷事寄，俱得选本省，以免远宦之苦，奉旨遵行，至今便之。其教官得选本省，余自幼闻于大父云是张永嘉奏准行者，近日有大老亦归于新郑所建明，则大不然。

太宰揖吏科

太宰体尊，即辅臣考满，亦必赴部，听考核投供收，而考功司引奏于御前，亦必随功郎之后，此旧例也。惟遇朔望则太宰亲赴吏科画名，亦累朝所行故事，其后改以侍郎代之，近并侍郎亦不行，惟太宰以一名帖遣吏说知而已。此规之废，不知始于何时，闻高新郑以首揆领铨，遂罢不行。高权倾中外，无人敢抗之者，若五部则遵往例赴各科画本，不敢异也。万历辛卯，吏科都给事中钟羽正新任，特疏欲复旧规，时太宰陆庄简光祖素以肮脏见称，竟置不复，后人无复敢议及矣。

闻部堂之至各科，科臣垂帘居内，部臣向内揖，科臣帘内答之，画本毕，再揖而行，两人不相面也。统均之地，折腰于七品小臣，似亵威重，窃以为不赴亦可。

陆沈两公

吾乡陆五台太宰，初以少宰北上，时沈继山司马从成所起玺丞，同舟诣阙，两人欢若兄弟。陆一日问沈曰："公拼命请剑，其不畏死明矣，亦他有所畏乎？"沈云："自幼恶闻火炮声，他日雍容曹署则可，恐边塞戎马之场不能践耳。"陆颔之。后沈以同卿忧居，陆晋掌铨，用沈为勋卿，旋拜秦抚，至之三日而刘哱反书闻，即被命移镇协讨，无日不在矢石炮鼓中。盖陆忆前语，有意调之也。司马为予言辄绝倒。

郑蒋翁婿

吏部文选郎中蒋遵箴，广西全州人也，在京丧偶，适兵部侍郎郑洛有女及笄，以美著称，遂委禽焉。郑为北直隶安肃县人，与粤西相去万里，闻者骇叹，或云蒋方秉铨，郑谋出镇，为势所胁取，然亦丑矣。前乎此则有徐太常元春，以女字刘金吾守有之子，徐为华亭相公家孙，而刘则故大司马天和孙，麻城人也，相去亦三千里。又前乎此则嘉靖末吴太宰鹏以笄女继董宗伯份之室，董时已为大司空管少宰事，年亦相亚，遂讲敌礼，不复修半子之敬，然吴嘉兴人，董湖州人，固接壤也。蒋文选官至光禄卿，有婿舒洪志，为尚书应龙之子，十九而登丙戌一甲第三人，鄙其妇翁，不与往还。郑为其妇外祖，时正大用，郑长子为户部郎，次子为缇师，同在京邸，亦不通聘问。舒未及壮遽夭，人惜其志节，不及通显云。

内阁中书外补

新郑再起，以首揆兼冢宰，有内阁诰敕房办中书事序班十人，久次当迁，新郑置不省，盖华亭所收，意憎之也。十人者齐诉于朝房，且以直满故事请，新郑呵曰："若辈有何劳？"对曰："劳苦已三满考，且索米长安，冀增薄禄糊口耳。"新郑干笑曰："果尔耶？吾即有处，必不令若曹有侏儒之羡。"俱喜谢而退。即刻入部，具疏十人者俱对品调外，为边远大使，无一人能赴者，皆恸骂归。中一夏姓者予及识之。新郑秉重柄，任情非一，此特其最小者，然已足失人心矣。

宪臣改学官

永乐乙未科榜眼李贞、探花陈景著，俱福建人，俱以九年考满乞就养，一得高州府教授，一得福州府教授，俱终其官，已为异事，然犹七品官也。弘治元年有云南按察司佥事林淮，奏称云南路远，母老不堪就养，辞官则家贫难供朝夕，乞授本处或附近教授以便养母，诏许之，准除常州府教授，亲终仍除佥事，是以五品方面宪臣，而左官至从九品冗职矣。淮抵任未几，母死归，以过哀病卒，竟不得还本职。淮不知何许人，料必生苏、松、嘉、湖间也。

又，弇州《异典》述云：有钱塘王羽，以太常少卿请便养，亦得杭州府教授。又，正德五年，御史陈茂烈福建兴化人，以母老乞归，不能自存，吏部为改本省福清谕，则《异典》未之及。

任子为郎署

自弘政以后，大僚任子拜各衙门幕职，得遍升宗人府五都督经历，若官及经历，则五品竟升知府矣。盖以郎官应列宿，不欲轻畀也。穆庙高文襄以首揆掌铨，建议以为知府四品方面官，大臣子弟既可以纳袴得之，岂有反不堪郎署之理，且宗人五府经历，两京止十二人，缺少人多，铨法壅滞，宜一切疏通，除吏礼兵外，余三部俱得迁转待俸满升知府如故事。得旨允行。时高势张甚，言路莫敢忤，大僚亦有相左者，以其利己之子弟，亦惟惟赞成，遂相沿以至于今。然皆从都事太仆丞转副郎，又有太仆丞转五府经历，始得员外，从未有直拜主事者，以主事为二甲初授官，及外吏长与甲科为六馆者优转之缺，故靳之也。近已有破例者，恐将来亦遂为故事矣。

今胄君在仕途，多求速化，甚而有讦詈选郎者，铨地以忌器优容之。然以余所见，如常熟一邑得二人焉。一为瞿洞观汝稷冏卿，故少宗伯文懿公长君，文采品格冠冕一时，初授詹事府录事，凡十余年而始得部郎，积资以至出守，时许文穆、王文肃在政府，俱文懿公所录元魁也；今日则有赵玄度琦美寺丞，故少宰文毅公长子，抗直有父风，且博洽一时少俪，初授南京都察院照磨，今已十五年，始进太仆寺丞，视曹郎如登天也。瞿与先人厚善，予亦识其仪貌，赵则余蠹鱼友也，二君子故不可以恒格论。

首揆一品恩荫例拜尚宝司丞，次揆与六卿至一品者，得拜中书舍人，中书考满十二年，始升三级为主事，又九年为尚宝卿，俱仍管中书事，即加至四品三品，不出局，约略与玺卿等。诸胄君苦之，反羡京幕郎署之迁早得金绯膺龚黄之寄，然以祖宗成例，莫敢为迁就他徙者。近年则殷洗心盘，故历下相文通公长子也，居秘书年久，独发愤上疏，愿得外升三部郎官，如二三品任子事例，奉旨允行。殷首出为户部郎，旋以正郎出理宣府粮储，此后薇垣诸冑君，无复有厌承明者矣。

吏部堂属

吏部虽荣贵，而并列六曹，其堂属体貌故无差别，而实有大不同者。各部有本司重大事俱说堂贰卿，及同司官俱得商榷，吏部则不然，遇升迁用人，选君独至太宰火房，面决可否，其门槛皆选郎手自启闭，即款语移日，无一人敢窥，至疏上，而两侍郎尚不闻，同司员外主事亦不敢问，此犹曰大柄所在不可他假手也。堂属大小最严，凡见于私宅，仅送之门而止，惟吏部则送其司官上马方别。予初见之大骇，比询之，则此事相传已久。统均之地先自炎凉，何以责人奔竞要地耶？惟国子监则祭酒、司业投帖于其属各厅各堂，俱称寅生即去，为卿相而属吏为冗散外僚，亦称旧寅生，终身不易，盖师儒重地，非他曹传舍可比。此却最为雅道，与铨司冷热迥别矣。

近日冯琢庵宗伯琦为左右少宰，几三年，与延津李对泉戴相终始。李太宰无事不与谋，至有行而为冯中止者，紧要章疏，俱少宰手笔，太宰不更一字，本科司官亦不敢有违言，盖李为冯尊人仰芹子履同年，而琢庵方负中外重望，以故折节尊信，而敝规为之一变矣。此后则恐未必然。辛丑外计，有欲中李本宁宪使者，赖冯救止，而吏科王斗溟士昌用拾遗纠之，冯又力持，得薄谪。初过堂时，李之属吏遂昌知县汤显祖议斥，李至以去就争之不能得，几于堕泪，不知身亦在吏议中矣。汤为前吏科都给事项东鳌应祥所切齿，项故遂昌乡绅，时正听补入京，故祸不可解。而李、冯二公一片怜才至意，真令人可敬可悲。

吏部见客

吏部选君，虽握重权，其位不过郎中耳。今乃于朝房见客，与揆地同一尊严，而言路诸公亦俯首候之，须其一面，即竟日不敢告疲，或退有后言而再谒，则仍坐以待矣。至于不携眷属竟住选司，则始于近年倪选君禹同斯蕙，尤为无谓。既以进贤退不肖为职，自应博采众论，前辈如严文靖之为太宰，陆庄简之为选郎，私宅皆无日不通宾客，未闻有讥评之者；况要津之嘱托、簠簋之潜通，岂朝房公署所能绝耶？其后抨击所及，亦不因此衰止也。

吏部三堂俱浙人

今上壬辰孙立峰鑨拜吏部尚书，浙江绍兴府余姚人也；左侍郎罗康洲万化，则浙江绍兴府会稽人；右侍郎陈心毅有年，则又浙江绍兴之余姚人，一时同领铨柄，最为我浙盛事。未几，孙去位，而陈即以南冢宰改北继之，尤为奇特。然孙之前，又我郡平湖之陆五台光祖，亦浙人也，此后不可得矣。

司农署铨

今上丙申丁酉间，太宰孙富平去位，以户部尚书杨本庵俊民署吏部事几一年，然未尝主内外计也。至癸丑之冬，太宰李延津去位，以户部尚书赵南渚世卿署吏部止半年，然司甲辰外察矣。时论皆议二公为政府腹心，故有此举，然而世宗朝已有之。嘉靖十八年己亥大计，上命户部尚书梁端肃材司其事，凡斥谪数百人，时灵宝许文简赞为冢卿，未尝辞印，梁亦未尝署部，特出圣意简注耳。又是年刑部有大狱数事，则又命梁署印谳治，事竣而后还印，至次年梁遂夺官归，世宗恩威不可测如此。

杨、赵二司农署铨稍久，馀一二月者不纪，若宣德初年户部尚书师逵署吏部者二年，则官制未定也。

玺丞改吏部

尚宝司丞虽六品，然小九卿之佐，若非首辅任子初授，而以时望自他曹迁者，为清华之选，步武公辅，间亦有转藩臬以出者，然从无改郎署之理，则以体统悬绝也。惟嘉靖末年，北直隶人穆文熙以玺丞调吏部郎，讶为怪事。今上癸巳，则福建蒋时馨继之。然而穆以计典外谪，蒋为文选正郎被劾削籍，两人皆不复振，固不如安于符台，坐致荣胏，何苦而求启事之荣也，薄冷局而膻热地者可以思矣。蒋之前又有唐伯元者，亦以尚宝丞改吏部为选郎，亦不得迁而归林下，至今未起。唐之前又有玺丞陈于陛，亦改吏部副郎，驯至大用，则仅见者。

掣签授官

吏部掣签之法，始自迩年孙富平太宰，古今所未有也。孙以凤望起，与新建张相寻端相攻，虑铨政鼠穴难塞，为张所持，乃建此议，尽诿其责于枯竹。初行时，主者既以权衡弛担，幸谢揣摩，得者亦以义命自安，稍减怨怼，亦便计也。然其时有一陕西老明经，以推官掣得浙江杭州府，震栗求免，富平公大怒，谓若敢以乡曲私情首挠吾法，叱令送法司治罪，其人抆泪而出。比抵任，则首郡刑官，百责所萃，果不克展布，抚按为题一浙东甲科互相更调，富平心知其故，佯不悟而允之。此后则记认分别，阳则曰南北有分，远近有分，原籍有分，各为一筒，遇无径窦者任其自取，而阴匿其佳者以待后来。其授绝域瘴乡之人，涕泣哀诉，筒已他授矣。初犹同胥吏辈共作此伎俩耳，至其后也，选司官每遇大选前二三日，辄扃其火房，手自粘帖地方，暗标高下，以至签之长短大小厚薄靡不各藏匿隐谜，书办辈亦不得与闻，名曰做签，公然告人，不以为讳，于是作奸犯科，反不在曹掾矣。其或先有成约而授受偶误者，则一换二换三换，必得所欲而止，他有欲言，则叱詈扶出矣，曰统曰均，如斯而已乎？

吏兵二部大选

凡双月吏部大选，则吏部堂官率选司官入内铨除，吏科都给事中同入，看打选官印子，挂榜登簿，以待总缴入内，虽大权不得干预，亦寓监制微意焉。是日例赐酒饭于内，则吏部尚书上坐，都给事下席，此在掖垣之体，已自尊重。至今上辛卯，钟给事羽正拜吏科都，上疏争之，谓故事都谏与冢宰俱上座，自近年科臣陈三谟谄媚要津，自贬下席，且以兵部选官、兵科与大司马并列为证，力请改正。其事迄不行，今下坐如故也。按，太宰表率百寮，自非他曹可比，即吏兵体例不同不为无说,先朝当久有定制,未必三谟之罪,此说未知何据?在事者夙大老亦不一为折衷,何也?

吏部大选,加午饭一顿,兵部则无之,其体已自不同。

举　吏　部

往时铨属,俱由太宰自择,自张新建为政,始令各省大僚各举其乡人,以分太宰之权,于是乡先达多以爱憎行其意,一缺出至荐六七人,甲可乙否,惟望重地尊者,所举始登启事。辛丑年浙江吏部缺出,朵颐者凡数人,嘉兴贺伯闇灿然其一也。贺先为诸生时,有盛名,适丁艰,同一偕计者入都,时朱少宰方髫年在京,愿学执贽,而贺不屑受。朱寻联捷为鼎元,循至卿贰,是年适以礼部左侍郎署部事,贺已登乙未第,为行人矣。向来投刺春曹,例应称门下晚生,而贺自以同里前辈,不肯遵旧例,朱颇有后言,贺闻而作长书詈之,二公遂绝交。贺至是忧挠无计,谓朱必下石厄之,而同里有医孙姓者,游二公之门甚昵,贺问计于孙,孙曰:"是不难,我力能得之。"乃往说朱,谓贺之开罪于公,都下莫不闻,今公能沮其铨曹,未必能沮其台琐,与其树以为敌,不如收以为援。朱大然之,遂力荐之。时朱方有相望,同乡亦随声称许,而贺立改铨司,时咸多朱之怼云。次年壬寅,南直江南吏部缺出,时兵曹王淡生士骐最有名,当时与其同府则兵部郎张其廉与崇德令陈允坚,亦在伯仲间,而陈尤为时贤所推毂。王乃遍约江南诸大老,及各曹大僚以至科道,无不以王登荐,于是吏部竟以单名上疏,无一人陪者,亦近例行后未有之事也。陈在官,闻王命下,推案一嘘而殁,张仅得调礼部,亦引疾归殁于家。盖一时推铨司,不复由太宰,惟画诺听命而已。至于巡抚缺出,亦许九卿科道各荐所知。近年觐后,广西适缺巡抚,是时左辖入觐,尚在都下,于是吏部汇荐举者九人以入疏,其八人左辖也。京师遂谣曰:广西抚院,京香京绢。闻者捧腹。迩来始渐变,亦体势之不得不变也。

选　科　道

成、弘之间进士避外官者,多营求三法司观政,久之名曰理刑,三年后堂官以刑名精熟上闻，即授御史，即监生历事久者亦得之。盖此时拨各衙门观政，尚未限定常规，以故巧黠者能越次得之，然而必先授试职，或逾年再考，不称则又调别衙门。嗣后渐不然矣。至给事中之选，则专取姿貌雄伟，以故成化初编修张元桢建议，六科不必拘体貌长大，当以器识学问文章为主，而时论不从。其说盖以近侍官兼主对扬，必用体貌长而语言确者，以为壮观，故当时为之语曰：选科不用选文章，只要生来胡胖长。然亦听吏部试文以为去取，盖本唐人身言书判之法，以身为第一义，亦其遗意也。今之考选发访单于大僚及四衙门，以揄扬多少为殿最，即太宰亦不能专其柄矣，何以尚名考选。

科道俸满外转

正、嘉以后，都给事之外转必升参政，固矣，又论序不论俸，即拜都科仅一日亦得三品。惟西台则不然，非转京堂止得副使，虽满九年亦然。盖国初御史三考，无过仅升主事也。项丁酉年连中丞标为御史，亦满九载，杜门戏谓人曰："若升我吏部主政，我即立起赴任矣。"盖尚以故事解嘲。近年台班壅滞，积俸有十年以外者，于是应朝卿以首俸应外迁，特升参政，遂为御史得三品破天荒之始矣。至若迩年都谏出为大参者，苦之如赴坑堑，即户科姚养谷文蔚次序久应外补，甲辰年亦曾上疏求外，奉旨以谦退褒之，然屡推参政不下，至丁未年十月，因御史九年俸满，尽升京卿，姚又自请致仕，而疏中又云科俸久已逾期，但不敢通考九年，暗藏当内升之意，上命留升京堂。其时梁惺田有年、萧九生近高，俱以都科应转，而以姚故见压，遂先后俱自乞大参以去，姚遂得拟南太仆寺少卿，然直至戊申年命始下，说者因谓文蔚避外营内，大不直之。署部少宰杨时乔疏所云智尽能索而后得者，指姚也。时姚科资已十五年，实俸亦十二矣。梁、萧俱乙未吉士，姚又先一科庶常，而推敲内外，屡致纷纭，其时科臣俱有林言，词臣亦以薄于旧僚，不免腹诽。辛亥内计，姚竟坐斥，其得京堂仅阅岁耳，亦何利之有。

隆庆中，吏科都给事韩楫，亦请科臣自散至左右至都，品虽不同，职业则一，请得通考。上是之，著为令。时高新郑以首揆领铨，韩其心腹门人也,故敢破坏祖制如此。未几二人败,此例亦废。

近自癸丑以后六科,会议岁出一人以存例转旧规,盖公论共弃者当之。乙卯年兵科都张翼真国儒出为参政,其都谏俸亦已考满,又叙劳绩,本不当外转,特以品望见摈,非复一内一外之旧。张不能堪,且疏自辨,铨部遂直发其当外之故,张益恚恨,投劾自罢,丁巳大计,不谨及之矣。盖累朝来,都谏序资俸擢大参,成规从此遂废,但恐不能终废耳。

台省互改

弇州《异典》述谓徐孺东贞明以给事中外谪,后转尚宝卿兼御史治水利,凡两居台琐以为异。后来有穆来辅者,以给事转至左通政矣,庚寅岁,边事孔亟,奉命兼御史阅视蓟昌,与徐事略同。又同时并遣者,王怀棘世扬先任湖广道御史,历大理左少卿,至是又兼御史阅军延绥;又曾健斋乾亨初以山东道御史言事谪官,转至光禄少卿,亦兼河南道御史,阅视宣大二边;又钟文陆化民初以御史挂误谪行人司正,寻升光禄寺丞兼御史赈济河南,则再入台班矣,尤为异事。

吏部曹郎亦无再入者,惟顾泾阳宪臣以铨郎救辛总宪外谪后再入吏部,最为创见,然重望高名,终不得志而去。至词林带宪职者,惟嘉靖庚戌虏薄都城,赵内江相公以司业建言,升谕德兼河南道御史,宣慰行营将士,此后七十年而徐玄扈光启太史继之,以上疏论兵,特旨升少詹事兼河南道御史,治兵于都城。盖军兴异典,前后一揆,不可以恒格拘也。

按,台省互改,前朝甚多,至正德后稍稀耳。

四衙门迁客

近日吏部翰林科道外谪者,皆不赴任,仅身至境上,移文索公据,归而待迁。如乙卯之冬,吾乡一给事谪为闽藩幕,适黄与参承玄自南京兆擢中丞抚福建还里,给事持眷弟刺往候,值其他适,阍者微有难色,给事立索名刺竟去。黄归大怒,痛笞阍人,身率谢罪,凡往数次,始得面解。因忆老人辈述吾乡前癸丑科姚禹门少宰洪谦以编修外谪，谒中丞而移其座北向，中丞笑而置之，盖久为词林，不知抚台作主，亦南面也。又，余所目睹则辛卯年冯具区祭酒谪广德州判官，适缺州守，署印两月，转南行人司副始归。又，戊戌年许星石闻造侍御（许，海宁人，贵州道）论列宿大臣，谪山西岢岚州判官，谒抚台魏见泉允贞，魏前亦台臣，曾以言事外谪，许疏中所劾大僚，魏亦一人也。相晤时，魏留款欢然，称老道长，慰劳有加。许故乙科起家，反侃然作色，魏终不以介意。此皆吾郡先辈故事，不知抵境上一说，起于何年何人也。又忆乙酉年吾乡马廓庵应图比部，疏论时宰侵及诸言官，谪山西马邑典史，时御史滇人孙愈贤按宣大，正马所首纠者，盖铨地有意困之也。抵任谒台，孙佯不见，马长跪竟日，至事毕而后挥之入，所以窘辱之者甚备，马内荏勿能抗也。则孙之识见隘于魏远矣，且两公品亦薰莸，本不足并论。马亦狷者，偶与其甥李氏有违言，李故太史见亭自华子，肤诉于王太仓相公，述其吞噬之状，王信之，适大拜出山，逢人痛詈，必欲重处之，故马决计抗疏求谪。王后当国，起马复故官，盖亦无成心云。

用违其才

大臣坐镇雅俗，与宣力封疆，本是两事。本朝如马端肃、杨襄毅两太师，前后握枢秉铨，俱有称于时，真全才也，其他大老，未必兼长，然不害其为名硕。今上初年用人，随材器使，各著声绩；近二十年来，俱以资望推用，不复论其材地相宜与否。只如沈继山司马，亢直著闻，以之仪表百僚，何等凝重，乃用以御虏，刘哱之变，扞守有余，驱剿稍逊，迄不能成功，改抚中州不赴而去。孙樾峰司马为选郎时清劲无染，士林推服，即为冢宰，亦其分内，乃用以御倭，卒与本兵相左，为白简击去。二公后虽再出，终以前议未得大用也。又如石东泉先朝直臣，为司徒时，正继宋庄敏之后，心计操守，不减前人，久任计曹，国计必裕，忽移之兵部。值关白事起，力任贡封，遂致偾辕。又如万丘泽熟谙边情，屡著劳绩，经略朝鲜，奏凯而旋，其时酬以本兵，亦不为过，乃用为协理坐院，诸台臣起而哗之，复加秩出镇，终于塞上，其他尚未能悉记。善乎许少薇之疏曰：沈思孝清直名臣，使其建牙内地，将见一路风清,乃使作陕西巡抚,助讨宁夏,正如斲圆方竹杖,刮漆断纹琴,毫无济于用而至宝损矣。可谓至论。此癸巳年事,许为兵科都给事,名弘纲。

异途任用

三途并用,江陵公建议也,是时以吏员任知县者,山东一省则有莱芜之赵蛟,费县之杨果,俱任九年加服俸,再加知州府同知,可谓得其用矣。颇闻两人俱非循吏,但干局开敏,能肩繁巨。果初莅事,诸儒生侮易之,无一来谒者,忽揭一示订期季考,诸生以故事姑往试,且窥其作何举动。比众集,则请校官来出题,且云不佞举刀笔,不谙举业,又不敢废典制,愿先生留意。是日供膳皆出中庖甚丰,比收卷,则鸿乙满纸,或仅数行,或戏为俚词以寓嘲谑,果束为一箧,夜作檄呈督学云:身既异途浊流,难定甲乙,教职又师生亲昵,评品多私,敢烦文宗亲阅,第其上下。诸生闻之,因服叩首求哀,乞就明府手定,文章司命,孰敢不心服,从此洗肠涤胃以听指南,两学师又代为恳,遂恣胸臆发案,终其任无一青衿敢哗者。又有一胥名黄清,江西之上饶人,起司狱,历任我郡嘉兴同知,貌寝而眇一目,然才智四出,应变无穷,能持人短长,郡长邑令稍不加礼,即暴其阴事相讦,人畏之如蛇蝎。及高宝诸河议筑内堤,久不就,江陵公谓非清不可,乃改衔淮安府,甫岁余成功者已半,江陵大喜,加两淮运司同知,留竣役,又匝岁工且报完。一日谒台使者于舟中,误践板堕水中,因中寒死。盖上官憎其伎,妒其能,令人挤之也。事闻,赐特祭,赠太仆卿,荫一子入胄监,使其尚在必藩臬开府矣,是时用人能破格如此。

添注卫经历

本朝簿尉卑官,不用宋人注官待次之法,凡才品劣者,例升王官,初亦一时权宜疏通之术,后遂循为故事,不能改矣。至今上之庚戌,西粤人文无技立缙者,为文选副郎署选事,患铨选壅滞,又创为一法,于凡州县卑官有考语非上等者,即上考而历任稍久者,辄升外卫候缺经历,谓之半王官,呈之太宰孙富平,大称善,即为允行,亦不经题请,而言路以富平故，无一人敢议。初犹一缺止用一人，久而二三人，更数年则累累若若与王官无异矣。王官止中原楚蜀江右数处，在彼候缺者尚少，今卫幕则布满天下，动云待缺，凡州佐县佐以及驿丞仓巡之属，每一缺官，辄求代署，恣行昼攫；或宪访，或告发，则潜匿他方，诡云回籍，及事过再来，又浼有力者道地以图承乏。在上台则以去来莫测，无从行驱逐之令，在吏部则以闲废已久，无从中考功之法，真如飞天野叉，择人而食，普天率土，无处不然。其蠹吏治害民生，真第一敝政。文君实作之俑，而吏部奸胥又利缺之易出，可以上下其手，下吏应劣转者，又借以避王官，稍赂刻木辈，即已得之。蝇集一方，磨牙棘吻，为苍生猰㺄，更十许年，不知何所终矣。

张西江比部

江右张西江寿朋初拜比部，丁亥京察，外谪为山东泰安州同知，又以与同寅争香税事，当镌一级，赴部听补，得降永平府推官。言路起而争之，谓以州倅得司理，则运同降一级当为按察司佥事，知府降一级当得布政司参议，运司降一级当为按察司副使矣。时文选郎中为谢廷寀，疏辨殊支，张乃改降万全都司断事而去，迄不振罢归，至今未出。张此补本属创见，谢选君同乡相善，破格用之，但先朝知县多升州同知，嘉靖初尚然，后遂为胥吏辈考中之官，及赀郎之优选，无一清流居之，今下迁反为理官，似骇听闻。因思此官亦从六品，秩已不卑，然列县佐之班，叩首呼老爷，每直指行部，则大帽戎衣，趋走巡捕，一不当意，棰楚尘埃间，与舆皂无异，至府司理亦得而答之、詈之，宜谢选郎之受抨也。

州同降知县

近年张西江寿朋癸未进士，亦知名士也，以刑部郎谪州同知，又因事降一级，补任推官，为言官所纠，改降副断事，并谢选郎俱得罪，朝议不以选郎为冤。但本朝州佐降府佐县正者甚多，无论祖宗时，即隆庆初年南直通州同知王汝言者，登嘉靖癸丑进士，亦以户部主事降是官。后被论再降一级，时广陵李文定为首揆，力荐其贤，因降补其邑兴化知县,寻升户部主事,优转通政参议。其人至今上初年尚在,非远事也。

老人渔色

山西阳城王太宰国光,休致时已七十余,尚健饮啖,御女如少壮时,至今上十八年,则去国凡九年矣。时阳城民白好礼者,病亡,其妻李氏国色也,王夙慕其艳,托诸生田大狩等诱以为妾。其翁名白书初执不从,后以威胁,再以利动,遂许焉。李氏誓不更适,又力逼之,以刀刎死,一时传为奇事。按臣乔璧星得之,遂疏以闻,上命查勘,后亦不竟其事而罢。夫逾八之年,或嗜仕进营财贿者,世亦有之,至于渔色宣淫,作少年伎俩,则未之前闻。或云王善房中术,以故老而不衰。

人臣渔色无等

今上壬寅,吏部郎赵邦清为御史金忠士、给事张凤翔等论,诸所胪列,真伪相半,赵愤恨力辨,丑诋秽詈,至持利器欲剚刃言者。独其中有钦选东宫淑女杨氏,退出,为赵买为妾,则不复置辨,寻奉旨削籍去,不深穷其事也。前此二十年,则有故礼部郎临江守一事,与赵正同,竟坐极法长系矣。又前乎此则弘治初年宁阳侯陈辅,幼聘驸马杨伟女,待年未娶,因闻涞水县人郝荣有女殊色,曾入内廷简出,辅匿杨氏婚娶之。后以宠衰,仍娶杨氏,既入门,乃发其事,至下狱会鞫,旋命革爵为民,俟他日伊子承袭,犹为宽政也。若正统十三年,侍郎齐韶娶内选百户史宣之女,事发,至夏月论斩,则其祸烈矣。又数年,则英宗返正时,诘问达官吴官保曰:"也先何以失信?当时曾许以妹归朕,今女安在?"也先云:"已为石亨夺去,且尽杀其媵矣。"上戒官保勿言,亨坐大逆夷灭。淫夫渔色至此,真胆大于天,其中得其良死者幸也。

京官避大轿

阁臣礼绝百僚,大小臣工无不引避,惟太宰与抗礼,然亦有不尽然者;至太宰之出,惟大九卿尊官及词林则让道住马以俟其过,他五部则庶僚皆引避，虽科道雄剧，亦不敢抗。至少宰之出，其体同五部正卿，他亚卿则不然矣。至庶吉士向来止避阁师及太宰，馀卿贰俱竟于道上遥拱。吾乡陆五台太宰，先于今上癸未甲申间佐铨，遇庶常于道上，抑其引避，反大受窘辱，诉之阁下，亦不能直，因愤极语人曰："当今京师异类，不知等威不避大轿者，有四等，一为小阉宦，二为妇人，三为入朝象只，四为庶吉士。"诸吉士闻之益恚恨，立意与抗，今不知何如。又北京台省诸公，遇六卿必避，而南京则不然，每道上相值，竟讲敌礼。西台尚以堂官之故，不与公会，至六科遇有公私吉凶之礼，直与正卿雁行并立，无少差等，亦异矣。

大臣屡逐屡留

礼部尚书石瑁者，山西应州人，正德间进士也，初为金华知府，以考察罢软当罢，适升布政使得留；及为福建布政，又坐罢软去，适升南吏部侍郎再留；会礼卿萧瑄以奏对失上旨，调南京，李文达荐瑁以代。萧入朝，出班承旨，不上御道，而竟趋右阶，英宗大不怿，谓其举动失措，有忝礼臣，勒令引退。比自陈疏上，上又云其人笃实可怜，但迟钝耳，命姑留之。未几即病不能出，部事久废。时孝恭皇后上仙，典礼烦冗，始命右侍郎邹幹署印，而瑁竟不言去，久之始卒于京邸。是时计典已重，何以升任即废不行，而身被议者又何恬然若不闻，比勒自陈时，李文达亦不引罪，又何也？彼石瑁者何足言，特大臣廉耻道丧，可异耳。

大计年分条款

大计考察之法，至今日详备极矣，然孝宗朝尚未然。弘治元年言官奏请考察在京五品以下庶官，则有年老有疾、罢软无为、素行不谨、浮躁浅露、才力不及凡五条，而无贪酷，又另察五品以下堂上官，则年老不谨浮躁三款之外，又有升迁不协人望，大理寺丞一员亦无贪酷两条。盖其时待京朝官有礼，不忍以簠簋屠侩轻加人也。又其年为戊申，初非己亥年分，意者如近例主上新登极大计，然铨部初题本时，上命照成化十三年例行，则断非登极；又其年为丁酉，亦非己亥也；且其时计典不举已十一年,今人动云六年大计为祖宗定制,误矣。

此时五品以下官,分作二项,盖如外计之有司与方面也,亦似有理。又不协人望一款,亦仅见于此举,今日似亦可行。

京官考察

京官六年一考察者无其例,自成化四年用科道魏元等言,奉圣旨:是有堂上官的,还会掌印官公同考察。八年奏准京官每十年一次考察,十三年又用御史戴缙等言,要考察两京五品以下官,奉旨照例会官考察。至弘治元年二月,河南道都御史吴泰等又请考察,得旨云:这考察事,吏部看了来说。则王介庵为冢宰也。时掌翰林院为少詹兼讲学汪谐,请将本院侍读以下官准成化十三年例,自会内阁大学士考察,上曰虽有本院自考事例,吏部还会同翰林院掌印官行事。是年谪出者凡一百四员,而词林无一人,至弘治元年闰三月,吏部都察院考在京五品以下堂上官,仅去太仆寺丞周冕等五人耳。弘治十年正月,吏科都给事李源等、十三道御史徐昇等乞考察两京五品以下及外任方面,上命如弘治元年例考察,共斥降九十五员。至弘治十四年闰七月,用南吏书傅瀚奏,谓京官十年一考察,法太阔略,乞六年一考,从之。弘治十七年,又诏十年一考,寻以给事中许天锡言,命六年一考,著为令。至正德四年己巳,吏部尚书刘宇、侍郎张綵等又请考察,时距弘治考察时止五年,盖逆瑾意也。自是己亥两年考察,遂为定例,盖迄今尚未百年。

外官考察

弘治六年正月朝觐大计,吏部升谪方面州县等官一千四百员,杂职一千一百三十五员,上曰:人材难得,事贵得实,人贵改过,祖宗爱惜人材,必待九年方升,今因一人无稽之言,没其积勤,使之不敢申理,岂治世所宜有?尔等皆因旧弊不能改正,其方面知府,年未满六十,有疾不妨治事,素行不谨在未任之先,余官到任未及二年非老病贪酷显著者,俱留治事。于是方面官以下,山东金事王继等五十八人皆留,而府同知张文皋等俱未及三年,亦视事如初矣。此时王三原为太宰，已为上所疑，故大典亦中格，且旨中人材难得云云，皆《大学衍义补》中语，丘文庄为次揆所拟旨也。王此时即宜辞位，而犹恋恋恩遇，不三月，即为刘文泰事，上指为卖直沽名，不能安其位而去，亦可谓不见幾矣。又，按弘治六年外计，吏部具大小庶官当升者二千人。阁臣丘濬上言，唐虞三考黜陟，今有居官未半载而斥者，徒信人言，未必皆实，非唐虞之法，亦非祖宗之制。上然其言，以故未三载俱留用。此事实录不载，而见之黄泰泉所为丘文庄志中，可见丘之排王三原，不特刘文泰疏矣，史竟为丘讳之。

考察访单

今制：匿名文书禁不得行。惟内外大计，吏部发出访单，比填注缴纳，各不著姓名，虽开列秽状满纸，莫知出于谁氏，然尚无入御览者。至己未外计，浙江参政丁此召以不谨罢，会有人言其枉，吏部竟以访单进呈。此召遂追赃遣戍，人虽冤之，谓不晓出自何人。

外察附批

正德三年戊辰朝觐，考察疏入内，忽批出翰林学士吴俨帷薄不修，着致仕，养病御史杨南金无疾欺诈为民。俨丁卯主顺天试，以"为臣不易"为论题，刘瑾恶之。南金在台时，为堂官刘宇所挞，羞怒请告，故宇谗之瑾，从中旨罢去。俨后起至南礼部尚书，谥文肃，而南金亦得复官。宇之附权乱法至此，瑾败，仅革官衔致仕，真漏网。嘉靖丁巳内计，户部左侍郎谢九仪、兵部右侍郎沈良材各以自陈得旨调南京用矣，又科道拾遗疏下，上又附批九仪致仕，沈良材闲住，疏中无二人名也，亦异矣。又先辛丑外察，不及河南参政王慎中等二人，内批俱以不谨闲住，则首揆贵溪意也。其后则今上丁丑星变考察，南刑部员外包大爟以浮躁降，内批以不谨闲住。南兵部郎中吕若愚不处，南给事傅作舟论之，内批亦照不谨例闲住，则首揆江陵意也。

大计不私至亲

南礼卿陶四乔承学素负人望，又江陵同榜进士，素以声气相重，及夺情事起，心稍不然。时江陵同邑人傅作舟为南给事，方寄爪牙耳目，雄行于都中，陶又不甚礼之，乃谮之于江陵。会陶亦以事见忤，适辛巳大计，募人劾陶，苦无事款，适傅密寄陶诸罪状至，江陵大喜，以授给事中御史俾入纠劾疏。时商燕阳为正，在台中资最深，为陶姻家，又江陵门人也，苦救不能得，乃恳之江陵公。江陵怒，以恶语劫之，商无策挽回，陶遂为科道秦耀等所纠，得旨致仕。商后转廷尉，将大用，亦以言罢。商敏练有能名，本非附江陵者，止此一事见訾，谓其畏祸坐视，遂不免。至壬辰外计，司铨者为太宰陆光祖，前御史屠叔方、黄正色皆其至戚，俱以新任副使贬降，议者不言其薄。癸巳内计，则吏部郎吕胤昌，为吏部尚书孙𫓧嫡甥，以浮躁降调；吏科都给事黄三馀，为考功郎中赵南星儿女至戚，以不谨闲住。一时舆论翕然服其公，盖人心之不可泯如此。

六 年 大 计

京朝官六年一大计，其法至严，先朝亦有以不公争之者，如先王大父争韦商臣等之类，然终不能得。惟穆宗时考察科道，后起给事周世选、太仆魏时亮等，然非时考察言官，本非典制，特出高新郑一时私意，故公论皆以为冤。今上辛巳察典，不谨去者，次年即起用，为今大司徒赵南渚世卿则初为南户部郎特疏讥切时政，江陵怒，劣升长史，旋中大计，尤为清议所推也。嗣后如颜鲸、管志道、张正鹄、马犹龙，亦时情称枉，荐章不绝，终不肯破例，盖以非有大节表著，不得比前诸贤耳。自辛巳后，凡经丁亥、癸巳、己亥、乙巳四察，斥籍无有议起废者。惟迩来辛亥一察，物情汹汹，司黜幽者被弹射无完肤，一时亦不能胜，近日遂议起徐比部大化，则不谨条中人也。锢人明时，诚可悯惜，然天荒一破，后来借口怜才，恐大典难以堤防矣。

考 察 破 例

弘治以后，考察之法始密而严，世宗于议礼诸臣无所不假借，独严于大计，罢斥者如教官王玠、光禄监事钱子勋、御史虞守、随州同知丰坊辈，俱百端献媚于兴邸，而上终不为破例，其严如此。然而降调诸如臣赵文华、彭泽、储良才等，亦系考察人数，以权奸疏保留复旧职，盖以贬轻而斥重，故特免也。其后朱隆禧以进秘方见幸，虽加衔终不见用，盖以考察之故，而史俊以助米及建醮祝寿，其子际及吕希周辈以扼倭报功，皆升职致仕，亦以计典故耳。此后惟穆宗庚午，高新郑以私怨斥张槚、魏时亮等诸人，至今上初元，皆起用。今上辛巳，大司农赵世卿先以建言忤江陵，劣升楚府长史，至是又以不谨斥，未几即复原职，以至今官，而大计自此不能永锢矣。

嘉靖末年都给事中厉汝进以劾严分宜降典史矣，未几外计即以逃斥之。是时察典严重，言者但指为严相修怨，而无敢救者，即穆宗登极大霈，言官无一遗弃，而汝进屡入荐章，独不收召，使其在今日，则立致槐棘矣。万户侯何足道，宁止一李广哉。

嘉靖末年，谕德唐汝楫以分宜党被劾，用不谨例闲住，然非考察也。穆宗龙飞普进旧讲官，汝楫仅升太常少卿与致仕，当时清议尚严如此。

卷十二

吏 部 二

中 书 考 察

大计六年一举，定于弘治末年，其典最重，五品以下俱听考察，内惟翰林学士得免考以示优异，既而讲读学士亦请如例，遂并免之，其坊局等官虽贵则照各官同听吏部处分矣。至于内阁书办即今制诰两房中书官，宪宗朝命本院学士会同阁臣与讲读以下等官考察，不许吏部干预，旨所以重文学侍从之体，非他官得比，然嘉靖以来，仍从吏部都察院为政矣。至于文华、武英两殿中书办事等官，以及御用监各项匠官，例皆先期乞恩免考，盖又以他途，摈之功令之外，非特恩也。又太医院及钦天监，以方技亦如之。迨其后也，太医与两殿中书仍入计典，惟钦天监则至今犹然，不考察、不丁忧、不告老云。

辛亥两察之争

嘉靖三十年辛亥，当大计京官，是年正月，锦衣卫经历沈鍊抗疏纠首辅严嵩，其词甚峻，嵩力辨谓鍊作县败官调简，今知京察必处，以故建言祈免黜幽，上怒，捕鍊逮治，斥口外保安州为民。计竣，吏科都给事张秉壶又纠吏部尚书夏邦谟不职，得旨致仕。万历三十九年辛亥，当大计京官，先一年冬，御史金明时劾吏部侍郎学士王图，其词亦峻，图疏辨未奉处分。至次年二月，临考察日，掌河南道御史汤京兆，具密启于吏部尚书孙丕扬，临考谓明时前疏要挟免察，丕扬阅之震怒，即闻之上，令闲住，明时辨疏犯御名下一字，上亦大怒，发刑部赎罪为编民。于是刑部主事秦聚奎首攻太宰，台省继之，丕扬办甚激，而攻者不已，不一年亦请致仕。从来司察冢卿，未有被弹射如此者，且指白简为挟免，亦惟此两辛亥，恰好六十年，岂运数使然耶。

大计纠内阁

六年京官大计，吏部都察院主之，及事毕纠拾大僚，属科道为政，而阁臣票拟去留，或下部院覆议罪状当否，以听上裁，则太宰御史大夫与内阁辅臣，是三官者俱主持大计之人，向未有纠及之者。自穆宗登极考察，而高新郑为言路所憎，聚攻不去，乃至南给事中岑用宾、御史吕校以大僚纠及之，识者咸谓非体。而时情正侧目新郑，方以此举为快心，无有救正之者。以故己巳再出，当国秉铨，恣情黜陟，亦尔时激之使然。又三年而高被逐，江陵专政，则内外大计一出其手定，部院不过一承行吏书矣。

每年初冬朝审罪犯，俱太宰主笔，相仍已久。至庚午秋，复当审时，高以首揆兼掌吏部，则事体非旧例可比，谓宜遣他尚书代行。而高奋然有请往讞，所释放最多，较他年加数倍，而王金等以先帝升遐误用方药，坐大逆重辟者亦改遣戍，盖欲坐前任首揆徐华亭以诬罔先帝、大不道也。卒之穆宗允其请，而往事终不究，则高此一行，徒伤相体耳。后万历戊戌年朝审，太宰偶缺，旨下以户部尚书杨俊民主笔，甲辰年亦缺太宰，又以户部尚书赵世卿主笔，斯得之矣。

己亥大计纠拾

己亥大计最为平恕，惟董太史思白其昌以私隙为朱考功石门敬循所中外转，似未服人。至于南京纠拾大僚，则可异矣。如右都御史沈继山思孝、吏部右侍郎杨复所起元、兵部左侍郎许敬庵孚远皆一时人望，尽入网中，远近骇愕，莫知其故。冯区祭酒谓余曰："此非纠劾疏，乃荐举疏也。"时祝石林世禄为南吏科，以一人掌六科印，遂有此举，至次察乙巳，祝亦不免。前三公者虽被指摘，终无丝毫之玷，而祝遂不振。

乙巳两察之异

今上乙巳大计，疏上不下，久之中旨批出，特留降调科道官数人，盖首揆沈四明专庇给事钱梦皋、御史张似渠辈，因并诸言官留之，时以为异事，群起争之，而不知前乙巳之更异也。嘉靖二十四年春，京察疏上，内不谨主事周玉等并御史谢瑜命照贪酷例为民，浮躁主事朱执中革职闲住，盖于部议加重焉。既而吏科河南道拾遗，则中允郭希颜、光禄少卿谈相俱在斥罢之列，独得旨留用，其后二人俱受极刑，亦在世宗朝，更异矣。惟兵部侍郎张汉在劾中，上独命锦衣官校扭解来京，盖汉先在部，欲令总督大臣得斩将以行军法，上衔之未发，至是见疏触怒，故及祸。比逮至，以刑部谳迟，改镇抚司刑拷，竟发镇西卫充军，皆从来未有之事也。及两京察事俱竣，御史桂荣又申救先任南御史、今升常州知府符验执法爱民，而南考功郎薛应旂为常州人，以私怨报复，致之降调，乞复原职，上命符验仍谪，而调应旂于外任。桂荣计后论救，非故事也，上竟不问。盖前乙巳世宗总揽大权，或轻或重，俱出独断；后乙巳则考选久废，科道晨星，首揆欲市恩言官，故破格留用，要皆典故所不载也。

后乙巳南察，时给事中储纯臣署吏科，本在事主计人也，亦以不及降调，察疏发后，尚在署草拾遗疏，有相知者告之，始杜门，亦奇事也。又前六年己亥，主计南吏科祝世禄，已升宝卿，亦以察谪，中外称快。

铨郎索顶首

吏部郎以货取者，莫甚于嘉靖季年，吾乡项刑部治元，以万三千金得之于严氏，严败，亦逮至，瘐死于狱，自是此风颇衰。然至今上辛卯壬辰间，犹有陋规可笑。凡先入者将引疾，必荐一人自代，例以五六百金为谢，至余姚吕胤昌有催讨之谤，癸巳入大计，始相戒禁止。至于每省一人转正郎时，必以疾请，待新者将满求归，始再出管选，此旧规也。自甲午后，蒋兰居时馨以尚宝改授，竟掌选权，为白简所逐，而铨体大敝。梅大庾守峻继之，以户部郎中改入管选，亦被论去，朱石门敬循以礼部郎中改入，亦掌选，得升太常寺少卿，皆变体也。自是而后，皆以主事入亦无直至选郎者矣。

嘉靖间每省凡三人，一在京，一在家，一在途，徒以热官享趋附费供应耳，今定为二人，里居与现任皆新旧兼用。

都给事升转

六科都给事升转，惟吏科多升京堂，余则一内一外，如庠士之挨贡，不敢擅越。内则四品京堂，外则三品参政，盖外转以正七得从三，亦仕宦之殊荣，而人多厌薄之，因有官升七级，势减万分之语。后复为劳升、功升、闰升三说，劳如使琉球之类，功如边功、督工程之类，闰升则吏科管察及耆旧起用之类，人始以意为迁就，而避外者多因之得计。至癸丑年，因争熊之冈廷弼学差一事，波及礼科都谏周永春不当内推，台中汤质斋兆京起攻太宰，太宰举一内一外旧规为言，又驳之谓非典制，说久不定，因得旨命六科会议。言人人殊，而谓科臣但当内擢，其最不肖者间出一二人于外，则众口如一，盖以琐垣得藩臬，如郡邑之劣转王官也，此又不知出于何典故矣。上久格行取，言路寥寥，其在者俱积资岁久，视京卿若冷局，恋禁闼如凤池。此时周都谏亦不当得外，特汤欲逐太宰，误引之耳。时方视外转为御魑魅、投虎豹，不觉争先护周，至于会议出而年例遂因之不举矣，恐祖制终难高阁也。

五贤附察

丁丑冬，江陵夺情，两京大小九卿各有公本保留，乃至御史则曾士楚为首，给事则陈三谟为首，合词请留。时惟词林吴、赵救正之，廷杖六十为民，比部艾、沈继之，杖八十，最后进士邹则语益加厉，杖一百，与二比部同遣戍，至辛巳京察，复别缀本末，欲永锢之。夫已氓已戍，宁须更丽考功法，弇州《首辅传》中姗笑之，谓江陵敏识人而瞀乱若此，知其不久矣。此实至言，但谓将五君子入庚辰外计中，则实不然。当时弇州目睹其事，而谬误乃尔，信乎纪述之难也。

考察留用

六年京察，典制最重，其以不及浮躁处者，系续增事例降一级调外，以曲全人材，其后拔擢，不妨致位公辅。然当其时即留用仍故职供事者，在先朝有之，久不经见矣。乙巳大计，主察者为署部少宰杨正庵时乔，左都御史温一斋纯为政，疏上，旨出切责当事者不公，而留台省当谪者数人，其所注意则仅钱给事及御史张似渠等三四人而已。举朝相视不敢发，而听补郎中刘楚磐元珍、主事庞尧封时雍特疏纠沈四明破坏典制，庇奸欺君诸不法，俱得旨谴罢。最后浙人贺吏部道星灿然继上清平之疏，请亟下考察降谪诸臣以完大典，亟罢主察徇私之臣以明公道。徇私则指温三原也，贺故与四明厚善，故斥温之私以著沈之公。时四明在告不入阁，得旨贺亦罢为编氓。是年温去位，次年四明与商丘亦同罢相。

沈四明与温三原不相下已非一日，然外犹示羁縻，以故甲辰年温考二品六年满，故事止当得太子少保，沈时为请加太子太保以悦之，几忘隙修好。未几管察尽处其腹心，由是嫌猜愈深，不可解矣。其年七月，三原得致仕去，四明遂滋，不为物情所附云。

考 察 留 用

今上乙巳大计疏上，旨下留科道数人，一时大骇，以为创见。然嘉靖十八年己亥，考功郎中赵汝濂主内察，欲斥主事赵文华，时太宰许缵功持不可，谓此权门私人，疏一上必为衙门累，汝濂愿以身当之，及得旨文华果留。又工部属魏姓者，为堂官尚书周叙所憎被斥，汝濂不许而不能夺，比科道拾遗疏上，独留之。赵后官至少保尚书，魏至都御史，然赵故严分宜客，是时严仅为大宗伯，而威焰已能钳结上下如此。至于前嘉靖丁亥，兵部侍郎张璁疏留考察浮躁原任吏部郎中彭泽，则已降两淮运副，仍守故官，寻升右谕德，尤为异矣。

赵汝濂，云南之太和人，初以壬辰科庶吉士授吏部考功主事，居吏部五年，而管大计。故事铨郎无竟授者，汝濂得是官，即迁正郎，升南尚宝卿以至副都御史协院，至嘉靖三十年辛亥，亦以大计自陈调外，则相嵩久在首揆，而赵文华亦登贰卿久矣。文华留用事，《实录》失载。又嘉靖六年丁亥大计，御史叶忠被察，上特命留用，寻升大理寺丞，其事与赵文华、彭泽同时，而史亦不书。

卑官被察仍留

巡按浙江御史左瑺与参政俞士悦、佥事施信,考察所属嘉兴县丞赵恭,罢软为民,恭诣阙自诉,云士悦偏听舆隶李保之谗而陷之。上下其事于巡抚浙江侍郎等官核之,果如恭言,吏部覆核以闻,上命瑺、信二人各罚俸三月,惟士悦与李保并付按臣鞫讯治罪。盖谓其事俱起于参政之受谮,故特重其谴,且与舆台并下吏,其辱极矣,此事在正统三年。又十年而俞士悦者已拜刑部尚书,又二年而加太子太保,又六年而去位。夫以方面大僚纠一邑佐,以诬反坐矣,其时何颜对吏民?他日何颜掌邦禁?且至八年之久,岂一眚不足玷生平耶?今丞簿即受诬,固无敢自鸣冤抑,又鸣且无死所矣。是年卑官昭雪者不乏人,因嘉兴为吾邑,故纪其事。

大计部院互讦

内外计典,皆吏部都察院主持商榷,即有未惬,亦调剂两平,未有察事即竣,部院复自相攻者。惟成化四年冬以星变察朝臣,时南京则吏部右侍郎张纶、都察院则右佥都御史高明主其事,已奏上,罢郎中潘孟时等九十六人矣,上以会官考察,各掌印官不同佥名为疑,时侍郎叶盛、都给事毛弘以案他事在南京,遂并以属之。纶乃上言顷会官考察,其考退之中若员外兰谐等三人人材可惜,左府经历吴宣等十九人当斥,各堂上官不从臣言,而都御史高明刚愎自用,十三道御史岂无一人可斥?高明心怀不公,难居风宪,臣柔懦不立,不能进贤退不肖,愿与明俱罢。高明亦以妨贤误事自陈,上皆不许。比叶盛、毛弘覆奏至,则云会考时,张纶不能对众执论,察后乃展转烦渎,高明亦不与纶诚心商榷,以致积忿猜疑。二人俱宜逮问,纶所议留议斥,俱考察已定,恐难纷更。上是之,纶与明姑不问。按,部院同管大计,事后乃争讦如此,真向来未有之事。此后累朝计典,其服人与否俱不论,然俱竣即休,始终无误。直至隆庆间,掌吏部事大学士高拱、掌都察院大学士赵贞吉,以考察科道事后相讦;今上辛亥京察,孙冢宰与许副院事后相左,则成化已兆其端矣。

言官例转反诘

甲辰春，刑科给事中钱梦皋例推湖广参议，未下，梦皋自以疏请，谓左右给事外转，始得副使参议，若散给事不过佥事，以处不称职者，谓之劣转，今臣特散给事耳，参议之推，胡为乎来哉？吏部以为优臣，则自揣无功，以为逐臣，又自省无罪，乞敕问该部，明数臣功过何以充年例。得旨留用。按，科臣例转，无求免之理，更无反诘铨司故事，乃主上遂允其请，说者谓四明密揭保钱，故得留用。自是乙巳年工科钟兆斗例转，亦以论劾温中丞，因自请得留，盖钟亦四明入幕也，四维俱扫地矣。

按，钱给事于癸卯冬以妖书坐郭正域，因及次辅沈鲤，故公论以此薄之，四明以此厚之。时推钱年例者，为署吏部事、户部尚书赵世卿，不先以白首揆，首揆怒其异己，遂改命侍郎杨时乔署印，赵初议假王时，意存楚，偶与四明暗合，初非有心附权，其后为郭江夏昭雪者，因四明以波及于赵，误矣。

钱给事之扫门无行，人人能唾之，然其坐郭宗伯以危法，亦自有因。府同知吴化者，楚人，乃去任侍郎郭正域之乡同年也，时以听勘在京，适妖书事起，伏阙上疏，谓妖书出自新选教官阮明卿之笔。阮蜀人，又科臣钱梦皋之密戚也，钱不能甘，乃抗疏直谓妖书出于郭正域。郭为次辅衣钵门徒，而流医沈令誉为正域门下食客，相与构造此事，又因沈令誉串入达观，以助康丕扬。钱之得罪名教不待言，而胡化之诬告阮明卿，总亦犬豕一流耳。

考察胁免

自壬午以来诸劾江陵者多取显官去，尤而效之，争以建言自见，亦有知物议将及，先事而发者。以予所见，如乙酉年南礼部郎马应图，论宰相权重、言官阿辅，谪为边尉去。时太仓相公新出山，先知马疏所由，遂因论时事及之，谓年来禽譇成风，乃有以市井憸邪千人所指如马某者，亦得借建言之名以逃考察。其词甚峻，时去大计尚年余，至丁亥春，南察终不及马，则以马疏先被处也。至辛卯冬，礼科都给事中胡汝宁，先以科场论同郡主事饶伸为时情所薄，至是又以科场事劾南京主试谕德陆可教取中举人钱魁春，乃御史钱一本子，中式有私。时谓胡借以饰前疏之谬，欲免察典。及癸巳春大计，竟以不谨罢，则此疏为无益矣。至戊戌年，巡按甘肃御史许闻造论邪横大臣为侍郎张眷蒙、都御史魏允贞等，诸公皆负时望，且皆西北人，说者指为张新建私人，因张去位，为之报复，且本浙人浙党，预为逃京察地也。白简纷然，攻之不遗力，许外谪去。己亥内计，许虽不处，而恨之惜之者尚相半。近日癸卯甲辰间，径路既分，弹击四起，出奴入主，暗避明攻，乙巳一察，遂至钦留滋议，朝端聚讼迄今不解，又非余所得而知矣。

弘治癸亥京察之前，给事中吴蕣、王盖自知有议，先事论吏部尚书马文升，马辞管察不允，卒斥二臣，而当时不以为非。察后又有疏辨者，马欲请再考，时考功郎中杨旦执不肯从，遂依先议，是时人心尚古，无旁嚣者为之佐斗，远非今日光景也。若嘉靖辛亥正月，锦衣经历沈錬疏劾严嵩，议者亦云逃察，以此重谴。此出仇口，何足损沈直声。

赝　书

史册中如钟会作伪书以赚宝剑，及宋女奴习石介书诸事，皆意为未真。乃近年如庚戌冬，有传浙江巡按御史郑环枢继芳寄一书于王给事弘庭绍徽者，云次年大计，欲处某某不下数十人，皆富平太宰心膂也。胡给事慕东忻持以示孙富平，其末又缀一行云：嘉禾先生，近生一子，想丈所欲闻者，并报。嘉禾指沈继山也。盖孙、沈深仇，而俱无嗣，故作此语激之。孙阅之果大怒，盖即欲重处郑、王诸人。一日出以示少宰萧玄圃云举，且云此曹为谋险毒至此，非尽芟之无遗类，祸不止也。萧谛视良久，忽泚笔其上曰：得非诈乎？因孙老聩，故作字示之。孙出不意，甚惊恚，既而稍悟，遂箧此书不出，而王之例转，萧之被劾，亦胎于此矣。郑御史京师人，曾特疏发王聚洲元翰之墨，故西北诸公切齿焉，胡、王二给事俱太宰同乡，胡挟枌榆报恩怨，王弘庭虽秦人，持议特异，故并中之。胡之伎俩，似巧实拙，幸富平耄而惛，其计乃得售，使遇英敏之人，且立败矣。

武弁王官

吏部选法，患杂流壅滞，始创为王官以疏通之，名曰升转，实罢斥也。此法创于成化以后，今不可改矣。惟武弁则无之，钦依守把以上，非参劾无驱逐之理，况废而复起，不可方物。近年石大司马东泉，始仿王官例，创为添注一说，凡劣考者则注焉。有官无缺，亦救时苦心，然此辈素号锡蜡酒壶，非考功法所可束缚，恬不惩创，石去位而添注亦不讲矣。

一时六卿眉寿

本朝大臣享高寿者间有之，然未有聚于一时者。如华亭陆平泉树声，以礼部尚书太子太保致仕，则嘉靖辛丑进士也，得年九十七；海丰杨梦山巍，以右都御史致仕，则嘉靖丙辰进士也，得年九十四；石埭毕松坡锵，以户部尚书致仕，则嘉靖甲辰进士也，得年九十三。俱在今上乙巳以后三数年间，其去国俱蒙优礼，及九旬俱受特使存问，身后饰终之典尤皆崇备。若官未二品，寿止八旬以上者，又不胜纪也。盖上寿考作人之效，而圣寿无疆亦可卜矣。

杨太宰乞身时，其母夫人尚在堂，年百十四岁始告终。陆宗伯年五十九始举乃嗣伯达少卿，见其登第者十七年，又及见曾孙。谢中丞九十时，长公京兆君年七十余，扶侍左右如婴儿，尤为难遇。

文武同时各盛

嘉靖末年孙文恪升为南礼部尚书，故左副都御史赠礼部尚书忠烈公子也，时长子鉽、次子铤俱已登进士，鉽任至吏部尚书，铤仕至南礼部侍郎；其三子名犯今上御名，改曰鍄，继登第，仕至太仆寺卿；少子鑛登今上甲戌会元，现为南掌院右都御史；其孙如法、如游辈，以甲第为郎署、为词林者尚多。又宁远伯李成梁从偏裨起辽左，积功至封伯世袭，事在今上初年。今以太保奉朝请。嫡弟成材为总兵；其长子太子太保左都督如松，屡为大帅，最后帅辽没于阵，追赠少保，又荫一子为世都督同知；次子如柏，亦为辽帅，至右都督；第三子如桢，以锦衣荫，今现为管卫事都指挥使；第四子如樟，以都督同知充贵州总兵官；幼子如梅现为辽东副总兵官，将登坛矣；又嫡侄如梧、如槚，亦皆副总兵，一时文武各极其盛。李氏兜鍪骑士，非可比忠烈公阀阅，然战功积劳至此，即唐李西平诸子所不论也。

士大夫癖性

宋时蒲宗孟好洁，至有大小洗面大小洗脚等号，同时王介甫则蓬头垢面，苏老泉至目为衣囚房而食犬豕，然二公皆名流，皆憎司马君实则一也。嘉靖中杨用修衣服起居穷极华洁，同时唐荆川破衲蔬羹，垢敝不堪，然二公皆大儒，皆忤世宗早废则一也。盖好尚悬绝，各出禀授，何必尽同。近来士人以恶菲自处者，惟吾乡丁司空改亭宾，家世富厚，所至皭然不淄，然居处卑陋，坐一柳木椅，挂一粗布橱帐，数十年不易，几榻尘秽，衫履鹑结，绝似一苦行头陀。又沈司马继山思孝，清白之操不待言，然整须修容，老而弥甚，虬须铁面，澡豆不离左右，盥手日数十次不倦，即烟粉辈未逾其洁也。两公俱以小友畜予，每见其举动，辄心折叹服，以其各有至处，非强饰也。

士大夫伟状

士人生西北者，类多长身伟貌，自昔相传风土使然，而实不尽尔。以予所目睹，今方伯朱恒岳燮元，则浙之山阴人；中丞王斗溟士昌，则浙之临海人，皆昂藏八尺，腰腹十围。朱饮啖能兼十人，其重至四百斤，王稍逊之，然浮白数斗不乱。曾与余饮于马仲良所，坐人皆酒客，终席不能敌，王醒然而别。次日复会饮，王出其蟠桃杯以酌客，盖范禁臠所藏桃核锻成者，受酒升馀。与余藏阄，以十度为率，余初负其一，勉强尽之，已觉半酣，王连负其九，引满而起，始犹颓然，及张烛后，复劝酬如初也。王起谪籍，量移比部郎。时同舍有王居于文迈者，京师人，辛丑进士，粗能诗，其状最奇，长不过四尺，腹大如箕，腰背伛偻，步履蹒跚，远望之宛然一蜘蛛也。每缀省班，趋省出入必偕，观者填路。中丞喜谈笑，王居于亦善谐谑，每遇两人俯而相握手，仰而听启口,旁人无不绝倒。居于内人有才色,颀而长,名闻都下,颇有轻薄子为俚词嘲之者。

士绅短小者,如予所识泰和郭大司马青螺子章,余姚孙刑部俟居如法,常熟瞿都运洞观汝稷,皆渺小丈夫,貌类侏儒,然均为一时名硕,羽仪当世,真所谓失之子羽。

又内监徐姓者,长几及大,肥亦称之,今上呼为徐大汉,其视王中丞不及肩也。

士大夫华整

故相江陵公性喜华楚,衣必鲜美耀目,膏泽脂香,早暮递进,虽李固、何晏无以过之。一时化其习,多以侈饰相尚,如徐渔浦卷时同卿,时为工部郎,家故素封,每客至,必先侦其服何杼何色,然后披衣出对,两人宛然合璧,无少差错,班行艳之。近年公卿间例遵朴素,惟协院中丞许少微弘纲,朱紫什袭,芳馥遥闻,时年逾知命,而顾盼周旋,犹照应数人,此公居官以廉著闻,盖性使然也。又友人金赤城汝嘉太守,家无儋石,貌亦甚寝,每过人室,则十步之外,香气逆鼻,冰纨雾縠,穷极奢靡,至以中金为薰笼,又为溺器,而作吏颇清白,第负乡人债数十不能偿耳,盖八识田中带此结习,不能铲也。又如大司空刘晋川东星,遇冬月则御纱袍,遇暑月则被纻袍,问之,则曰力不办时服也。同卿冯谦川渠束带时缺其二三铐,同寅皆笑之,恬不为怪,此则似出有意矣。

江陵时,岭南仕宦有媚事之者,制寿幛贺轴俱织成青蠲为地,朱蠲为寿字,以天鹅绒为之,当时以为快,今则寻常甚矣。今藩府贺其抚按、将领贺其监司,俱以法锦刺绣文字,在在皆然,价亦不甚夐,盖习以成俗也。又近年有一御史按江南,邑令辈至织成双金刻丝花鸟人物,冒之溲器之上,御史安然享之。其人江西人,自甲辰庶常出者。

二品直拜三孤

文臣至尚书,六年始得东宫三少,满九年始加太子太保腰玉。惟阁臣以辅弼之重,不拘年岁,或太宰间以六年得之,他曹不得比也。

近惟长垣李霖寰大司马，以播功从忧中峻加少保，虽边功优异，然他人以十二年得者，李在田间得之，其故官又仅右都御史也。且三孤必带官衔，而李竟无兼官，直至一品考满进少傅始兼东宫太傅，盖自嘉靖初张永嘉以文渊吏书得少保无兼官，今始再见于长垣。

永乐二十二年仁宗即位，加大学士杨士奇少保，李东阳、谢迁俱以尚书直拜少傅。时弘治十八年，上新即位。

户　　部

海上市舶司

太祖初定天下，于直隶太仓州黄渡镇设市舶司，司有提举一人，副提举二人，其属吏目一人，驿丞一人。后以海夷狡诈无常，迫近京师，或行窥伺，遂罢不设。洪武七年，又设于浙江之宁波府、广东之广州府，其体制一同太仓，其后宁波寻废，今止广州一司存耳。盖以宁波亦近畿内，为奸民防也。按，市易之制，从古有之，而宋之南渡，其利尤博，自和好后，与金国博易，三处榷场其岁入百余万缗，所输北朝金缯，尚不及其半。每岁终，竟于盱眙岁币库搬运，不关朝廷。我朝书生辈不知军国大计，动云禁绝通番以杜寇患，不知闽广大家正利官府之禁，为私占之地。如嘉靖间闽浙遭倭寇祸，皆起于豪右之潜通岛夷，始不过贸易牟利耳，继而强夺其宝货，靳不与值，以故积愤称兵，抚臣朱纨谈之详矣。今广东市舶，公家尚收其羡以助饷，若闽中海禁日严，而滨海势豪全以通番致素封。频年闽南士大夫，亦有两种议论，福、兴二府主绝，漳、泉二府主通，各不相下，则何如官为之市，情法可并行也。况官名市舶，明示以华夷舟楫俱得住泊，何得宽于广而严于闽乎？况迩年倭侵高丽，亦何曾问闽广海道也。

劝　农

汉大司农为景帝所置，盖改秦治粟都尉而列之九卿，又别设搜粟都尉，总之重农事也。《诗·七月》篇农夫，注疏以为农田之大夫，郭璞云今之啬夫是也。束皙《劝农赋》云：考治民之贱职，美莫美乎劝农。盖晋时犹重其官如此。唐时节度出镇，尚兼营田使，而租庸使则以户部尚书领之。至宋时州郡守臣俱带劝农使，元世祖中统二年，令各路俱设劝农司，最为近古。本朝宣德初年，添设浙江杭、嘉二府属县劝农主簿，成化元年添设山东、河南等各布政司劝农参政及府同知通判各县丞一员，嘉靖六年，诏江南府州县治农官不得营干别差，其重农如此。至穆宗初，大珰出领江南龙袍，遂改劝农厅为织造馆。然余初有识时尚见劝农旧匾于府署之门，今改换已久，问之人，不复晓各郡曾有此官矣。至于各大藩参政之设，久不闻铨除，然而无裁革之旨，意者并其事于粮道乎？

伪郑王世充围困将亡时，尚遣廷臣为诸道劝农使，史所云丞郎得为此行者喜若登仙是也。今承平，反废不设，何耶？

洪武三年，用韩公李善长言置司农司于河南，设卿一员，少卿一员，丞四员，主簿录事各一员。

救荒

嘉靖八年以连岁饥荒，条议纷纷，多献义仓社仓法，惟广东佥事林希元上《救荒丛言》，言救荒有二难，曰得人难，审户难；有三便，曰极贫之民便赈米，次贫之民便赈钱，稍贫之民便赈贷；有六急，曰垂死贫民急馆粥，病疾贫民急医药，病起贫民急汤米，既死贫民急葬瘗，遗弃小儿急收养，轻重系囚急宽恤；有三权，曰借官钱以粜籴，兴工作以助赈，贷牛种以通变；有六禁，曰禁侵渔，禁攘盗，禁遏粜，禁抑损，禁宰牛，禁度僧；有三戒，曰戒迟缓，戒拘文，戒遣使；其纲有六，其目二十有三，皆参酌古法，体悉民情。上嘉其言，然竟不行。大抵救荒无他法，惟在上官悉心经画。如甲午河南一赈，则少卿钟化民力居多，二贪令借赈自润，竟置重典，法始得行。若庚寅年给事杨文举赈江南，恣意冥行，虽以墨败，而孑遗已填沟壑矣。希元之疏，真荒政第一义，恨无人能举行耳。

司马光《救荒疏》云：富室有蓄积者，官给印历，听其举贷，量出利息，俟丰熟日，官为收索，示以必信，不可诳诱。按，此议亦荒政中良法，但行于今日，则有司先称贷于富民，以实其囊橐矣，可望涓滴及贫民哉？

金荣襄夺情

户部尚书金濂，在正统景泰间号能臣，最后为言官所聚劾，疏辨甚苦，至辨匿丧一事尤支。其言曰：攻臣者谓臣往福建时，母丧不临，比回又不发丧。其时以军务至重，但痛哭而行，后蒙取回，乞归不允。夫金革之事固不敢避，然必当奏请求放，俟上夺情而后遵命可也，岂有闻讣默然之理？即主上何由知其情而夺之？且宣德间，金为御史，已夺情巡方矣，其时非有金革也，盖当时士风佻薄，凡遇丧而不得夺者，谓非无能见弃，故衰绖视事，习为故常，金则丧心之尤耳。没赠沭阳伯，谥荣襄，岂非忝窃。

陶少卿

陈大司农蕖主计时，国用苦之，议开事例，以诖误失官者得复职，其休致林下者得晋虚衔改章服。其时亦有应例援纳数人，然皆赀郎异途，无清流肯屑意。有会稽陶兰亭允宜，举甲戌进士，素负才名，官比部，寻外谪，以黄州府同知罢归，忽入赀如例，得改苑马少卿衔，遂服金绯谒抚按以下官，自称少卿，置酒高会，乡人姗笑之，不顾也。或以陶高才早废，借此玩世云。陈此举为所厚同年尚进士带地，然尚素犯名教，公论所弃，卒不可复，而诖误一条亦奉旨删去。

西北水田

西北开垦之说，始于元之虞集，扬于本朝丘濬，俱未见之施行。今上乙亥，徐孺东贞明新入省垣，首申其说，盖即所著《潞水客谈》绪论也。疏上，江陵亦以为然，方见施行，而徐以所厚同里御史傅应祯讥切时事，牵连谪去，又十年，孺东从田间起，始奉上命以尚宝少卿兼河南道御史，奉敕专理水利，事体甚重，未匝岁，竟无绩可叙，徐亦自请归，寻卒于家。然谈者至今叹功之终于可成，惜徐未尽其用。余观徐疏，或给牛于贫民，或责成于富室，俱窒碍未妥，惟选健卒分屯及招南人占籍二说可用，但又欲于勾补军丁之费，转解京师，说又支矣。予以为不当官开，但当私开，又不当竟自私开，当设便利之术不勒其必开，但诱之争先愿开。京师蛙蟹鳗虾螺蚌之属，余幼目未经见，今腥风满市廛矣，皆浙东人牟利堰荒，积不毛之地，潴水生育以至蕃盛耳，水族尚尔，独不可垦辟种莳如江南圩田之法乎？又南士入北庠，驱之如逐鸺鹠，此禁则暂弛之，下令江浙之人能开田若干，即畀以勇爵，多者递与加级，得世有其田，不愿者俟其功大著，子孙得读书附入黉序，定额每邑若干人以待试，但严限其额，不得滥收，则浙东之为胥吏有力者，率先相倡自部署其曹偶以往矣。久之土著惰民见硗确化为良畴，亦见猎而喜，不待劝诱，争占为己业矣。至于起科岁月之稍缓，履亩勾较之稍宽，是在当事者临事时变通之矣。

今上庚子，保定抚臣王应蛟曾以海滨屯田奏效上疏云：天津一路，从来斥卤无人耕垦，臣以江浙治地之法行之，今春买牛置器，开渠筑堤，耕得五千余亩，其莳水稻者，每亩收四五石，莳薯豆者亦可一二石，始信斥卤可变为上腴也。天津为神京门户重镇，养兵岁饷费六万余金，俱加派民间，若依今法，垦得七十顷，可得谷二百万石，非独天津饷足，而司农亦不匮矣。且地在三叉河，海潮上溢，可以灌溉，请以防海官军，用之海滨垦地，每岁开渠筑堤，尽成良田，一面召民承佃，数年后荒芜尽辟，军兵且屯且守，民无养兵之费，而保障益固矣。味此疏，则北方水利明白著效如此，推之畿辅南北，再推之大河南北，其风土可施，耕耨皆然矣。奈何泄沓因循，不一讲究，坐视他日危困，哀哉。

徐孺东之开水利，已渐有绪，徐銮疏言此役必成，可省江南漕运之半。此语闻而畿辅士绅大怖，是且加赋吾乡，遂入王御史之栋弹章，而水田之役遂辍。王为直隶宁晋人，以故有桑梓巨害之疏。是后中原士夫深为子孙忧，恨入心髓，牢不可破。至是汪澄源复兴此议，其不掇奇祸幸矣，敢望施行哉！孺东夸词，真足为大言偾事之戒。

西 北 水 利

汪澄源之抚保定，既以屯田有效上闻，至壬寅之春，复上条议陈利便。其一以水利为言，疏略曰：臣谨按境内山川图迹，质以耳目闻见，易水可以溉金台，滹水可以溉恒山，滽水可以溉中山，滏水可以溉襄国，漳水来自邺下，西门豹尝用之，瀛海当诸河下流，故号河中，视江南泽国不异。至于山下之泉，地中之水，所在而有。议督委各府佐贰一员及州县正官，并选南官中能识水利者，周循勘议，某处可筑坝建闸，某处可通渠筑堤，高则灌注，下则车汲，悉照南方开水田法，量发军民夫役，以便宜处置。计六郡之内，可成水田者奚啻数万顷，每岁收获可益谷千万石，畿辅从此富饶，永无旱涝之患。即不幸漕河有梗，亦可改折于南，取籴于北，此国家无穷之利也。疏下部覆，奉旨允行。此其说与水田相表里，真西北永利。未几去任，此议亦格，至今无敢议及。煌煌明旨，固不及彼中旁挠之众口也，惜哉！

先是，丁酉之冬，万丘泽世德开府天津，建议兴水利，都水主事沈朝焕继之，上并下户部覆奏。世德言天津濒海荒芜地土俱可屯粮，宜设法招集开垦；朝焕言天津南连静海，北距直沽，尽属膏腴，可以开垦。合二臣疏观之，真兵农两利之策，宜咨抚臣，开谕军民自备工本，官给印照，俾永为己业，三年之后方许收税，每亩输谷一斗，中等六升，下等三升，专备津门防饷之费。奉旨即举行之。时万中丞以御倭创开幕府，止辖河间一府，故不他及，若汪中丞所辖，则畿内六府，延袤千里，无非上腴。两抚境内，合之顺天，已尽帝畿，倘并施畚锸，则军国所需不必取给东南。明旨再三申嘱，徒付空言，盖北人滞执偏见，难以理喻如此。

河　漕

先朝设海运衙门

文皇帝靖难后，初议迁都北京，以馈饷艰苦，乃于永乐五年八月下廷臣会议海运。议既定，奏请于苏州府太仓卫设海道都漕运使司衙门，左右运使二员，秩从一品，同知二员，秩从三品，副使四员，秩从四品，经历照磨各首领官及吏，悉依布政司，各沿海卫所，俱属提调。

奏既上，太宗如议行矣，又有言不便者，乃命再议，事遂中止。至正统七年三月，又命南京造洋船三百五十艘，由海运赴蓟州诸仓。乃知海运一事先朝未尝一日不讲，究后世习于便安，不复议及，即间有建白者，多旁訾掣其肘。盖虑始甚难，小有差跌，罪及首事，即如向年徐尚宝贞明开垦西北水田，终为忌者所沮，况海运乎？

海　　运

元之海运，始于至正之十九年，止于天历之二年，凡受五十年之利。初起时，至燕者四万二千石，及其盛也，遂至三百六十万石。其始建议者为伯颜，任之者为张瑄、朱清，嗣后又设立都漕运万户府，每粮石给价六两五钱，以后香糯白粳以渐加矣。其海道凡三易，最后开新道，从刘家港上船，过崇明放洋，自浙西至京师，不过旬日耳。至元顺帝时，漕河不通，始纳张士诚之降，赖其海运贡米，以活燕京垂绝之命，闽大将陈友定，又从闽广大洋纲运杂货至都下，以暂济危亡，盖海运之利如此。本朝辽东一镇，岁饷专仰给于海运，文皇徙都北京，犹议立海漕都运使，得比布政司，既而中辍，今十三总中，遮洋一总尚为海道设也。议海道自不得不议胶莱，以防海运之阻。隆庆五年，山东巡抚梁梦龙等上海运议曰：今漕河多故，言者争献开胶河之说，此非臣所敢任。第考海道，南自淮安至胶州，北自天津至海仓，各有商贩往来，中间自胶州至海仓一带，亦有岛人商贾出入其间。臣等因遣官自淮安运米二千石，自胶州运麦一千五百石，各入海出天津以试海道，无不利者。其淮安至天津，以道计三千三百里，风便两旬可达，况舟皆由近洋，洋中岛屿联络，遇风可依，非如横海而渡，风波难测，比之元人殷明略故道，实为省便。大约每岁自五月以前，风顺而柔，过此稍劲，诚以风柔之时，出并海之道，汛期不爽，占候不失，即千艘万橹，保无他患。可以接济京储，羽翼漕河，省挽牵之力，免守帮之苦，而防海卫所犬牙错落，又可以严海禁，壮神都甚便。事下部覆：海运法废已久，难以尽复，乞敕漕司量拨漕粮十二万，自淮入海，工部即发节省银万五千两，雇募海舟，淮扬商税亦许暂支万五千两充佣召水手。诏从之。既而梦龙等又上海运经理之要四款，如修葺大嵩灵山等卫城池，以壮门户，增复利津等县巡检司弓兵，以资儆备，及禁私从出远洋等事，俱得旨严行。即遮洋一总，为给事胡应嘉议革未久，至是复设。时总督王宗沐又有海运三大势七便宜之疏更详，并奉俞旨，此非远年事也。

永平海运

永平府自嘉靖庚戌虏入之后，增设燕河石门二路，主客兵饷岁需三十万石。而卢龙地瘠，旱涝相仍，又无商贾肯至其地，全仰给于挽运，艰苦最剧。抚臣温景葵始倡通漕之议，继之者则抚臣耿随朝，勘议覆奏，谓永平境内，有青、滦二河，青为工颇钜，似不必议；滦自永平西门外经流一百五十四里，而至纪各庄入海，自纪各庄至天津凡四百二十六里，悉傍岸行舟，其中放洋仅一百二十里，沿途有大小沽诸支河，倘中流遇风，随处可泊，宜于纪各庄修造仓廒，事半功倍，可为左辅永利。部议以为然。诏下行之。自是每岁通漕，卢龙一镇稍得休息，而近滦诸邑遂称乐土，时值嘉靖之末。接隆庆之初元，主之者华亭相与雷司空礼也。乃知北方转输，一切车马全不足恃，汉唐都关中俱视漕河通塞为盛衰，即故元运道一梗，而国随之。使永平此议在相嵩当事时，其疏亦必见格，可见海运之难，亦难于虑始耳。

黄河运道

景泰四年张秋河浅，漕船不前，河南参议丰庆建议请自淮安之清河口入黄河，至开封府荥泽县河口，转至卫辉府胙城县，泊于沙门，陆挽三十里，即入卫河船运至京。诏下总漕诸臣覆议，卒见沮，然山东运道有梗，此亦可备缓急也。是年河南佥事刘清，亦言自淮至荥泽，转入沁河，经武涉县马曲湾，装载冈头一百九十里，引沁水以入卫河。行人王宴亦如清言，欲开冈头置闸，分沁水南入黄河，北入卫河，只费卫辉一府税粮，便可挑浚。帝命侍郎赵荣同宴相度，还言不便而止。今遥计之，开二百里之沁，不如开河三十里之便也。三人所议大抵皆同，第就中微有曲折小异，然终始不用。盖是时方用徐有贞治河于澶濮间，已稍见功绪，宜其言之不售也。然用之亦未有成，请以胶莱近事验之,是时陈芳洲之权,可得比江陵之十一乎?

按,隋炀帝开永济渠,因沁水南接于河,北通涿郡,此时都关中,欲游幸广陵,固宜取道于此,然借沁通河则明效已见。今以沁水较济汶,固云辽远,然既有成绩可循,则预防不虞,亦何惜迂道二三程也?然难与守经者言矣。

宣大二镇漕河

宣府、大同二镇,粮饷运道最苦,嘉靖末年,行挖运之法,山谷崎岖,率三十石而致一钟,当事者忧之。时御史宋仪望按其地,疏称桑乾河发源于大同县瓮城驿之古淀桥,会众水而东,入京师之芦沟桥,凡一千里至塞上,在大同则下村稍有乱石,在宣府则黑龙湾有石厓,亦险,但石险不过四十五里,而水自深,即浅者亦盈二三尺,欲加疏凿甚易。时抚臣侯越曾驾小舟自怀来卫,至下村龙湾,俱坦途无阻,又自怀来运米三十石溯流而上,竟达古淀桥,则河之通济甚便。疏上,下兵部,长部者为聂贞襄豹,极主其议,且云前任都御史赵锦,亦曾使人从桑乾河舟行千里直抵大同镇城,今稍加疏瀹,遂可通漕,又河成可以捍虏骑,其策最善。诏命会工部议之,长部者为欧阳必进,惮于兴役,谓道远费烦,请再加勘明举行。欧与相嵩姻厚,遂遏其议。自甲寅至今六十年,更无人谈及,并不晓塞上有此渠可漕矣。

汴河故道

天顺八年七月,都察院都事金景辉言会通河自安山北至临清二百五十余里,仅有汶水,若春月少雨,则水脉渐微,而舟行浅滞。其汴梁城北陈桥,旧有古河一道,北由长垣经曹州,至钜野县安兴墓巡检司地界,乃出会通河,合汶水通临清,每秋水溢,有舟往来其间,惟陈桥迤西一舍许,水道浅狭,水小之际不能流通,请兴工开浚,亦可分引沁水,仍置二闸以司启闭,则徐州、临清二河均得利济,而会通河之水,亦皆增长,且长垣、曹郓诸处粮税,可免飞挽之劳,而江淮民舟又可由徐之浮桥达陈桥至临清,而无济宁一路壅塞之苦,其利多矣。事下工部,请按实以闻。其后亦格不行。按,景辉所议,则由汴入汶,其道遗迹尚存，更不假开凿，仅稍烦疏导之劳耳，比之景泰中三臣建白尤为简便省费。此说当时已置高阁，然亦取给沁水以资漕河，则沁在西北，有济军国多矣。近日范少参一疏，大同小异，可备采择。

关陕三边饷道

故太宰倪文毅岳在事时，见关中三镇转输不给，曾上疏云：今关陕所需，皆出山西河南，此三省俱近黄河，其中虽有三门、孟津之险，然汉唐粮运皆由此济，即今盐船木筏往来无滞。合计山陕米豆必运至榆林诸仓，河南必运至潼关陕州诸仓，诸州卫皆濒河通舟楫，可免陆运之苦，况黄河当潼关之地，北连渭河，渭东流接洛河，可通延安，渭西流接泾河，可通庆阳，龙门之上小河径通延绥，稍加修葺，必可行舟。是在按求古迹，何处可避险，何处可陆运，何处可立仓倒运，何处可造船装运，勿惮一劳而失永利。事竟不行。

贾鲁河故道

今上甲辰，泇河告成已年余，既而南阳稍淤，异同之说遂起。时中州范岫云守己以降补在京，上疏，其略云：河工之需，用银八十万，动夫数十万，过计者不无意外之虞，况挑筑于此，能保不横决于彼？何不别求利便以为永图也？臣尝往来沁口诸处，见沁水自山西穿太行而南，至武涉县东南入河，十数年前河沙淤塞沁口，沁水不得入河，乃自木兰店东决岸奔流入卫，彼时守土诸臣，塞其决口，筑以坚堤，仍导沁水入河，而堤外遗有河形，直抵卫浒，固至今存也。若于原决筑堤处建一石闸，分沁水一派东流入卫，为力甚易，再将原冲河形补加修浚，两岸培为缆道，为力亦易。计其功费，用银不过二三万，用夫不过三万余名，而大工告成矣。乃引漕舟自邳州溯河而上，直抵沁口，因沁入卫，东达临清，则会通河可以不用也；若谓溯河数百里或有滩溜之险，无纤道之便，则又有一河可繇者，查荥阳之东，广武山南，一水东流，经郑州中牟之北，祥符之西，繇朱仙镇南经尉氏扶沟西华之东，沈丘之南，在《元史》名为郑水，土人名为贾鲁河者也。南至周家口，与颍水合流，名为沙河，至颍州正阳镇入淮，直抵淮安。今自正阳至朱仙镇，舟楫通行，略无阻滞。自朱仙镇而北而西，至郑州西北惠济桥地方，不及二百里，河身略窄，稍当修浚，若于惠济桥西开一支渠，分水一派北入黄河，不及二十里耳。渡河而北，直入沁口，为道甚便，如谓郑水微弱，不任漕舟，则荥郑之间，又有京水、索水、须水诸泉，皆可引入郑水以济漕挽，再每二十里建一石闸，如会通河之北，则蓄泄有时，水自裕如。计其工费丁力，亦不过四五万两耳。若此道既通，则漕舟出天妃闸，即由洪泽湖入淮，溯淮入颍水，溯颍入郑水，牵挽尤稳，黄河又可不用矣。虽衡溢万变，何虑焉？如河流安妥，不至侵漕，则夏镇南阳之间，仍加修浚，两利而俱存之，分舟并进，可免守闸之困。如河流变迁，东道有梗，则专由郑水，而徐吕之道可无问，便利之策无逾此者。臣怀此已二十余年，因会通河无阻，不敢轻言。今屡浚屡塞，而黄河又冲决无时，浸逼益甚，与其竭海内脂膏以填不测之壑，孰若改弦易辙，就此易竟之功绪也。如果臣言可用，先将武涉迤东至于卫水之浒，东西百余里原有河身故道，发夫万余名，及时挑浚，约深一丈阔十丈，却于木兰店东筑堤处所修建石闸一座，分导沁水一派东行入卫，舟至则启闸以通漕，舟尽则闭闸以掩水，明岁春末，其功可成。姑将漕舟溯河而上，由沁入卫，以济目前之急，却于议修浚朱仙镇迤北至惠济桥迤西，分导郑水以通漕舟，则帑藏民力可省百倍，而国家之利赖无穷矣。疏上，得旨下部行总河及河南抚按勘议具奏。按，范疏所陈，与景泰、天顺间诸臣建白略同，而其说更详。及今查勘，即命范往任其事，亦可济惠通河之梗。

吕　梁　洪

徐州吕梁为宇内险道，自唐尉迟恭开凿，始通舟楫。至宋元祐间渐成通渠，本朝遂以为运河。然其下乱石如鳄齿排连，惊湍如蛟涎喷薄，孔子观澜处，以为悬流三千仞、流沫四十里者，即其地也。遇水溢时，顺流者一瞬而下，逆溯者以尺寸计。若值旱涸行舟，一遭伏石，立葬鱼腹。余幼时侍先人过此，闻其险已渐夷，然犹用纤夫二百人挽一舟，老稚相顾无人色。自后以应试北上，则所谓水底嵯岈俱没不见，盖为淤泥所壅，河身日高，苏子由所云"吕梁龃龉，横绝乎前"，竟成安流。其后数年，则泇河告成，行旅不复取道彭城，其管洪主事高枕空垒，阒无一客可延接矣。

徐　　州

徐州为古彭城，刘、项、备、操所争之地，南北分裂视此地得失为强弱。本朝以直隶降而为州，然领丰、沛、萧、砀四邑，封疆亦已不狭。但州守权轻，属城不尽奉约束，仅一宪臣居城中称兵使者，而一参戎同事，所部兵止数百人，脱有风尘之警，立见瓦裂。宜改徐为府，以其分土为彭城县，并旧属邑而五，南则益以邳、宿，北则益以邹、滕、济宁，便可屹然成壮郡。予向有此臆见，近日李修吾中丞抚江北亦主此议，竟以时论不同而止。要之，是举必当亟行，若遇有事更张，不免亡羊补牢矣。

徐州卑湿，自堤上视之，如居釜底，与汴梁相似。而堤之坚厚重复，十不得汴二三。余见彼中故老皆云目中已三见漂溺，须急徙城于高阜，如云龙、子房等山皆善地，可版筑，不然终有其鱼之叹。又城下洪河为古今孔道，自通泇后，军民二运俱不复经，商贾散徙，井邑萧条，全不似一都会。宜仍遣漕艘之半分行其中，以防意外之扰。今守御卑弱，千里几无行人，一旦草泽奋臂，此地仍为战场矣。

泇河胶莱河

泇河初议费数百万，先朝往勘者及身当其事者皆谓断不可开，屡议屡止。至潘印川季驯司空始以挑河余力，寻葛墟岭故道，尚未暇浚治，而舒中阳应龙稍从韩庄疏凿之，继之者如杨后山一魁、褚爱所铁诸公，俱相度经营，渐有次第，至刘晋川东星在事，则功已将半矣。迨李霖寰化龙从平播起任河事，遂决计专治泇河。初尚浅淤艰阻，今遂成康衢，避淮黄三百里之险，而所费不能先朝所估十分之二，真不世功也。因思胶莱河亦必可开。往年江陵当国，用刘白川应节、徐凤竹栻二人谋锐欲图之，以刘为南司空主之，徐则以少司空奉敕专领其事，时李敏肃世达抚东省，亦主其说，劝江陵亟成之。既而东省仕绅苦于征发，群起哗之，即江陵亦不能违，改二人他用，役亦中罢。其胶河之中梗者仅百余里，沙石硗确，畚锸良难，要之不过如泇河之葛墟止矣。今国计方绌，或难兴此大役，妄意水道所不接处，南北各设一城，以为发运收运之区，中道再筑一城为运夫憩顿之所，三城各以州邑卫所佐贰守之。度起车至入舟，仅三数日，可克期搬运，而总以一户部郎专管，如隋、唐洛口河阴及本朝临德二仓事例，其道近费省，似亦策之次者。余曾间语言路诸公，颇亦首肯，终未有抗疏及之者。盖虑始之难久矣。

泇河之成，工部郎梅春宇守相功最多，仅得加四品服俸，寻积资升副使去，竟未有以酬其劳云。

胶莱便道

淮河之北岸一里，名支家河，安东县至海州路也，自支家河至涟河海口，共三百八十里，其外即为大海矣。又历赣榆县至安东卫，即山东界，由安东卫过石臼所、夏河所、灵山所，遂至胶州瞭头营，又至麻湾海口，共二百八十里，俱循海壖而行。其中止有马家湾为陆路，此则须以畚锸开道，然只五里而近，一入麻湾口，即从把浪庙经平度州，以至莱州所属海仓口，俱小河，共三百七十里。自海仓口入大洋，便直抵直沽天津卫，凡泛海共四百里，盖所疏凿者止五百里耳。疑其未然，但此嘉靖十一年御史方远宜亲历彼方、汇为图说者。其后山东副使王献言之，未几给事中李用敬、御史何廷钰又言之，皆不果行。至万历三年，南工部尚书刘应节始建议，直任胶莱河之役，谓胶州南北不通者，约百五六十里，然沟与湖居其半，应挑者止数十里，可借潮水通漕而无放洋之苦。刘即山东之潍县人，生长其地，所谈较方远宜更确。时江陵公力主其议，又选藩臣有才者佐其事，时山东参议李学礼为上佐，具疏条其便宜更详。兴工未几，齐鲁缙绅大哗，且詈刘荼毒桑梓，将甘心焉，刘惴甚谢役，江陵亦无如之何，工遂中罢，至今无敢议及者。按，此为元人所浚故道，以避海运，不转尖，可免成山诸岛之险，最为省便。今谈者俱云若不兴工，则中间分水岭陆路二百里可从舟次车驳，再入水即抵直沽，亦是便计。余向有建城置仓之说，盖本于此。当时刘白川上疏，只云以万夫之力与数月之工，榷数万金，掘数十里,何惮而不为。其说凿凿,不知东省何以哗?江陵何以辍?任事盖难言之矣。

泇河之成

李少保化龙浚泇通漕,甫一年而以忧归,代总督者曹时聘也。曹素无素丝之誉,适南阳堤稍坏,曹遂思大兴工作,因以为利,谓泇不足恃,而河且为大害,请发帑金六十万,留漕粮四十万以遏大河之决。工科给事宋一韩从而和之,谓河不胜徙,安可胜避?且云河溃昭阳害及祖陵,治河诸臣择轻避重,图易辞难,盖暗攻少保以佐新督兴工之议。李不胜愤,从忧中上书,谓臣非弃黄而事泇,势不得已也。泇以二百六十里之安流代三百六十里之险道,八千运艘不两月过尽,谓非百年永利耶?向非臣丁忧,则一年开泇,一年挽黄矣。臣以时势艰窘,图为国家省费,故泇之成早,臣得以二十万成前估三百万之工。黄河之成迟,故臣不得以数万成今估八十万之役,臣诚无所逃罪。盖明指新河臣溪壑其中且六十万,后又请二十万也。旨下,姑调停之,命催新工而已。大功不赏而媢妒之辈弹射已及之,真令人解体。

丙午之八月,曹时聘又上疏,极称旧河臣李化龙开泇之功,且云自臣接管改挑后,三十三年及今年粮艘,尽数渡泇,则泇之可赖,昭昭耳目,仍列善后事宜以请。盖借以完兴工之局,而八十万之帑金、四十万之漕粮,俱销归无存矣。工科既不驳,上亦允其言不复诘。